Nicole de Vert

Französische Täuschung

Nicole de Vert schrieb ihren ersten Krimi bereits mit 12 Jahren. Bis sich der Traum, als Romanautorin Bücher zu veröffentlichen, erfüllte, vergingen fast vier Jahrzehnte. Als Fachbuchautorin sammelte sie schriftstellerische Erfahrungen und als Mimikexpertin füllt sie die Fähigkeit ihrer Protagonistin mit praktischem und wissenschaftlichem Hintergrund. In der Provence hat sie seit fast zwei Jahrzehnten ein Ferienhaus und ist dadurch mit der Gegend rund um Avignon mit Herz und Seele verwoben.

Nicole de Vert

Französische Täuschung

Provence-Krimi

PIPER

Mehr über unsere Autoren und Bücher:
www.piper.de

Wenn Ihnen dieser Krimi gefallen hat, schreiben Sie uns unter Nennung des Titels »Französische Täuschung« an empfehlungen@piper.de, und wir empfehlen Ihnen gerne vergleichbare Bücher.

www.piper.de
Für direkten Kontakt und Fragen zum Produkt wenden Sie sich bitte an: *info@piper.de*

ISBN 978-3-492-50602-1

Redaktion: Julia Feldbaum
Satz auf Grundlage eines CSS-Layouts
von digital publishing competence (München)
mit abavo vlow (Buchloe)
Covergestaltung: FAVORITBUERO, München
Covermotiv: Bilder unter Lizenzierung von Shutterstock.com genutzt
Printed in the EU

Vorbemerkung

Frank Kaiser, Margeaux Surfins guter Freund und ehemaliger Partner bei der Mordkommission in Stuttgart, verfasst in dem hier vorliegenden Fall den Bericht über den Tathergang der Geiselnahme Surfins durch den Serienmörder Martin Angerer im Buch *Französische Vergeltung*. Aufgrund der Gefahr des Spoilerns für besagten sechsten Band der Krimi-Serie können Sie diesen Bericht am Ende des Buches nachlesen.

Prolog

Das Wasser zerreibt Steine,/Platzregen spült das Erdreich fort;/so machst du die Hoffnung des Menschen zunichte.

Hiob 14,19

Die Tür öffnet sich, und jeder versucht, mit der Dunkelheit zu verschmelzen, denn die Hoffnungslosigkeit ist mit den Ängsten, den Ausdünstungen und Fäkalien zu einem täglichen Parfüm geworden, das alle Poren durchdrungen und das Aufbegehren gelähmt hat.

Das Schimmern von Skleraweiß schält sich aus der Dunkelheit – fünfzig- oder sechzigmal –, und die Augen blicken, vor Furcht weit aufgerissen, einer Zukunft entgegen, die schlimmer ist als der Tod.

Wieso klammert man sich nur so krankhaft an das Leben?

Hameau les Bouisses, 14. Juni

Hilde streichelte das lockige rotblonde Fell des Dackels, der sich auf ihrem Schoß zusammengerollt hatte. Sie spürte seine Wärme auf ihren Beinen und wie die Anspannung aus seinem Körper wich, sobald ihre Hände ihn liebevoll berührten. Sie tat es für ihn und für sich selbst. Willis zärtliche Nähe war ihr Trost und Mahnung zugleich. Alles konnte so schnell vollkommen anders sein. Eben noch saß man auf einem Stuhl in einem sonnenbeschienenen Innenhof und schaute mit stolzem Blick auf eine weiß gekleidete Braut, dann befand man sich plötzlich umzingelt von sterilem Weiß in einem Krankenzimmer und lauschte den bedrohlichen Worten eines Arztes. Hatte man das einigermaßen verkraftet und Hoffnung geschöpft, krachte die Welt erneut durch die Wände der gerade wieder solide erscheinenden Umgebung, stürzte abermals über einem zusammen und hinterließ wieder nur staubige Zerstörung.

Es war zu viel.

Der Hund bemerkte sofort, dass sie gedanklich abdriftete und ihr Herz rascher zu schlagen begann, weil sie die Furcht, die sich irgendwo im Mark ihrer Knochen eingenistet hatte, nicht abstreifen konnte. Er bewegte sich, drehte sich leicht auf den Rücken. Präsentierte ihr seinen empfindlichen Bauch und schob eine Pfote vorsichtig auf ihre Hand. So, als wollte auch er sie streicheln – ihr Mut zusprechen. Doch die vergangenen Jahre hatten ihr alles abverlangt, und sie war müde. Nicht jene Schwere, die einen aufs Bett sinken und traumlos in die Erholung gleiten ließ, sondern jene Müdigkeit, die jede Zelle zu lähmen schien und die nie endete, egal, wie lange man sich hinlegte.

Es war einfach zu viel.

Ihr Leben hatte ihr unterschiedlichste Erfahrungen geschenkt, und das hatte Spuren hinterlassen. Es fiel ihr schwer, dies zuzugeben, denn sie war so oft für die ganze Familie der Fels in der Brandung gewesen: Hilde im bunten Kittel am Herd – resolut, unbequem und doch voller Liebe. Über alle Verluste hinweg waren ihr diese Wesenszüge erhalten geblieben. Bis zu jenem Tag, als die Nachricht gekommen war: *Margeaux befindet sich in der Gewalt des von ihr besessenen Serienmörders Martin Angerer – in einer deutschen Strafanstalt!* Jede mit großer Kraftanstrengung wieder aufgebaute Fassade der forschen Entschlossenheit war an diesem Tag langfristig zusammengebrochen, und es war ihr bisher nicht gelungen, alles abermals zusammenzusetzen.

Aimé hatte die Chemotherapie und die folgenden Bestrahlungen gut überstanden und es besser als sie geschafft, mit der Situation umzugehen. Er war es gewesen, der Thierry in den Armen gehalten hatte, als dieser die Ungewissheit nicht mehr ertragen konnte, seine starre Maske des Schocks zersplitterte und nur ein traumatisierter Ehemann zurückblieb, der seine Tränen und den zitternden Körper nicht unter Kontrolle hatte.

Sie war seither nicht mehr wirklich zu etwas nutze. Alltägliches fiel ihr nach wie vor schwer – selbst ihre Freude am Kochen war nicht vollends zurückgekehrt. *Noch nicht,* sagte ihre innere Stimme stets hoffnungsvoll, und Hilde wollte ihr so gern Glauben schenken.

Willi rollte sich wieder zusammen, und sie ließ ihre Hand auf seinem Bauch ruhen, spürte seine gleichmäßigen Atemzüge und tat es ihm gleich: Einatmen ... ausatmen ...

Die Sonne hatte die Mauern des Hauses erwärmt, und ein sanfter Wind wehte den wohltuenden Duft des blühenden Lavendels zu ihr herüber. Sie sog ihn ein, und ihr Blick schweifte umher: Einige verwelkte Blütenblätter der üppigen Glyzinie tanzten träge in Richtung Pool. Sie müsste aufstehen, den Besen holen und alles zusammenfegen. Schließlich war es stets ihre Verpflichtung gewesen, das Anwesen der Familie Winter-Surfin in Ordnung zu halten. Das liebevoll renovierte Bauernhaus auf dem kleinen Weiler Hameau les Bouisses war doch *ihre* Lebensaufgabe.

Genau wie Margeaux. Aimé und sie hatten das Mädchen wie ihr eigenes Kind großgezogen, und Pierre – ihrer beider leiblicher Sohn – war der Kleinen ein guter Bruder gewesen. Hilde sollte aufstehen. Etwas tun ... Charlène auf die Nerven gehen, die ihr seit einiger Zeit jene körperlich anstrengenden Aufgaben abnahm, die die Versorgung eines großen Hauses mit sich brachte. Doch da war nur Schwere in ihren Gliedern – und diese unendliche Müdigkeit.

Vielleicht war es an der Zeit, all das hier hinter sich zu lassen und sich für den bevorstehenden Lebensabend mit ihrem geliebten Aimé einen anderen Mittelpunkt zu suchen. Vielleicht musste sie diesen Ort und diese Familie loslassen, um wieder zu sich selbst zu finden und die Freude am Leben zurückzugewinnen. Pierre kam seit der Krebsdiagnose seines Vaters regelmäßig mit dem TGV aus Paris angereist, blieb sogar über Nacht und brachte hin und wieder die Enkelkinder mit. Teenager ... Zwei Großstadtmädels, die auf dem Land leicht verloren wirkten, aber stets ihr Bestes gaben, die Großeltern aufzuheitern. Das konnte jedoch nicht dauerhaft gelingen, solange Hilde sich kraftlos fühlte. Nichts würde wieder in Ordnung kommen, wichen Müdigkeit und Resignation nicht bald – denn dann würde sie irgendwann einfach unter den Trümmern liegen bleiben und für immer verloren sein.

Stuttgart, 14. Juni

Frank Kaiser hob den Blick von seinem Bildschirm und war zufrieden, dass seine Sinne ihn nicht getäuscht hatten: Seine Partnerin Pia Waldheim starrte ihn über ihren Computer hinweg an. Er wollte zwar nicht, dass sie das tat, doch es wäre zu albern gewesen, es ihr zu verbieten, denn alle starrten ihn so an. Seit Wochen folgten ihm, wo er stand und ging, etliche Augenpaare. Prüfend. Mitleidig. Bewertend. Er hasste es, so betrachtet zu werden.

Ihre Blicke trafen sich zwischen den Schreibtischen, hingen für einen Augenblick im Raum, und sie waren wie zwei Cowboys zum High Noon, die gleich ihre Colts ziehen und aufeinander schießen würden. Sie hatten ihre Differenzen zwar beiseitegelegt, aber dennoch war mit Margeaux alles anders gewesen.

Margeaux …

Würde er sich je von dem erholen, was in der JVA geschehen war? Es war ein Prozess, und der Polizeipsychologe redete mit ihm entweder wie mit einem begriffsstutzigen Schuljungen oder wie mit einem bockenden Pferd. Beides war unerträglich, doch an den regelmäßigen Terminen führte kein Weg vorbei, wollte er im Dienst bleiben. Er war auf das Diensttauglichkeitszeugnis des Seelenklempners angewiesen. Also trabte er brav zu den anberaumten Sitzungen und versuchte, so kooperativ wie möglich zu erscheinen. Seine wahren Gefühle zeigte er nur im Sportstudio, wenn er wie ein Verrückter nach dem Boxsack trat und auf ihn einschlug, bis die alten Narben an seinen Knöcheln schmerzten. Im Heim hatte er als Junge oft die Fingerknöchel gegen die Wand gedonnert, bis diese wie eine blutige Masse ausgesehen hatten und er daraufhin eingesperrt worden war. Heute packte ihn niemand mehr am Hemdkragen und zerrte ihn in ein gammeliges Loch. Zum gegenwärtigen Zeitpunkt versuchten sie, ihn mit Blicken zu zähmen oder – alternativ – in ihn zu dringen. Er verbot sich ein knurrendes Geräusch, unterbrach den Augenkontakt aber keine Sekunde. Er würde sie nicht gewinnen lassen. Doch Pia war zäh und gab ebenfalls nicht auf.

Gott, war das alles albern!

»Es geht mir gut«, sagte er und bemühte sich, seiner Stimme einen ruhigen Klang zu verleihen, um nicht gleich wieder als unkontrolliert und aggressiv bezeichnet zu werden.

»Wenn du meinst«, erwiderte sie leichthin und wies dann mit ihrem Finger auf eine Akte am Rand ihres Tisches. »Wir müssen … Du musst den Bericht bis kommenden Mittwoch fertigstellen.«

Ihre Hand schwebte über der blassgrauen Kladde, und der Kloß in seinem Hals – den er glaubte, erfolgreich beseitigt zu haben – baute sich wieder auf und erschwerte ihm das Schlucken.

Warum war es in den letzten Jahren so gewesen, dass überall da, wo Margeaux auftauchte, plötzlich jede Menge Blut im Spiel war? Oder es lag alles nur an dem Irren, der in ihrer aller Leben getreten war und alles aus den Angeln gehoben hatte. Frank konnte die Frage einfach nicht klar genug für sich beantworten. Sein Hass auf den Serienmörder war mittlerweile unbezähmbar, und alle, die ihm nahestanden, spürten das. Egal, wie sehr er sich zu beherrschen versuchte, die Wut brodelte unter seiner Haut wie tosendes Wasser, das in Kaskaden über eine Klippe stürzte, würde man es freilassen. Nicht selten fühlte er sich auch so: von der brodelnden Strömung nach unten gezogen, atemlos gegen die Angst ankämpfend … vollkommen hilflos. Dieses Gefühl verabscheute er am allermeisten, denn es war wie damals, als sie ihn aus der Armen der Nachbarin gerissen hatten, die sich immer dann, wenn seine Mutter länger hatte arbeiten müssen, um ihn gekümmert hatte. Machtlos. Hilflos. Ausgeliefert. Er kannte all diese Gefühle nur zu gut, und sie als Erwachsener erneut zu durchleben, war schmerzhaft.

»Mittwoch«, wiederholte seine Partnerin, und ihr Tonfall verbarg ihre Besorgnis nun nicht mehr.

Rasch sprang er auf, sein Schreibtischstuhl sauste nach hinten und knallte mit einem dumpfen Schlag gegen den Aktenschrank. Sie erschrak nicht. Als hätte sie eine Reaktion vorausgesehen. Doch das konnte nur Margeaux. Nicht Pia Waldheim, die sie nach wie vor alle »die Kleine« nannten. Er wusste, dass sein Verhalten unangemessen war, doch alles Atmen half nicht, um diesen emotionalen Mix zu regulieren.

Mit wenigen Schritten stand er vor ihrem Arbeitsplatz, riss den Ordner an sich, sodass einige andere von der Kante rutschten und mit einem sanften Knall auf den Boden fielen. Sollte sie nur herumkriechen und die Blätter wieder einsammeln ... Jetzt hatte sie doch, was sie wollte.

Er klemmte sich die Akte unter den Arm und stürmte auf den Flur – mitten in seinen Chef Werner Walter hinein.

In der Dunkelheit

Und zu den anderen hörte ich ihn sagen: Geht hinter ihm her durch die Stadt und schlagt zu! Eure Augen sollen kein Mitleid zeigen, gewährt keine Schonung! Alt und Jung, Mädchen, Kinder und Frauen sollt ihr erschlagen und umbringen ...

Hesekiel 9,5–6

Wenn alle Illusionen der Wahrheit dem echten Leben zum Opfer fallen, wer ist man dann noch? Wenn der letzte Funken Hoffnung durch den schimmlig-feuchten Geruch von Furcht und Kapitulation übertüncht wird, was bleibt dann noch?

Kann man das Martyrium annehmen, weil der Mensch stets davon angetrieben wird, überleben zu wollen? Wird der Schmerz für immer bleiben und sich täglich steigern?

Wenn das Bild über die eigene Zukunft trotz fehlenden Lichts klar sichtbar wird, erstarrt die Seele. Man versucht, sie in einen schützenden Kokon zu hüllen, damit, überlebt der Körper die Qualen, ein menschlicher Kern vorhanden ist, aus dem sich vielleicht ein Wesen für ein lebenswertes Morgen formen lässt.

Nur wird diese Zukunftsmusik im Hier und Jetzt übertönt vom angsterfüllten Stöhnen unterschiedlichster Stimmen, bis sich das Grauen wie ein erstickender Mantel über alles und alle legt und die Stille verdeutlicht, dass es für niemanden ein Entkommen geben wird.

Ist der Tod doch die bessere Wahl?

Paris, 14. Juni

Pierre Vigne beugte sich hinab, um das Handy aufzuheben, das ihm aus der Hand gerutscht war. Er hatte immer alles getan, damit sie Karriere machen konnte, und war dafür nicht nur einmal in die zweite Reihe zurückgetreten. Natürlich hatte er sich in den vergangenen Wochen und Monaten um seine Eltern gekümmert und war daher regelmäßig zwischen Paris und Barbentane gependelt, was dank der hervorragenden TGV-Verbindung innerhalb weniger Stunden verlässlich klappte. Dadurch war ihm einiges durchgegangen, und nun stand er hier und konnte kaum fassen, dass sich seine Frau wieder einmal in eine gefährliche und beinahe ausweglose Situation manövriert hatte.

Aurélie war Anwältin für Menschenrechte. Da gab es selten Fälle ohne Eskalationsstufe. Als er sie damals während des Studiums kennengelernt hatte, war ihr großes idealistisches Ziel Gerechtigkeit für die Welt gewesen. Daher hatten sie auch nach der Jahrtausendwende achtzehn Monate in Den Haag verbracht. Für ihn als Geoingenieur war es nicht so leicht gewesen, seine Berufstätigkeit aus Paris in die Niederlande zu verlegen, doch er hatte ihren Wunsch verstanden und gerade das an ihr geliebt: ihre Ideale, ihren Biss.

Wahrscheinlich hatte Margeaux ihn viel mehr geprägt, als ihm bewusst war. Sie war ein Wildfang gewesen mit jeder Menge Humor und einer unermüdlichen Ernsthaftigkeit, wenn ihr etwas wirklich wichtig war. Seine Frau war genauso.

Mit den Jahren war es Pierre nicht selten zu viel geworden,

dass Aurélie das Wohlergehen völlig fremder Kriegsopfer über das ihrer eigenen Familie stellte. Sie waren 2007 kurz vor Marylènes Geburt nach Paris zurückgekehrt, und Aurélie hatte sich – kaum dass sie das kleine Mädchen abgestillt hatte – wieder in den Kampf geworfen. Danielle war vier Jahre später zur Welt gekommen und hielt sie gerade mit ihren pubertären Stimmungsschwankungen auf Trab. Daher war es für ihn umso unbegreiflicher, dass Aurélie wieder einen brisanten Fall angenommen hatte – und diesmal, ohne sich mit ihm abzustimmen. Er hatte immer zu ihren Entscheidungen Stellung nehmen dürfen und mehr als einmal im Nachgang Dinge tun müssen, die weit außerhalb seiner Komfortzone lagen, um Frau und Kinder in Sicherheit zu wissen. Wobei er nur zu genau wusste, dass das eine gedankliche Illusion war, denn niemand war wirklich sicher. Das konnte er bei seinen Eltern sehen und auch bei Margeaux. Seine Schwester hatte die beiden alten Leute oft genug in Gefahr gebracht, und es war ihm zunehmend schwerer gefallen, das zu akzeptieren. Sein Vater hatte nicht selten von der erfolgreichen Polizistin geschwärmt, sodass sich Pierre mit seinem Einsatzgebiet der Altlastensanierung in der Hauptstadt wie ein nutzloser Zwerg vorgekommen war. Doch gegen Margeaux das Wort zu erheben, hätte nichts gebracht. Er hatte sie gern, und am Ende konnte sie ja auch nichts für die Vernarrtheit der Vignes … Margeaux hatte selbst genug Schmerz erleiden müssen, und sie gehörte zur Familie.

Er steckte das Handy in die Hosentasche, strich das Papier glatt, das seine Aufmerksamkeit auf sich gezogen hatte, und ging damit in Aurélies Arbeitszimmer. Sein Herz stockte kurz, als er sie dort sitzen sah. Sie war im Laufe der Jahre immer schöner geworden, und er liebte sie über alles. Sie und die Mädchen waren sein Leben. Natürlich hatte er auch eine Bindung an seine Eltern, doch bei Weitem kam nichts an seine Liebe für Aurélie heran. Sie war wie Jeanne d'Arc von einem inneren Feuer beseelt, das sie wie eine leuchtende Aura umgab. Ihre langen dunklen Haare wiesen mittlerweile einige graue Strähnen auf und fielen ihr glatt bis auf die Rückenmitte. Die klaren Gesichtszüge waren markant geschnitten, und ein sinnlicher Mund nahm ihnen die Schärfe. Mit leicht geöffneten rosigen Lippen und eng zusammengezogenen Augenbrauen las sie etwas auf ihrem Bildschirm.

Sie hatte nicht aufgeblickt, als er hereingekommen war, sondern hob jetzt stattdessen kurz die Hand, um ihm zu signalisieren, sie nicht zu unterbrechen. Er seufzte leise, blieb aber stehen. Der Zettel in seiner Hand fühlte sich schwer an, denn diesmal ging es nicht um die Opfer eines Genozids oder Frauen, denen alle Rechte genommen wurden. Es ging um eine sehr konkrete Bedrohung.

An wen sollte er sich nun wenden, um diese Gefahr zu minimieren und für den Schutz seiner drei Mädels zu sorgen? Wem würde er diesmal die Stiefel lecken müssen und an dem Dreck beinahe ersticken?

Hameau les Bouisses, 14. Juni

Hilde fuhr so sehr zusammen, dass der Hund einen Satz von ihrem Schoß machte, als sich ihr eine Hand auf die Schulter legte. Sie war in ihre Gedankenwelt abgedriftet und von der angstvollen Lähmung ergriffen gewesen.

»Entschuldige, ich wollte euch nicht erschrecken.« Margeaux' Stimme klang sanft, als redete sie mit einem scheuen Tier.

»Ich ... du ... ich war in Gedanken«, wehrte Hilde die Fürsorge rasch ab.

Margeaux neigte sich zu ihr hin und legte ihre Wange an Hildes, während Willi sich um die Fußknöchel seines Frauchens zu wickeln schien. In Hilde griff eine kalte Hand nach ihren Eingeweiden, und etwas in ihr wollte die Umarmung abschütteln. Sie widerstand dem Impuls, konzentrierte sich auf das Bild des kleinen Mädchens mit den lockigen Haaren, das laut lachend durch den Garten gefegt war. *Das* war ihre Margeaux. Und doch wollte dieses komische, vernichtende Gefühl nicht weichen, denn nie vorher hatte der drohende Tod so offensichtlich an Margeaux' Händen geklebt. Ganz egal, ob es eben Polizeiarbeit war – wie Aimé immer betonte oder auch nicht. Willi nahm ihr die Entscheidung ab, denn er gebärdete sich wie wild, und Margeaux löste sich von Hilde, um den kleinen Dackel zu liebkosen.

Hilde stand auf. Ihre Knie waren weich, und sie fürchtete zu straucheln. Sie brauchte Urlaub – musste weg aus dieser Situation. Nichts war schöner als der azurblaue Himmel der Provence, das Zirpen der Zigallen, der Duft von Rosmarin und Thymian und die Wärme, die sich im Sandstein speicherte und nach Sommer roch. Gleichzeitig waren auch all diese Sinneseindrücke zu viel. Alles vermischte sich mit dem eisenhaltigen Geruch von Blut. Aimé hatte geblutet ... Sie hatte es im Griff gehabt, nicht mehr daran zu denken und das Gute an der Stichverletzung zu sehen: Durch sie war der Krebs gerade noch rechtzeitig erkannt worden. Er lebte und war wieder fit. Pfiff wie immer zufrieden vor sich hin und observierte untreue Ehepartner. Es könnte alles in Ordnung sein.

Doch als sie alle im März nach Süddeutschland gereist waren, weil sie die Ungewissheit, Margeaux betreffend, nicht aushalten konnten, war in ihr jener Schmerz erneut aufgebrochen, den sie damals nach der Fehlgeburt empfunden hatte. Es war Jahrzehnte her, und doch hatten die Empfindungen sie fest im Griff gehabt.

Martin Angerer war eine große, alles vernichtende Nummer. Aimé – zu diesem Zeitpunkt noch geschwächt durch das Gift, das die aggressiven kranken Zellen bekämpfte – war nicht fähig gewesen, klare Gedanken zu fassen, um mit Frank aus der Polizeiperspektive auf die Situation zu blicken. Thierry ...

Hildes Herz krampfte sich zusammen, wenn sie daran dachte, wie er vor ihren Augen zusammengebrochen war. Margeaux' Vater Julien hatte nicht mehr ausgesehen wie der smarte, erfolgreiche Spitzenkoch, sondern wie der Schatten eines Lebewesens, dem man die Seele geraubt hatte. Sie waren eine Gruppe von fünf Menschen gewesen, in der sich totale Hoffnungslosigkeit wie der Samen einer schnell wachsenden Pflanze ausgebreitet hatte. Sie hatte kaum atmen können, es aber trotzdem geschafft, Thierry Mut zuzusprechen.

Dann war das Wunder geschehen, und sie hatten Margeaux zurückbekommen – unversehrt. Und doch würde Hilde diesen Anblick niemals vergessen. Ihre über alles geliebte Ziehtochter war über und über mit Blut befleckt gewesen. In ihren Augen hatte ein Blick gelegen, der Hilde Angst eingejagt hatte.

Aimés Polizeiarbeit in Barbentane war im Regelfall ein beschaulicher Job gewesen: Ein paar Diebstähle, Ruhestörungen, Verkehrsdelikte oder auch mal eine Prügelei. Nur wenige Male hatte er mit einer Gruppe von Kollegen im Auftrag seines Vorgesetzten Gilbert Brenot wirklich schlimme Fälle aufklären müssen. Sie selbst als Ehefrau war davon weitestgehend unberührt geblieben. Aimé hatte sie stets geschont – vielleicht weil er gefürchtet hatte, es würde sie zu sehr aus der Bahn werfen, sie würde wieder anfangen zu trinken … wie damals …

Der eisige Blick Margeaux', die zu allem bereit war, hatte aus dem blutverschmierten Gesicht geflackert. So musste jemand aussehen, den kalte Berechnung antrieb. Sollte eine Mordermittlerin solche Gefühle überhaupt haben, oder war Margeaux in dem Besuchszimmer der JVA zu einem Monster mutiert? Hilde war erschüttert auf ihr Mädchen zugewankt. Denn das war Margeaux doch stets gewesen: *ihr* Mädchen. Bis zu diesem Augenblick.

Denn seither war etwas anders.

Margeaux hatte das Blut buchstäblich an ihren Händen kleben. Warum war sie nur zu Angerer zurückgekehrt? Warum hatte sie ihn wieder in ihr Leben gelassen? Hilde konnte es nicht verstehen und war zudem nicht fähig, es zu verzeihen. Damit schlug sie sich nun seit einem Vierteljahr herum, und Margeaux wusste das. Sie *musste* es wissen, denn sie konnte die feinsten mimisch-muskulären Bewegungen wahrnehmen und sie emotionalen Zuständen zuordnen. Sie *musste* Hildes Abscheu sehen, egal, wie sehr Hilde diesen zu bekämpfen und zu verbergen versuchte.

Während Margeaux sich langsam aufrichtete und der Dackel schwanzwedelnd über die Sandsteinplatten flitzte, wurde Hilde bewusst, dass Liebe etwas Fragiles war – auch die einer Mutter, und die war sie stets für Margeaux gewesen.

Ihre Blicke trafen sich, und die junge Frau holte Luft, um etwas zu sagen. Der Ring um Hildes Brustkorb zog sich enger zusammen, denn ihre Fantasie spielte ihr einen raschen Streich – verschmierte Margeaux' Gesicht mit rostig-rotem Blut. Die Zähne schimmerten auffällig hell in dem grausigen Szenario, und der geöffnete Mund ließ sie martialisch leuchten.

Dann klingelte das Telefon im Flur fordernd. Das Bild verschwand, und das hübsche Gesicht ihrer Ziehtochter war wieder zu sehen.

»Ich gehe«, sagte Hilde rasch, um der Situation zu entkommen. Sie wusste, dass es so nicht weitergehen konnte, hatte aber weder die Kraft noch eine Idee, wie sie es anpacken sollte. So schnell es ihr möglich war, steuerte sie den Flur an, um den Anruf entgegenzunehmen. Ihr war vollkommen bewusst, dass Margeaux auch diesen Impuls richtig deutete: Hilde floh!

Barbentane, 14. Juni

Aimé fuhr sich mit der Hand über das stoppelige Haar. Er hatte schon vor der Chemotherapie kaum welche auf dem Kopf gehabt, doch nun sprossen sie noch spärlicher. Er hatte die Frau eines angesehenen Bankiers aus Châteaurenard beobachtet, war ihr mit dem Wagen bis zum Fitnessstudio gefolgt, hatte ihr durch die breite Fensterfront auf dem Laufband zusehen können – keine Ahnung, warum Menschen in einer Art Schaufenster Sport trieben – und war sich dann rasch sicher gewesen, dass sie dort wirklich nur rannte und Gewichte stemmte. Im Anschluss hatte er einen unfreiwilligen Stadtbummel gemacht und ihr beim Shoppen zugesehen. Sie war allein geblieben, hatte noch einen Kaffee getrunken, ganz versunken in sich. Nicht einmal das Handy war auf dem Tisch gelegen. Von Avignon war sie direkt zur Schule in ihrem Wohnort gefahren und hatte die bezopften Zwillinge abgeholt.

Vielleicht irrte sich ihr Mann. Aimé mochte den aufgeblasenen Typen sowieso nicht und hatte sich sogar gewundert, dass Margeaux den Fall angenommen hatte. Sie wollte den Schein der Normalität bei allem wahren. Doch nichts war mehr normal.

Er schaute auf die Uhr und stellte fest, dass es an der Zeit war, zum Bahnhof zu fahren, um Thierry abzuholen. Der Bäcker hatte sechs Wochen in der psychiatrischen Klinik »La Jauberte« in Aix-en-Provence verbracht – auf eigenen Wunsch. Jean-Baptiste Baile, Thierrys gut vernetzter Vater, den alle nur Bap nannten, hatte seinem Jungen innerhalb kürzester Zeit einen Platz dort organisiert. Sie waren alle mehr als besorgt über den Zustand des sensiblen Mannes gewesen, der sich von seinem Zusammenbruch in dem Warteraum nahe dem Gefängnis in Süddeutschland nicht mehr erholt hatte. Davor waren filigran gearbeitete Mottotorten und künstlerische Petits Fours seine Spezialität gewesen, doch er hatte seine Hände nicht mehr ruhig halten können. Sie hatten dem Flattern von Kolibriflügeln geglichen, und weder Fondant noch Schokolade hatten ihnen so gehorchen wollen.

Aimé hatte bereits bei Hilde eine eklatante Wesensveränderung wahrgenommen, und Thierry hatte den Eindruck erweckt, als hätte er seine Persönlichkeit – sein liebenswertes, offenherziges Wesen – in sich eingesperrt, ohne den Schlüssel wiederzufinden. Alles war vollkommen verrückt, denn die Person, die am ehesten einen Knacks hätte davontragen müssen, war munter wie ein Fisch im Wasser: Margeaux.

Die kleine Bäckerei in Barbentane lief weiterhin gut, auch wenn der Chef fehlte. Die Mitarbeitenden gaben sich alle Mühe, die Lücke so gut wie möglich zu füllen, sodass man weiterhin knusprige Baguettes, buttrige Croissants und einige andere wichtige Backwaren erstehen konnte. Er hatte den Jungen einmal kurz besucht. Die Ärzte waren der Ansicht, dass es besser war, wenn Margeaux ihm diese Zeit für sich ließ. Sie hatte sich an alle Vorgaben gehalten. Doch auch das war Aimé sonderbar vorgekommen, denn wenn es um ihren Mann ging, war die ehemalige Kommissarin der Mordkommission bei Weitem nicht so rational wie in ihrem Job.

Er klappte den Laptop zu, schob ihn in die Aktentasche und stellte diese in den Schrank neben der Treppe. Hilde versuchte, so viel Normalität wie möglich in ihrem Alltag zu haben, und war auf den Weiler gefahren, um ihre Nachfolgerin Charlène zu beobachten und zu triezen. Er hielt das für keine gute Idee, denn solange sich in ihrer Miene Ekel und Angst widerspiegelten, wenn sie Margeaux ansah und sich unbeobachtet glaubte, war das für alle Beteiligten eine Tortur. Er hatte mehrfach versucht, es anzusprechen, doch seine dickköpfige Frau machte dicht. Er dachte an Pierre, der bei seinem letzten Besuch – mit einem vorsichtigen Seitenblick auf seine Mutter – angeregt hatte, für eine Auszeit nach Paris zu kommen.

»Aurélie und die Mädchen würde sich so freuen, euch zu verwöhnen«, hatte der blonde Mann gesagt, der Hilde so sehr glich.

Margeaux glich eher ihm. Ach, verflixt! Nicht selten vergaß er beinahe, dass sie nicht seine eigene Tochter war, und doch war sie ihm so ähnlich. Vielleicht hatte sein Sohn recht, und etwas Abstand von all dem hier würde ihnen guttun. Natürlich würde er erst noch der Bankiersfrau einige Tage auf Schritt und Tritt folgen, doch sein Instinkt sagte ihm, dass da nichts war. Zumindest nichts, was von ihr ausging. Vielleicht wollte sich der Gatte gern aus dem Familienkonstrukt verabschieden, und es erschien ihm besser, seiner Frau den schwarzen Peter in die Schuhe zu schieben ... Manche Leute schrieben solche Treueklauseln in ihre Eheverträge. Für Aimé war das alles sonderbar. Betrachteten sich diese Menschen eigentlich als Paar oder eher als Geschäftspartner?

Er musste los. Thierry sollte nicht wie bestellt und nicht abgeholt am Bahnhof herumstehen. Aimé nahm sich vor, Pierre auf das Angebot anzusprechen und dann ein offenes Gespräch mit Hilde zu suchen.

Paris, 14. Juni

Aurélie blickte auf und erkannte am Zettel in seiner Hand sofort, dass die Katze aus dem Sack war. Sie hatte ihm schon länger sagen wollen, dass ihr Arbeitgeber *Human Rights Lawyers* zugesagt hatte, einen brisanten Fall zu übernehmen und die einflussreichen Drahtzieher eines Menschenhändler-Kartells zu überführen. Das sollte Signalwirkung haben und dieser bösartigen Spezies verdeutlichen, dass es weiterhin mutige Menschen gab, die für Gerechtigkeit einstanden.

Ihr Mann hielt den kleinen Zettel in der Hand, und sein Blick war nicht verärgert, sondern ... traurig. Damit konnte sie nie gut umgehen. Unverhohlener Frust war einfacher zu handhaben. Wenn die Mädchen türenschlagend durch die Wohnung fegten, wilde Verwünschungen ausstießen, war das zwar anstrengend, aber viel einfacher zu ertragen als der waidwunde Ausdruck in Pierres Augen. Sie war es gewohnt, wüsten Drohungen Paroli zu bieten und dabei Ruhe zu wahren – rational zu bleiben und sich nicht von jedem provokativen Mistkerl aus der Reserve locken zu lassen. Meist unterschätzten die Gegner sie. Sie wusste genau, dass ihr Äußeres das Weibchenschema in deren Kopf befütterte: lange Haare, sinnliche Lippen, schmale Taille, schlanke Beine ... Wer so aussah, hatte seine Position möglicherweise anderen Qualitäten als einem scharfen Verstand zu verdanken und stellte keine Gefahr dar. Ihr Ruf eilte ihr zwar mittlerweile voraus, doch es gab immer unwissende Anzugträger, die mit wichtiger Miene in den Gerichtssaal stolzierten und den Fall bereits als gewonnen ansahen, weil ihr Blick auf Aurélie Coty-Vigne fiel. Dabei müsste allen schon aufgrund ihrer Abstammung klar sein, dass sie aus hartem Holz geschnitzt war. Schließlich hatte ihr Urgroßvater einst fünf Jahre an der Spitze der französischen Union gestanden.

War Pierre aufgebracht, stützte er sich mit den Händen auf ihren Schreibtisch und knirschte mit den Zähnen. Sie waren schon viele Jahre ein Paar – hatten bald silberne Hochzeit –, und sie kannte ihn durch und durch. Heute ließ er sich in den dunkelgrünen Samtsessel fallen, auf dem sie gern saß, wenn sie Klageschriften vorformulierte.

Ihr Mann zögerte kurz, warf einen Blick über seine Schulter und vergewisserte sich, dass die Tür geschlossen war, denn Danielle war bereits zu Hause und sollte offensichtlich nichts von dem mitbekommen, was hier gesprochen wurde. Sie war anderer Meinung, was das anbetraf, denn ihre Töchter mussten wissen, was da draußen vor sich ging. Es gab keine heile Welt, sondern nur ein ewiges brutales Ringen um Macht und Einfluss. Die Erde war von einem kaum heilbaren Virus namens Mensch befallen, dessen Innerstes auf Zerstörung programmiert war. Kein anderes Lebewesen arbeitete ansonsten so intensiv daran, seine Artgenossen zunichtezumachen.

»Ich habe mich darauf verlassen, dass du die Finger von so was lässt.«

Er hob den Zettel hoch, und sie erwiderte seinen Blick abwartend. Er war enttäuscht von ihr, und sie wollte ihn nicht zum Narren halten. »Ich kann nicht ... also ich meine nicht, dass ich es dir nicht sagen kann ... Das hätte ich längst tun müssen. Du hast vollkommen recht! Aber ich kann nicht dasitzen und am Unrecht vorbeischauen.«

»Aurélie, das ist verdammt gefährlich. Diesmal ganz besonders, denn du willst Leute angreifen, die jede Menge Einfluss haben ... auch hier in Paris.«

»Ist es nicht immer gefährlich, den Finger in die Wunde zu legen? Bisher ist es stets gut gegangen, und wir haben diesen skrupellosen Ärschen immer wieder gezeigt, dass es Grenzen gibt.«

Pierre senkte kurz den Kopf, betrachtete seine Hände eingehend und strich dann mehrfach den Zettel auf seinem Oberschenkel glatt. Er seufzte leise. Kein theatralisches lautes Gestöhne. Nur ein leiser Ton unendlicher Verzweiflung. Irgendwas war anders als sonst.

Warum war dieser Fall etwas, was ihn so sehr zu belasten schien? Er kannte mit dem Zettel in seinen Händen nur eine plakative Überschrift und keine Details.

Ihr Instinkt flackerte kurz auf, doch dann meldete sich ihr Gewissen zu Wort: Das war ihr Ehemann, der dort saß, und kein Angeklagter, auf den sie mit dem Finger zu deuten hatte. Sie erhob sich, umrundete den Schreibtisch und setzte sich auf die Kante des massiven braunen Tisches. Ihre Großmutter Geneviève hatte ihr das gute Stück vermacht, und Aurélie hütete den Tisch wie ihren Augapfel: Hier würde sie Geschichte schreiben! Vielleicht war dieser Zeitpunkt jetzt gekommen. Doch ohne den Rückhalt ihrer Familie war es nicht zu schaffen. Jeder Mensch, der für etwas voller Leidenschaft in den Kampf zog, benötigte einen Rückzugsort. Pierre musste auf ihrer Seite sein, und die Mädchen sollten es natürlich auch. Sie waren alt genug, um zu begreifen, dass die Welt da draußen nicht nur gut war.

Marseille, 14. Juni

»Ich will, dass dieser Idiot ein für alle Mal seine Schnauze hält und sich verpisst – wohin, ist mir egal«, brüllte Lionel Sournois.

Die Tür zu seinem Büro öffnete sich, und Mathis lehnte sich provokativ gegen den Türrahmen. »Bist du jetzt langsam fertig? Erstens bin ich nämlich hier, und zweitens höre ich dich auch bei normaler Lautstärke bis ins nächste Zimmer. Du bekommst noch einen Herzinfarkt, wenn du weiter so herumschreist.«

»Sei nicht so vorlaut, Mathis!« Lionel ließ seine freie Hand auf den Tisch hinabsausen, und der gläserne Briefbeschwerer hüpfte einen Zentimeter in die Höhe.

»Lionel, ich fasse nur Tatsachen zusammen. Du bist Hafenmeister, da braucht man ein lautes Organ – keine Frage, aber du musst mich nicht durch die Wände anbrüllen, mit mir kannst du ganz normal reden. Was hat Maxime gemacht, damit du so ausflippst?«

»Es geht nur am Rande um Maxime.« Lionel musste atmen, um klarer denken zu können und Mathis zwar einzubinden, ihm aber gleichzeitig auch nicht zu viel zu verraten. Gebot man über einen Hafen wie den von Marseille, dann jonglierte man mit jeder Menge Frachtcontainern, und die Struktur musste einer nachvollziehbaren Ordnung entsprechen. Zumindest weitestgehend. Er war für die gesamte Organisation und Überwachung des Hafenbetriebes verantwortlich. Es galt, die Hafengebühren zu erheben, die Hafenanlagen instand zu halten und eng mit den Behörden und der

Küstenwache zusammenzuarbeiten. Zudem war er Ansprechpartner für die Eigentümer der Frachter, die Firmen, die die Waren löschten, und noch vieles mehr.

Vieles, das Mathis nicht zu interessieren hatte. Wobei der Kerl schlau war und gern seine lange Nase in Dinge steckte, die ihn nichts angingen. Seine Aufgabe war es unter anderem, das Wetter zu überwachen und die Bootseigner und Schifffahrtsunternehmen über mögliche Gefahren oder Einschränkungen zu informieren. Die Durchsetzung der Sicherheits- und Umweltstandards hatte er ihm ebenfalls aufgebrummt. Er machte seine Sache gut. Er war nur zu neugierig. Lionel bekam regelmäßig Bluthochdruck, wenn der Jüngere sich aufspielte, als hätte er die Seefahrt erfunden.

Zudem hatte man es in einem Containerhafen mit vielen verschiedenen Dingen zu tun. Denn hier tummelten sich Gestalten jeder Art und machten Geschäfte. Nicht alle davon waren ... legal. Aber das war seine Sache. Auch wenn er gerade die Beherrschung verloren hatte, weil ihm einer der Frachtführer blöd gekommen war. Der Europort-Containerhafen war der größte französische Warenhafen und dadurch Umschlagplatz für Gut und Böse. Anders konnte man es nicht nennen. Mehr als eineinhalb Millionen Container wurden hier bewegt. Es war ein kleines Königreich und er der unangefochtene Herrscher. Das wurde man nicht, indem man kleinlaut hinter verschlossener Tür mit piepsiger Stimme vor sich hin schnatterte. Laut und selbstbewusst zu sein war die Devise, und das lag ihm im Blut. Daher würde er sich von Mathis nicht belehren lassen oder ihm gar das Gefühl vermitteln, er könne ihn umerziehen oder an die Kandare nehmen.

Heute kam eine wichtige Ladung an. Der Frachtführer einer der größten Speditionen, die dafür verantwortlich waren, die genormten Container auf ihre Lkws zu packen und über die Straße oder auf die Schiene zu bringen, hatte ihm zu verstehen gegeben, dass er andere Margen erwartete. Jedes

Jahr kam irgendein Idiot auf die Idee, dass das den richtigen Weg zum Reichtum darstellte. Doch Lionel würde ihm diesen Zahn in Bälde und unter Schmerzen ziehen. Diese Art der Dummheit machte ihn wütend. Sehr sogar. Sein Netzwerk war trotz seines grobschlächtigen Verhaltens fein geflochten und umspannte den ganzen Planeten. Das war nicht übertrieben. Hier gingen sie alle vor Anker, und er war der Dreh- und Angelpunkt. Die wichtigsten Papiere liefen durch seine Hände, wurden von ihm abgestempelt und freigegeben – oder eben nicht. Das machte seine Position gefährlich. Er hatte sich daran gewöhnt, bedroht zu werden, aber am Ende des Tages war all diesen Kerlen bewusst, dass ein Nachfolger mehr Probleme bereiten würde, als mit ihm heftig zu feilschen. Das alles hatte ihn reich gemacht. Vorsicht war jedoch die Mutter der Porzellankiste, und so hortete er das Geld auf Offshore-Konten, und seine Immobilien überall auf der Welt gehörten Briefkastenfirmen, die sich nicht zu ihm zurückverfolgen ließen. Panama bot großartige Möglichkeiten, Firmenmäntel für überschaubare Beträge zu erwerben. Nicht wenige verfügten sogar über Verlustvorträge, und man konnte noch munter Gelder vom Staat einsacken. Nichts davon durfte nach außen dringen. Er hatte ein gutes Gehalt, aber Millionengeschäfte konnte man damit nicht finanzieren. Einen reichen Erbonkel gab es in seinem Leben ebenfalls nicht. Insofern kreierte er grundsätzlich ein ideenreiches Storyboard, fuhr er in den Urlaub nach Aspen, Sankt Moritz oder zu anderen Hotspots: Gut situierte Freunde luden ihn ein, ihr Gast zu sein, oder er hütete für sie Villen und Jachten. Bisher war er damit gut gefahren. Der neugierige Mathis hatte zwar schon häufiger gefragt, ob Lionel all die Leute durch seinen Beruf kennengelernt habe, aber er sah sich hier nicht in der Pflicht, Auskunft zu geben.

»Ich verstehe ja, dass die Leute oft glauben, sie seien unsere einzigen Probleme, und daher erwarten, dass ihre Probleme vorrangig gelöst werden, aber Maxime … Er hat doch schon die ersten Lösch-Slots«, fasste sein cleverer Mitarbeiter die Situation noch einmal in Worte.

Lionel wägte rasch ab, wie viel er preisgeben konnte. Ihm war bewusst: Blieb er zu vage, würde Mathis nur noch mehr nachbohren, aber sagte er zu viel, machte er sich und auch Maxime angreifbar. »Er hat angeboten, seine Vertragskonditionen anpassen zu lassen – für dieses Privileg.«

Mathis atmete vernehmlich ein, und Lionel entdeckte Erstaunen in dessen Blick, denn im Regelfall wollte niemand freiwillig mehr zahlen. Doch Lionel sah hier seine Chance: ein paar Cent mehr pro Slot – ganz offiziell – und den Rest wie immer direkt in seine Tasche.

»Das passiert nicht jeden Tag, dass jemand mit einem solchen Auftragsvolumen seinen Geldbeutel öffnet …« Mathis' lange Gestalt streckte sich nun im Türrahmen. Er war rund zwei Meter groß, durchaus trainiert, aber trotzdem schlaksig und jungenhaft wirkend, trug eine runde Brille mit einem feinen dunkelgrauen Gestell und bis auf die wirklich heißen Sommermonate immer einen schwarzen Rollkragenpullover. Im privaten Kreis belächelte Lionel seinen Mitarbeiter gern und sagte: »Der Junge macht einen auf Steve Jobs und glaubt, er kann die Hafenstruktur revolutionieren.«

»Wir werden sehen, wie das wirklich ausgeht. Maxime ist anmaßend, und wir sind hier nicht auf dem orientalischen Basar und feilschen wie Straßenhändler«, machte Lionel seinen Standpunkt klar und rückte damit noch einmal seine entrüstete Reaktion ins richtige Licht.

Kein Lebenslicht

Doch die Männer wollten nicht auf ihn hören. Da ergriff der Levit seine Nebenfrau und brachte sie zu ihnen auf die Straße hinaus. Sie erkannten sie und trieben die ganze Nacht hindurch bis zum Morgen ihren Mutwillen mit ihr …

Richter 19,25

Wie muss der Verstand geartet sein, um nicht zu begreifen, was da kommen wird? All jene Stimmen, die sich trotz der Kranken und Toten noch erheben, um hoffnungsvoll von einem Leben danach zu sprechen.

Ist das Dummheit oder einfach nur jener Funke, der den Menschen zu etwas sehr Sonderbarem macht, das sich stets ans Überleben klammert. Jene Kinder, die von ihren Eltern verkauft werden, damit diese das Auskommen der anderen Familienmitglieder sichern können. Die dann auf die Schiffe der Fischfangflotten gebracht werden, um dort Frondienste zu leisten. In Drecklöchern zu hausen. Schimmlige Reste zu essen und tagein, tagaus sechzehn Stunden auf hoher See zu schuften. Riesige Oktopusse zu zerteilen, Unmengen an anderem Getier zu erschlagen und dabei zu kaltblütigen Maschinen abzustumpfen … oder zu sterben. Auch sie hoffen bis zum letzten Tag auf eine Zukunft ohne Schmerz und Erniedrigung.

Doch am Ende wartet auf sie alle nur der Tod. Wertloser

Menschenmüll – hineingezwängt in lichtlose Gefängnisse. Kein Entkommen.

Die sonderbar blau strahlenden Pupillen in den mandelförmigen Augen des kleinen Jungen werden brechen – so wie die aller anderen auch, die lebend aus der Dunkelheit geholt werden. Am Ende sind sie menschlicher Schrott. Es wäre leichter zu ertragen, blutige Hände von den rauen Seilen der Netze zu haben, als an so vielen anderen Stellen des Körpers zu bluten.

Es ist nicht Hoffnung, die aus denen spricht, die davonzukommen glauben. Es ist Dummheit, denn in der Dunkelheit des Ungetüms voller Gestank gibt es keinen Lichtblick. Ihrer aller Licht wird auf ewig verlöschen.

Hameau les Bouisses, 14. Juni

Margeaux warf einen Blick in den Spiegel und strich sich das lockige Haar zurück, um es mit einer geschickten Handbewegung zu einem Knoten auf dem Oberkopf zusammenzufassen. Die sommerliche Sonne hatte ihre Haut mit einem bronzefarbenen Schimmern überzogen, und sie musste nur ein wenig Rouge auftupfen, Kajal auf die Unterlider malen und die Lippen mit einem roséfarbenen Stift nachziehen. Der Look war natürlich und verlieh ihr einen gesunden Touch.

Gesund …

Das Wort rollte sonderbar durch ihre Gedanken. Das Gegenteil von gesund war krank. Sie war nicht krank … vielleicht ein bisschen angeschlagen, aber nicht krank. Sie war Polizistin geworden, weil sie Aimés Wertegrundlagen übernommen hatte und seinem Vorbild gefolgt war. Ihre Entscheidung für das Morddezernat hatte sie ganz bewusst getroffen. Es gab jede Menge anderer Einsatzorte für Beamte im gehobenen Dienst. Sie hatte gewusst, was es bedeutete, dem Tod stets einen Schritt hinterher zu sein … und dass sie es im Regelfall mit Leuten zu tun hatte, die im Affekt töteten oder Totschlag begingen. Mord erforderte Vorsatz. Das war viel seltener der Fall. Dass man in Deutschland auf einen Serienmörder traf, war so unwahrscheinlich, dass kaum jemand auf dem Schirm hatte, was dann zu tun war. Und was es mit den ermittelnden Personen machte …

Sie wollte gut aussehen, wenn Thierry nach Hause kam. Auch das rollte schwerfällig durch ihren Kopf. Seit sie die Eheschließung geplant hatten, war zu viel passiert, um aus ihrem Haus ein gemeinsames *Zuhause* zu formen. Sie hatte ihn nicht in Aix-en-Provence besuchen dürfen, und die sechs Wochen waren ihr wie eine Ewigkeit erschienen. Fast so, als hätten die zweiundvierzig Tage die Macht besessen, sie zu Fremden zu machen. Sie öffnete den Wandschrank in der Dachschräge ihres Schlafzimmers, knipste das Licht an und schaute sich ihre Kleidung an: alles hervorragende Qualität, edel und doch von lässigem Schick geprägt. Sie hatte Geld. Ein wunderschönes Heim ... aber das waren alles nur schnöde *Dinge.* Auf nichts davon kam es am Ende wirklich an, denn dann zählte nur, wer man war und von wem man geliebt wurde – und dass man sich im Spiegel ansehen konnte und es in Ordnung war, was man dort erblickte.

Hildes Reaktionen waren wie messerscharfe Spitzen zerbrochenen Spiegelglases, die sich unaufhaltsam in Margeaux' Herz bohrten, die Muskelhaut durchdrangen und sich im Inneren des Organs einnisteten, um dort irreparablen Schaden anzurichten. Sie war noch immer dieselbe Person und hatte gehandelt, wie eine Polizistin eben agierte. Was man so viele Jahre antrainiert bekam, schüttelte man nicht binnen weniger Minuten ab. Man schickte sie in Kampfräume mit der gezückten Waffe in der Hand, um sie darauf zu konditionieren, drohende Gefahren in Sekundenbruchteilen zu identifizieren und mit Hochgeschwindigkeit auszuschalten. Polizeiarbeit!

Sie war eine von den Guten. Hilde musste das doch wissen, und doch konnte Margeaux die Ablehnung in dem geliebten Gesicht sehen, wenn sich die Oberlippe für Millisekunden anhob oder sie den Mundwinkel einseitig kurz einzog. Ekel und Verachtung im Gesicht ihrer Ziehmutter ... Wieder schnitten die Splitter schmerzhaft ins Fleisch, und je heftiger ihr Herz pochte, umso tiefer drangen sie ein. Sie musste sich beruhigen, auch wenn sie gerade noch zusätzlich die Sorge in sich trug, dass Thierry aufgehört hatte, sie zu lieben, während er versucht hatte, das Geschehene zu verarbeiten. Sie atmete zittrig aus – lange –, um dann tief einzuatmen. Das wiederholte sie fünfmal. Bewusstes Atmen beruhigte das limbische System nachweislich und machte dadurch eine Emotionsregulation möglich.

Manchmal war es so still auf dem Weiler ... die Nachbarn Camille und Benjamin besuchten ihre erwachsenen Enkelkinder in Cavaillon, und Suzan und Michel machten wahrscheinlich gerade Mittagsschlaf. Die Pferde hatten sich irgendwo in den Schatten zurückgezogen, und die restlichen Anwohnenden waren auf der Arbeit. Man hörte nur das sanfte Plätschern der Poolpumpe, den Gesang der Zigallen – und ein Auto, das sich seinen Weg über die steinig holprige Privatstraße bahnte.

Sie kamen!

Und sie stand noch unbekleidet da. Rasch zupfte sie ein schwarzes, lockeres Kleid ihres Lieblingslabels vom Bügel, schlüpfte hinein, schnappte sich einen Gliedergürtel, schlang ihn um die Taille und wählte passende flache Zehensandalen. Das Geräusch war nun ganz nah, und Willi erkannte Aimés Wagen am Motor. Er fiepte aufgeregt und rannte mit fliegenden Ohren zu dem großen Tor.

Margeaux stand am Fenster, ließ ihren Blick hinausgleiten und nahm die geliebte Natur in sich auf: den Glanz, den die Sonne auf die Felsen zauberte, und das diesige Licht, das die Fernsicht irgendwie klarer werden und die Türme des Klosters Saint-Michel-de-Frigolet aus dem Panorama hervorstechen ließ. Der spärliche Bewuchs der Landschaft, der sich noch immer nicht so recht von dem Feuer erholt hatte, das mehr als dreißig Jahre zurücklag, gab der Umgebung ein felsiges Aussehen. Je weiter man sich vom Weiler entfernte, desto dichter und grüner wurde die Vegetation, denn dort war der Wald von den Flammen verschont geblieben, und hohe Pinien und Zypressen streckten ihre Kronen dem Himmel entgegen.

Sie machte sich auf den Weg nach unten, um ihren Mann zu begrüßen. Denn noch war er es.

Paris, 14. Juni

Pierre sah, wie Aurélie hinter sich auf den Schreibtisch griff und zielsicher eine Akte an ihre Seite zog. Er fürchtete sich vor dem, was nun kommen würde, denn obwohl er der Sohn eines Polizisten war, Margeaux und sein Vater in den letzten Jahren von einer blutigen Verwicklung zur nächsten gestolpert waren, konnte er sich nicht an Grauen vermittelnde Bilder gewöhnen. Das war auch gut so, denn Abstumpfung war etwas Unschönes und in seiner Welt ein erster Schritt von der hellen auf die dunkle Seite. Wobei er selbst, genau betrachtet, bereits zu oft Kompromisse gemacht hatte und sich auch ohne diese Form der Gleichgültigkeit auf einem gefährlichen Weg befand. Seine Motivation war stets davon getragen gewesen, seine drei Mädels zu beschützen, aber rechtfertigte das jedes Mittel? Da waren einfach zu viele Tage, an denen er den Blick von seinem Spiegelbild abwenden musste.

Seine Frau zog das Gummiband von der Papierkladde, klappte sie auf und nahm ein Foto in DIN-A4 heraus. Es war durch die Vergrößerung grobkörnig, und doch konnte er sehr gut erkennen, was dort abgebildet war. Sein Herz zog sich zusammen, und er schloss spontan die Augen, doch sie würde ihn nicht so einfach davonkommen lassen. Das tat sie nie, brannte sie für einen Fall, und er konnte sich nicht mehr erinnern, wann sie das letzte Mal nur halbherzig vor Gericht gegangen war.

»Was du hier siehst, ist kein Einzelfall, Pierre.« Ihre Stimme war eindringlich. »Regelmäßig kommen irgendwo in Europa solche Container an Land, versteckt zwischen hundert anderen, und während die einen aktiv daran beteiligt sind, dieses grausame Geschäft zu ermöglichen, machen andere einfach nur die Augen zu. Hier hat die Polizei einen Tipp bekommen und es tatsächlich geschafft, in Bordeaux diesen Container ausfindig zu machen.« Sie drückte ihm das Foto nun in die Hand, und er starrte durch die geöffneten großen Türen in das Innere des Stahlkastens: Menschen drängten sich an die hintere Wand. Die Panik in den Gesichtern war erkennbar. Sie trugen zerlumpte Kleidung, schienen verschmutzt zu sein, und bei genauerem Hinsehen erkannte er einige Eimer, und dazwischen lagen Personen. Er konnte nicht feststellen, ob sie zu schwach gewesen waren, um aufzustehen, oder nicht mehr lebten.

Doch seine Frau war schon dabei, ihm alles zu erläutern: »Zweiundsechzig Menschen auf knapp dreißig Quadratmetern. Das bedeutet, dass sie halb aufeinanderliegend oder mit angezogenen Beinen sitzend eine Fahrt überstehen mussten, die rund fünfzig Tage gedauert hat. Sie haben ihre Notdurft in diese Eimer entrichten müssen.« Sie deutete mit ihrem Finger auf eines der blechernen Behältnisse und fuhr fort: »In denselben Eimern haben sie wohl dann auch Wasser und Essen bekommen. Einige von ihnen haben es nicht überlebt. Solange das Schiff auf hoher See war, wurden die Toten im Wasser entsorgt, je näher sie der Küste kamen, umso weniger war das möglich. Also haben sie sie einfach liegen lassen. Drei der Personen am Boden sind gestorben ... Nein, warte! Sie sind *verreckt!*« Sie spuckte das Wort förmlich aus. »Die anderen waren kurz davor, den Strapazen der Verschleppung zu erliegen. Es handelt sich um Frauen und Kinder, Mädchen und Jungen zwischen vier und dreizehn Jahren. Ihnen hätte ein Leben voller Gewalt bevorgestanden. Wahrscheinlich kennen sie gar nichts anderes. Ein Teil der Opfer wird im Normalfall zwangsprostituiert, andere werden zum Arbeiten in Wäschereien, auf Baustellen oder in Privathaushalte verkauft.«

Sie hielt inne, und er nutzte den Augenblick, um ihr das Foto zu reichen und aufzustehen. Er musste sich bewegen. Die Verbrecher, die Menschen so behandelten, waren nicht einfach Geschäftsleute, die auf Kosten ihrer Artgenossen immer reicher wurden, sondern schlicht kaltblütige Mörder. Was stimmte nur mit der Spezies Mensch nicht? Kein anderes Geschöpf behandelte seinesgleichen auf diese Art und Weise.

»Und ihr wisst, wer dahintersteckt?« Er versuchte, die Angst aus seinen Gliedern zu vertreiben, indem er auf und ab ging. Er fürchtete die Antwort auf diese Frage, denn ihm war klar, dass sie es wussten und bereits begonnen hatten, Material gegen die mächtigen Organisationen zu sammeln. Er bewunderte Aurélie für ihre Courage und die ungebrochene Motivation, dem Bösen entgegenzutreten, und gleichzeitig war er deshalb auch unglaublich wütend auf sie. Wie konnte sie nur so fahrlässig mit ihrem Leben – und auch dem ihrer Familie – umgehen? Es empörte ihn, dass sie einen Fall wie diesen annahm, ohne sich vorab mit ihm abzustimmen. Doch er kannte ihre Argumente und hatte ihnen nicht viel entgegenzusetzen.

»In was für einer Welt sollen unsere Töchter leben? Und wie wollen wir ihnen erklären, dass wir jahrelang dabei zugesehen haben, wie Unrecht geschieht? Wir müssten uns in Grund und Boden schämen, Pierre!«

Er hatte diese Erklärung in unterschiedlichsten Abwandlungen so oft gehört, dass er sie alle, ohne darüber nachzudenken, aufsagen konnte. Sie hatte ja recht! Das war es, was ihn noch mehr erboste ... und die Erkenntnis, dass er im Vergleich zu ihr ein Feigling war, denn er hätte keines dieser heißen Eisen je angefasst! Gut, er stand für seine Familie ein und würde für Aurélie, Marylène und Danielle alles tun, und er tat es auch ... auf seine Art. Aber im Vergleich zu der Arbeit, die seine Frau leistete, war es einfach nicht genug.

Er seufzte schwer und spürte ihren Blick auf sich.

»Bist du dabei, Pierre? Ich muss dich hinter mir wissen, und auch die Mädchen sollen den Kontext dieses Falles erfahren. Sie sind alt genug.«

Davor hatte er sich am meisten gefürchtet: dass sie die Kinder einbeziehen wollte. Marylène war siebzehn, extrem clever und glich nicht nur äußerlich ihrer Mutter, sondern hatte auch deren kämpferisches Wesen. Danielle war mehr wie ihr Großvater Aimé, hatte sein sonniges Gemüt, summte, wohin sie ging, und ließ gern mal fünfe gerade sein. Hauptsache, es wurde niemand verletzt. Rein äußerlich sah sie aus wie er und hatte das rundliche Gesicht von Großmutter Hilde und auch deren blondes Haar geerbt, das sie mittlerweile etwas nachgedunkelt in langen Wellen trug. Die Mädchen waren so unterschiedlich, aber der Gerechtigkeitssinn war bei beiden gleich stark ausgeprägt: Niemandem durfte Unrecht geschehen.

Wie sollte er es diesmal nur schaffen, sie alle zu beschützen? Über seinen Rücken floss ein kalter Schauer, und eine eisige Hand mit langen, spitzen Nägeln schien sich an seinem Magen zu schaffen zu machen. Doch es half nichts. Er musste die Frage stellen.

»Nun sag schon, wer dahintersteckt!«

Stuttgart, 14. Juni

Werner Walter – gern auch als *Ausrufezeichenchef* tituliert, weil sich viele seiner Sätze so anhörten, als endeten sie mit mindestens drei dieser Satzzeichen – hatte ihn nur mit hochgezogener Augenbraue angesehen, als sie ineinandergelaufen waren … Manchmal unterstrich der Leiter der Mordkommission damit das Gesagte wie durch eine Illustration, doch so spontan und kurz, wie sie im Augenblick des Zusammenstoßes hochgeschnellt waren, erkannte Frank die Verachtung in der Mimik seines Gegenübers.

Werner erwartete den fertigen detaillierten Bericht endlich auf seinem Tisch. Insofern war die Verachtung in seinem Gesicht nachvollziehbar, denn Frank erbrachte hier eine ungenügende Leistung. Doch er war einfach bis jetzt nicht dazu fähig gewesen, alles en détail aufzuschreiben. Der Psychologe hatte ihm mehrfach angeboten, ihn dabei zu unterstützen, die richtigen Worte zu finden, und er hatte dankend abgelehnt. Wahrscheinlich musste er endlich Ja sagen und sich dem Erlebten in der sachlichen Sprache eines Polizeiberichts stellen.

Eigentlich hatte er mentale Unterstützung von Margeaux erwartet, doch es herrschte Funkstille mit der Provence. Thierry war in Therapie – der Mann hatte es richtig gemacht und sich seine Probleme eingestanden –, Aimé hatte mit den Nachwirkungen von Chemo und Bestrahlung genug zu tun, und Hilde stand aus seiner Sicht nach wie vor unter Schock und gestand sich dies nicht ein.

Auch er hatte sich damit schwergetan, zu akzeptieren, dass

sich die traumatische Verletzung in seinem Inneren nach außen wandte und sich gegen Margeaux richtete: Warum, verdammt noch mal, erschien sie so vollkommen normal, fast unbeteiligt? Hatte sie denn keine Todesangst gehabt, die sich wie ein vergifteter Pfeil in ihre Seele gebohrt hatte? Vielleicht war es eben auch genau das, was Hilde und ihn so abwehrend reagieren ließ, denn es machte sie beide verletzlich, während Margeaux blutverschmiert der Hölle entkommen und wie ein Phönix aus der Asche emporgestiegen war und ... Ja, was und? Sie schien endlich frei zu sein von einer Beziehung, die sie nie gewollt hatte. Martin Angerer war es gewesen, der *sie* auserkoren hatte, der *sie* mit »mein Kind« angesprochen hatte und nur *mit ihr* hatte reden wollen, um all seine Taten in epischer Breite zu erläutern.

Er war es, der Leid über sie alle gebracht hatte. Am Ende immer nur er, er, er!

Egal, wer sich nach seinem Auftauchen damals berufen gefühlt hatte, aus seinen Morden auf ganz eigene Art entweder Profit zu schlagen oder weitere blutige Taten zu rechtfertigen. Viele Menschen waren innerlich zersplittert, weil er ein Serienmörder war. Punkt.

Nun war Margeaux frei. Das Kapitel Angerer war abgeschlossen, und Margeaux hatte erkennen müssen, dass auch sie als absoluter Profi der Manipulation erliegen konnte. Nun würde er sie in Ruhe lassen. Endlich!

Warum fiel es ihm so schwer, das Geschehene in diesen neuen Rahmen zu setzen und vordergründig das Gute zu sehen? Auch wenn es Hilde ähnlich wahrnahm, so bedeutete dies nicht, dass sie beide im Recht waren. Ein Satz des US-amerikanischen Psychologen Marshall Rosenberg kam ihm in den Sinn: *Willst du recht haben oder glücklich sein? Beides gleichzeitig geht nicht.* Das war absolut wahr. Es war an der Zeit, sich für das Glück zu entscheiden!

Er war einfach weitergegangen, hatte Werner stehen lassen, drehte sich nun herum, betrat einen kleinen Besprechungsraum, markierte ihn als *Besetzt* und machte sich an den lange überfälligen Bericht.

Hameau les Bouisses, 14. Juni

Es war wie in einer jener schlimmen Serien, die es früher im Fernsehen gegeben hatte, wenn die Familie steif auf den Sitzmöbeln im Wohnzimmer saß, alle mit einem erzwungenen Lächeln auf den Lippen – das im Unterschied zu echt erlebter Freude die Augen nicht erreichte – und peinlich berührt schweigend. Vielleicht hätte sie Thierry ihrem Erstimpuls folgend zu einem Spaziergang mitnehmen sollen. So hätte sie verhindern können, hier unter Hildes Adleraugen sitzen zu müssen. Ihre Ziehmutter beobachtete jede ihrer Bewegungen und gab Margeaux das Gefühl, ihr bei Bedarf sofort in die Quere zu kommen. Aimé war auch keine Hilfe. Im Unterschied zu seiner Frau war er eher eine Art Glucke, die ihr Küken vor einer eventuellen Bedrohung beschützen wollte. Thierry schien sich ebenso unwohl zu fühlen wie Margeaux, jedoch konnte sie unter der Oberfläche dieses Unbehagens andere Emotionen wahrnehmen, obwohl sie dies im Familienkreis im Regelfall zu vermeiden versuchte, denn es war ihren Lieben oft unangenehm, so analysiert zu werden.

Er senkte den Blick leicht, und die typische dreieckige Augenbrauenstellung bei Trauer umwölkte seine Stirn. So sah Schuld oft aus – doch weshalb fühlte er sich schuldig? Er hatte nichts falsch gemacht, sie aber auch nicht. Gut, vielleicht abgesehen von der Tatsache, dass sie den Kontakt zu Martin Angerer diesmal von sich aus gesucht hatte und nach dem Abschluss des letzten Falls, ohne es jemandem mitzuteilen, erneut zu ihm gefahren war. Doch dann hatte sie wie eine gut ausgebildete Polizistin gehandelt. Auch wenn sie ihre Marke abgegeben hatte, so hätte sie doch nicht vergessen können, was sie in jahrelangem Training erlernt hatte!

Begab sie sich jetzt empathisch auf die Seite der Menschen, die sie liebten und sich um sie sorgten, so war deren Reaktion nachvollziehbar – zumindest in gewisser Weise. Hildes Ablehnung tat wirklich weh. Thierrys Wunsch nach Abstand und professioneller Hilfe jedoch war durch und durch verständlich. Nicht nur rational, sondern auch emotional. Vielleicht stimmte doch etwas mit ihr nicht ... Nein! Sie war vollkommen in Ordnung. Sie hatte sich psychologisch beraten lassen, wie man es nach einem gewaltvollen Tathergang machte – tun musste! –, und damit war die Sache erledigt gewesen. Es war ihr Job. So war Polizeiarbeit in der Mordkommission immer gewesen, und man hatte sie alle dafür ausgebildet, Situationen in unterschiedlichsten Formen zu deeskalieren, aber auch dafür Sorge zu tragen, selbst nicht verletzt zu werden.

In Thierry schien nun ebenfalls Ärger aufzukommen: Seine Augen wurden kurz schmal, weil er die Unterlider anspannte und sich die Augenbrauen zusammen- und nach unten schoben. Die Lippen presste er aufeinander, und seine Hände ballten sich ganz kurz zu Fäusten. Dann war der Ausdruck auch schon wieder verschwunden. Etwas stand ihm im Weg. Bezog sich das auf sie? Das war immer die Krux mit der Emotionserkennung: Man musste ins Gespräch kommen, um nichts falsch zu interpretieren. Es gab einfach zu viele Möglichkeiten für den Ärger und die Schuld: War er sauer auf sie oder auf Hilde und Aimé oder gar auf sich selbst? Fühlte er sich schuldig, weil er sie sechs Wochen nicht hatte sehen wollen oder weil er sie beide in diese unmögliche Situation hier gebracht hatte? Das war doch alles vollkommen verrückt. Sie waren erwachsene Menschen und mussten nicht unter Aufsicht im Wohnzimmer sitzen, auch wenn der Raum zugegeben ein geschmackvoll eingerichteter Ort war. Sie sprang auf, sah ihrem Mann fest in die Augen, während Willi es ihr gleichtat und sich nun verwirrt zwischen seinen Menschen umblickte. Seine langen Ohren mit dem rötlichen Fell flogen dabei hin und her, während der Blick wach und aufmerksam war, als wollte er fragen, was hier gerade vor sich ging.

Margeaux berührte Thierry sanft und zugleich fordernd am Arm. »Bitte, lass uns eine Runde spazieren gehen.«

Er nickte, erhob sich rasch, und sie standen nur noch wenige Zentimeter voneinander entfernt. In jedem kitschigen Film oder Liebesroman wäre dies nun der Augenblick, in dem sich die beiden Hauptpersonen ungehindert in die Arme fielen, tränenüberströmt ... sich leidenschaftlich küssten und sich schworen, dass alles überstanden sei und nichts ihre Liebe je mindern konnte. So weit die schnulzige Theorie. In der Praxis war das ganz offensichtlich anders, denn ihr Mann machte eine winzige Bewegung zur Seite, und der Moment der Nähe war vorüber. Doch immerhin war er bereit, sich mit ihr auf den Weg zu machen.

Hilde wirkte kurz so, als wollte sie mitgehen, doch Margeaux bemerkte im Augenwinkel den Blick, den Aimé ihr zuwarf, und die ältere Frau ließ sich in den Sessel zurücksinken, wirkte dabei jedoch keineswegs glücklich. Margeaux wollte schreien und ihr ein für alle Mal klarmachen, dass es nun langsam reichte mit diesem bescheuerten Verhalten, doch sie wusste ja, was mit ihrer geliebten Hilde los war: Angst fraß die Seele auf, und dieses Loch heilte oft nur sehr langsam. Hilde hatte zu viel Angst haben müssen in den vergangenen Jahren, und leider war die Ursache für diese Furcht zu oft Margeaux gewesen. Gleichzeitig war sie nicht mit einem Schild durch die Straßen Avignons gelaufen, auf dem stand: *Kann mich bitte jemand umbringen, und wenn möglich sehr blutig.*

Aus Hildes Perspektive war das gewiss anders gelaufen: Margeaux hatte die Herausforderung und das Risiko gesucht. Realistisch betrachtet vor allem mit ihrer Entscheidung, wieder zu Angerer ins Gefängnis zu gehen. Sie musste unbedingt mit ihrer Ziehmutter ein klärendes Gespräch führen, doch nicht jetzt. *Jetzt* war ihre Ehe dran. Die galt es zu retten. Es hatte so lange gedauert, bis Thierry und sie sich wirklich gefunden hatten, und sie beide verdienten eine Chance auf glückliche Zweisamkeit. Schon bevor Frank und Werner Walter sie zu dem letzten Fall der brutal ermordeten Männer hinzugebeten hatten, war sie gedanklich auf dem Weg gewesen, sich von der Ermittlungsarbeit zu verabschieden. Sie hatte ein Buch schreiben wollen ... über Martin Angerer, den Serienmörder ... Jetzt wäre es noch fulminanter, denn sie hatte sich in seiner Gewalt befunden!

Paris, 14. Juni

Aurélie dachte kurz nach – wie sollte sie Pierre erklären, wer aufgrund aller Mutmaßungen und der gesammelten Hinweise für die brutalen Transporte auf französischer Seite verantwortlich war? In China waren es Kartelle, für die ein Menschenleben nichts zählte, die Kinder für ein paar Münzen von deren gleichgültigen oder vollkommen verzweifelten Eltern kauften und diese dann an Arbeitsplätze ketteten, auf die über sechzig Schiffe der kriminellen Fischereiflotten als Zwangsarbeitende weiterverkauften oder sie in die Prostitution überführten. Ein ebenso lukratives Geschäft war es, diese Opfer in Container zu pferchen und die, die es überlebten, in anderen Ländern zu wesentlich höheren Preisen an Bordelle, Nähstuben oder was auch immer zu verschachern.

Das Perfide dabei war, dass sie auf eine Organisation aufmerksam geworden waren, die sich nach außen wohltätig gab. Das Risiko, hierbei einigen sehr mächtigen und angesehenen Leuten auf die Füße zu treten, war immens. Diese würden gewiss auch alles tun, um die grausame Seite ihres Januskopfes zu verbergen. Sie wusste nur zu gut, dass Pierre alles tun würde, um sie zu beschützen. Er ging davon aus, dass sie es nicht mitbekam, wenn er irgendwo an Fäden zog, doch sie wusste Bescheid, denn sie kannte viele Leute, und auch in einer großen Stadt wie Paris wurde geredet. Er war mit gefährlichen Leuten beim Essen gesehen worden …

Sie brachte die ganze Familie in Gefahr. Das war ihr bewusst, und doch konnte sie nicht abends in aller Ruhe zu Bett gehen, während da draußen Frauen und Kinder in Containern krepierten, weil man sie als nachwachsende Ware betrachtete!

Vielleicht hätte sie mit dieser inneren Haltung und diesem Ruf nach Gerechtigkeit in ihrem Herzen niemals heiraten und Mutter werden dürfen. Doch auch hier war sie ihrem Seelenbedürfnis gefolgt: Pierre hatte sie in ihrem tiefsten Inneren berührt, und das war ein gutes Gefühl gewesen. Als Marylène geboren worden war, war ihr für einen Moment so gewesen, als könnte sie nie glücklicher sein als mit einem Neugeborenen im Arm. Doch der Ruf aus ihrem Inneren war stärker gewesen. Immer wieder. Sie hatte mit der zweiten Schwangerschaft erneut versucht, in den Taumel der Mutterfreuden zu kommen, aber auch hier war ihre Berufung nach wenigen Wochen zurückgekehrt – beinahe mächtiger denn zuvor. Denn jetzt hatte sie erkannt, wie es sich anfühlte, für diese kleinen Wesen, ihr Fleisch und Blut, verantwortlich zu sein. Sie hatte noch deutlicher verstanden, wie fragil diese kleinen, ungeschützten Seelen waren, und der Wunsch, so viele wie möglich zu retten, hatte sie wieder vor Gericht getrieben. Sie wollte den Tätern das Handwerk legen – und zwar denen, die an den Fäden zogen!

Die Kerle in China würden sie sowieso nicht dranbekommen, aber die Drahtzieher hier in Frankreich ... in Paris oder Marseille ... die wohl schon. Es würde diesmal noch mehr Mut als sonst benötigen, und sie musste dafür sorgen, dass Pierre sich raushielt. Er musste hinter ihr stehen, aber nicht mit flammendem Schwert die Gegner auszulöschen versuchen. Das war nicht seine Aufgabe. Doch hätte sie ihm dies nun gesagt, so würde ihm auch bewusst werden, dass sie schon lange wusste, was er tat, um seine Familie aus dem Schussfeld zu ziehen. Es würde zu Streit führen, offensichtlichen Unfrieden zwischen ihnen beiden aufkommen lassen und auch die Mädchen beeinträchtigen. Also durfte er nicht wissen, dass sie es wusste ...

Was für eine beschissene Situation! Und er musste sich

diesmal raushalten, denn das Wespennest, in das er ansonsten stechen würde, könnte sie alle umbringen. In einem Film hatte sie einmal sogenannte Jägerwespen gesehen: künstlich mutierte Insekten, die ein Gift abgaben, von dem man schlimme Halluzinationen bekam und bei einer Überdosis qualvoll zugrunde ging. So würde es sein.

Sie spürte seinen erwartungsvollen Blick auf sich, und die Strategie, die sie sich für dieses Gespräch zurechtgelegt hatte, erschien ihr zu zerbrechlich, so, als könnte sie mit wenigen Gegenargumenten in tausend Stück zerbersten. Aber es gab nun kein Zurück mehr. Ihr dummer Fehler, die Headline eines geplanten Berichts für die sozialen Medien auf einen Notizzettel zu kritzeln und diesen neben der Kaffeemaschine zu vergessen, ließ sich nicht mehr rückgängig machen. Vielleicht hatte ihr Innerstes die Konfrontation mit ihrem Mann provoziert, um sich seine Loyalität zu sichern? Sie musste endlich etwas sagen ... sie war schließlich eine wortgewandte Anwältin. Warum war es zu Hause nur so viel schwerer, die richtigen Sätze zu formulieren?

»Willst du mich hier am langen Arm verhungern lassen, Aurélie?« Frustration schwang in seiner Stimme mit.

Sie trat zu ihm, berührte ihn aber nicht und wählte die Worte sorgsam. »Das will ich nicht. Keinesfalls. Wir sind schon immer Seelenpartner und ein wirklich gutes Team. Unser Vierergespann funktioniert wie ein sicherer Hafen. So soll es auch bleiben, Pierre. Wir ... ich brauche einen sicheren Hafen, in den ich kommen kann, egal, wie stürmisch es dort draußen ist. Ich möchte euch hier wissen und nicht mit mir auf hoher See, denn dort wäre meine Angst dann zu groß, um durch diesen Sturm zu navigieren. Denn das muss ich tun, um wieder nach Hause kommen zu können ... in den sicheren Hafen. Alles, was jemand außer mir tut, kann diese Heimkehr gefährden, denn es gibt stets nur einen Kapitän an Bord.«

Würde er dieses Bild verstehen oder sich eher belehrt fühlen? Sie wartete mit klopfendem Herzen ab und suchte nach Zeichen in seiner Miene. Sie liebte ihn nach all den Jahren noch immer zutiefst. Zärtlichkeit überkam sie – sie wollte ihm die Hand auf die Wange legen, aber diese Geste würde den Moment der Dringlichkeit zerstören.

Er blieb vor ihr stehen. Das war schon mal gut.

Sein Blick flatterte kurz in die Ferne, heftete sich dann auf sie. »Ich weiß noch immer nichts über die Hintermänner, und das, was ich höre, heißt: *Sitz bitte hier zu Hause und bange um mich, während ich da draußen gegen den Aufruhr der Elemente und gnadenlose Seeungeheuer kämpfe* ... Ist das fair, Aurélie?«

»Nein, das ist es nicht«, antwortete sie wahrheitsgemäß. Es machte keinen Sinn, sich an dieser Stelle herauswinden zu wollen.

»Wer, Aurélie?«

»Simone de Oliviera.«

Er sog den Atem scharf ein, dann flackerte Unglauben durch seinen Blick. Simone de Oliviera hatte vor rund fünfzehn Jahren eine Menschenrechtsorganisation gegründet, die den Handel mit Kindern aus Indien, China und Osteuropa eindämmen wollte. Sie genoss überall im Land hohes Ansehen und auch über die Grenzen Frankreichs hinaus. Präsidenten luden sie ein, in Presseberichten kam sie regelmäßig zu Wort, und Karten für ihre Charitybälle verkauften sich wie frisch duftendes Baguette. Jeder mit Rang und Namen wollte dort gesehen werden, um das eigene Engagement öffentlichkeitswirksam zu präsentieren. Die Frau war der Inbegriff von Wohltätigkeit, des Einsatzes für das Gute und der weißen Weste. Nur war es laut allen Recherchen eben nicht die Wahrheit. Die Organisation *Dignité et justice pour tous* war offenbar eine Art Deckmantel, der über das Grauen gestülpt wurde, um es unsichtbar zu machen ... bis zu dem Container in Bordeaux. Da war er angehoben worden.

Der Polizei gelang es selten, einen Transport auffliegen zu

lassen, denn einige hochrangige Beamte steckten anscheinend mit der Dame unter ebendiesem Mantel. Gleichzeitig gab es auch seitens der Ermittler und Ermittlerinnen Leute, die sich nicht kaufen ließen und das Richtige tun wollten. Gewiss alles nur eine Frage der Zeit, denn war man nicht anfällig für jede Menge Geld oder Aufstiegschancen, dann wurde das soziale Umfeld dazu missbraucht, um Druck auf die Person auszuüben. Pierres Sorgen waren keineswegs unberechtigt, und doch durfte er diesmal niemandem eine Gefälligkeit anbieten, damit Frau und Kinder sicher waren.

»Sie … sie ist die Grande Dame der Menschenrechte! Studierende an den Universitäten der Welt schreiben Hausarbeiten über diese Frau. Sie kann do…« Er verstummte mitten im Satz, und Entsetzen verzerrte seine Gesichtszüge.

»Ja«, antwortete sie schlicht, denn was er sagte, entsprach der Realität, und doch war Simone de Oliviera hinter dieser Fassade offensichtlich abgrundtief böse und mehrte ihren Reichtum und ihren Einfluss mit ebenjenem Business, gegen das sie in der Öffentlichkeit kämpfte. Besser ließ sich der Begriff Bigotterie nicht erklären.

»Das kannst du nicht machen«, fand er seine Sprache wieder. »Wenn du gegen sie antrittst, Aurélie, unterschreibst du dein … unser Todesurteil … Und wenn es nicht wahr ist …«

»Glaube mir: Es ist wahr!«

Schweigen hüllte den Raum in Kälte. Sie standen voreinander, reglos, und in seinem Gesicht zeichnete sich ein wilder Emotionsmix ab, der in vollkommene Verzweiflung mündete. Tränen traten in seine Augen. Er war es, der nun seine Hand auf ihre Wange legte und mit wankender Stimme sagte: »Bitte, tu es nicht.«

Hameau les Bouisses, 15. Juni

Sie hörte Thierrys Atemzüge neben sich. Sie gingen nicht regelmäßig und waren eine Art Gradmesser, wie es um ihn – und damit auch um sie beide – bestellt war.

Sie waren eine große Runde gelaufen. Willi hatte sich immer wieder beinahe um ihre Füße gewickelt, denn er spürte, dass zwischen seinen Lieblingsmenschen etwas nicht in Ordnung war. Thierry hatte nur zögerlich auf ihre Fragen geantwortet, und sie selbst war mit angezogener Handbremse unterwegs gewesen. So musste es Psychologen zu Hause ergehen: Stets waren schwierige Gespräche ein Drahtseilakt zwischen dem emotionalen und dem professionellen Anteil in sich. Konnte man sich wirklich komplett davon frei machen, oder war dieser Anspruch an sich selbst viel zu hoch? Natürlich wollte sie einfühlsam sein und auf seine Gefühle angemessen eingehen, gleichzeitig war sie seine Frau und einfach nur verletzt, weil er sie ausgeschlossen hatte. Ihr war ebenfalls bewusst, dass sie wahrscheinlich zudem ihre Enttäuschung über Hilde auf ihn übertrug. Diese zwei so wichtigen Personen in ihrem Leben hatten sich von ihr abgewendet, weil … ja, weil sie sich wie eine Polizistin benommen hatte!

Während ihrer Dienstzeit bei der Kripo war es immer wieder zu kritischen Situationen gekommen. Natürlich war der Job auch kein Film, und sie rannten nicht andauernd mit der Pistole im Anschlag durch schattenreiche Räume, aber es war eben vorgekommen und gehörte zum Beruf. Entschied man sich für den Polizeidienst, traf man eben auch eine Entscheidung für den Waffengebrauch. Das war für Laien gewiss nur schwer zu verstehen. Zudem lernte man Verhörtechniken, und sie hatte sich aus eigenem Antrieb weitergebildet, um Gefühlslagen sicherer erkennen zu können und dann verbal angemessen damit umzugehen – natürlich mit dem Ziel, aus dem Gegenüber etwas herauszukitzeln.

Sich davon frei zu machen war schwer, denn sie wollte ihrem Mann so viel entlocken! Das war kein eigennütziges Verhalten. Es ging um sie beide – ihre gemeinsame Zukunft und ob das Leben, das sie sich noch vor wenigen Wochen zusammen ausgemalt hatten, eine Chance bekam oder nicht. Margeaux hatte während seiner Abwesenheit versucht, sich darüber klar zu werden, was sie wollte. Auf ihrer morgendlichen Laufrunde, im Pool und im Trainingsraum in der Scheune waren ihre Gedanken hin und her geflitzt, und von *Wenn er nur so tut, als würde er mich akzeptieren, dann soll er doch zum Teufel gehen!* bis zu *Endlich haben wir uns gefunden, und ich will nicht mehr ohne ihn sein!* war alles dabei gewesen. Früher hätte sie sich vielleicht Hilde anvertraut bei diesem emotionalen Wirrwarr, aber das war unmöglich, solange diese ihre Abneigung so deutlich zeigte. Mit Aimé hatte sie das Thema angeschnitten, er war zugewandt und verstand die Polizeiarbeit, aber Thierry hatte ihn als Vertrauten auserkoren, und das brachte ihn in eine Zwickmühle. Insofern nahm sie davon Abstand, ihn innerlich zu zerreißen. Ihr Vater Julien war aus ihrer Sicht nie der richtige Gesprächspartner für ihre Beziehungsgeschichten gewesen, und Frank – ihr engster Freund – hatte mit den Nachwirkungen der Geiselnahme zu kämpfen. Er war nicht enttäuscht von ihr ... eher wütend, denn die Situation hatte ihm seine Hilflosigkeit gezeigt, und das hatte sein Kindheitstrauma getriggert. Wahrscheinlich hätte auch ihm ein Aufenthalt in einer Klinik helfen können, doch er war eben Frank und schlug lieber auf einen Boxsack ein, bis seine Knöchel bluteten, um seinen psychischen Schmerz zu verarbeiten.

Ihr war bewusst, dass sie allein war! Und das tat weh. Sie hatte keine Freundin – auch wenn sie mit ihrer Schwägerin Elodie ein durchaus vertrauensvolles Verhältnis pflegte, aber die junge Frau war Thierrys Lieblingsschwester und hatte mit der kleinen Aliette genug zu tun. Vielleicht wäre da noch Pierre gewesen. Sie waren wie Bruder und Schwester aufgewachsen, hatten jede Menge Unsinn miteinander getrieben – unter anderem Hilde zur Weißglut gebracht –, und er hatte sie als der Ältere immer zu beschützen versucht. Dann war er nach Paris zum Studieren gegangen und sie einige Jahre später nach Deutschland, um dort die Polizeischule zu besuchen. Ihre Leben waren vorangeschritten und hatten sich immer seltener gekreuzt. Seit Aimés Krebsdiagnose war er wieder öfter in der Provence, aber sie hatten es bisher noch nicht geschafft, das Fremdeln zu überwinden. Er war Hilde ähnlich und ihr emotional eher verbunden als seinem Vater. Margeaux war Aimés ganzer Stolz gewesen, nicht der studierte Geoingenieur, sein leiblicher Sohn.

Ein echt beschissen verfahrenes Leben!

All das hatte sie in das Gespräch mit Thierry getragen und versucht, diesen wilden Mix zu regulieren, und es war ihr nur mäßig gelungen. Sie hatten einander nicht an den Händen gehalten. Der Keil der Fremdheit war wie ein Spaltholz in einem Scheit in ihrer Beziehung gesteckt – nur noch ein paar Schläge, und der hölzerne Klotz wäre auseinandergefallen. Also hatte sie sich überwunden und beherzt nach seiner Hand gegriffen, in der Hoffnung, dass er sie nicht abwies. Sie hatten die Wege zwischen den hohen, knorrigen Pinien abgeschritten wie zwei Teenager: peinlich berührt und stumm.

War es ein gutes Zeichen, dass er nun hier neben ihr lag, auch wenn er so unregelmäßig atmete, dass nicht von Entspannung auszugehen war? Profi im Job – daheim auf dem Gebiet eher ein Loser. Vielleicht sollte sie ihn gehen lassen, von sich aus eine Trennung auf Zeit vorschlagen, damit er wirklich zu ihr zurückkommen konnte – falls er das noch wollte. Oder sie musste ein Zeichen setzen, um ihm deutlich zu machen, wie sehr sie ihn liebte und sich das gemeinsame Leben ersehnte. Ein Statement. Warum sollte sie ihn nicht auf dem Eiffelturm mit einer Rose überraschen, um ihre Ehe wieder mit Leben zu füllen? Romantisch, aber auch kitschig.

Sie wischte den Gedanken weg.

In diesem Augenblick drehte sich ihr Mann auf die Seite, und seine Hand berührte ihre Hüfte. Er wurde weder wach, noch zog er sie fort. Vielleicht war es doch die romantische Idee einer kleinen Reise, die ihm zeigen konnte, was er ihr bedeutete. Ein paar Tage in der Stadt der Liebe bargen potenziell die Chance auf einen Neuanfang: Hand in Hand an der Seine entlangschlendern, in der Rue Saint-Honoré einen Kaffee trinken und Leute beobachten, abends in einem kleinen Bistro bei Kerzenlicht Steak essen, nachts in einem gemütlichen Zimmer mit Blick auf den stündlich glitzernden Eiffelturm ihre Lust wiederentdecken. Sich mit Pierre und Aurélie auf ein Glas in einer Rooftop-Bar treffen, das glitzernde Paris zu ihren Füßen ... Die beiden waren schon so viele Jahre ein glückliches Paar, und es konnte nicht schaden, etwas Zeit mit einem guten Vorbild zu verbringen.

Der Gedanke wurde zu einem gefühlsbetonten Film in ihrem Kopf. Ganz vorsichtig rückte sie näher an Thierry heran, seine Hand blieb liegen.

»Ich kann und will mein partnerschaftliches Leben nicht mit permanenter Angst vor gewaltvollen Situationen verbringen«, hatte er ihr gesagt und so das Schweigen gebrochen. »Du, Margeaux, suchst die Gefahr geradezu und stürzt dich dann kopfüber hinein, ohne an uns, die dich lieben, auch nur einen Gedanken zu verschwenden.« Sie hatte etwas erwidern wollen, doch er hatte die Hand gehoben und weitergesprochen: »Sag nicht, dass es anders ist, denn fünf Finger reichen nicht aus für all die gefährlichen Entscheidungen, die du in den Jahren seit deiner Rückkehr in die Provence getroffen hast.«

Sie hatte geschwiegen, zugehört. Obwohl ihr Worte der Erklärung auf der Zunge gelegen waren, hatte sie sie nicht ausgesprochen. Dann war ihr klar geworden, dass es sich dabei nur um Rechtfertigungen handelte. Wie armselig. Sie hatte den Kopf gesenkt, ihn reden lassen und zu akzeptieren versucht, dass das Ende ihrer Ehe bevorstand. Müde und ausgelaugt hatten sie im Anschluss an der Theke der offenen Küche etwas Baguette und Käse gegessen. Hilde hatte eine Platte hergerichtet, bevor sie und Aimé gegangen waren. Margeaux war dankbar gewesen für die Intimsphäre, die die beiden ihnen gewährten, und gleichzeitig voller Furcht, dass auch Thierry gleich gehen würde, um in dem kleinen Zimmer hinter der Bäckerei zu schlafen, das er sich für arbeitsreiche Zeiten eingerichtet hatte. Doch er war geblieben, lag nun neben ihr ... berührte sie leicht und so vertraut.

Paris ... Jetzt kam zu dem Bilderlauf auch noch eine schnulzige Melodie hinzu. Sie war nicht als Romantikerin geboren worden, aber ihr Mann, der mit seinen Händen Kunstwerke für Hochzeiten erschuf, schon. Sie würde es angehen. Mit diesem Gedanken schloss sie endlich die Augen und gab sich dem traumseligen Glück im Schlaf hin.

Gleißende Helligkeit

Diese sind die Schandflecken bei euren Liebesmählern: Ohne Scheu prassen sie mit euch und weiden nur sich selbst. Wasserlose Wolken sind sie, von den Winden dahingetrieben; Bäume, die im Herbst keine Frucht tragen, zweimal abgestorben und entwurzelt; wilde Meereswogen, die ihre eigene Schande wie Schaum aufspritzen lassen; umherirrende Sterne, denen auf ewig die dunkelste Finsternis bestimmt ist.

Judas 1,12–13

Die Türen öffnen sich, Helligkeit strömt herein und mit ihr die Angst und die Hoffnungslosigkeit. Es gibt kaum andere Gefühle, die einen Menschen so sehr lähmen wie diese beiden … Wenn alle versuchen, sich Schutz suchend in eine Ecke zu pressen – Körper an Körper – und keine Person sich findet, die in vorderster Reihe sein möchte. Bis auf die mutigste, die unter all dem sonderbaren Überlebenswillen dieser Spezies erkennt, dass es keinen Ausweg aus der bisher erlebten Erniedrigung geben wird, sondern alles nur schlimmer werden kann.

Sie tritt nach vorn. Breitet die Arme aus …

Als wäre es möglich, dass eine dürre, halb verhungerte, vor Dreck starrende Frau alle anderen vor Leid bewahren kann.

Der kleine Junge beginnt verängstigt zu weinen. Wo nimmt er nur die Kraft her? Alle Reserven sind doch fort nach der wochenlangen Tortur. Sein Weinen wird lauter, verändert sich – wird zu einem Aufschrei. Nein, das ist keine Angst. Da ist unbändige Wut in dem Kind. Sie bricht sich Bahn.

Der Junge tapert auf seinen kleinen Füßchen nach vorn, drückt sich durch die eng aneinandergepressten Leiber und lehnt sich an ihr Bein. Das ist die Phalanx gegen das Böse.

Sie starren in das gleißend helle Licht der Sonne – sie und der Junge mit den tiefblauen Augen.

Körper zeichnen sich ab. Waffen!

Möge der Tod lieber jetzt kommen, als dass das Leben ewige Qualen bereithält.

Paris, 1. Juli

Margeaux warf Thierry einen langen Blick zu. Sie hatten sich vom Gare de Lyon ein Taxi genommen, um in die Stadt zu fahren. Der TGV von Avignon aus hatte kaum zweieinhalb Stunden für die Strecke gebraucht, die sie meist schweigend zurückgelegt hatten. Doch es war keine angespannte Stille gewesen, sondern eher eine angenehme. In den vergangenen zwei Wochen seit seiner Rückkehr aus der Klinik war er zu seinem üblichen Tagesablauf zurückgekehrt, hatte seine Hände tief in den Teig getaucht und köstlich duftende Leckereien erschaffen. So, wie er dort Entspannung fand, erging es Margeaux stets am Herd: Wenn sie Zutaten zusammenfügte und ihrer Kreativität freien Lauf ließ, konnte sie sogar gedankenlos sein. Also, was die grüblerischen Dinge anging. Bevor sie im März nach Stuttgart aufgebrochen war, hatte sie mit Hilde noch ein Dreierlei vom Fenchel kreiert. In der Küche wurden sie alle zu einer Einheit. Es bedeutete nicht, dass nach dem gemeinsamen Kochen keine Probleme mehr existierten, doch schnippelnd und rührend besprachen sich viele Dinge leichter. So zelebrierten Aimé, Margeaux und ihr Vater Julien es schon seit einigen Jahren: Sie trafen sich in Avignon im »Chez Louise«, dem wundervollen Bistrorant des Spitzenkochs, und werkelten mit den aktuellen Zutaten aus dem Kühlhaus vor sich hin.

Seitdem sie zurück war, hatten sie es nicht mehr hinbekommen, sich dort zu treffen. Nicht weil Aimé und Julien sich – für sie erkennbar – gegen sie stellten wie Hilde, sondern weil Aimé seinen aktuellen Energievorrat für seine detektivischen Einsätze benötigte. Er hatte es ihr abgerungen, nach seinem Renteneintritt in ihrer Detektei ungefährliche Aufgaben übernehmen zu dürfen. Danach war er, auch wenn er es nicht zugeben wollte, einfach platt, und sie wollte Hilde nicht noch mehr provozieren, indem sie den alten Herrn nach Avignon lockte. Doch zu Margeaux' großem Glück war es ihr vor einiger Zeit mittags gelungen, Hilde in der Küche anzutreffen, und sie hatten friedlich nebeneinander an der Arbeitsfläche gewerkelt und das entstehende Gericht gemeinsam ersonnen – fast so wie früher. Auch Hilde war in der Küche stets in ihrem Element, und ihr Spruch in herausfordernden Situationen – »Jetzt essen wir erst mal was!« – war eine Art geflügeltes Wort in der ganzen Familie geworden. Doch ihre aktuellen Probleme hatte sie bis dahin weder am Herd noch am Tisch lösen können. Daher hatte es Margeaux noch mehr überrascht, als sie einen Teig aus Mehl, Eiern, Trockenhefe, Öl und Milch angerührt hatte, um einen Courgettes Chèvre-Gâteau zu backen, dass Hilde plötzlich neben ihr stand.

»Soll ich diese Courgettes schneiden?«, wollte ihre Ziehmutter wissen, und Margeaux nickte perplex und stammelte: »In kleine W...würfelchen!« Es war ein schönes Gefühl, und Hilde steuerte noch die Idee einer Mousse de Chèvre zum Kuchen bei und übernahm deren Umsetzung, indem sie Sahne schlug und Ziegenfrischkäse unterrührte. Ein simples Mahl, aber sehr lecker. Margeaux musste mehrfach Tränen wegblinzeln, so sehr ging ihr die friedliche Nähe zwischen ihnen ans Herz.

Trotzdem hatten sie es nicht geschafft, das, was zwischen ihnen stand, vollkommen aus dem Weg zu räumen, und für Margeaux war es einfach wichtiger gewesen, ihre Ehe zu retten und die Reise nach Paris zu planen.

Das »Hôtel 9Confidentiel« kannte sie von früheren Ausflügen in die Hauptstadt. Es war chic, aber kein Nobelbunker und im Marais gelegen – jenem Viertel der Stadt, in dem sich nach wie vor viele kreative Kunstschaffende tummelten.

Sie hatten das hübsche Zimmer bezogen, sich kurz frisch gemacht und schlenderten nun durch die belebten Straßen. Es war warm, und überall saßen Menschen vor Bistros und Restaurants, aßen, tranken, unterhielten sich und lachten ausgelassen. Die Stimmung war so leicht und entspannt, und sie konnte sehen, dass auch ihr Mann langsam lockerer wurde. Ihr Herz wollte ihr fast aus der Brust springen, als seine Hand die ihre ergriff und sie wie ein glückliches Paar den Duft der Stadt der Liebe einsogen. Hoffnung machte sich in ihr breit. Vielleicht war es tatsächlich genau richtig, sich der Magie von Paris hinzugeben und einfach nur Mann und Frau zu sein.

Paris, 2. Juli

Pierre saß in seinem Büro und versuchte, sich auf seine Arbeit zu konzentrieren. Es gelang ihm nicht besonders gut. Er hatte rund zehn Tage versucht, sich an Aurélies Bitte – oder wahrscheinlich eher Forderung – zu halten, sie ihren Kampf auf ihre Art ausfechten zu lassen. Er hatte jeden Fitzel über Simone de Oliviera zusammengetragen, und die Irritation in ihm war von Tag zu Tag gewachsen. Sie war ihm selbstverständlich durch die Medien bekannt, und man hatte sie sogar für den Friedensnobelpreis vorgeschlagen. Wie war das möglich, dass man sich so sehr in einer Person und dem, wofür sie stand, täuschen konnte? Nichts deutete darauf hin, dass sie mit ihrer Hilfsorganisation verbrecherische Aktivitäten maskierte. Wie konnte sich Aurélie so sicher sein, und was würde geschehen, brachte sie die Anklageschrift vor Gericht? Wieder einmal hatte ihn eine Migräne in ihre Zange genommen, die seinen Kopf schmerzen und seinen Geist dumpf und langsam werden ließ. So fühlte er sich jedes Mal, wenn seine Frau gegen Mächte in den Ring trat, gegen die niemand aufbegehren würde, der nicht vollkommen lebensmüde war.

Am liebsten hätte er sie und die Mädchen irgendwo eingesperrt – weit weg von Paris, vielleicht im Haus von Margeaux, inmitten der Petit Montagnettes. Es war groß genug und gut zu bewachen, von einer hohen Steinmauer umgeben und ... Na ja, es war nicht uneinnehmbar, aber immerhin sicherer als hier in der Stadt auf dem Präsentierteller! Doch Aurélie würde dem nicht zustimmen – für die Mädchen, ja –, aber sie würde in der Hauptstadt bleiben, und damit war alles ad absurdum geführt. Die Kinder hätten ihm dann einen Vogel gezeigt und wären einfach nicht mitgekommen. Eine ausweglose Situation.

Simone de Oliviera war eine andere Nummer als die sonst üblichen Verbrecher, und er hatte keine Ahnung, was zu tun war. Keinem seiner Freunde konnte er erzählen, was gerade Sache war, doch er musste mit jemandem reden. Sein Vater hatte ihm erzählt, dass Margeaux gerade in Paris war, um ihre Ehe zu retten. Vielleicht nicht der geschickteste Zeitpunkt, doch ihr konnte er sich anvertrauen, auch wenn sie in den letzten Jahren keinen so engen Kontakt gepflegt hatten. Sie hatte als Polizistin und Beraterin der Polizei schon so viele außergewöhnliche Situationen gemeistert. Sie wusste sicher Rat. Vor gar nicht allzu langer Zeit war sie sogar mutig der Mafia entgegengetreten. Das hier war ebenfalls Organisierte Kriminalität. Margeaux würde nicht nur die Strukturen des Ganzen auf Anhieb verstehen, sondern auch begreifen, warum er so verzweifelt war. Natürlich hoffte er nicht nur auf Verständnis ihrerseits, sondern ersehnte sich Hilfe. Er durfte seiner Frau nicht in den Rücken fallen und ihre Arbeit torpedieren. Das würde sie ihm niemals verzeihen, aber *er* würde es ihr nicht verzeihen können, sollten sie oder die Mädchen verletzt werden!

Lange schaute er das Telefon an, bevor er es entsperrte, um Margeaux' Nummer anzutippen.

Barbentane, 2. Juli

Aimé schaute seine Frau verdutzt an, als sie ihm die beiden Tickets neben den Teller legte. »Du reagierst seit Wochen voller offensichtlicher Abneigung auf unser Mädchen, und nun reisen wir ihr nach Paris hinterher?«, erkundigte er sich verständnislos.

Hilde stemmte die Hände in die Hüften, was ihre Kittelschürze besonders betonte. Sie war eine Frau, die im Alter ihre rundlichen Formen beibehalten hatte, und die schwarzweiß gemusterten Katzenköpfe auf dem lila Untergrund spannten bei der Bewegung über dem Busen. Er konnte sich ein Grinsen nicht verkneifen.

»Findest du das alles lustig?«, fragte sie mit leichter Schärfe in der Stimme.

»Wie mich diese Katzenkinder anschauen … Ja, mein Schatz, schon irgendwie.«

Sie ließ die Arme sinken, und er hatte sofort ein schlechtes Gewissen. »Den Rest finde ich keineswegs amüsant«, schob er daher rasch hinterher. Dann schwieg er abwartend, um ihre Gedanken in Erfahrung zu bringen. Warum zog es sie ausgerechnet jetzt nach Paris? Er hatte nichts gegen die Stadt. Vor dem Attentat und der Krebsdiagnose waren sie regelmäßig gereist. Hilde hatte etwas von einer Tante geerbt, und sie hatten ihre beiden Gehälter auch nie für den Alltag aufgebraucht. Ihr Häuschen hier in der Rue Pujade hatte er von seiner Mutter übernommen, und so waren Ersparnisse vorhanden, die es ihnen ermöglichten, noch einiges von der Welt zu sehen, bevor sie endgültig abtreten mussten. Aber die Besuche in der Hauptstadt hatten natürlich nie das Schlendern und Erkunden im Fokus gehabt, sondern waren stets im Zeichen der Familie gestanden.

In den vergangenen Jahren hatte sich alles sehr um Margeaux gedreht und um all jene Mordfälle, in die sie geraten war. Hatte das sie beide von ihrem geliebten Jungen, Aurélie und den Mädchen entfernt? In gewisser Weise schon – das wurde ihm in diesem Augenblick bewusst. Und vielleicht trug Hilde all diese aufrüttelnden Gedanken und den damit einhergehenden Groll schon länger in sich: Bitterkeit, dass sie sich lieber in der Provence um Margeaux und Willi gekümmert hatte, anstatt in Paris auf ihre Enkelinnen aufzupassen und die Entwicklungsschritte der beiden hautnah mitzubekommen. Er hatte sich darüber bisher tatsächlich viel zu wenige Gedanken gemacht. Im Zuge seines Überlebenskampfes und der darauffolgenden Besuche seines Sohnes und der Kinder war ihm ein ähnlicher Gedanke hin und wieder auch gekommen. Margeaux war immer sein ganzer Stolz gewesen – das Kind, das in seine Fußstapfen getreten, für das er ein Vorbild war. Das war Pierre gegenüber unfair.

»Haben wir unseren Sohn vernachlässigt?«, schoss es aus ihm heraus, obwohl er doch hatte schweigen und ihr zuhören wollen.

Sie ließ sich auf den Stuhl neben ihm fallen und senkte betroffen den Kopf. »Das habe ich in den vergangenen Wochen oft gedacht ... Und Marylène und Danielle sind wie entfernte Verwandte ... nicht wie unser Fleisch und Blut.«

»Hilde.« Er ergriff ihre Hand, und sie hob den Blick. Das war seine geliebte Frau. Sie hielten einander an der Hand, und er fuhr fort: »Wir sollten uns mehr um unseren Sohn und seine Familie kümmern, keine Frage. Doch warum gerade jetzt, wo doch Margeaux und Thierry in Paris sind?«

»Ach, Aimé. Nach allem, was wir für sie getan haben, hat sie sich erneut so in Gefahr gebracht. Sogar unseren eigenen Jungen habe ich ...« Sie schaute ihm fest in die Augen.

»... haben *wir* vernachlässigt, weil es Margeaux in unserem Leben gibt und sie so viel Zeit und Raum beansprucht.«

Er richtete sich auf. Es war an der Zeit, ein offenes Wort zu sprechen. »Hilde, das ist emotional sicherlich eine verständliche Reaktion, aber faktisch gesehen hat sie das gemacht, was eine Polizistin nun einmal macht. Sie hat mit Angerer auf eine Quelle zurückgegriffen. Sie hat sich geirrt – auch das passiert jedem Polizisten mal in seinem Leben –, und sie musste für sich Klarheit erlangen, ob sie eine Manipulation zugelassen hat. Das mag aus Sicht der Familie nicht nachvollziehbar sein, aber für Kriminalisten ist es ungeheuer wichtig, sich eigener Schwachpunkte bewusst zu werden. Sonst läuft man Gefahr, immer wieder an diesem Punkt zu enden.« Er verstand Margeaux' Motivation ... als Polizist.

»Du redest dir das doch schön«, begehrte sie auf.

Er schüttelte den Kopf. »Sie hat ...« Hilde verstummte abrupt, und ihre Augen wurden groß.

Er konnte den Schrecken darin erkennen. »Ja«, sagte er schlicht. »Auch das ist Polizeiarbeit. Ihr blieb keine Wahl.«

»Das ist furchtbar und widert mich an.« Endlich sprach sie offen aus, was Margeaux und er schon lange von ihrem Gesicht ablesen konnten. »Und ich will diesen Gefühlsmix nicht mehr haben. Ich will zurück zu ... na ja ... zu jenen Zeiten, in denen wir mit unseren Kindern zufrieden gelebt haben.«

»Ah, deshalb gerade jetzt Paris.« Er nickte verständnisvoll.

»Ja, und weil wir zwei ein wenig Abwechslung brauchen und ein wenig Zeit mit Marylène und Danielle verbringen könnten.«

Willi regte sich zu seinen Füßen. »Was machen wir mit diesem kleinen Kerlchen?«

»Charlène kann ihn bestimmt für die paar Tage nehmen, die Margeaux und Thierry fort sind. Sie hat das schon ein paarmal angeboten.« Ihre Nachfolgerin im Haus auf dem Weiler war eine patente junge Frau, auch wenn Hilde immer so tat, als wäre sie vollkommen unfähig und nicht einmal in der Lage, eine Arbeitsfläche vernünftig abzuwischen.

»Du hast also alles bereits generalstabsmäßig geplant.« Er lächelte, und sie nickte mit leicht schief gelegtem Kopf.

Marseille, 2. Juli

Der Sommer hatte die Stadt voll im Griff, und Lionel saß in seinem Lieblingsbistro im beschaulichen alten Hafen. Die kleinen und großen Jachten schaukelten in der sanften Brise, die vom Meer hereinzog, gemütlich hin und her. Stimmengewirr erfüllte die Luft, und es duftete überall nach Frittiertem oder Gebratenem. Herrlich! Vor ihm stand ein Pastis de Marseille – das Glas noch beschlagen, weil Maurice es im Eisschrank vorkühlte. Lionel liebte das Getränk mit seinem ganz eigenen Geschmack, der durch den höheren Anetholgehalt zustande kam: noch ein bisschen anisiger als der übliche provenzalische Pastis. Er genoss ihn mit etwas Wasser und jeder Menge Eiswürfeln, was der Flüssigkeit ein opalisierendes, milchiges Aussehen verlieh. Maurice – der Wirt des »Le Port« – hatte ihm etwas grüne Olivencreme und knuspriges Baguette auf den Tisch gestellt, und Lionel nippte abwechselnd an seinem Getränk oder kaute den köstlichen Snack.

Das Leben konnte so einfach sein, zumindest wenn es um die Gaumenfreuden ging. Er war finanziell unabhängig und klug genug, sich auch nicht von denen abhängig zu machen, die glaubten, ihn benutzen zu können. Pah, es war genau umgekehrt, denn ohne ihn würde jede Menge mächtiger Leute einen Haufen Geld und Einfluss verlieren. Anfangs war er natürlich scharf auf die ganze Kohle gewesen und hatte bibbernd vor den Bossen gestanden, bereit, jederzeit zu katzbuckeln. Doch das war vorbei. Sein Geld hatte er in Sicherheit gebracht, ohne sich derer zu bedienen, die etwas von ihm wollten. So konnte er, würde es ihm zu viel werden, die Reißleine ziehen und sich davonmachen, um seine alten Tage friedlich und im Luxus zu verbringen.

Aber es war noch nicht so weit.

Zudem hatte er mit Mathis Levier zwar einen fachlich guten Mann an seiner Seite, aber eben nur, was die legalen Aufgaben eines Hafenmeisters betraf. Er war sich auch noch immer nicht sicher, ob er den schlaksigen Kerl von sich aus einweihen sollte. Es war einfach zu heikel, jetzt schon alles preiszugeben, denn mit seinen sechsundfünfzig Jahren war Lionel ein Mann im besten Alter, aber länger als vier Jahre wollte er den Job nicht mehr machen. Es war noch zu früh, dem Jungspund wirklich jede Facette offenzulegen. Außerdem war er sich trotz aller Menschenkenntnis nicht sicher, ob der Mann sich nicht berufen fühlen würde, zur Polizei zu traben und dort sein Todesurteil zu unterschreiben. Irgendwie mochte er den nerdigen Kerl und wollte ihn nicht als Fischfutter sehen.

Er hob das Glas erneut, ließ die Eiswürfel klirren und nahm einen genussvollen Schluck, bevor er mit einem prüfenden Blick seine Uhr checkte. Er saß hier nicht nur zum Vergnügen, sondern war verabredet. Bestimmte Leute traf man am besten ganz öffentlich. Das hatte ihn die Erfahrung gelehrt, vor allem nachdem die Polizei vor ein paar Jahren zwischen seinen Containern den berüchtigten Mafioso Faik Ziberi unter Beschuss gestellt hatte. Allen war klar, dass man an den brutalen albanischen Kriminellen nicht vorbeikam, und doch taten die Leute so, als wüschen sie ihre Hände in Unschuld. Lionel wusste nur zu genau, dass die wenigsten mit Macht und Geld eine saubere Weste hatten, und bei vielen klebte auch mehr als nur Dreck an den Händen. Er hasste es, wenn diese Personen ihn warten ließen – besonders wenn sie ihre Handlanger schickten.

Viele von ihnen würden ganz schön alt aussehen ohne ihn. Er ermöglichte ihnen, alles in das Land hineinzubringen, was sie wollten – und auch hinaus. Ein besonders omnipotenter

Mann hatte sich sogar einen Container als Luxuswohnung ausbauen lassen und der Stahlkasten stand stets bereit, falls der Typ das Land ungesehen verlassen musste. Es gab nichts, was es nicht gab.

Ein untersetzter Niemand mit randloser Brille ließ sich auf den freien Stuhl fallen. »Lionel, entschuldige die Verspätung, aber jetzt bin ich da.«

Der Mann trug ein Hemd, das wirkte, als hätte er darin geschlafen, und sein schütteres Haar machte ebenfalls den Eindruck, als wäre er gerade aus dem Bett gefallen. Er mochte ihn nicht, und ihm war jedes Mal, wenn er ihn vorgesetzt bekam, klar, dass ihm die großen Tiere deutlich machen wollten, wo sein Platz in der Hackordnung war. Aber er machte es ihnen nie ganz so leicht, wie sie es sich erhofften. Es war schwierig, einen Hafenmeister zu finden, der ein Talent im Verschleiern war. Daher wusste er nur zu genau, wie sehr sie ihn brauchten. Gleichzeitig war er aber schlau genug, um vorzusorgen. Und für den Fall, dass jemand auf die Idee kam, ihm ans Bein pissen zu wollen, hatte er alles fein säuberlich dokumentiert und sicher hinterlegt. Selbst wenn er in seinem eigenen Hafenbecken ersoff oder ihn ein unerwarteter Herzinfarkt abberief: Einige Männer und Frauen würden seinen Tod ebenfalls nicht überleben. Es war ihm auch egal, ob sie ihre Finger dabei im Spiel hatten oder nicht, denn während er es nur möglich machte, dass Container ungezeichnet verschifft wurden oder an Land kamen, waren sie verantwortlich für das, *was* sich darin befand.

»Tzimi, möchtest du etwas trinken?«, fragte er den zotteligen Vogel an seinem Tisch betont freundlich.

»Ich nehme auch so was.« Der Kerl deutete mit einem narbigen Finger auf sein Glas, und Lionel winkte dem Wirt zu.

Maurice verstand ihn wortlos, und kurze Zeit später hatte Tzimi sein Getränk und ebenfalls eine Portion Baguette mit Tapenade.

Sie tranken schweigsam, doch Lionel wollte nicht zu viel Zeit mit dem Mann verbringen. »Was hast du für mich?«

Ein verknitterter Zettel flog neben den Aschenbecher, wirkte wie Müll, der versehentlich auf dem Tisch gelandet war. Er griff nicht hektisch danach, sondern nahm ein Stück Brot, tunkte es in die Olivencreme und lehnte sich wieder zurück.

»Sie sind der Ansicht, dass nach Bordeaux alles mehrfach gecheckt werden muss«, seufzte Tzimi und nahm noch einen Schluck.

»Ich bin kein Anfänger.« Lionel wusste, dass es albern war, so zu reagieren, aber er hatte alles im Griff und wusste genau, worauf es ankam. Als er nach seiner Serviette langte, nahm er den Zettel, auf dem sich jede Menge Zahlenreihen befanden, geschickt an sich. Das System war ausgeklügelt, und kein Laie würde je etwas mit den Ziffern anfangen können, er aber wusste nach wenigen Blicken darauf, um welche Container es sich handelte, die einer »Sonderbehandlung« bedurften.

Er leerte sein Glas, aß das letzte Stück Baguette, legte zwei Scheine auf den Tisch und erhob sich. Mit den Händen zeigte er an, dass Tzimi bleiben sollte, um gemütlich auszutrinken. »Bis zum nächsten Mal«, verabschiedete er sich und legte ihm im Vorbeigehen kurz die Hand auf die Schulter. Dann umarmte er Maurice rasch und machte sich mit langen Schritten davon. Die Arbeit rief.

Paris, 2. Juli

Margeaux hatte das Display mit einem prüfenden Seitenblick auf Thierry betrachtet. Natürlich wusste Pierre, dass sie in der Stadt waren. Sie hatten sich in den letzten Wochen nur wenig gesehen, denn sie drängte sich bewusst nicht dazwischen, besuchte er Aimé und Hilde. Ihr war klar, dass sie in den vergangenen zwei Jahrzehnten zu sehr Lieblingskind des Flics gewesen war ... und dass das Pierre sicher wehgetan hatte. Horchte sie in sich hinein und war vollkommen ehrlich zu sich, so hätte sie an seiner Stelle nagende Eifersucht verspürt. Thierrys Blick ruhte auf ihr, während sie leise »Pierre« verkündete und das Gespräch annahm.

»Salut, kleine Schwester«, sagte er, und sie war überrascht ob dieser zärtlichen Ansprache.

»Salut, großer Bruder«, antwortete sie und sah, dass Thierry erstaunt die Augenbrauen hob.

»Ihr seid in der Stadt, um gut zu essen und die Museen unsicher zu machen?«

»Ja, und ein bisschen Großstadtluft atmen ...«, blieb sie unverbindlich. Gewiss hatte Hilde ihm von den Problemen zwischen Thierry und ihr berichtet, doch sie wollte dies jetzt nicht thematisieren.

»Wenn du magst, kann ich euch ein paar Insidertipps geben, und ... hast du vielleicht Zeit für einen Kaffee mit mir, Margeaux?«

Sie hörte den angespannten Ton sofort, als er die Frage formulierte, und ein kleiner Schauer glitt ihr über die Schultern. Was wollte er von ihr? Über ihre Probleme mit Hilde reden? Oder ging es um Aimé und seine Erkrankung? Hatte die Familie ihr aufgrund der Spannungen etwas vorenthalten? Unsicherheit machte sich in ihr breit. Dieses Gefühl gehörte zur Emotionsfamilie der Angst und trat auf, fühlte man sich physisch oder psychisch bedroht. Dann setzte der Fluchtreflex ein, um sich in Sicherheit zu bringen und vor Schaden zu bewahren. Genau das passierte gerade – sie wollte am liebsten auflegen und so tun, als hätte das Telefonat nicht stattgefunden, um die Zeit mit Thierry sorgenfrei zu gestalten. Doch es war zu spät. Der Samen war gesät.

»Das klingt, als wolltest du mich allein treffen«, hakte sie nach.

»Ja«, antwortete er schlicht und schwieg dann.

»Ist etwas passiert, Pierre? Alles okay mit Aurélie und den Kindern?«, vergewisserte sie sich in der Hoffnung, dass es nicht um Hilde und Aimé ging.

»Sie sind gesund …«

Er machte wieder eine Pause, und sie hielt dieser stand. Als Polizistin hatte sie gelernt, mit Stille umzugehen. Privat war es schwerer.

»Aber«, setzte er an und redete nicht weiter.

In diesem einen Wort schwang etwas mit, das ihr die Härchen auf den Armen aufstellte. Sie würde ihn treffen müssen, auch wenn es bedeutete, die Zweisamkeit mit ihrem Mann erneut zu unterbrechen. Jedoch wollte sie Thierry nicht einfach vor vollendete Tatsachen stellen. »Ich möchte das mit Thierry besprechen, Pierre. Ist es in Ordnung, wenn ich dich zurückrufe?«

Sie schaute Thierry in die Augen und sah, dass ihre Worte gut gewählt waren. Sein Blick war warm und zugewandt. Sie war nie eine Beziehungsexpertin gewesen – eher verheiratet mit dem Beruf –, und ihre wenigen Partnerschaften hatten aus verschiedenen Gründen immer nur für einen überschaubaren Zeitraum gehalten. Sich mit einem Menschen so zu verbinden wie mit Thierry und achtsam dabei zu sein, forderte sie regelmäßig heraus. Natürlich hatte es mit Frank im Job immer Absprachen gegeben, aber sie waren beide Polizisten mit Haut und Haaren. Eine klar kalkulierende Mordermittlerin und ein künstlerisch talentierter Bäcker – das war eben eine ganz andere Sache. Sie wollte sich auf ihn einstellen, scheiterte aber wiederholt an ihren eigenen Mustern. Wenn sie es jetzt nicht schaffte, diese Schritte auf ihn zuzumachen – so wie er es ebenfalls immer wieder versuchte –, dann war die Ehe vorbei, bevor sie richtig begonnen hatte.

»Ja klar«, reagierte Pierre rasch und schob dann leise nach: »Ich brauche dich, Margeaux.«

»Okay, Pierre. Ich rufe dich zurück.« Sie achtete bewusst darauf, Worte wie *sofort* oder *gleich* zu vermeiden, um Thierry nicht unter Druck zu setzen, sondern ein deutliches Signal zu setzen, dass sie dem WIR den Vorrang gab.

»Worum geht es?«, wollte er wissen, als sie das Handy wieder in der Tasche verstaut hatte.

»Das hat er nicht rausgelassen. Aber da war ein angstvoller Unterton in seiner Stimme, als ich nach Aurélie und den Kindern gefragt habe.«

»Du meinst, er hat Eheprobleme?«

Sie dachte kurz nach, lauschte in sich hinein. Konnte es das sein? »Nein, eher nicht. Das war ... anders. So, als fürchtete er, dass ihnen etwas zustoßen könnte.«

»Seine Frau ist Anwältin für Menschenrechte.«

»Ja. Das ist ein brisanter Job, und sie fasst gern sehr heiße Eisen an. Vielleicht weht der Wind daher, und ich soll irgendwas in Erfahrung bringen«, entschied sie, ehrlich über alles zu sprechen, was ihr in den Sinn kam. Verheimlichte sie gleich wieder etwas vor ihm, wäre es absolut kontraproduktiv. Klar barg auch die Wahrheit Diskussionspotenzial, doch da musste sie eben jetzt durch.

»Also, Polizeiarbeit ...« Er versuchte sich in einem Lächeln, doch es blieb sozial motiviert und erreichte die Augen nicht. Es war eher als Beschwichtigung gedacht. Er wollte nicht streiten, machte aber deutlich, dass er wusste, worum es ging.

»Schlimmstenfalls, ja. Vielleicht möchte er aber auch nur mit jemandem reden, der emotional Abstand hat«, gab sie zu bedenken, auch wenn es sie vielleicht unsensibel erscheinen ließ.

Thierry und seine Familie waren eng verbunden. Er liebte seine Schwestern – Elodie im Besonderen – und saß jeden Sonntag beim gemeinsamen Essen mit seinen Eltern am Tisch. Auch der eher rational erscheinende Bap war seinen Kindern eng verbunden. Margeaux' Eltern hatten sie geliebt, keine Frage ... doch ihre eigenen Pläne waren stets wichtiger gewesen als die Tochter. Sie definierte *Familie* daher anders als er.

»Er ist dein Bruder«, lenkte Thierry ein, der wusste, wie eng Pierre und sie als Kinder gewesen waren.

»Ich möchte nicht, dass unsere Tage hier einen anderen Hintergrund haben, als Zeit miteinander zu verbringen und offen zu reden.« Es war ihr wirklich ernst. Die sechs Wochen ohne ihn hatten ihr mehr als einmal klargemacht, wie wichtig er für sie war.

»Das rechne ich dir hoch an, Margeaux, und gleichzeitig würde es mir dauernd im Kopf herumgeistern, dass er dich braucht und du ihm – obwohl du um die Ecke bist – diesen Zuspruch verweigerst.«

Sie drückte seine Hand, und er ließ es zu, verschränkte seine Finger mit den ihren, und sie musste spontan einige Tränen der Rührung wegblinzeln. »In Ordnung. Ich trinke einen Kaffee mit ihm und höre ihm zu, aber dann gehen wir wie geplant ins Quartier de Montparnasse und ins Dalí-Museum.« Sie hatten sich vorgenommen, sowohl Kulturelles als auch Genussvolles zu erleben. Alles, was zu Fuß machbar war, legten sie so zurück, um die Zeit für ungestörte Gespräche zu nutzen. Sie wollte ihn zu nichts drängen, und doch war da der Wunsch, mehr über seine Erfahrungen in der Klinik zu hören. Es war mutig und äußerst weise, sich in eine stationäre Behandlung zu begeben, spürte man, dass man professionelle Hilfe brauchte. Zu viel hatte seine sensible Seele an ihrer Seite erleben müssen ... Vielleicht war Hildes Reaktion genau richtig. Die Menschen um sie herum sollten Abstand halten, um keine massiven psychischen Schäden zu erleiden.

»Margeaux?« Thierry drückte ihre Hand, und sie kehrte zurück in die Gegenwart.

»Entschuldige. Manchmal machen sich meine Gedanken einfach selbstständig, und ich dachte gerade daran, dass ich einerseits unter Hildes offener Ablehnung leide, sie aber andererseits vollkommen verstehen kann. Klingt das komisch?« Sie blieb weiterhin offen und ehrlich.

»Wir haben das Thema ja schon einmal angerissen, und keiner von uns macht es sich leicht, denn wir sind alle verbunden, und über Gefühle brauche ich dir nichts zu sagen. Wir können sie nicht immer durch ein paar Atemzüge regulieren. Manchmal bleiben sie und laugen uns aus – egal, wie oft wir durchschnaufen. Nichts will dann mehr funktionieren, und ... ich bleibe da jetzt einfach mal konkret bei mir und nicht bei einem unverbindlichen *man*. Ich konnte mich auf keine meiner Arbeiten mehr richtig konzentrieren, habe Fehler gemacht. Aufträge nur halb ausgeführt oder gar ganz vergessen. Meine Hände haben gezittert, und diese Mischung aus Panik und Wut hat mich immer mehr ausgehöhlt.«

So reagierten Menschen auf bedrohliche Situationen. Es war natürlich. Polizistinnen und Polizisten wurden diese Reflexe abtrainiert. Sie mussten sich Bedrohungen stellen. Schnell wieder aufstehen und weiterkämpfen. Für Recht und Ordnung eintreten. Sie hatte sich unglaublich viel Fachwissen angeeignet, um Menschen besser verstehen zu können, sich aber selbst dabei aus den Augen verloren. Vor allem nach der depressiven Episode im Anschluss an den Tod ihrer Mutter und Angerers bruta... Nein! Sie wollte nicht an ihn denken ... Aber vielleicht war genau das der Fehler? Und doch konnte sie mit niemandem so recht über das reden, was sie bewegte. Nicht einmal mit Frank. Alle, die dafür infrage kamen, waren emotional viel zu sehr involviert. Oder bevormundete sie damit erwachsene Leute einfach nur? Mit dieser Voranname?

»Ich habe nicht vergessen, wie sich das anfühlt, aber ich habe es verdrängt«, gab sie leise zu.

»Ich habe in der Klinik einiges über Polizeiarbeit gelernt«, sagte er, und sie wurde neugierig, warum das wohl wichtig gewesen war. »Ich wollte begreifen, was den Job ausmacht, worin seine Faszination liegt, und ich habe mich eingelesen«, sprach er weiter. »Er ist dir wichtig. Vielleicht sogar wichtiger als ich. Als wir alle. Das ist kein Vorwurf, sondern eine Feststellung. Ich habe darüber nachgedacht, wer ich wohl ohne die Arbeit meiner Hände und das, was sie erschaffen, wäre ... Aber hätte ich mich nicht für das Backen entschieden, dann vielleicht für Möbelschreinerei oder Innenausstattung. Es hätte Möglichkeiten gegeben, mich auszuleben. Doch für jemanden, der seine Bestimmung in der Polizeiarbeit sieht ... Ich habe keine Ahnung, welche Alternative es da geben soll.« Er zuckte mit den Schultern. Sie hörte weiter zu, denn sie spürte, dass er noch nicht fertig war. »Du warst immer Polizistin mit Leib und Seele. Das habe ich dir vor allem bei unseren ersten gemeinsamen Gehversuchen übel genommen, Margeaux. Du hast den Job mir – uns – vorgezogen und bist einfach nicht mehr hergekommen. Ich war eifersüchtig auf deine Arbeit, auf ihren Vorrang. Sie hat dich mir weggenommen. Immer wieder. Ich habe dich sterben sehen ...« Er schluckte schwer. »... dich verletzt im Krankenbett bewacht, und dann fällt wie bei einem mahnenden Zeichen unsere Hochzeit wegen einer blutigen Tat aus, und dein Kleid ist blutrot statt strahlend weiß. In einem Film würden wir diese Abfolge von Ereignissen als vollkommen unrealistisch einstufen. Aber im echten Leben ist das Unheil offensichtlich

Teil unseres Daseins, und meine Angst und Hilflosigkeit hatten sich in jeder Zelle meines Körpers eingenistet, weil ich dich wieder verlieren könnte … *an* die Polizeiarbeit oder *wegen* der Polizeiarbeit. Das habe ich nun überwunden. Wir sind, wer wir sind.«

Sie ließ seine Worte sacken, wollte nicht mit nach Verteidigung oder Rechtfertigung klingenden Argumenten einhaken, sondern vor allem emotional nachvollziehen, was das mit ihm gemacht hatte. Er hatte vollkommen recht – für jemanden wie sie gab es keine Alternative. Der Job als Detektivin hatte sie nicht erfüllt, und sie hatte alles dafür getan, wieder so nah wie möglich an die Tätigkeit als Polizistin heranzukommen, ohne wieder in den Dienst zurückzukehren.

»Das, was du sagst, trifft es auf den Punkt«, erwiderte sie bedächtig. »Der Job war stets mein Ein und Alles, mein Anker. Das, worin ich echt richtig gut war, und ihn hinzuschmeißen wäre mir vorgekommen, als hätte ich mein Leben weggeworfen … Alles war irgendwie sinnlos und, ja … wertlos. Die Kraft, mich neu zu erfinden, hatte ich nicht, und vielleicht habe ich mich deshalb kopfüber in jedes Abenteuer gestürzt … Damit ich weiß, wer ich bin. Es gab immer nur Frank an meiner Seite, der eben auch Polizist ist, und ansonsten war ich – bildlich gesprochen – wie ein einsamer Wolf. Ich habe *Beziehung* nicht gelernt. Meine Eltern waren keine Vorbilder für eine normale Partnerschaft und Aimé und Hilde ein von mir idealisiertes Paar. Das habe ich aber erst letztes Jahr bei ihrem großen Streit gemerkt. So viel zur professionellen Spürnase … Im Job richtig klasse, privat eine echte Niete.«

War sie überhaupt dazu in der Lage, sich Thierry mit allen Facetten zu zeigen, oder hatte sie sich etwas vorgemacht – ihnen beiden?

Thierry blieb stehen und zog sie ganz unerwartet an sich. Er legte seine Stirn an ihre, und Ruhe überkam sie. Als hüllte er sie vollkommen in ihrer beider ganz eigene Welt ein. »Das fühlst du doch, Margeaux?«, flüsterte er mit zärtlicher Stimme. »Wir fühlen es beide, und das ist unsere Chance. Es wird nicht leicht – keine Frage.«

Sie schmiegte sich in seine Umarmung und schöpfte einen weiteren Funken Hoffnung. Sie konnten es schaffen und ihre Partnerschaft dabei vielleicht sogar auf ein anderes Level heben. Dann schoss ihr Pierre wieder in den Kopf, und der intime Augenblick war vorbei.

Paris, 2. Juli

Pierre fühlte sich, als würden ihn zwei Mühlsteine zerquetschen. Er hatte versucht, sich an das zu halten, worum Aurélie ihn gebeten hatte, aber seine Angst war doch stärker gewesen.

Er hatte ein Restaurant aufgesucht, in dem einige einflussreiche Leute regelmäßig die Korken knallen ließen und sich zu konspirativen Gesprächen trafen – nicht etwa irgendwo in einem dunklen Hinterzimmer, sondern ganz öffentlich an einer weiß gedeckten Tafel! So war das mit diesen Personen. Nach außen hatten sie eine strahlend weiße Weste, waren Gutmenschen – wie Simone de Oliviera –, nicht nur unbescholten, sondern vor Altruismus und Empathie glitzernd ... Doch in Wahrheit handelte es sich um teuflische Verbrecher, die ihren Reichtum aus dem Leid und Elend anderer zogen. Er hatte gezwungenermaßen mit einigen von ihnen zu tun, denn sie waren es, die große, brachliegende Grundstücke in den Banlieues kauften, um dort Wohnsilos oder was auch immer zu bauen. Es war seine Aufgabe, die Flächen auf Altlasten zu prüfen. Vielleicht hatte dort vor ein paar Jahren eine Tankstelle gestanden, und der Boden war mit Ölresten verseucht, weil der Betreiber die »unwichtige Sache« mit dem Abscheider versäumt hatte. Ein neuer Eigentümer war dazu verpflichtet, gewisse Auflagen einzuhalten, wurde neu gebaut oder saniert. Es war nicht nur einmal vorgekommen, dass man ihm Geld, Drogen oder Sex angeboten hatte, um ein Grundstück erwerben zu können, auch wenn alles dagegensprach, oder billiger zu bekommen oder, oder, oder ...

Er könnte heute reich, ständig vollgekokst und mit einer Edelprostituierten an jedem Arm ebenfalls Gast an einem solchen Tisch sein. Doch er hatte das nie gewollt. Seine Eltern hatten ihn zu einem Mann mit Werten erzogen, und er hatte nicht ohne Grund eine Frau wie Aurélie gefunden. Sie waren glücklich – hatten genügend Geld, um selbst in Paris gut auszukommen, und die Mädchen auf ordentliche Schulen zu schicken. Alles war gut gewesen bis zu dem Augenblick, in dem es eben nicht mehr so gewesen war. Seine Frau war eine Kämpferin. Sie hatte ihm nie etwas vorgemacht, und ihre Geradlinigkeit war kraftvoll und erschreckend zugleich. Sie war schön, zartgliedrig und voller Liebe für ihn und die Kinder – doch in ihrem Job wurde sie zu einer Amazone in stahlharter Rüstung. Sie würde niemals bereit sein, in Grautönen zu denken. Also hatte er versucht, seine Hand schützend über seine Familie zu legen, und war dabei Wege gegangen, die ihn in einen Gewissenskonflikt stürzten. Hatte er die Augen geschlossen und seine Hände wie zwei Schalen einer Waage vor sich gehalten – auf einer seine drei Mädels und auf der anderen sein Ruf als integrer Geoingenieur –, dann hatte es nie den Hauch eines Zögerns gegeben, denn seine Frau und Töchter würden immer mehr wiegen als alles andere.

Er war wie zufällig in das Restaurant geschlendert – auf der Suche nach einem leckeren Imbiss in der Mittagspause –, doch unterm Strich war allen Beteiligten bewusst gewesen, dass es sich eben nicht um ein unwillkürliches Eintreten handelte. Unter großem Hallo, so war es immer, wenn er auf diese Menschen traf, hatte man ihn an den Tisch gebeten: »Auf ein Glas!« Und er hatte wie stets freudig überrascht getan, so, als hätte er nicht mit der Anwesenheit der honorigen Leute gerechnet und würde sich aufrichtig über die spontane Einladung freuen. Natürlich war er auch dieses Mal zum Essen am Tisch sitzen geblieben, war Teil der Gespräche geworden und hatte die Annäherung gespürt. Nicht körperlicher Art, sondern so, als wollten sie seine Psyche umgarnen, um ihn dann sirenengleich in die dunklen Tiefen ihrer bösen Machenschaften zu ziehen.

Es war keine Verführung, sondern immer nur ein Geschäft. Für die Sicherheit von Aurélie, Marylène und Danielle tanzte er mit dem Teufel einen Stehblues – immer und immer wieder. Je öfter er das getan hatte, umso angreifbarer war er geworden, denn irgendwann waren sie auf ihn zugekommen, hatten ihn daran erinnert, dass er sich die Hände schmutzig gemacht hatte ... Es war nicht so, dass er täglich Grenzen überschritt. Manchmal waren es auch nur kleine Gefälligkeiten, aber sie besaßen dadurch irgendwie Teile seiner Seele. Er hatte sich verkauft, und der Preis für die Sicherheit seiner Lieben waren seine Gutachten und Stempel.

Gegen de Oliviera anzutreten war jedoch eine ganz andere Nummer, denn sie traf man nicht mal einfach so an einem Tisch mit gestärkter Decke. Sie war die Heldin der Nation ... Menschen schrieben ganze Abhandlungen über sie, Heldengesängen gleich. Doch er hatte nicht anders gekonnt und mit Leuten gesprochen, die auf dem Grab der heroischen Leitfigur Frankreichs nur zu gern tanzen würden, um dann ihre *Angelegenheiten* unter sich aufzuteilen ...

Nun ging ihm der Arsch wirklich auf Grundeis. Er musste mit jemandem reden, und ihm war nur Margeaux eingefallen. Er wollte ihr sein Herz ausschütten, ihr die ganze, ungeschönte Wahrheit sagen und darauf hoffen, dass sie ihm helfen konnte. Nicht nur Aurélie hatte sich offensiv in das Sichtfeld von Simone de Oliviera begeben, sondern er nun ebenfalls. Sie beide waren zu einer Bedrohung geworden, und das würde dieses Aas gewiss nicht einfach so hinnehmen.

Stuttgart, 2. Juli

Er hatte es so sattgehabt, die grauenvolle Situation in dem Einsatzraum voller Furcht, Verzweiflung und Wut erneut zu durchleben. Aber er hatte es endlich geschafft.

Er ging auf *Drucken,* um das Dokument danach ganz klassisch in Papierform zu unterzeichnen und in die Akte zu heften. Natürlich würde es auch in digitalisierter Form erfasst werden – sie waren ja nicht von vorgestern bei der Kripo.

Nach getaner Arbeit traf ihn die Mutlosigkeit, und ihm wurde wieder einmal bewusst, dass er einsam war. Ja, er hatte Margeaux und ihre Familie, die ihn wie einen der Ihren behandelten, hatte in dem Haus auf dem Weiler sogar ein Appartement, in das er kommen konnte, wann immer er wollte, aber da war niemand, der ihn tröstend in die Arme nahm, wachte er nachts schweißgebadet auf. Er hatte seinen Kleinkrieg mit seiner Partnerin Pia begraben. Zwar war er noch immer nicht begeistert von ihrer Beziehung mit dem Pathologen, aber seit sie mit offenen Karten spielte, hatte er nichts mehr einzuwenden. Zumindest äußerlich nicht. Innerlich haderte er damit, dass »die Kleine« jemanden in ihrem Leben hatte, der sie zum Lachen brachte, ihren Alltag verstand und ihr auch Halt gab. Warum sonst hatte er keine feste Partnerschaft?

Gott, er drehte sich im Kreis! Solange er so voller Verbitterung war, würde er wohl kaum bereit sein, sich zu verlieben. Es war ja nicht so, dass er keine Möglichkeiten hatte, aber seine innere Haltung ließ ihn schroff und abweisend wirken;

er hatte einfach zu viel Mist erlebt, konnte ihn nicht abschütteln. Was für eine elende Scheiße!

Abrupt stand er auf, um dieses Gedankenkarussell zu durchbrechen. Er klemmte sich den Laptop unter den Arm, nahm die Blätter vom Drucker und stiefelte in Richtung Werner Walters Büro. Der Ausrufezeichenchef war nach wie vor in vielen Situationen eine Herausforderung für ihn, aber er war auch irgendwie zu einer Art Freund geworden.

Paris, 2. Juli

Margeaux hatte sich mit Pierre in einem kleinen Café nahe dem Hotel verabredet, sodass Thierry die Zeit für ein Schläfchen oder was auch immer nutzen konnte. Abends würden sie in einem von Philippe Starck eingerichteten Restaurant im Obergeschoss eines Geschäftsgebäudes im 1. Arrondissement mit Blick auf die Seine essen und im Anschluss an der Bar noch einen Cocktail trinken. Unter der gläsernen Kuppel konnte man gut speisen und sich gleichzeitig vom Sonnenuntergang über der Stadt verzaubern lassen. Ein romantischer und gleichzeitig sehr stylisher Ort. Sie freute sich schon auf die getrüffelten Udon-Nudeln, die zu den Klassikern des Restaurants zählten. Sie war einmal mit ihrer Mutter und ihrem Vater dort gewesen. Kurz nach Marie-Louises Krebsdiagnose hatten sie es tatsächlich geschafft, mehr Zeit als Familie zu verbringen ... Es war wohl bezeichnend für die Surfins, dass sie dazu den Tod im Nacken brauchten!

Nach dem Rückruf waren sie wie geplant ins Museum gegangen und hatten die faszinierenden Werke Dalís bestaunt. Sie konnte sich nie daran sattsehen und freute sich, dass auch Thierry den Künstler mochte. Für den nächsten Tag hatte sie Karten für das »Atelier Lumières« gebucht, in dem es aktuell eine Installation über Ägypten und die Pharaonen zu erleben gab: Alles wurde auf die Wände und den Boden projiziert und mit Musik und Texten unterlegt – ein Erlebnis für die Sinne. In einem Spiegelraum konnte man sich sogar auf den Boden legen und sich wie in einem Kokon von den Visualisierungen einhüllen lassen ... Mit ihm dort zu liegen ...

Hand in Hand. Dieser Gedanke löste so viele warme und wundervolle Gefühle in ihr aus.

Sie wollte sich jetzt sofort an ihn drücken. Seine muskulösen Arme um sich, ihren Kopf auf seiner Brust – dem Gleichklang seines Herzens lauschend. Es ging dabei nicht um sexuelle Begierde, sondern um allumfassende Nähe – die, die man nur zulassen konnte, fühlte man sich vollkommen mit einem anderen Menschen verbunden.

Doch er war nun auf dem Zimmer und sie saß an einem kleinen Tisch mit Marmorplatte und wartete auf ihren Bruder. Die Sorge vor dem, was mit ihm kommen würde, wollte die Wärme in ihr verschlingen, und sie begann, konzentriert zu atmen. Sie musste diese Emotion regulieren, und sie konnte es eigentlich ganz gut. Komisch, dass alle in ihrem Umfeld zu glauben schienen, dass sie das bei Martin Angerer im Gefängnis vergessen hatte ... Sie schob den Gedanken fort. Er hatte in diesem Moment keinen Platz, *durfte* einfach keinen bekommen.

Pierre kam um die Ecke, und sie erschrak, denn seine Haltung war gebückt und seine Gesichtsfarbe nicht sommerlich getönt, sondern fast grau. Das dumpfe Gefühl in ihrem Magen verstärkte sich, und sie wünschte sich plötzlich fort von hier – zurück nach Hause in die sichere Geborgenheit ihres Schlafzimmers mit Willi auf dem Bettvorleger und Thierry neben sich. Aber es war zu spät. Sein Blick fiel auf sie, und seine Miene erhellte sich.

»Pierre«, sagte sie, stand auf und umarmte ihn, gab ihm die in der Provence üblichen drei Wangenküsse und setzte sich wieder. »Was möchtest du trinken?«, versuchte sie, Zeit zu schinden.

Er bestellte per Handzeichen und Mundbewegung ein gezapftes Bier. »Une pression.«

Sie schaute ihn an und gab ihrer Mimik einen erwartungsvollen Ausdruck. »Was ist los, Bruderherz?«, ergriff sie das Wort, nachdem er sich in Schweigen hüllte. Sie konnte sehen, dass er mit sich rang: Sorge in Form der typischen geschwungenen S-Form der Augenbrauen huschte über sein Gesicht, ging dann in Trauer über, bei der die Augenbrauen eine Dreiecksform annahmen, und zum Schluss konnte sie noch die gepressten Lippen und zusammengeschobenen Augenbrauen der Ärger-Emotion sehen. Da herrschte ganz offensichtlich ein Gefühlschaos in Pierre, und er bemühte sich, sich zu sortieren – was ihm nicht gelang. »Huhu, Pierre, ich bin's. Margeaux ... die kleine, wilde Nervensäge. Egal, wie weit wir in den letzten Jahren auseinandergedriftet sind ... ich bin und bleibe deine Schwester. Also spuck's schon aus!«, forderte sie ihn auf.

Das Bier kam und verschaffte ihm eine weitere Pause. Er nahm einen langen Zug, und Margeaux musste an sich halten, um nicht mit den Fingern auf den Tisch zu klopfen. Sie schenkte ihm Zeit, die sie mit Thierry in Zweisamkeit verbringen wollte. Er sollte mit dem, was ihn belastete, rauskommen. Sie erwartete nun sowieso das Schlimmste.

»Ich muss ein wenig ausholen und versuche, einen guten Anfangspunkt zu finden. Auf dem Weg hierher habe ich mehrfach formuliert, was mich beschäftigt, aber jetzt klingt jeder Satz flach und kalt ...«

»Manchmal ist das ein guter Anfang, um die Emotionen zurückzuhalten und so viel wie möglich an sachlichen Informationen weiterzugeben«, machte sie ihm Mut weiterzureden.

Er nahm noch einen Schluck Bier – als müsste er sich Mut antrinken – und erklärte dann mit monotoner Stimme: »Ich glaube, ich habe uns in Gefahr gebracht. Meine Frau, meine Kinder und mich. Du weißt ja, dass Aurélie Anwältin für Menschenrechte ist und sich nicht scheut, wirklich bösen Leuten auf die Füße zu treten. Doch diesmal ist es anders, Margeaux ...« Er beugte sich vor und senkte seine Stimme zu einem kaum hörbaren Flüstern. »... diesmal geht es um eine Ikone. Eine nationale Heldin.«

Sie beugte sich vor, um ihn besser zu hören, und seine Lippen formten den Namen »Simone de Oliviera«. Sie schloss kurz die Augen, um das Gehörte sacken zu lassen. Was hatte das zu bedeuten? Was hatte Aurélie vor? Und welche Beweise hatte sie vorliegen, die so belastbar waren, dass sie dieser Frau an den Karren fahren konnte? Das hier war keinesfalls der richtige Ort für ein Gespräch dieser Art. In ihr Hotelzimmer konnten sie nicht gehen, denn dort war Thierry, und ihn jetzt damit zu belasten würde diesen Aufenthalt zerstören. Sie musste erst mehr hören. Sie nahm die beiden Quittungen aus dem Becher, legte das Geld mit einem Trinkgeldzuschlag auf den Tisch und sagte: »Trink aus ... wir gehen.«

Er schaute sie irritiert an, tat aber wie geheißen.

Sie zog ihn schweigend zum Hotel, bestimmt gab es dort einen Besprechungsraum, in den sie sich zurückziehen konnten, um ungestört und ungehört zu sprechen.

Tatsächlich war es unkompliziert, und der Concierge führte sie in einen hübsch eingerichteten Raum mit schallisolierter Tür. »Soll ich Ihnen noch ein Wasser bringen, Madame?«, erkundigte er sich, und sie verneinte rasch, denn sie wollte keine weiteren Verzögerungen mehr in Kauf nehmen.

Pierre setzte sich ihr gegenüber, und sie ergriff das Wort: »Was genau bedeutet das? Worum geht es? Ein Angriff auf eine solche Person muss mit absolut haltbaren, ja unwiderlegbaren Beweisen gesichert sein.«

»Es ist alles da, Margeaux. Aurélie ist keine Anfängerin, und die Organisation, für die sie tätig ist, hat über Jahre Material gesammelt ... übrigens sogar in Zusammenarbeit mit der Polizei ...«

»Okay. Die Polizei hat Material und unternimmt nichts?«

»Sie stellen Protokolle und Dokumentationen zur Verfügung, sollte es zu einer Verhandlung kommen, aber aussagen ... aussagen wird wahrscheinlich niemand. Wer ist schon so lebensmüde«, fügte er bitter hinzu und knetete aufgeregt seine Hände.

Eine Beruhigungsgeste. Er versuchte, seinen Organismus zu besänftigen. Das machte der Körper oft ganz unbewusst: Menschen rieben sich den Hals, die Nase oder über die Oberschenkel, um die aufgeregte Energie abzuleiten. Er blinzelte hektisch, was ebenfalls ein Zeichen für Stress darstellte.

Sie atmete ganz bewusst ein und aus, gab ihrer Stimme einen neutralen Klang und fragte: »Wie weit ist die Sache schon fortgeschritten, Pierre? Und ich mutmaße, da ist noch mehr, oder? Ich kenne dich doch!«

»Ja, wir kennen uns. Und doch auch irgendwie nicht. Wir ... wir haben uns auf dem Weg durchs Leben verloren. Es ... Ich ... Es tut mir leid, dass ich erst zu dir komme, wenn ich richtig Angst habe.«

»Sag mir bitte alles! Was hast du getan?« Die kalte Hand, die in ihrem Magen herumfuhrwerkte, nahm nun ihr Herz in einen festen Griff. Es musste etwas Schlimmes sein, sonst würde er nicht hier sitzen, *so* aussehen und *so* reden.

»Ich mache das schon länger ... Ich ... ich bin ihnen zu Diensten. Den Bösen ... Immer wenn Aurélie einen Fall mit Tragweite annimmt, verkaufe ich mich, damit ihr und den Kindern nichts passiert und diese Leute uns absichern.«

Margeaux wollte einhaken und nachfragen, was genau er damit meinte, doch dann entschied sie sich, zu schweigen und einfach zuzuhören. Und plötzlich war es, als ob ein Damm in ihm gebrochen wäre.

»Als sie einige Jahre nach Marylènes Geburt den ersten Fall dieser Art annahm, konnte ich nächtelang nicht mehr schlafen. Sie bekam Morddrohungen, und, o Gott, Margeaux, was in diesen Nachrichten alles stand ... Brutalste Gewalt wurde beschrieben ... die man ihr antun wollte. Doch sie ließ sich nicht davon abbringen, wollte sich nicht geschlagen geben. Also habe ich etwas unternommen. Ich bin zwar nicht der Präsident oder so, aber wenn jemand ein großes Projekt plant und dazu ein Altlasten- oder Geogutachten nötig ist, dann kommt man an mir nicht vorbei. Also habe ich den einen oder anderen Gefälligkeitsstempel auf ein Dokument gedrückt, um meiner Familie Sicherheit zu erkaufen. Doch jetzt geht es um mehr, denn mit dieser Frau will sich niemand anlegen. Wahrscheinlich hat jede Honoration in Europa ein Shaking-Hands-Bild mit ihr an der Wand hängen und rühmt sich, sie zu kennen. Aber sie ist böse, Margeaux. Wirklich, wirklich böse. Ich hätte nie darüber reden sollen, dass Aurélie vorhat, sie zu stürzen!«

Er schwieg abrupt und schien ermattet. Es war wirklich schlimm, denn das, was er erzählte, führte zur Organisierten Kriminalität, und sie hatte bereits in Marseille schreckliche Erfahrungen damit gemacht und einen Kollegen verloren.

Barbentane, 3. Juli

Hilde hatte sich für ihre hübschesten Kombinationen im Schrank entschieden. Viele davon hatte sie gemeinsam mit Margeaux eingekauft. Aimé hatte vollkommen recht. Es war an der Zeit, in ihrem Inneren für Ordnung zu sorgen und ihren Frieden zu finden – auch dafür sollte die Reise gut sein. Es war eine ideale Kombination: die große Stadt mit ihrem überwältigenden Angebot an Restaurants, Geschäften und Kultur, dazu Pierre, Aurélie und die Mädchen ... und Margeaux und Thierry. Gleichzeitig wollte sie sich wieder einmal die Chance geben, ihre Schwiegertochter mehr ins Herz zu schließen, denn das war ihr nie so recht gelungen. Sie wollte nicht wie die typische ablehnende Schwiegermutter agieren, doch da war etwas an der streitbaren Frau, womit sie nicht warm werden konnte. Das hatte auch dazu geführt, dass der Kontakt zu Pierre und den Enkelinnen nicht so eng war.

»Charlène ist hier, Liebes«, rief Aimé von unten, und sie ging die kleine Treppe hinab, um der jungen Frau den Dackel anzuvertrauen. Willi saß in der Küche – den Kopf leicht schief gelegt – und lauschte der neuen Haushälterin, die ihn mit säuselnder Stimme umgarnte. Ein kurzes Gefühl der Eifersucht durchzuckte Hilde, doch sie hatte ja selbst dafür gesorgt, dass er bei Charlène bleiben würde. Hoffentlich akzeptierten die Kinder seine Grenzen und bedrängten ihn nicht zu sehr ...

»Ah, hallo, Charlène«, sagte sie betont munter und reichte ihr die Tasche mit seiner Decke, dem Futter und dem Spielzeug. »Danke, dass du dich um den kleinen Spatz kümmerst. Es ist ja nicht für lange.«

»Das mache ich doch gern, und wir verstehen uns sehr gut. Nicht wahr, Willi.« Charlène beugte sich zu dem Hund hinab, der sich sogleich auf den Rücken warf, um sich von ihr am Bauch kraulen zu lassen.

Hilde unterdrückte ein Seufzen ... So war das, man war überall ersetzbar. Kurz darauf zogen die beiden davon. Aimé ging die Stufen hinauf, um den Koffer zu holen, und Hilde ließ ihn die Aufgabe bewusst allein erledigen. Er war wieder zu Kräften gekommen, hatte aber noch lange nicht seine alte Form zurück. Noch immer war er so hager, dass er die Hosen mit dem Gürtel festzurren musste. Sie hatte angeregt, sie enger machen zu lassen, aber er bestand stets darauf, dass er ja wieder zunehmen würde und sie dann verschwendet wären. In Paris würde sie ihn auf jeden Fall zum Kauf einiger neuer Kleidungsstücke animieren. Sie wollte auch gern mit den Mädchen shoppen gehen und freute sich schon auf das unbeschwerte Schlendern durch die Einkaufsstraßen der Stadt.

Sie zogen den Koffer durch die schmale Straße hinab zum Parkplatz, warfen dabei einen Blick auf Thierrys Bäckerei, in der reges Treiben herrschte, und kurz darauf steuerte Hilde ihren geliebten Citroën in Richtung Bahnhof.

»Was hat Pierre für unseren spontanen Besuch geplant?«, erkundigte sie sich bei Aimé, der einige Male mit ihrem Sohn telefoniert hatte.

»Sie wollen mit uns essen gehen. Da gibt es in der Nähe von Les Halles eine Brasserie, die schon seit vielen Jahrzehnten sieben Tage die Woche vierundzwanzig Stunden geöffnet hat. *Au Pied de Cochon.* Die Spezialität dort sind Schweinefüße, aber auch Meeresfrüchte. Pierre meinte, wir könnten – weil es eben möglich ist – erst sehr spät am Abend dort hingehen oder auch am frühen Morgen.«

»Die Mädchen haben doch Schule«, warf Hilde ein.

»Ja. Das wäre dann nur am Wochenende machbar. Wir haben ja noch nicht entschieden, wie lange wir tatsächlich bleiben, oder?«, erkundigte sich Aimé.

»Ich bin gern mit dir auf Reisen, mein Lieber«, meinte sie, lächelte ihn an und konzentrierte sich dann wieder auf die Straße. Es war lange her, dass sie unterwegs gewesen waren und die Leichtigkeit eines Urlaubs miteinander genossen hatten.

»Dann schauen wir mal, wie gut es uns gefällt. Die Stadt ist so ... voller Quirligkeit ... ganz anders als unsere beschauliche Provence.« Er lächelte zurück.

Hilde versank für einen Augenblick in Gedanken, denn sie hatten Margeaux und Thierry noch nicht Bescheid gesagt, dass sie spontan in der Hauptstadt auftauchten. Dabei wäre es richtig und wichtig gewesen, Margeaux zu informieren, dass Willi einige Tage unter Charlènes Obhut sein würde. Ihr war bewusst, dass sie alles irgendwie verkomplizierte, doch sie konnte die Stunden der quälenden Ungewissheit einfach nicht vergessen, und die Erkenntnis, dass ihr Mädchen eine gefährliche Frau war, hatte sich in ihr Herz gebrannt.

»Vergiss nicht abzubiegen, Liebes«, holte Aimé sie in die Realität zurück. Er kannte sie einfach zu gut. Wie viele Menschen konnten schon auf mehr als ein halbes Jahrhundert gemeinsamer Lebenszeit zurückblicken? Es war ein Geschenk, dass sie einander schon so lange liebten und zusammen sein durften. Die Jahre waren gezählt, das war ihr ebenfalls klar, und sie nahm sich vor, sich von allem Groll zu befreien, um die Zeit, die ihnen noch blieb, zufrieden und glücklich miteinander zu verbringen.

Lähmende Hoffnungslosigkeit

Siehe, da sind meine jungfräuliche Tochter und seine Nebenfrau. Sie will ich zu euch hinausbringen; vergewaltigt sie und macht mit ihnen, wie es gut ist in euren Augen. Aber an diesem Mann dürft ihr keine solche Schandtat begehen.

Richter 19,24

Nicht der Stahlkasten ist das wahre Martyrium, sondern das, was folgt. Das eiserne Gefängnis mit seinem Gestank von Kot und Tod ist das Paradies im Vergleich zu dem Leben, was am Ende der Reise wartet: Schmerz an jedem einzelnen Tag, in jeder einzelnen Stunde – und Entwürdigung.

Hat man gedacht, nichts könnte schlimmer sein, als zwischen aufgestapelten Leibern in einen Eimer auszuscheiden, so hält das Leben eine Belehrung parat. Jede Minute zur Verfügung zu stehen ist demütigender, beschämender, beschmutzender ... Nur im Tod wird die Rettung liegen.

Doch weit gefehlt. Auch der Freitod bleibt einem verwehrt, will man nicht Eltern, Geschwister oder Kinder dafür büßen lassen. Sie vielleicht sogar im selben Schicksal wissen. Alles ist besser, als jeden Tag mehr und mehr kranke Gewalt über sich ergehen zu lassen. Möge doch eine schreckliche Krankheit den gepeinigten Körper heimsuchen und verzehren. Dann wäre das Leid ausgestanden.

Paris, 3. Juli

Margeaux rekelte sich im Halbschlaf und spürte Thierrys Brust an ihrem Rücken. Er erwachte ebenfalls und streichelte sie sanft. Sie hatten trotz des erschreckenden Gesprächs mit Pierre – sie hatte ihrem Mann nur eine kurze Zusammenfassung gegeben, da sie nicht mehr lügen oder Dinge verheimlichen wollte – einen wunderschönen Abend gehabt. Genuss und Gespräche hatten sich abgewechselt, und beschwingt durch die Stimmung der Stadt der Liebe waren sie miteinander im Bett gelandet und hatten ihre Körper erforscht, als wäre alles daran neu für sie. Es war unglaublich gewesen, und Margeaux lauschte nun im Erwachen in sich hinein und war ... glücklich!

Thierry küsste sanft ihren Hals, und ein erregender Schauer kroch ihren Nacken und dann das Rückgrat hinunter. Seine Hand glitt tiefer und berührte sie an empfindsamen Stellen, und sie wollte nichts anderes, als ihn erneut in sich zu spüren. Sie griff zwischen ihre fordernden Leiber und führte ihn. Stöhnend nahm sie ihn in sich auf und wollte vor aufwallender Hitze zerfließen. Er bewegte sich langsam und fordernd zugleich, legte seine Hand auf ihre Brust und begann, diese zu liebkosen.

Margeaux' Handy vibrierte. Sie tastete danach, um es auszuschalten. Das Display zeigte Pierre. Sie wies den Anruf ab. Thierry hörte nicht auf, sie zu verwöhnen. Wieder erschien Pierres Name auf dem Bildschirm, und das verdammte Ding summte auf dem Nachttisch herum. Sie wies den Anruf noch einmal ab. Das musste er doch begreifen. Aber er rief erneut an. Etwas Wichtiges musste vorgefallen sein.

»Willst du nicht besser drangehen?«, raunte Thierry in ihr Ohr und hörte sich dabei so sexy an, dass sie lieber das Handy komplett ausgeschaltet hätte, als den Moment zu zerstören. »Es scheint wichtig zu sein, sonst würde er deine Nummer nicht immer und immer wieder wählen. Wir merken uns, wo wir waren, und machen im Anschluss genau dort weiter.« Er zog sich langsam aus ihr zurück, und sie stöhnte frustriert auf.

»Was ist los, Pierre?«, reagierte sie daher etwas mürrisch, als sie den Anruf annahm, und Thierry knuffte sie leicht in den Po. Sie musste grinsen. »Ist alles in Ordnung?«, fügte sie daher wesentlich freundlicher hinzu, um ihre motzige Intonation bei der Begrüßung zu relativieren. Stimmen transportierten Emotionen wirklich gut, und die Störung hatte sie genervt.

Erschrocken zuckte sie zusammen, als ihr Bruder in den Apparat brüllte: »Sie ist weg! Margeaux, sie ist weg! Ich habe es doch gesagt: Wir schweben alle in Lebensgefahr. Warum, verdammte Scheiße, hat mir denn niemand geglaubt. SIE IST WEG!«

»Pierre«, Margeaux setzte sich auf und atmete kurz durch, »du bist außer dir. Bitte sag mir, wer weg ist und was *weg* bedeutet?«

»Danielle! Danielle ist weg. Sie ist nicht in der Schule. Sie ist verschwunden. Sie geht nicht ans Handy.«

»Hast du schon versucht, es zu orten?«, fragte sie ruhig.

»HÄLTST DU MICH FÜR BESCHEUERT?« Er brüllte so laut, dass Thierry erschrocken dreinschaute.

»Natürlich nicht. Es ist nur manchmal so, dass wir unter Stress Dinge vergessen. Wo ist das Handy?«

»In der Schule. Aber sie ist nicht dort.«

Danielle war dreizehn, und Margeaux konnte sich dunkel an ihre Teenagerjahre erinnern und daran, dass sie oft keine

Lust auf die Schule gehabt hatte, obwohl ihr das Lernen leichtgefallen war. »Geht Danielle gern zur Schule?«, erkundigte sie sich mit fester, aber ruhiger Stimme.

»Das ist doch unwichtig. Ich dachte, du hilfst mir«, schnaubte ihr Bruder und atmete dabei so heftig, dass sie es mit der Angst bekam. Machte er so weiter, würde er hyperventilieren.

»Ich will nur ausschließen, dass sie mit einer Freundin auf dem Klo ist oder eine Stunde schwänzt, um einen Jungen anzuhimmeln.«

»Sie ist weg, Margeaux.« Sie konnte hören, dass er am Ende war.

»Pierre, bitte erzähle mir genau, was gestern Abend und heute Morgen los war. Wie war euer Tagesablauf?« Sie warf Thierry einen besorgten Blick zu.

Er beugte sich zu ihr, gab ihr einen liebevollen Kuss auf den Haaransatz und schob sie aus dem Bett. Sie schnappte sich ihre Kopfhörer, verband sie mit dem Handy und ging ins Bad. Wenn sie wusste, was geschehen war, mussten sie zu Pierre, um herauszufinden, wo sich das Mädchen befand und ob seine starke Reaktion berechtigt war. Vielleicht spielten ihm seine überreizten Nerven einen Streich, und Danielle verhielt sich wie eine Pubertierende, tauchte mit schlechtem Gewissen wieder auf, und alle Aufregung war umsonst gewesen. Doch nach dem, was ihr Bruder ihr erzählt hatte, lag es eben auch im Bereich des Möglichen, dass die gefährlichen Leute, die Pierre und Aurélie ins Leben der Familie geholt hatten, das Mädchen als Faustpfand in ihre Gewalt gebracht hatten. Was war nur los mit den Vignes und Surfins, dass sie dauernd in Situationen gerieten, die potenziell lebensgefährlich waren?

Pierre berichtete vom Vorabend, und durch die Konzentration darauf wurde sein Atmen ein wenig ruhiger.

Margeaux putzte sich, während sie zuhörte, rasch die Zähne, wusch sich und trug ein schnelles Tages-Make-up auf.

Ihre vom Schlaf verwuschelten Haare fasste sie mit geübtem Griff zu einem Zopf zusammen. Für eine ausgiebige Körperpflege blieb keine Zeit – die Katzenwäsche musste vorerst reichen.

Die Familie hatte zusammen zu Abend gegessen. Pierre hatte sich ein wenig leichter gefühlt nach seinem Gespräch mit ihr, und seine Frau und er hatten den Mädchen zugehört und mit ihnen gequatscht. Margeaux wusste, dass Aurélie die beiden über ihr Tun aufgeklärt hatte, jedoch ohne die Gefahr in den Vordergrund zu stellen, die es mit sich brachte, jemanden wie Simone de Oliviera offen anzugreifen. Danielle war um neun zu Bett gegangen, Marylène gegen zehn und Aurélie und er kurz darauf – zum ersten Mal seit Tagen gleichzeitig.

Margeaux verließ das Bad, ihr Mann kam zu ihr, bedeutete ihr, dass er sie begleiten würde, und kurz darauf hörte sie das Rauschen der Dusche. Sie schlüpfte in eine hellgraue Leggings, auf der sich das Universum abzeichnete, und eine schwarze Longbluse ihres Schweizer Lieblingslabels. Dazu wählte sie schwarze Sneakers – für den Fall, dass sie schnell von A nach B traben mussten. High Heels waren dabei kein gutes Fortbewegungsmittel – vor allem nicht auf den Straßen der Hauptstadt. Thierry stand kurz darauf frisch rasiert und wohlduftend vor ihr – leger in eine schwarze Leinenhose und ein weißes Hemd gekleidet. Sie betrachtete ihn voller Liebe: Er war mit seinen kantigen Gesichtszügen und der lässigen Frisur ein attraktiver Mann.

Pierre kam nun zum heutigen Tag. »Ich habe die Mädchen wie jeden Morgen um sechs Uhr geweckt, und es gab Zoff, weil Danielle das Bad zu lange besetzt hat. Sie haben das Haus um zehn nach sieben verlassen. Die Metrostation ist ungefähr zweihundert Meter entfernt. Sie fahren zwei Stationen zusammen, dann steigt Marylène aus. Danielle muss noch drei Stationen weiter.«

Margeaux hörte zu. Danielle ging aufs Collège, und Marylène besuchte das Lycée.

In Pierres Stimme war etwas zutiefst Verängstigtes zu hören. »Die Schule hat mich eben gefragt, ob Danielle krank sei, und mich ermahnt, dass wir so etwas von uns aus melden müssten. Sie trifft im Regelfall spätestens am Ausgang der Metrostation auf Klassenkameradinnen und Freundinnen und legt mit ihnen den restlichen Weg zurück. Niemand hat sie gesehen, Margeaux. *Angeblich.*«

»Die Stationen sind videoüberwacht. Wir werden die Polizei bitten, uns diese von jeder Station zur Verfügung zu stellen«, sagte sie sachlich. Bei Kindern war die Polizei schnell, bei Teenagern würde sie etwas mehr Druck machen müssen. Sie war noch immer Officier de Liaison, und das würde auf jeden Fall helfen. Fragen tauchten in ihrem Kopf auf. Wie war das Handy in der Schule gelandet? Hatten sie es physisch dort gefunden oder nur geortet? Hatte das Mädchen die Bahn verlassen, oder war es weitergefahren? War Danielle allein unterwegs, oder fehlte vielleicht noch ein anderes Kind – vielleicht aus einer anderen Klasse oder einer anderen Stufe. Sie ging rasch zu dem kleinen Schreibtisch, zog den dort liegenden Block heran und notierte die Fragen.

»Von jeder Station, Margeaux? Das sind viele bis zur Endstation …«

»Wir haben ein klares Zeitfenster, und die Metro macht keine Umwege. Am Ende ist es nicht sehr viel Material.« Sie bagatellisierte die Aufgabe bewusst, um ihm etwas Zuversicht zu geben. »Thierry und ich machen uns jetzt auf den Weg zu euch. Ist Aurélie zu Hause?«

»Sie ist bei Gericht. Sie reichen die Klageschrift heute ein.«

In Margeaux begannen jetzt alle Alarmglocken zu läuten. Auch ihr schien es immer wahrscheinlicher, dass Danielle entführt worden war, und gewiss bestand ein Zusammenhang mit dem Gerichtstermin ihrer Mutter. »Wir beenden jetzt das Telefonat, Pierre, und wir sind so schnell wie möglich bei dir.« Sie sagte ganz bewusst nicht, was sie dachte: *Deine Nummer sollte erreichbar sein für den Fall, dass sich die Leute, die deine Tochter haben, mit ihren Forderungen melden.*

Sie zog die Kopfhörer ab, informierte Thierry und war unfassbar froh, als er sie in den Arm nahm und sagte: »Das ist zwar nicht das, was wir in den Tagen hier erleben wollten, aber wir haben uns entschieden, an unserer Beziehung zu arbeiten, und wir sollten uns daher über alles abstimmen und gemeinsam ausmachen, wie wir mit den Dingen umgehen. Keine Alleingänge, Margeaux!«

»Das habe ich dir versprochen, so, wie du mir zugesagt hast, deutlich über deine Grenzen zu sprechen.«

»Das werde ich tun. Ich habe in der Klinik viel über mich und meine Muster gelernt, aber auch, dass es wichtig ist, mich zu schützen.«

Sie hoffte von ganzem Herzen, dass sie sich an ihr Versprechen würde halten können. Sie wollte ihn nicht erneut irgendwo in eine brenzlige Situation bringen, aber ihre Arbeit – sie war ungewollt wieder mittendrin – brachte solche Gegebenheiten nun mal mit sich.

Marseille, 3. Juli

Lionel schaute den Mann mit zusammengekniffenen Augen an. Die Typen wurden immer dreister, und das ging ihm gewaltig gegen den Strich. Er machte schon so viel möglich, aber Hafenregeln konnte er nun mal nicht umschreiben. Die waren international geltend, und er war schließlich nicht Gott.

»Der Container muss so auf dem Gelände verstaut werden, dass er leicht zugänglich und zugleich unauffindbar ist. Wir brauchen darüber und darunter Container, die mit Waren beladen sind.«

Der Hafenmeister biss kurz die Zähne zusammen, um nicht ungehalten zu werden. Was wollten die da machen? Ein Stundenhotel im Containerhafen? Sie hatten Dauerstellplätze – keine Frage –, aber ein gewisses Maß an Flexibilität war trotzdem immer nötig. Zumal er es ja auch vor Mathis verbergen musste, der das Areal mit Adleraugen im Blick behielt. Sollte der Junge wirklich sein Nachfolger in allen Belangen werden, war das eine hilfreiche Eigenschaft. Würde er sich nicht für den vollen Umfang des Jobs qualifizieren, war es etwas, was ihn zur Zielscheibe machte.

Das konnte ihm letztlich egal sein, er war dann weg … mit einem Drink auf einem edlen Sunbed.

»Ich bin von jeher sehr erfinderisch und kooperativ, doch ich kann hier keine Garantie bieten, denn Containerbewegungen müssen immer sichergestellt sein.«

»Andernfalls bringen wir alle nötigen weiteren Frachtbehälter, und die ganze Linie muss stehen bleiben. Das wäre die

Alternative«, knurrte der Mann in der Lederkluft. Er war mit einer dröhnenden Harley gekommen, die man wahrscheinlich bis Cassis gehört hatte.

»Die Linie kann so auch nur sechs Monate stehen bleiben, dann sollten die Container ausgetauscht werden. Es ist ansonsten zu auffällig«, wandte Lionel ein, wohl wissend, dass Kooperation ein Fremdwort für seinen Gesprächspartner darstellte. Aber auch der war nur ein Handlanger – ein ausführendes Organ –, und alle in diesem Spiel fürchteten sich vor den Konsequenzen, wenn sie versagten. Leute kamen dann ganz zufällig bei einem Unfall ums Leben oder fanden ihren Hund ausgeweidet vor der brennenden Veranda ... Die Vorgehensweise der Drahtzieher – derer, die die Fäden wirklich in der Hand hielten – war ebenso kreativ wie brutal. Lionel selbst tat ja nichts, außer wegzusehen. Er legte keine Hand an, pickte niemanden von der Straße und verschiffte diese Person nicht nach was weiß ich wohin. Er hielt – im metaphorischen Sinne – keinen Angehörigen eine Knarre an den Kopf. Typen wie die Lederkluft hier waren die Schläger und Brandstifter. Ganz ohne Gewissen und nur den Bossen und sich selbst verpflichtet.

»Du solltest es möglich machen, Lionel, denn es gibt Leute, die nicht so geduldig sind wie ich.«

Lionel hätte beinahe aufgelacht, denn der Mann vor ihm war so geduldig wie ein hirnloser Raptor. Er hatte schon gesehen, wie er jemandem quasi beim Händeschütteln die Schulter ausgekugelt hatte. Das verstand er keineswegs unter Langmut ...

Er dachte nach: Welche Möglichkeiten gab es noch, diesen Ort zu schaffen, den sie brauchten? Sollte er fragen, wofür dieser Aufbau benötigt wurde? Nein, besser nicht. So konnte er seine Hände weiterhin in relativer Unschuld waschen. Man konnte aus so einem Frachtbehälter alles machen: Laderaum, Gefängnis, Luxusunterkunft ... Allerdings würde es ihm nicht gefallen, wollten sie in seinem Hafen ein Edelbordell einrichten oder, noch schlimmer, eine jener *All you can fuck*-Absteigen. Er war nicht prüde. Es würde nur zu viel Traffic bedeuten, und das barg das Risiko aufzufliegen, nicht nur wegen Mathis. Im Hafen arbeiteten jede Menge Leute, und irgendjemandem würde gewiss etwas auffallen. Dann war *er* dran – und niemand sonst, denn die wahren Verantwortlichen hatte niemand auf dem Schirm. *Er* wäre das Bauernopfer. Sein Hirn schien langsam heiß zu laufen und wollte einfach keine sinnvolle Idee ausspucken. »Ich überlege mir etwas«, versuchte er, Zeit zu gewinnen, der andere grinste diabolisch, und der widerliche vergoldete Eckzahn in seinem Mund blitzte dabei auf wie ein geschliffener Dolch.

»Denk schnell, Lionel. Das hier ist kein amüsantes Spielchen.«

Lionel nahm im Augenwinkel eine Bewegung im Flur wahr. Verdammt! Hatte jemand gelauscht? Mathis? Oder waren seine Sinne einfach zu angespannt und gaukelten ihm dadurch Dinge vor, die nicht da waren? »Die Arbeit als Hafenmeister folgt Regeln, und an die müssen wir uns bei Lagerungs- und Löschvorgängen halten.« Er warf Lederkluft einen warnenden Blick zu und deutete mimisch in Richtung Flur.

Gott sei Dank war der Kerl nicht vollkommen debil und kapierte das Zeichen. »Ach, Lionel, wie bei allen Import- und Exportgeschäften geht es immer um Zeit und Geld. Platinen und Elektrozubehör müssen bedächtig auf den Markt geworfen werden ... wenn die Nachfrage und der Preis stimmen.«

Lionel musste den richtigen Augenblick abpassen, um den Mann davon abzuhalten, ins Faseln zu geraten. Stand dort wirklich Mathis irgendwo im Flur auf der Lauer, würde der den Braten sonst riechen. Er machte eine schnelle Bewegung mit der Hand an seiner Kehle entlang, und das Gespräch erstarb. Lionel drehte sich zu seinem Schreibtisch und raschelte mit einigen Papieren. »Ich werde sehen, was ich machen kann, aber auf keinen Fall etwas Illegales!«

»Gut, gut. Das gebe ich so weiter.« Lederkluft gab seiner Stimme einen neutralen Klang, aber in seinen Augen funkelte etwas Bedrohliches. Wenn dort draußen sein potenzieller Nachfolger auf dem Lauschposten stand und mehr als den inszenierten Schluss mitbekommen hatte, befand er sich in Gefahr. Er schüttelte dem Unterhändler die Hand, bedankte sich lauthals für dessen Besuch und scheuchte ihn dabei hinaus. Langsam ging er hinter dem dunkel gekleideten Mann her und stellte zu seiner Erleichterung fest, dass niemand zu sehen war. Die Tür zu Mathis' kleinem Büro stand offen, aber der Arbeitsplatz war leer. Vielleicht hatten sie Glück gehabt, und er war nur einer Täuschung aufgesessen. Er musste zukünftig besser aufpassen und sich jetzt schnell Gedanken machen, wie er die Anforderungen der mächtigen Organisation, die einen Großteil seines Altersruhesitzes finanzierte, erfüllen konnte.

Paris, 3. Juli

Pierre lehnte seinen Kopf an den Türrahmen und widerstand dem Impuls, ihn dagegenzuschlagen. Es würde nicht helfen. Er hatte überlegt, Aurélie aus dem Gericht holen zu lassen, denn er würde dazu direkt dort anrufen müssen, da sie da ihr Handy im Regelfall aushatte. Mit einem Anruf in Marylènes Schule hatte er sichergestellt, dass sie vor Ort war. Er brauchte Margeaux und ihr Wissen, um die nächsten Schritte einzuleiten, denn er konnte seine Tochter nicht mit der Metro nach Hause kommen lassen. Vielleicht mit einem Taxi? Doch was, wenn sich die Leute, die Danielle in ihrer Gewalt hatten, auch sie holen würden, sobald sie das Schulgelände verließ. Würde die Polizei seine Tochter auf Wunsch eskortieren? Konnte man ihnen trauen, oder waren nicht jede Menge Beamte korrupt? In Filmen sah man das dauernd, dass sie für die Mafia oder wen auch immer an Recht und Ordnung vorbeihandelten und selbst zu den Bösen wurden. Aurélie hatte heute das Auto genommen – ausgerechnet! Das tat sie sonst fast nie. Er hatte nur die Vespa. Sollte er damit zur Schule brausen und seine Tochter auf den Sozius packen, um sie nach Hause zu holen?

Wo war seine Kleine?

Für ihn stand es außer Frage, dass sie entführt worden war. Ein Druckmittel gegen ihre Mutter – und er war durch sein Handeln mindestens genauso schuld daran wie seine Frau. Statt seiner Familie die gewünschte Sicherheit zu erkaufen, hatte er die böse Hexe mit dem Januskopf erst richtig auf sie aufmerksam und wütend gemacht. Simone de Oliviera war unantastbar. Sie hatten versucht, ihr in die Quere zu kommen, und sein Kind zahlte nun den Preis dafür. Die Vorstellung seiner Tochter in den Händen brutaler Vergewaltiger und Killer ließ seine Knie einknicken, und er schlug hart auf dem Boden auf. Der Schmerz war ihm egal. Tränen rannen über sein Gesicht, und nun schlug seine Stirn wie von selbst gegen den Türrahmen – hart und wieder und wieder. Ein rotes Rinnsal lief auf dem lackierten Weiß hinab, und er begriff nicht, wo die Farbe plötzlich herkam. Dann schmeckte er den eisenhaltigen Geschmack von Blut und realisierte, was los war. Seine Fingerspitzen betasteten seine Stirn und färbten sich dabei rot. Es zählte nicht. Sollte sein Körper doch übersät sein von Wunden, bekam er nur sein Mädchen wieder.

Noch hatte sich niemand mit einer Forderung gemeldet. War das normal? Müssten sie nicht sofort agieren, um Aurélie zu stoppen – falls es darum ging? Hatte Margeaux vielleicht doch recht, und alles war nur der dumme Streich einer Teenagerin, die ihre Grenzen austesten wollte?

Hoffnung glitt durch sein Bewusstsein, doch dann kam die Panik mit aller Macht zurück, nahm ihn in ihren Klammergriff und raubte ihm den Atem. Er war sich sicher, dass etwas wirklich Furchtbares geschehen war, denn egal, ob pubertär oder nicht, so war Danielle nicht!

Es klingelte an der Tür, und er musste darüber nachdenken, wie er seinem vor Angst gelähmten Körper befehlen konnte aufzustehen. Es läutete erneut. Diesmal etwas länger. Er stemmte sich hoch und wankte zur Tür, drückte, ohne nachzufragen, auf den Summer und öffnete die Wohnungstür.

Margeaux würde wissen, was zu tun war.

»O mein Gott, Pierre ... Junge ... mein Junge ...« Die vollkommen entsetzte Stimme seiner Mutter riss ihn aus seiner Trance.

Seine Eltern! Er hatte seine Eltern vollkommen vergessen.

Auch im Gesicht seines Vaters zeichnete sich deutliche Bestürzung ab.

»Du bist verletzt«, kreischte Hilde, umfasste ihn und schob ihn in den Flur, während sein blasser Vater hinter ihnen die Wohnung betrat, den Koffer hereinschob und die Tür schloss. Pierres Blick fiel auf den Spiegel an der Garderobe: Sein Gesicht war blutverschmiert, und auf der Stirn prangte eine Platzwunde. Er sah geradezu gruselig aus mit den panisch weit aufgerissenen Augen, von all dem Rot umgeben.

Es klingelte erneut. Er wollte sich zur Tür wenden, doch seine Mutter schob ihn energisch in Richtung Bad. »Aimé«, blaffte sie ihren Mann an, der sich umdrehte, auf den Summer drückte und die Tür öffnete. »Margeaux«, hörte Pierre ihn mit einer Mischung aus Erstaunen und Erleichterung in der Stimme sagen.

»Was macht ihr denn hier?«, fragte Margeaux alarmiert.

Pierre machte sich aus dem Griff seiner Mutter frei. »Ich ... habe vergessen, es dir zu sagen ... dass sie herkommen.« Er hörte, wie seine Schwester den Atem bei seinem Anblick scharf einsog, und ihr Mann, der sich hinter ihr in den Flur drängte, zeigte ebenfalls eine geschockte Miene. Alles wurde immer komplizierter. Doch das familieninterne Kommunikationsproblem war jetzt unwichtig. Nur Danielle zählte.

»Möchte jemand uns erklären, was hier eigentlich los ist?«, meldete sich sein Vater mit der besonnenen Stimme eines geübten Polizisten zu Wort.

Margeaux reagierte prompt. »Ich mache das. Aber zuerst sollte Pierres Wunde versorgt werden, und der Flur ist vielleicht nicht der richtige Ort dafür.«

Er war ihr dankbar für die Initiative, drehte sich wieder um, um ins Bad zu gehen, als sein Handy zu klingeln begann. Es dudelte jene Tonfolge ab, die er für Anrufende eingestellt hatte, die sich nicht in seinem Telefonbuch befanden. Er drehte sich so schnell um, dass ihm schwindelig wurde. Er suchte Margeaux' Blick und umklammerte unbewusst die Hand seiner Mutter wie ein verängstigtes Kind.

War es nun so weit? Kamen sie mit ihren Forderungen?

Stuttgart, 3. Juli

Frank hatte wieder unruhig geschlafen und dachte darüber nach, sich krankschreiben zu lassen. Der aktuelle Fall, den Pia und er bearbeiteten, war für seine Partnerin auch allein zu bewältigen, denn sie hatten bereits jede Menge Beweise zusammengetragen, und für Befragungen im Kommissariat konnte sie Werner Walter um Unterstützung bitten. Sie hatten immer wieder Morde an Frauen auf dem Tisch – Femizide, wie sich regelmäßig herausstellte, die vom Partner oder einem Ex-Partner verübt worden waren. Oder in einigen Kulturkreisen auch von Vater oder Bruder. Er hatte das Gefühl, dass sich nach der Pandemie gerade diese Fallstatistik noch zugespitzt hatte. Waren es nicht Opfer im Rahmen dieses Kontextes, so handelte es sich um Frauen, junge Männer und auch immer mehr Kinder – meist ausländischer Abstammung –, die im Teufelskreis der Verschleppung und Zwangsprostitution gelandet waren. Das war ein Kampf mit Holzschwertern gegen Windmühlenflügel, denn im Regelfall waren die Täter keine Freier, sondern Mitglieder mafiös strukturierter Organisationen.

Für wen legte er seine Hand überhaupt noch ins Feuer? Margeaux, Pia und Werner. Was für eine Scheiße, unter solchen Bedingungen zu arbeiten. Er seufzte und machte sich noch eine Tasse Kaffee. Das Getränk legte sich mit angenehmer Säure auf seine Zunge, glitt die Speiseröhre hinab und belebte ihn. Er würde ins Präsidium gehen und seinen Job machen. Die Stadt brauchte integre Bullen ... Sein Handy begann *Je veux* von ZAZ zu singen. Diese Melodie hatte er Margeaux zugeordnet.

Wieso rief sie ihn an? Sie hatten tatsächlich vor einigen Tagen wieder angefangen, sich zu schreiben. Sie verbrachte doch Zeit mit Thierry in der Stadt der Liebe – um ihre Ehe zu retten. Er mochte den sensiblen Bäcker so sehr und wünschte den beiden von ganzem Herzen, nach all den gemeinsam überstandenen Schrecken einen Weg zu finden, zusammen alt zu werden. So wie Hilde und Aimé.

»Du solltest Hand in Hand mit deinem Liebsten durch Paris schlendern, anstatt mich anzurufen«, begrüßte er sie und versuchte dabei, launig zu klingen.

»Du hast recht, aber ich brauche den klaren Verstand einer emotional unbeteiligten Person«, sagte sie und hörte sich angespannt an.

»Habt ihr euch gestritten?« Er hoffte, dass dem nicht so war, denn in seiner momentanen Stimmung würde er wahrscheinlich auf Thierrys Seite sein.

»Nein. Es ist etwas Schlimmeres passiert, viel schlimmer.«

Sein Körper richtete sich ruckartig auf, und sein Herzschlag stolperte ... »Was?«

»Die Kurzfassung: Meine Nichte – Pierres jüngste Tochter – wurde entführt. Seine Frau ist Anwältin für Menschenrechte, und die beiden, also Aurélie und Pierre, sind sehr mächtigen Leuten auf die Füße getreten. Die haben sich nun die Dreizehnjährige geholt und verlangen, dass Aurélie und ihre international arbeitende Organisation *Human Rights Lawyers* keine Klage bei Gericht einreichen. Meine Schwägerin ist aktuell jedoch genau dort, um genau das zu tun!«

Er stand auf und begann, durch die Wohnung zu gehen. Er brauchte Bewegung. »Was kann ich tun, Margeaux?«

»Mir zuhören und sowohl der Polizistin in mir als auch dem Familienmitglied raten, was die richtige Vorgehensweise ist.«

»Als Polizistin weißt du, was zu tun ist. Ihr müsst sofort die Behörden informieren.«

»Ja. Das ist Aimé und mir klar. Doch schlimmstenfalls stecken die da mit drin, denn ... Gott, ich bin schon völlig paranoid und denke, jemand hört mein Handy ab ...«

Als sie in die Tiefen der Mafia eingetaucht waren, um aufzuklären, wer seine Mutter vor vielen Jahrzehnten getötet hatte, war Werner Walter losgezogen und hatte sie alle mit nicht nachverfolgbaren Prepaidhandys versorgt. Ihr Verfolgungswahn war daher nicht ganz unberechtigt.

»Erinnerst du dich noch an den Abend im Auto, als wir in dem Weinmann-Fall ermittelt haben?«, reagierte er auf ihre Besorgnis. Es war ein brutaler Mord an einem gut situierten Ehepaar in Filderstadt gewesen. Sie hatten die ewigen Stunden der Überwachung unter anderem damit verbracht, einen eigenen Stenocode zu entwickeln. Es hatte sie wach gehalten, aber in den Zeiten der Handynutzung brauchte man solche Zeichen eher selten. Doch das iPhone machte es möglich, Kurznachrichten zu malen.

»Jaaa«, antwortete sie gedehnt, und dann schien ihr ein Licht aufzugehen. »Oh ... das ist eine super Idee. Warte!«

Stille breitete sich aus, und kurz darauf pingten mehrere Nachrichten auf seinem Display auf. Er schnappte sich einen Bleistift und ein Blatt Papier, versuchte, alle Erinnerungen an dieses gezeichnete Alphabet abzurufen, und begann zu dechiffrieren. Weitere Nachrichten trafen ein – sie schickte ihm einen Buchstaben nach dem anderen. Gut. Sie waren beide aus der Übung. Anfangs hatten sie sich noch aus Spaß an diesem Kommunikationsmittel Zettel bei Befragungen zugespielt, aber irgendwann hatten sie die Lust an dem aufwendigen System verloren. Es war Jahre her ...

Simone da ... de ... Irgendwas mit Oli. Er öffnete den Browser und tippte die Fragmente ein. Ein Wikipedia-Eintrag lautete auf den Namen *Simone de Oliviera.* Das schien passend.

Er malte ebenfalls die Zeichen für den Namen auf das Papier, machte ein Foto und schickte es an Margeaux.

»Du bist der Beste, Frank«, sagte sie, und Hoffnung schwang in ihrer Stimme mit.

»Gib mir einen Augenblick zum Lesen«, bat er und überflog den Artikel, klickte den ersten Link zu den Nachweisen und landete auf einer Seite der französischen Regierung: Der Präsident schüttelte einer hochgewachsenen Frau mit kurzen, perfekt frisierten Haaren und aristokratischen Zügen die Hand.

Na bravo! Wie war es nur möglich, dass seine Freundin schon wieder mitten in einem Chaos gigantischen Ausmaßes zu stecken schien?

Cassis, 3. Juli

Sie saß auf der Terrasse und ließ ihren Blick über das leuchtende Blau des Mittelmeeres gleiten. Knorrige alte Pinien streckten ihre benadelten Äste unter der Pergola bis an den Rand des aus vielen kleinen Sandsteinsäulen bestehenden Geländers. Sie konnte über die Calanques hinweg bis zur Bucht von Marseille schauen. Es war ein einzigartiges Anwesen – uneinsehbar von allen Seiten, auf einer Anhöhe, eingefasst von hohen Mauern. Sie hatte die Bastide schon vor Jahren gekauft und liebte es, sich hierher zurückzuziehen, aber auch exklusive Empfänge für ihre Organisation auszurichten. Ihre Bekanntheit hatte ihr einige sehr gut bezahlte Tätigkeiten und wichtige Aufsichtsratsposten verschafft. Eine beeindruckende Umgebung ließ die Spendenschecks lockerer sitzen, und sie brauchte das Geld, um all die Aktionen zu finanzieren, die schon so vielen Frauen und Kindern das Leben gerettet hatten. Der frisch aufgebrühte Oolong-Tee aus den Wuyi-Bergen Chinas – der wohl beste Tee der Welt – duftete in der Tasse aus feinem Porzellan.

Vorsichtig nippte sie und genoss den ersten Schluck mit geschlossenen Augen. Sie war mittlerweile eine verwöhnte Frau, keine Frage, doch sie hatte sich all diesen Luxus redlich verdient und war von einer armen, geplagten Kreatur zu einer schillernden Persönlichkeit erblüht. Ein langer und steiniger Weg ... und sie hatte viele Widersacher und Neider hinter sich gelassen. Doch die bösen Zungen schwiegen nie. Leute machten sich daran, ihren guten Ruf zu untergraben, Geschichten über sie zu erfinden, in denen sie mehr Cruella

De Vil als Mutter Teresa glich … Das war der Preis, den öffentliche Personen zu zahlen hatten: Jeder da draußen war davon überzeugt, ein Anrecht darauf zu haben, sie zu kritisieren, zu verunglimpfen und zu hassen – oder zu lieben und zu idealisieren.

Zwei Handys lagen vor ihr auf dem Tisch: das der Organisation und ihr privates Gerät, dessen Nummer nur einer Handvoll Menschen zugänglich war. Sie nahm erneut einen Schluck der köstlichen leicht orangefarbenen Flüssigkeit.

Vom Meer kam eine sanfte Brise, und Simone war vollkommen entspannt – heute standen keine offiziellen Termine an, und sie musste nur einige Telefonate führen, eine neue Rede für die bevorstehende Benefizveranstaltung in Marseille gegenlesen und ein paar Unterschriften leisten. Ein perfekter Tag. Sie hatte ihre Organisation von null aufgebaut und jede Struktur selbst ersonnen, sodass sie sich auch mal eine kurze Auszeit nehmen konnte. Der Laden würde weiterlaufen wie geschmiert. Täglich waren Anfragen zu bearbeiten für Interviews, Empfänge, Reden vor wichtigen Gremien und auch mit – zumeist waren es Frauen – Studierenden, die ihren Lebensweg für eine Hausarbeit oder Abschlussarbeit auserkoren hatten. Sie sprach gern mit diesen ambitionierten jungen Menschen und heizte das Feuer in ihren Augen an. Es lohnte sich, für etwas Gutes zu kämpfen … Ihr eigenes Motto war stets: Mein Weg ist der richtige. Sie hatte sich von den Fesseln ihrer Vergangenheit befreit und alles dafür getan, einflussreich und mächtig zu werden.

Im Augenwinkel nahm sie eine Bewegung wahr: Ihre rechte Hand trat auf die Terrasse – eine junge Frau aus Indien, die verkauft und nach Europa verschleppt worden war, um jedem zu Diensten zu sein, der dafür bezahlte. Sie hatte sie befreit. Gerettet! Und Desna – ihr Name bedeutete Geschenk – war wirklich eines. Sie war klug, lernte unfassbar schnell und nahm ihr jede Menge organisatorischen Kram ab. Jedoch respektierte sie normalerweise die Momente, in denen sie die Stille genoss. Unwirsch drehte sie der jungen Frau mit dem kinnlangen Bob den Kopf zu.

»Entschuldige, dass ich dich störe, ich muss dich jedoch dringend über eine neue schmutzige Kampagne gegen dich – gegen uns alle – informieren.«

Simone zeigte auf den Sessel neben sich. Sie wollte nicht zu Desna aufsehen müssen, verspürte aber auch kein Bedürfnis, sich zu erheben. So oft, wie man sie anzugreifen und das, was sie tat, schlechtzumachen versuchte, spielte einmal mehr oder weniger kaum noch eine Rolle. Gleichzeitig musste sie ihre Mitarbeitende und Schutzbefohlene anhören. Alles andere wäre unfreundlich gewesen. »Bitte«, sagte sie daher auffordernd, und Desna nahm auf der Sesselkante Platz.

»Einige Anwälte der *Human Rights Lawyers* befinden sich auf dem Weg zum Cour d'assises, um dort gegen dich persönlich einen Strafantrag zu stellen.« Die junge Frau redete schnell, und ihre Wangen bekamen ungesunde rote Flecken. »Sie werfen dir schweren Menschenhandel mit Todesfolge vor. Geplant. Also Mord!«

Simone nahm ihre Tasse und nippte erneut daran. Jetzt hatte das göttliche Getränk die perfekte Temperatur.

»Warum sagst du nichts.« Desna schien verwirrt und kurz davor, die Fassung zu verlieren.

»Wir bewahren vor allem Ruhe, mein Kind. Das weißt du doch. Diese Leute werden immer wieder versuchen, meinen guten Ruf zu zerstören, denn ich – wir! – stellen eine Gefahr für jede Menge mächtiger Männer dar. Mir Mord anzudichten ist zwar eine neue Qualität, aber wir retten Menschen. Nicht andersherum. Daher bleibe ich entspannt. Unser Anwalt wird diese Sache, so wie all die anderen unsinnigen Angriffe auch, rasch vom Tisch bringen.«

»Ja, aber das ist eine bekannte Organisation und …«, setzte Desna an, und Simone hob die Hand an deren Gelenk ihr Lieblingsarmband mit einem glitzernd verzierten Schloss baumelte, um ihr zu verdeutlichen, dass sie nicht offen für weitere panische Ausführungen war.

»Meine liebe Desna. Habe ich nicht dich und viele andere Frauen und Kinder gerettet – vor einem furchtbaren Leben?«

Desna nickte.

»Siehst du. Ich habe keine Angst vor dem Bösen. Ich bekämpfe es. Egal, von welcher Seite es kommt, denn ich ... wir ... haben eine Aufgabe, ein Ziel.«

»Ich möchte nur nicht, dass dir Schaden zugefügt wird, Simone. Ich habe noch nie einen so selbstlosen Menschen wie dich getroffen, und ohne dich wäre ich heute ein zerstörtes Wesen, totgeschunden. Niemand darf dich Mörderin nennen!« Desna sprang auf und ballte die Fäuste.

Simone schaute voller Zuneigung zu ihr. Sie war eine couragierte Frau und würde sich, ohne zu zögern, vor sie stellen, um sie zu beschützen. Es war ein gutes Gefühl, dies zu wissen.

Stuttgart, 3. Juli

Margeaux' Anruf hatte zwei Dinge gleichzeitig in ihm ausgelöst: Erstens hatte er sich eilig fertig gemacht und war ins Präsidium gefahren, um dort auf Interpol-Daten zugreifen zu können, und zweitens hatte er beschlossen, Urlaub einzureichen. Er musste nach Paris und den Menschen, die seit einigen Jahren seine Familie darstellten – die einzige, die er hatte –, zur Seite stehen. Hilde und Aimé waren per Zufall ebenfalls in der Hauptstadt. Er hatte mit dem pensionierten Flic gnadenlose Augenblicke in einem Hotelzimmer verbracht, um Margeaux vor dem sicheren Tod zu bewahren, und sie waren seither eng verbunden. Hilde hatte ihn wie einen Sohn mit offenen Armen aufgenommen und überschüttete ihn stets mit Fürsorge, kam er in die Provence. Vielleicht konnte er ihnen endlich etwas zurückgeben, indem er half, ihr Enkelkind zu finden. Noch im Auto hatte er beschlossen, seinem Chef reinen Wein einzuschenken. Vielleicht würden sie seine Hilfe benötigen, und dann war es leichter, wenn er bereits eingeweiht war.

Er ging zu seinem Schreibtisch, machte den Computer an, startete die Interpol-Abfrage und beschloss, die Zeit des Wartens dafür zu nutzen, mit Werner zu sprechen. Aber vorher wollte er noch Pia in Kenntnis setzen. Noch mehr Zwist zwischen ihnen beiden brauchte er nicht. »Du hast unseren letzten Fall quasi allein gelöst. Damit haben wir gerade nichts brennend Wichtiges aufzuklären ... Ich möchte gern ein paar Tage nach Paris fahren.« Er schenkte ihr nicht ganz reinen Wein ein, informierte sie aber von sich aus über seine Pläne.

Er wollte nicht wieder gemeinsam mit ihr vor Werners Schreibtisch sitzen und wie ein Kind gescholten werden, weil sie es nicht hinbekamen, kooperativ miteinander umzugehen.

»Ah, okay. Danke für die Info.« Sie lächelte ihm zu, ihre Stimme klang warm.

Alles war in Ordnung. Er sperrte seinen PC, ging die wenigen Meter über den Flur bis zum Büro seines Chefs, klopfte kurz an und trat nach einem harschen »Ja!!!« ein.

»Guten Morgen, Werner.«

»Frank. Du kommst freiwillig zu mir? Muss ich mir Sorgen machen?«

Er nickte und sah, wie sich die Augen des Mannes hinter dem Schreibtisch kurz weiteten – er war überrascht. Dann sanken seine Schultern nach unten und auch die Mundwinkel. Das war Resignation. Er hatte gut aufgepasst bei Margeaux! Sein Chef erwartete nichts Gutes, und Frank würde ihm leider genau das bringen: eine fatale Nachricht.

»Sorgen? Ich habe zumindest eine Bitte an dich, nämlich, mir ein paar Tage spontanen Urlaub zu geben, und der Grund ist besorgniserregend ...«

Werner deutete auf den Stuhl ihm gegenüber, und Frank setzte sich.

»Es hat mit Margeaux zu tun.« Er sah, dass ihm sein Chef ins Wort fallen wollte. »Warte kurz. Ich spiele mit offenen Karten, denn ich bin all die Heimlichtuerei leid.« Zudem hatte er eine Interpol-Anfrage gestellt, und über kurz oder lang würde sein Boss daher sowieso Bescheid wissen.

»Also, schieß los!!!«, bellte Werner Walter.

»Es scheint so, als wäre eine Enkelin von Aimé und Hilde in Gefahr. Die Familie lebt in Paris. Die Mutter des Mädchens ist Anwältin für Menschenrechte, der Vater Geoingenieur. Er ist für Margeaux wie ein leiblicher Bruder. Die Juristin hat sich mit einer mächtigen Organisation angelegt und will jemanden mit jeder Menge Ansehen zu Fall bringen. Nun ist das dreizehnjährige Mädchen nicht auffindbar. Eine Forderung der Täter kam eben telefonisch: Die Mutter soll alles vor Gericht sofort stoppen. Sie drehen alle durch.«

»Und das ist Sache der deutschen Kripo?«

»Nein, natürlich nicht – oder zumindest bisher nicht. Aber es geht um Menschenhandel in Europa, so viel weiß ich schon, und das kann unter Umständen auch in unserem Einflussbereich Auswirkungen haben. Wir wissen alle, wie brutal diese Leute vorgehen und dass viele im Milieu mit ausländischer Herkunft, die den Tod gefunden haben, nicht freiwillig hier waren und der Prostitution nachgingen«, erklärte Frank.

»Wieso gerät sie andauernd in solche Situationen?« Werner schüttelte verständnislos den Kopf.

»Ich bin auch nicht begeistert«, gab Frank zu, »aber diese Leute haben mich mit offenen Armen in ihre Familie aufgenommen, und ich werde sie jetzt nicht im Stich lassen!«

»Der halbe deutsche Polizeiapparat hat mich mittlerweile auf dem Kieker, weil ich euch eine zu lange Leine lasse.«

»Ich wollte eigentlich eine flammende Rede halten, um dir zu verdeutlichen, dass ich als Privatperson nach Paris fahre, aber wir beide wissen, dass das eine Lüge ist. Also lasse ich es. Ich kann den Polizisten nicht abspalten und hierlassen. Ich gehöre zur Polizei und Margeaux eben auch. Ganz egal, ob sie gekündigt hat. Aimé bleibt auch für immer Flic, daran ändert die Rente nichts. Es ist Teil unserer Persönlichkeit … unserer DNA.«

»Nun wird es doch eine feurige Ansprache …« Werner grinste leicht schief, aber das Lächeln erreichte seine Augen nicht und war somit eher die gute Miene, die er zum bösen Spiel machte.

Frank zuckte mit den Schultern. »Ich will dort sein und meine Hilfe anbieten. Erst einmal, ohne eingreifen zu wollen. Es geht darum, zu signalisieren, dass ich Anteil nehme … moralische Unterstützung gebe.«

»Ich verstehe das, Frank, und gleichzeitig klingt es so, als wäre das eine Sache, die viel Öffentlichkeit mit sich bringt ... und dann ist einer meiner Kommissare in Paris ... an der Seite einer meiner Beraterinnen und noch dazu der Ex-Mitarbeiterin, die sich als Geisel hat nehmen lassen ... Ich hoffe, du merkst, wie sich das anhört!!!«

»Ja«, sagte Frank schlicht, denn es war ihm vollkommen bewusst. Sowie die Öffentlichkeit Wind davon bekam, dass Margeaux und er in die Sache verwickelt waren, würde Werner Walter unter Beobachtung *und* Beschuss stehen – sowohl intern als auch durch die Presse.

»Vielleicht suspendiere ich dich besser, als dich in den Urlaub zu schicken«, sinnierte sein Chef.

»Ich kann vor die Tür gehen und einer alten Dame den Rollator klauen, falls du einen Grund brauchst ...«

»Das war kein Scherz, Frank!!! Dann wäre ich eher raus, als wenn du im Urlaub mit Margeaux gegen wen auch immer antrittst.«

»Ich habe das durchaus so verstanden, Werner. Meine Akte bietet da genügend Ansatzpunkte ...« Es wäre nicht das erste Mal, dass Werner Walter dieses disziplinarische Mittel nutzte, um ihm seine Grenzen aufzuzeigen. Frank hatte oft seine ganz eigene Vorgehensweise, die die Regeln der Polizeiarbeit beugte. Bisher war es immer gut gegangen, und seine Alleingänge hatten Opfer vor Schlimmerem bewahrt. Doch aus der Perspektive seines Chefs war er ein schwieriger Mitarbeiter.

»Wenn ich das mache, musst du deine Marke hier ablegen. Natürlich bringt sie sowieso nichts im Ausland ...«

»Aber manchmal hilft es schon, mit etwas, was so offiziell aussieht, herumzuwedeln«, beendete Frank den Gedankengang seines Vorgesetzten und fragte sich wieder einmal, wann der Mann für ihn vom Kotzbrocken zum Freund geworden war und wie so eine Verhaltensveränderung möglich sein konnte. Sie schwiegen beide nachdenklich.

»Euer aktueller Fall?«, hakte Werner nach.

»Pia hat ihn im Griff.«

Er fasste kurz den Stand der Dinge zusammen. Er wollte los. Es zog ihn an seinen Schreibtisch, um zu sehen, was bei der Anfrage herausgekommen war, und im Anschluss wollte er pünktlich den TGV um 14:52 Uhr bekommen, sodass er am Abend bei den Vignes sein konnte.

»Entscheide du, Werner. Du musst es am Ende ausbaden.«

»Du hast vier Tage Urlaub. Gibt's Ärger, suspendiere ich dich. Die Dienstwaffe darfst du sowieso nicht mitnehmen, und das mit deinem Ausweis und der Marke regeln wir in diesem Fall schon irgendwie. Vielleicht wird es auch gar nicht nötig sein!!!«

»Danke, Werner.« Frank stand auf und reichte seinem Chef die Hand. Er war ihm wirklich dankbar für seine Offenheit und das kooperative Verhalten. Vor wenigen Jahren wäre das noch unvorstellbar gewesen.

»Ich melde mich bei dir, um dich informiert zu halten, sodass dir niemand von hinten in die Kniekehlen treten kann.« Frank ging zur Tür.

»Frank!!!«, brüllte Werner in alter Manier, und Frank drehte sich noch einmal um. »Mach, dass ich es nicht bereue.«

Marseille, 3. Juli

Lionel hatte alle nötigen Anweisungen gegeben, um die Containerlinie wie gewünscht aufzustellen. Er hatte mehrfach dafür gesorgt, dass Mathis anderweitig beschäftigt war, und ihn mit einigen Aufträgen sogar weit vom Hafengelände fortgeschickt. Das war nicht unüblich, denn sie standen in regem Austausch mit den Behörden der Stadt, und Treffen mit den führenden Entladern gehörten auch zum Tagesgeschäft. Natürlich war er selbst sehr interessiert an dem Zweck dieser Aufstellungsaktion, obwohl ihm bewusst war, dass zu viel Wissen auch eine Gefahr barg. Nicht immer gab es einem die nötigen Hebel in die Hand, die eigene Position zu sichern, sondern brachte einen ins Fadenkreuz. Ja, sie brauchten ihn, doch man musste auf einem schmalen Grat balancieren, um nicht zu einer Bedrohung zu werden, und ihm war klar, dass er auch mit einer Kugel zwischen den Augenbrauen auf dem Meeresgrund landen konnte …

Trotzdem konnte er nicht gegen seine Neugier an und hatte beschlossen, sich technisch »auf die Lauer zu legen«, um mehr herauszubekommen. Die Typen, zu denen Lederkluft gehörte, kamen aus jener Gruppierung, die er am meisten verabscheute: Rassisten! Sie verdienten ihr Geld hauptsächlich mit Drogen, und ihre Mädchen holten sie sich mit der Boyfriend-Tour aus armen europäischen Ländern: Ein junger hübscher Kerl umgarnte sie, machte sie dann von sich und einer Droge abhängig, verabreichte ihr K.-o.-Tropfen, ließ ein paar Kerle Sachen mit ihr anstellen und hielt dies auf Video fest. Zack, war sie nicht nur emotional und körperlich abhängig, sondern auch Wachs in den Händen einer perfiden Organisation.

Es war ihm unterm Strich egal, womit diese Leute ihr Geld verdienten, solange sie ihn anständig für seine Dienste bezahlten. Doch dieses Frankreich-den-Franzosen-Gelaber ging ihm mächtig auf die Nerven. Klar waren albanische Mafiosi nicht unbedingt das, was man in seinem Land haben wollte, und auch die Chinesen mit ihren Triaden waren, was Kaltblütigkeit und Brutalität anging, nicht zu unterschätzen. Das würde er jederzeit unterschreiben ... doch der Containerhafen war ohne das bunt gemischte Personal nicht zu betreiben, und er konnte auf diese arbeitswilligen Hände nicht verzichten – egal, welcher Herkunft sie waren.

Er war ihm bewusst, dass es eine dumme Idee war, herausfinden zu wollen, was sich in der Containerlinie abspielte. Andererseits war er nicht der ungekrönte König dieses Hafens geworden, weil er zimperlich und ängstlich vorging. Ein paar Stahlbehälter umzuschichten war kein Hexenwerk, und gab man den Mitarbeitenden eine lange Liste an Aufgaben und ein enges Zeitfenster – so machten sie den Job, ohne großartig nachzudenken oder gar Fragen zu stellen. Auf dem Gelände herrschte tagsüber ein reges Kommen und Gehen, da blieb man am ehesten ungesehen. Er konnte sich jedoch nicht mit einem Klappstuhl auf die Straße setzen, um nichts zu verpassen. Also brachte er eine kleine Kamera gegenüber der Linie an einem Container an, der in zweiundsiebzig Stunden bereits auf dem Meer sein würde. Das Ding war kaum größer als ein Knopf, passte unauffällig in eine der stählernen Rillen und wurde von einer Batterie betrieben, die für sechzig Stunden Dauerüberwachung ausreichte. Es war per Bluetooth mit einem Prepaidhandy gekoppelt, das aus einem der chinesischen Container *gefallen* war ... nicht zurückverfolgbar.

Er war zu clever für diese bärtigen Gangmitglieder. Zwar würde er nicht live mitbekommen, was sich dort abspielte, doch nichts geschah auf diesem Gelände, ohne dass er davon wusste! Er würde die Kamera vor dem Verladen des Containers wieder an sich nehmen und war dann fein raus. Sollte bis dahin nichts passiert sein, konnte er den Vorgang bis ins Unendliche wiederholen. Lederkluft hatte jedoch so massiv Druck gemacht, dass Lionel sich sicher war, schon bald Kenntnis darüber zu haben, was da vor sich ging.

Paris, 3. Juli

Hilde war vollkommen fassungslos. Sie hatte sich – so gut es ging – mental in den Griff bekommen, um diese Reise anzutreten. Margeaux zu verzeihen war ebenfalls Teil des Plans gewesen – und als Familie zufrieden weiterzuleben. Doch das alles war mit dem Betreten des Hausflurs vorbei. Pierre so zu sehen – sein Gesicht hatte sie an das von Margeaux erinnert ... in diesem Gefängnis in Süddeutschland – hatte jede Wunde wieder aufgerissen und Hilde in einen panischen Angriffsmodus gebracht.

Der Anruf hatte allem die Krone aufgesetzt, und als Aimé sie so hart am Arm gepackt hatte, dass sie ihn am liebsten wegschubsen wollte, hatte ihr Körper begonnen, sich zu verselbstständigen.

»Kaum bist du hier, passiert etwas Furchtbares«, kreischte sie. Ihre Stimme kippte dabei, und sie hatte ihre Gesichtszüge spürbar nicht mehr unter Kontrolle.

Margeaux wich erschrocken einen Schritt zurück, und Thierry stellte sich schützend vor sie. »Hilde«, sagte er ruhig, »wir sind hier, weil Pierre Margeaux um Hilfe gebeten hat. Deine Angst und deine Wut sind vollkommen verständlich, doch sie an ein Mitglied deiner Familie auf diese Art zu entladen, das ist nicht in Ordnung!«

Sie suchte seinen Blick, sah die Enttäuschung in seinen Augen, und Aimé drückte erneut ihren Oberarm. Sie begriff langsam, warum er es machte, denn die Berührung war etwas, das ihr zeigte, dass sie nicht allein war. Nicht nur im Sinne von »Ich bin bei dir«, sondern auch als Aufmerksamkeitsmarker, dass sie dabei war, sich selbst aus der Gruppe zu katapultieren. Sie ließ sich auf den Stuhl sinken, der hinter ihr stand, und alles an ihr begann plötzlich, unkontrolliert zu zittern.

Margeaux kam hinter Thierry hervor, trat zu ihr, kniete sich vor sie hin, legte ihr den Kopf auf die bebenden Knie und sagte leise: »Ich hab dich lieb, Hilde.«

Diese Geste war zutiefst rührend, und in Hilde zersprang etwas. Wie eine Kette, die ihr Herz in den vergangenen Wochen eingesperrt hatte. Erst in diesem Augenblick bemerkte sie durch die gravierende Erleichterung, wie gefangen sie in sich selbst gewesen war.

»Mein ... Mädchen ...«, flüsterte sie stockend, denn die eben noch so laute Stimme versagte ihr auf einmal den Dienst. Im Zimmer war es so leise, dass man eine Stecknadel hätte fallen hören. »Es ist ... alles ... zu viel.« Die Worte verließen nur stockend ihren Mund. So, als wäre ihr nicht nur ihre Stimme, sondern auch die Sprache an sich abhandengekommen.

Margeaux veränderte ihre Position nicht, und Pierre kam mit wackeligen Schritten zu ihnen, kniete sich ebenfalls hin, umfasste die Frau, die für ihn wie eine Schwester war, und beide schmiegten sich an sie. Obwohl Aimé ebenfalls ein Teil dieses engen Kreises war, blieb er – so wie Thierry – neben der kleinen Gruppe stehen. Hilde konnte nicht mehr anders, sie schloss die Augen, legte ihre Hände auf die Köpfe der beiden und begann hemmungslos zu weinen.

Alles, was sich in den vergangenen Wochen in ihr aufgestaut und die Ketten zusammengehalten hatte, brach sich nun Bahn.

»Maman«, sagte ihr Junge mit brechender Stimme, und sie spürte, dass auch er und Margeaux weinten.

Eine Mutter musste doch stark sein! Sie durfte nicht ausgerechnet jetzt vollkommen zusammenbrechen. Hilde hatte sich so sehr um Margeaux gesorgt, als diese dem Serienmörder in die Hände gefallen war, doch sie war eine erwachsene Frau und eine gut trainierte Polizistin. Da hatte Aimé recht, doch Danielle ... sie war ein hilfloses Kind. Frank hatte damals in dem Warteraum des Gefängnisses immer wieder betont, dass Angerer Margeaux nichts antun würde. Im Falle ihrer Enkelin standen die Dinge anders: Diese Leute empfanden nichts für das Mädchen und würden, um ihre Ziele zu erreichen, vor nichts zurückschrecken.

Ein Schlüssel wurde in die Wohnungstür gesteckt, und kurz darauf knallte diese so ins Schloss, dass die Wände zu wackeln schienen und die Fenster leise klirrten.

»Was ist hier los, Papa?!« Marylène kam ins Wohnzimmer gestürmt und blieb wie vom Donner gerührt stehen.

Aimé trat zu ihr, legte den Arm um die groß gewachsene junge Frau. Der krisengeprüfte Polizist in ihm war bereit, den Job zu übernehmen. Hilde sah, wie er die Haltung annahm, die sie von ihm kannte, wenn es um Polizeiarbeit ging: gerade und mit ernster Miene – kontrolliert, aber trotzdem zugewandt. Die Familie hatte gewusst, dass sie kommen würden, insofern war es keine Überraschung für das Mädchen, dass die Großeltern in der Stadt waren. Sie schien auch nicht über Margeaux und Thierry erstaunt zu sein.

»Papi ...« Die Siebzehnjährige erwiderte die Umarmung ihres Großvaters und fragte dann mit klarer Stimme: »Etwas Schlimmes ist passiert. Ist Maman tot?«

»Deiner Mutter geht es gut. Danielle ist nicht in der Schule angekommen. Dein Vater hat sofort vermutet, dass da etwas nicht stimmt, und Margeaux hergebeten. Eben kam ein Anruf der Erpresser.« Aimé schaute zu Margeaux, die ihren Kopf mittlerweile gehoben hatte, und Hilde streichelte ihrem Sohn kurz über den Kopf, bevor sie ihn von sich schob. Marylène brauchte jetzt ihren Vater, und sie alle mussten sich sortieren, um dem hier standzuhalten.

Thierry ging in die Küche, und kurz darauf rasselte die Kaffeemaschine mahlend. Das war gut. Pierre erhob sich strauchelnd, auch Margeaux richtete sich auf. Hilde zupfte aus der Tasche ihres luftigen Kleides eine Packung Taschentücher, reichte ihren Kindern je eines und fuhr auch sich damit durchs Gesicht, blieb jedoch sitzen. Es war aus ihrer Sicht nicht sinnvoll, wenn sie nun alle gleichzeitig auf Marylène einstürmten.

»Wieso bist du hier?«, fragte Pierre wie vor den Kopf gestoßen.

»Die besseren Fragen sind wohl, wieso ich es nicht sein sollte, obwohl die gesamte Provence da ist, und warum Maman nicht hier ist!« Marylène wurde nun laut.

»Ich … ich …«, stammelte Pierre. Margeaux trat zu ihm, und es schien ihm zu helfen, sie nah bei sich zu haben. »Ich wollte nicht, dass du das Schulgelände verlässt. Du solltest … in Sicherheit sein.« Übergangslos fügte er hinzu: »Deine Mutter hat das Auto.«

»Wo ist meine Schwester? Geht es ihr gut? Hat es etwas mit Mamans Arbeit zu tun?«

Ihre Stimme transportierte einen ganzen Mix an Gefühlen. Das war doch der richtige Moment für Margeaux, um alles, was sie gelernt hatte, sinnvoll einzusetzen. Aber sie schwieg. Vielleicht war es auch gut so, denn so eng war das Verhältnis zu Pierre und seiner Familie nicht mehr, dass sie die Tante war, die man bei Liebeskummer oder anderen Problemen anrief.

Pierre antwortete mit konzentrierter Miene: »Ich weiß nicht, wo sie ist. Sie sagen, dass es ihr gut geht und sie überleben wird, wenn deine Mutter … *sofort* … ihren aktuellen Fall zurückzieht. Sie war bei Gericht. Margeaux hat den Gerichtsdiener angerufen. Sie ist nun auf dem Weg nach Hause.«

Hilde hatte sein Zögern wahrgenommen – genau wie alle anderen im Raum. Er hatte trotz der prekären Situation Bedenken, dass seine Frau ihre Arbeit über das Wohl des Kindes stellen würde. Sie presste sich entsetzt die Hand auf den

Mund, sprang aus dem Sessel und ging zu Thierry. Omeletts zu machen war zwar nicht wirklich Kochen, und sie hatte vor lauter Angst keinen Appetit, aber sie konnte nicht sitzen bleiben. Getreu ihrem Motto *Jetzt essen wir erst einmal was* würde sie versuchen, die Körper ihrer Lieben zusammenzuhalten. Um das psychische Wohl musste sich jemand anders kümmern.

»Aktuell haben wir die Behörden noch nicht informiert.« Margeaux' Stimme klang klar durch den Raum. »Wir haben alle furchtbare Angst, falsche Signale zu senden oder den falschen Leuten in die Hände zu spielen. Mein Kollege in Deutschland recherchiert für uns bei Interpol, und für alles andere müssen wir auf Aurélie warten.«

»Euer Ernst?«, rief Marylène fassungslos.

»Du weißt, woran deine Mutter arbeitet, und sie hat euch allen gesagt, dass es diesmal gefährlicher ist als jeder andere Fall zuvor. Wir ... ich will keine Lawine lostreten, ohne eine Ahnung zu haben, was ich da tue. Im Gericht hatte sie das Handy aus, und wir haben entschieden, persönlich mit ihr zu reden und nicht am Telefon, falls ...« Margeaux unterbrach ihren Redefluss.

Thierry schob ihr eine Tasse des dampfenden dunklen Gebräus über die Arbeitsfläche. Dankbar nahm Hilde einen Schluck.

»Werden wir abgehört?«, überschlug sich Marylènes Stimme nun, und Hilde vernahm Aimés ruhigen Tonfall: »Das wissen wir nicht, aber es erscheint uns sicherer so.«

Hilde öffnete den Kühlschrank, griff nach den Eiern und versuchte, alles andere auszublenden. *Nur nicht verrückt werden ... nur nicht verrückt werden,* summte das Mantra in ihrem Kopf, und sie konzentrierte sich auf die vertrauten Handgriffe.

Cassis, 3. Juli

Simone schaute perplex auf das Handy. Nachdem Desna gegangen war, hatte sie sich erst einmal ihrem Tee gewidmet, denn sie hasste es, wenn ihre morgendliche Routine unterbrochen wurde. Sie trank ihn in kleinen Schlucken, blickte dabei aufs Meer und sortierte ihre Gedanken. Auf dem Tisch neben ihr lagen der Montblanc-Füller und das goldene Notizbuch. Beides gehörte quasi untrennbar zu ihr. Es hatte sich als außerordentlich zielführend erwiesen, ihre Morgengedanken zu notieren. Oft waren großartige Formulierungen für den ersten Satz einer Rede dabei oder neue Ideen für Kampagnen. Es handelte sich nicht etwa um ein Tagebuch mit gefährlichen Geheimnissen, sondern um ein reines Arbeitsbuch. Sie war zwar sehr wohlhabend, aber ihre Arbeit wurde vor allem durch Spenden finanziert. Sinn und Zweck jeder Gala, jedes öffentlichkeitswirksamen Auftritts war es, Gelder zu generieren. Ihre Hilfsorganisation hatte überall auf der Welt Mitarbeitende, die ein Gehalt bekamen, und nicht selten mussten Beträge gezielt in korrupte Hände fließen, um die Rettung vieler armer Seelen möglich zu machen. Ihre Arbeit war abhängig von den richtigen Informationen und Kontakten. Jedoch waren es bei vielen Menschen eben nicht Mut und aufopfernde Hilfsbereitschaft, die sie antrieben, sondern Geld. Sie hatte noch nie einen Hehl daraus gemacht, dass sie Leute schmieren mussten, und es in der Buchhaltung offen vermerkt. Natürlich nicht mit den Namen der Empfänger, aber doch so, dass sie sich nicht steuerlich angreifbar machte.

Auch wenn ihre Organisation wohltätig war, so unterlag sie doch den Gesetzen ihres Landes.

Sie hatte sich in den Jahren ihres unermüdlichen Einsatzes nicht nur mächtige Freunde geschaffen, sondern auch omnipotente Feinde, denen sie nicht durch nachweisbares Fehlverhalten in die Hände spielen wollte. Ansonsten war ihr Vorgehen stets diskret, und das stellte eine nicht zu unterschätzende Währung dar. Machte man sich auf, gegen das Böse in der Welt zu kämpfen, so war es unumgänglich, dass man ins Kreuzfeuer geriet. Sie hatte sich immer wieder solchen Angriffen zu stellen. Daher war sie auch ruhig geblieben, nachdem Desna ihr Bericht erstattet hatte. Die Kurznachricht auf dem Handy jedoch sorgte dafür, dass ihr Herz kurz aus seinem gleichmäßigen Rhythmus kam. Sie musste sich gut überlegen, ob und wie sie reagierte. Im Regelfall landete alles bei ihrem Rechtsbeistand. Eine große Hilfsorganisation wie die ihre hatte selbstverständlich eine juristische Abteilung. Ihr persönlicher Anwalt war zudem ihr bester Freund. Sie hatte ihn vor vielen Jahren kennengelernt ... als sie auf dem Boden lag und zu resignieren drohte.

Ihr Ehemann hatte sie geschlagen und immer und immer wieder vergewaltigt. Die Situation war ihr ausweglos erschienen, denn ohne die nötige Kraft und das Selbstvertrauen entkam man einer Hölle wie dieser nicht. Sie und Simon waren im Supermarkt mit ihren Einkaufswagen aneinandergestoßen. Er hatte einen Blick auf die blauschwarzen Würgemale auf ihrem Hals werfen können, da ihr Schal durch den Aufprall verrutscht war. Ihr »Wächter« hatte gerade noch gesalzene Butter gesucht. Er hatte sie nie unbeaufsichtigt vor die Tür gelassen. Simon – schon allein die Namensgleichheit war ein Zeichen – hatte ihr geistesgegenwärtig seine Karte zugesteckt und geraunt: »Falls Sie Hilfe brauchen ...« Er war weg gewesen, bevor ihr Mann mit der Butter in der Hand und zornigem Blick in den Augen zu ihr zurückgekommen war. Zu Hause hatte er sie an den Haaren gepackt und zum

Oralsex gezwungen ... weil sie es zugelassen hatte, dass jemand ihren Wagen touchierte. Den Rest hatte er nicht bemerkt, sonst wäre sie vermutlich blutend im Wandschrank gelandet.

Heute war sie dazu in der Lage, an ihr Leben mit ihm zu denken, ohne sofort in Schockstarre zu verfallen. Sie hatte ihn dafür büßen lassen.

Simon Bremond war Teil ihres Lebens geworden und hatte sie ermutigt, sich für Frauen einzusetzen, die wie sie Opfer ihrer Partner waren. Daraus war die Organisation erwachsen, die heute zu den wichtigsten auf der Welt zählte. Wer sich mit Männern anlegte und ihr brutales Machtgehabe unterbinden wollte, musste zäh sein. Eines Tages hatte sie begriffen, dass das allein nicht ausreichte. Das Patriarchat war stark. Also hatte sie zudem begonnen, den gepeinigten Frauen Fluchtmöglichkeiten zu bieten – neue Papiere für sich und eventuelle Kinder, sichere Wohnungen, Jobs und so weiter. Irgendwann war der Kampf gegen die Transporte hilfloser Wesen der natürliche nächste Schritt gewesen. Was in französischen Häfen begann, war zu einem Netzwerk über alle Länder hinweg gewachsen. Das war nicht allein ihr Verdienst, doch sie war die Galionsfigur. Sie schüttelte die Hände von Königen und Königinnen, Landesoberhäuptern und kirchlichen Vertretern. Sie stand im Rampenlicht und war zu einer Frau geworden, die nicht nach den Regeln spielte, sondern sie machte!

Simone nahm das Mobiltelefon in die Hand, tippte die Nachricht der unbekannten Nummer erneut an und las die wenigen Worte:

Nichts ist so, wie es auf den ersten Blick scheint.

Stuttgart, 3. Juli

Frank starrte auf den Bildschirm, als könnte das die Antwort der internationalen Behörde beschleunigen. Er hatte die Frau und ihre Organisation durch sämtliche Suchmaschinen gejagt und im Anschluss daran beim Scrollen durch Bildergalerien Aufnahmen mit Heiligenschein von ihr erwartet. Und ja, sie war eine moderne Mutter Teresa! Egal, womit die Presse sie bewarf – sie reagierte stets souverän, und die Heldengesänge im Netz überwogen die schmutzigen Kampagnen.

Was hatte Pierre Vignes Frau gegen die Heldin der Nation in der Hand? Ihm war bewusst, dass Westen manchmal weißer erschienen, als sie waren, doch Simone de Oliviera wirkte über jeden Zweifel erhaben. Frustriert wechselte er auf ein Hotelbuchungsportal, schließlich musste er ja irgendwo schlafen. Er hatte das Ticket für den TGV bereits gekauft, aber noch kein Zimmer gefunden. Sich im selben Hotel wie Margeaux und Thierry einzubuchen kam für ihn nicht infrage. Egal, wie nahe sie sich standen, das empfand er als nicht in Ordnung. Der romantische Aufenthalt war zwar dahin, aber Frank musste nicht im Bett nebenan nächtigen. Er entschied sich für das »Paris France Hôtel«. Es war gut bewertet, hatte drei Sterne, und rund zweihundert Euro pro Nacht schienen im Juli in der Stadt durchaus normal zu sein. Es zählte sogar zu den günstigeren Angeboten. Er gab selten Geld für Urlaube aus, da er normalerweise in die Provence fuhr und Margeaux ihn im Pool ertränken würde, legte er irgendwo Geld für die hübsche Wohnung hin. Es würde ihn daher nicht arm machen, einige Nächte in Paris zu bleiben.

Hoffentlich gab es rasch Anhaltspunkte, und das Mädchen konnte gerettet werden. Als Mensch und Teil eines sozialen Systems verstand er durchaus, warum sie sich scheuten, die Polizei einzuschalten. Doch als Beamter dieser Behörde wollte er zum Hörer greifen und die Kollegen in der französischen Hauptstadt informieren. Die Vignes würden ihm das nicht verzeihen – das wusste er –, daher maßregelte er sich selbst und überbrückte die Wartezeit auf Interpol mit ständigen Blicken auf die Uhr und YouTube-Videos. Nicht etwa solche mit süßen Kätzchen, sondern Mitschnitte von Simones Reden. Zusätzlich suchte er nach Material über Aurélie Coty-Vigne. Er konnte sich dunkel an Erzählungen erinnern, dass sie am Europäischen Gerichtshof in Den Haag gearbeitet hatte.

Nach kurzer Zeit wurde er fündig und sah eine schlanke, groß gewachsene Frau mit attraktiven Gesichtszügen und langen dunklen Haaren auf dem Bildschirm. Ihre Stimme war überraschend volltönend, und sie trat überzeugend und gradlinig auf.

Beide Frauen waren charismatisch und standen für ihre Ziele ein. Simone de Oliviera war Mitte fünfzig, Aurélie Ende vierzig. Keine von ihnen war »auf der Brotsuppe dahergeschwommen« – so sagte man im Schwäbischen zu Leuten, die nicht wussten, was sie taten.

Ebenbürtige Gegnerinnen, schoss es ihm durch den Kopf. Verrückt, wie gut das Schubladendenken funktionierte. Wieder warf er einen Blick auf die Uhr. Die Minuten vergingen wie zähflüssiger Honig – zogen sich schier endlos, und doch hatte er das Gefühl, dass ihm die Zeit davonrannte. In zweieinhalb Stunden sollte er am Bahnhof sein, und aktuell musste man eine halbe Ewigkeit bis zum Gleis laufen. Die Bahnhofsbaustelle »Stuttgart 21« war ein allgemeiner Aufreger für alle in der Stadt ... Er hatte in weiser Voraussicht seinen verbeulten Rollkoffer gepackt und war so für alle Eventualitäten gerüstet: Unterwäsche, seine bunten Sprüche-Socken,

Jeans und helle Hemden. Dazu beige und blaue Sneakers und sein Waschbeutel. Er hatte sogar noch eine Strickjacke eingepackt – für den Fall, dass es abends in Paris abkühlte. Das Auto konnte er auf seinem Parkplatz am Präsidium stehen lassen.

Er scrollte weiter. De Oliviera sprach bei einer Benefizgala des englischen Königs über die Auswirkungen des Menschenhandels auf die Prostitution und die Kriminalisierung der Opfer. Er bemerkte, wie er beifällig nickte. Sie machte einen absolut authentischen und vertrauenswürdigen Eindruck. Er wechselte zum nächsten Fenster und sah erstaunt, wie der französische Premier und Aurélie einander die Hände schüttelten.

Hier traten ganz offensichtlich zwei Frauen gegeneinander in die Arena, die einen hohen Grad an öffentlicher Aufmerksamkeit genossen. Besonders spannend war jedoch, dass sich beide auf derselben Seite zu befinden schienen. Er durchblickte die Situation aktuell noch nicht.

Eine E-Mail ploppte in der oberen rechten Ecke seines Bildschirms auf: Interpol. Er klickte auf den Link, loggte sich mit einem spezifischen Passwort ein und war nun dazu in der Lage, auf unterschiedlichste Ordner zuzugreifen. Das hieß grundsätzlich noch nicht, dass sich de Oliviera etwas zuschulden hatte kommen lassen. Erst einmal bedeutete es, dass die internationale Polizeibehörde Informationen über die Frau und ihre Organisation hatte. Auch Bedrohungslagen gegen sie gehörten zum Material. Das konnte er beim Anklicken der Ordner sehen. Stand man so in der Öffentlichkeit, war es leider unumgänglich, dass man bedroht wurde. Auch Verleumdungen waren an der Tagesordnung. Sie hatten vor vielen Jahren einmal den Mord an einem regionalen Politiker auf dem Tisch gehabt, und es war erschreckend gewesen, all die Schmähbriefe, Mails und Nachrichten auf seinem Facebook-Account zu lesen. Bösartige Morddrohungen waren dort zu finden gewesen, Androhungen, der Familie des Mannes etwas anzutun – und jede Menge Beleidigungen und Verunglimpfungen. Diese Menschen glaubten sich durch eine gewisse Form der Anonymität geschützt, doch Drohungen, jemanden zu pfählen, ihm die Augen auszustechen, die Zunge zu zerschneiden oder Frau und Kinder genüsslich vor den Augen des Mannes zu töten, bevor er dran war – das blieben beklemmende und auch strafrechtlich relevante Themen.

Er vermutete, dass auch Simone de Oliviera Berge solcher Nachrichten vorzeigen konnte. Er durfte die Files nicht kopieren, konnte sie aber ausdrucken. Ein erneuter Blick auf die Uhr zeigte ihm, dass seine Zeit langsam knapp wurde. Natürlich konnte er auch vom Diensthandy aus darauf zugreifen, doch auf dem kleinen Display eines Smartphones war das Lesen wesentlich anstrengender. Der Schnelldrucker im Netzwerk stand im Druckerraum. Er wollte vermeiden, dass jemand mitbekam, was er machte – also würde er eine große Datenmenge markieren, den Startbutton drücken und sofort losflitzen, um an dem Gerät parat zu stehen. Die Fahrt im TGV dauerte ungefähr dreieinhalb Stunden. Das gab ihm Zeit, sich einzulesen.

Er tippte den Namen der Menschenrechtsanwältin in das Suchfenster. Bevor er den Druckauftrag erteilte, stellte er die Anfrage, markierte sie als dringlich und hoffte, damit nirgendwo eine Alarmglocke auszulösen. Dieser sorgenvolle Gedanke war ihm schon bei Simone de Oliviera durch den Kopf gegangen. Er hatte es rasch abgewägt und die Entscheidung getroffen, dass es wichtiger war, zu wissen, mit wem sie es zu tun hatten.

Er klickte auf *Drucken* und stürmte los.

Eisige Kälte

... musst du deinen Feinden dienen, die der HERR gegen dich ausgesandt hat. Hunger und Durst wirst du leiden, nackt sein und nichts mehr haben. Er legt dir ein eisernes Joch auf den Nacken, bis er dich vernichtet hat.

5. Mose 28,48

Kinderweinen. Kleine Wesen, angstvoll aufgelöst. Nachdem die Erkenntnis mit jedem Schlingern, jedem Einatmen der angstgeschwängerten Luft voller Exkremente und Tod ins Bewusstsein gesickert ist, will niemand auf der schrecklichen Reise darüber nachdenken, welches Schicksal den Kleinsten bevorsteht. Sie alle sind dem Schmerz geweiht. So viel wird klar. Niemand wird eine anständig bezahlte Stelle antreten, in eine liebevolle Familie kommen oder, noch absurder, als Model über einen Laufsteg wandeln. Was zum allgemeinen Leid noch hinzukommt, ist die Klarheit über die eigene Dummheit, Leichtgläubigkeit ... und Hoffnung darauf, dass das Leben mehr bieten könnte als tägliche Plackerei, Unterdrückung und Hunger.

Das verzweifelte Kind sorgte dafür, hin und wieder die Resignation in sich zu überwinden ... etwas Kraft aus der Tiefe der Zellen zu kramen und die Toten bis an die Tür des stählernen Monsters zu zerren, damit die Schergen sie dem Meer übergeben können, wenn sie die Tore öffnen, um ihnen Essensreste hinzuwerfen wie eingepferchtem Vieh. Am Ende sind sie nichts anderes. Menschen quälen jeden Tag überall auf der Welt Tiere, um sich von ihnen zu nähren, ihre Gelüste zu befriedigen. Warum sollten sie mit ihresgleichen anders verfahren? Es gibt keine Gnade.

Erhascht man einen Blick auf die Augen der Täter ... erst im Halbdunkel der sich scheppernd öffnenden Türen, später in dem Gefängnis, das sich Zimmer nennt, so gefriert einem das Blut in den Adern. Da ist nichts als eisige, berechnende Kälte.

Unter dieser frostklirrenden Hartherzigkeit denkt man nicht mehr oft an den mageren Buben mit den sonderbar blauen Augen. Vielleicht in den kurzen Momenten, in denen man den eigenen Gedanken erlaubt, irgendwohin zu fliehen, um sich nicht zu übergeben, den Schmerz auszublenden und das Gewicht, das auf einem lastet, zu vergessen.

Paris, 3. Juli

Sie klammerte sich am Küchentresen fest und beobachtete, wie ihre Fingerknöchel dabei weiß wurden. Sie war eine beschissene Mutter! Das wurde ihr so plötzlich klar, dass es ihr wie eine Faust in den Magen schlug, ihr die Luft aus der Lunge presste und sie nur deshalb nicht einfach zerschmettert auf den Boden knallte, weil sie ihre Selbstbeherrschung durch all die Gerichtsverfahren und öffentlichen Auftritte bis zur Perfektion trainiert hatte. Niemand im Raum hatte die Worte ausgesprochen oder mit dem Finger auf sie gedeutet, doch es sprach bereits Bände, dass Pierre zuerst Margeaux angerufen hatte, bevor er sie aus dem Gericht hatte holen lassen. Auch Marylène, der eine Freundin erzählt hatte, dass wohl etwas bei ihr zu Hause nicht stimmte – deren Bruder besuchte dasselbe College wie Danielle –, war früher in der Wohnung angekommen als sie selbst. Die Mutter des Kindes. Die vorherrschende Meinung über sie schien zu sein, dass sie ihren Kampf gegen das Böse über ihr Kind stellen würde.

»Aurélie«, Pierres Stimme kam wie durch einen dichten Nebel, »du musst dich entscheiden. Jetzt!«

Natürlich war ihr Danielle wichtiger als ihre Berufung, doch es war nicht allein ihre Wahl. Sie war Teil der *Human Rights Lawyers,* wurde aus dieser Kasse entlohnt und diente einem höheren Zweck. Ein Leben gegen Hunderte ... ach was ... Tausende! Sie hatten lange genug recherchiert, um eine Vorstellung davon zu bekommen, wie viele Menschen nach Europa geschleust wurden, um in Bordellen oder bei anderer Zwangsarbeit zu enden. Waren sie »verbraucht« –

sie musste schlucken bei diesem Adjektiv im Zusammenhang mit Frauen, jungen Männern und Kindern –, wurden sie ersetzt. Gerade erst waren in Wien drei asiatische Prostituierte niedergemetzelt worden. Es würde nicht lange dauern, und es kamen andere. Das Schicksal dieser Menschen hing von ihrer Menschenrechte-Organisation ab ... von ihr. Sie war mit eine der schärfsten Klingen im Kampf gegen das Böse.

Doch Danielle ... sie hatte das Kind neun Monate unter dem Herzen getragen, geboren ... Ihre Tochter. Was würden sie ihr antun – schon jetzt – und erst dann, wenn die Organisation Nein sagte?

»Maman!« Marylènes Stimme klang fordernd und ungläubig zugleich. »Wie kannst du nur eine Sekunde zögern? Sind wir dir wirklich alle scheißegal, zählt nur dein verdammter Job für dich? Dann hau doch gleich ab! Verschwinde wieder mit deinesgleichen hinter den verschlossenen Türen des Richterzimmers. Hauptsache, du trägst deinen Heiligenschein, egal, auf wessen Kosten ...«

Aurélie konnte sehen, wie ihre Schwiegermutter zu der Siebzehnjährigen trat, den Arm um sie legte und ihr über das Haar strich. Das sollte *sie* sein – sollte *sie* tun. Doch sie stand nur hier und klammerte sich an den kalten Granit, als wäre er ihr Anker in dieser Welt, hinderte sie daran, unterzugehen, in ihren Gewissensbissen zu versinken ... Sie musste etwas sagen, telefonieren, befürchtete aber, die Antwort schon zu kennen: *Es muss einen anderen Weg geben, Aurélie. Lass die Polizei das machen. Wenn wir jetzt aufgeben, sieht es so aus, als hätten wir eine reine Schmähkampagne gestartet und unsere Beweise hielten vor Gericht noch nicht einmal einer Erstüberprüfung stand.* Genau so würde es von außen betrachtet aussehen, und sie würden an Glaubwürdigkeit einbüßen. Das wiederum würde sich auf die Arbeit aller auswirken. Gerade weil es um die Person Simone de Oliviera ging, waren sie hervorragend vorbereitet in den Kampf gezogen. Irgendwo musste es ein Leck in der Organisation geben. Gut, auch sie hatte ihre Familie eingeweiht, aber sie vertraute den Ihren.

Sie atmete tief durch, lockerte die verkrampften Hände und sagte ganz bewusst, mit ihrer Juristinnenstimme: »Wenn es irgendwo eine undichte Stelle in unserem System gibt, durch die diese brisanten Informationen nach draußen gedrungen sind, dann besteht die größte Schwierigkeit darin, herauszufinden, wem wir vertrauen können. Es gibt so viel Korruption, dass wir vorsichtiger als vorsichtig sein müssen.«

»Du hast sie wohl nicht mehr alle«, begehrte Marylène auf und schüttelte den Arm ihrer Großmutter ab.

Sie war so voller mutigem Elan. Das Vorrecht der Jugend. Hoffnungsvoll, dass das Rechtssystem auch wirklich für den Schutz der Bürgerinnen und Bürger sorgte. Dummerweise wurden im Geschichtsunterricht Themen wie die Französische Revolution und das Römische Reich gelehrt, aber dass es Skandale wie den um Elf Aquitaine gegeben hatte, die Gerichte und Ermittler fast dreißig Jahre beschäftigt hatten und deren Tentakel bis in die französische Regierung reichten –, darüber wurde nicht gesprochen. So lernten die Kinder nichts davon, dass Geld, Macht und Sex jeden korrumpieren konnten.

Ihr Blick fiel auf ihren Mann! Alles an ihm wirkte schuldig. Es traf sie erneut wie ein Schlag, doch diesmal mitten ins Gesicht: Er hatte ihre warnende Bitte nicht ernst genommen. *Er* war das Leck. Sie drehte sich einfach um und verließ unter dem Protest und den Schmähreden ihrer Tochter den viel zu vollen Wohn-Ess-Bereich. Sie musste nachdenken, und dazu brauchte sie die Stille in ihrem Büro – ohne anklagende Augenpaare auf sich zu spüren. Hatte Pierre sich wie bei den letzten Malen verhalten, so waren die richtig bösen Buben über den Plan, gegen *Dignité et justice pour tous* und Simone de Oliviera vorzugehen, im Bilde und hatten höchstwahrscheinlich Danielle in ihrer Gewalt. Es wurde mit jeder Sekunde schlimmer. Sie schloss die Tür hinter sich, zögerte kurz sogar, sie abzusperren, und ließ sich auf ihren Schreibtischstuhl fallen. Es war nicht ihre Schuld, sondern Pierres!

Im TGV zwischen Stuttgart und Paris, 3. Juli

Frank klappte die Mappe zusammen. Er hatte viele Berichte gelesen, in denen de Olivieras Name erwähnt wurde. Sie hatte eine bewegte Lebensgeschichte, und nachdem sie ihre Organisation *Dignité et justice pour tous* gegründet und damit wohl einen Nerv getroffen hatte, war sie schnell zu einer internationalen Berühmtheit geworden. Man hatte begonnen, sie zu verunglimpfen, sobald sie die Hände von Präsidenten vor der Kamera schüttelte und auf Veranstaltungen mit immenser Reichweite sprach. Bisher hatte er noch nichts gefunden, was darauf schließen ließ, dass sie nicht zu den Guten gehörte. Es irritierte ihn einerseits, denn es waren ja keine Google-Ausdrucke. Gleichzeitig wäre es zu einfach, auf Seite eins zu lesen: *Achtung, böse Frau, verlogen und durchtrieben – aber nicht festzusetzen …* Er würde wohl noch mehr lesen müssen.

Margeaux hielt ihn per Kurznachrichten auf dem Laufenden. Vor Ort lag alles im Argen. Aurélie hatte sich nach einem emotionalen Ausbruch in ihrem Büro verschanzt, und der Rest der Familie war kurz davor, Amok zu laufen. Von dem entführten Mädchen gab es nichts Neues. Wenn die Vignes so weitermachten, würde es dem Kind gewiss auf Dauer nicht gut ergehen. Die verantwortlichen Leute erwarteten schließlich eine Reaktion – ein Statement oder eine entscheidende Tat.

Ich verstehe sie schon … irgendwie, schrieb Margeaux, *es ist nicht allein ihre Entscheidung, denn sie war ja nicht als Privatperson beim Richter, sondern als Anwältin einer Organisation.*

Ja und nein ... er war kein Vater, aber wäre er einer, würde er alles tun, um sein Kind zu retten. Es wäre ihm scheißegal, was sein Arbeitgeber dachte oder wollte. Wahrscheinlich ein typischer Kaiser'scher Alleingang – seine Spezialität. Betrachtete man die Situation jedoch mit Abstand, dann war es anders: ein Leben gegen sehr viele. Das war vermutlich der Blickwinkel der *Human Rights Lawyers.*

Er seufzte und klappte die Mappe wieder auf. Der TGV war überraschend leer, so hatte er genügend Platz und vor allem keine neugierigen Augen neben sich, um sich einen guten Überblick zu verschaffen. Der Zug hatte in Karlsruhe gehalten, und es stand noch ein Stopp in Straßburg bevor, von da ging es direkt zum Gare de l'Est. Er überflog die Blätter, fuhr Zeile für Zeile mit dem Finger nach, um seine Aufmerksamkeit auf Aspekte richten zu können, die kriminelles Handeln erahnen ließen. Da waren Anhaltspunkte, die eine Möglichkeit boten. Doch eher vage Verdachtsmomente als belastbares Material. Der französische Präsident verbürgte sich für die Frau, der englische König lud sie in sein Schloss nach Schottland ein und so weiter. Ginge es rein danach, war sie vollkommen integer. Aurélie und ihre Organisation mussten über hieb- und stichfeste Beweise verfügen, um sich zu einem Richter zu trauen. Sollte Simone de Oliviera ihre öffentliche Aufmerksamkeit tatsächlich dafür nutzen, eigene Transporte nach Europa zu organisieren und die Menschen zu verkaufen, um sich ihre Taschen zu füllen, dann tat sie es äußerst geschickt.

Interpol war aktuell nicht in der Lage, etwas Verwertbares gegen sie zu finden. Natürlich führte die Behörde keine Akte über falsches Parken, aber das, was Frank sehen konnte, war die sehr weiße Weste einer bis zur Selbstaufgabe arbeitenden Frau. Allein das erschien ihm schon vollkommen unglaubwürdig. Niemand handelte stets uneigennützig. Leute wollten immer irgendwas erreichen: Aufmerksamkeit, Einfluss, Macht und Reichtum ... *Schaut her, hier bin ich, und ich bin großartig!* Je öfter ihre Tipps an die Polizei zu erfolgreichen Aktionen führten, je mehr Menschen sie rettete, umso mehr glaubte man ihr, und umso leichter konnte sie an den Strippen ziehen. Nichts wies darauf hin, dass sie sich grausamer Verbrechen schuldig machte.

Er seufzte genervt, denn er war kurz davor, daran zu glauben, dass sie wirklich nur Gutes bewirkte. Sie sah für eine Frau mittleren Alters hervorragend aus, hatte Stil – war aber keine herausgeputzte Diva, die sich auffällig schminkte und mit Schmuck behängte. Alles war eindeutig von ausgezeichneter Qualität, aber dosiert eingesetzt. Sie bevorzugte gut geschnittene Hosenanzüge, Blusen mit Farbakzent, und die Schuhe hatten auf allen Bildern breitere Absätze. Die perfekte Inszenierung einer vertrauenswürdigen Heldin. War es Absicht, diese Wirkung zu erzeugen? In ihrer Position hatte sie gewiss eine professionelle Beratung für ihre Outfits. Moderne Imageberatende sorgten heutzutage auf ganzer Linie für ein stimmiges Markenbild. Simone de Oliviera lebte für *Dignité et justice pour tous.* Er konnte zwar sehen, dass die Organisation weltweit Büros hatte und mehrere Hundert Mitarbeitende beschäftigte, doch sie war es, die in der Öffentlichkeit stand und das Bild prägte.

Eine Seite war der jungen Frau gewidmet, die seit einigen Jahren ihre rechte Hand darstellte: Desna Singh. Die Inderin war aus einem Transport befreit worden. De Oliviera hatte sich ihrer angenommen, »... weil sie mein Herz ganz besonders angerührt hat und ich die Stärke in ihrem Blick sehen konnte«. So erklärte sie stets, warum ausgerechnet diese junge Frau an ihrer Seite stand – einer Tochter gleich. Es war sonderbar, denn seine Intuition sagte ihm, dass jemand nicht so makellos sein konnte. Alle Menschen bauten mal Mist – machten Fehler. Davon war auch Simone nicht ausgeschlossen, doch ihr Heiligenschein überstrahlte alles.

Das brachte sein Ermittler-Gen in Alarmbereitschaft, denn er war nicht so leicht zu blenden. Es zuckte und pikste unangenehm in seinem Magen. Somit war ihm klar, dass er genauer hinschauen musste. Noch lagen reichlich Ausdrucke ungelesen vor ihm. Er hoffte, dort etwas zu finden, sodass er sie intensiver ins Visier nehmen konnte. Denn mit dem, was er bisher in den Händen hielt, war nichts zu holen, und schlimmstenfalls befanden sich die *Human Rights Lawyers* einfach nur auf einem Kreuzzug gegen eine Unschuldige.

Frank zog eine Wasserflasche aus seinem Rucksack, nahm einen langen Schluck. Der Zug fuhr in den Bahnhof von Straßburg ein. Einige Leute drängten sich schnaufend in das Abteil, doch sein Tisch blieb frei.

Die Zeit im TGV verflog rasch. Er musste weiterlesen – also vertiefte er sich wieder in die Unterlagen, um mit einem hilfreichen Anhaltspunkt in der Tasche in Paris anzukommen.

Marseille, 3. Juli

Es wurde langsam dunkel. Lionel war der festen Überzeugung, dass sich mit dem Hereinbrechen der Nacht etwas tun würde. Je mehr er herausbekam, umso mehr hatte er in der Hand, um diesen Kerlen zu verdeutlichen, dass ihre Geschäfte stets auf Gegenseitigkeit beruhten. Sie konnten nicht einfach diesen grobschlächtigen Lederkluft-Typen herschicken und ihm, Lionel, Befehle erteilen. Das hier war sein Reich, und sie waren seine Gäste. Sie bezahlten ihn. Aber war das nicht in jedem Hotel genauso: Man war zu Gast, hatte sich zu benehmen und die Hausregeln einzuhalten. Wer das Hoheitsgebiet betrat, brachte keine eigenen Regelwerke mit – basta! Er checkte die Kamera und durch die Beleuchtung der Containerlinie war das Material fast gestochen scharf.

Er rieb sich zufrieden die Hände. In seinem Hafen kam niemand an ihm vorbei. Er musste nicht im Büro bleiben, um die Aufnahmen abzurufen. Also fuhr er seinen Computer herunter, schloss die Türen ab und verließ das Gelände fröhlich pfeifend ... ein Ausbund an Unschuld. Er würde etwas essen gehen und dabei ein Auge auf die Kamera haben. Gerade die befehlende Art von Lederkluft hatte ihn innerlich angestachelt. Sonst war er gelassener und weniger impulsiv. Er verabscheute diese Nazis, die sich Hakenkreuze in das weiche Fleisch ihres Unterarms tätowieren ließen und bei Bedarf die Jacke leicht hochzogen, um diese verachtenswürdige Insignie der Macht aufblitzen zu sehen. Wahrscheinlich war es auch genau das, was ihn heute dazu provoziert hatte, sich auf die Lauer zu legen und damit seiner eigenen Devise untreu zu werden. Natürlich war Wissen eine nicht zu unterschätzende Währung in diesem Spiel, doch wie bei allem machte die Dosis das Gift, und er bemühte sich, nicht zu tief in die abgrundtiefe Bösartigkeit seiner Kunden und Kundinnen einzutauchen. So konnte er sich nach wie vor einreden, dass er selbst ja nichts Perfides tat. Er stellte Containerplätze zur Verfügung – das war eine der Hauptaufgaben des Euroports – und sah weg. Seine Hände waren sauber!

Kurze Zeit später saß er im »Les Arcenaulx« und schaute sich die Karte an. Das Restaurant im Herzen von Marseille, nur einen Steinwurf vom Alten Hafen entfernt, war seit mehr als vierzig Jahren ein einzigartiger Ort. In früheren Zeiten hatte das Gebäude die Chiourme des Galères de l'Arsenal – das geschichtsträchtige Galeerenarsenal – beherbergt. Die Kombination aus Bibliothek und Keller war der verrückte Traum der Inhaberin gewesen, und sie hatte ihn wahr werden lassen. Historische und moderne Bücher und viele, viele Weinflaschen fanden ihren Platz in den Regalen in dem ungewöhnlichen Restaurant. Der Küchenchef Eric Cornilleau hatte sich der Küche des französischen Südens verschrieben. Er kombinierte die Düfte und Geschmäcker der Provence mit denen des Mittelmeers und bevorzugte stets lokale Zutaten!

Lionel war oft hier zu Gast und wurde deshalb wie ein Freund empfangen. Selbst wenn der Laden voll war, fand Jeanine – die Inhaberin – noch einen Platz für ihn. Heute war er jedoch früh genug vor Ort, und es barg keine Herausforderung, ihn zu platzieren.

Sie blieb einen Moment bei ihm stehen, hielt ein kurzes Schwätzchen über das sommerliche Wetter und beugte sich dann zu ihm hinab, legte ihm kurz die Hand auf die Schulter und flüsterte in vertraulichem Ton: »Du musst seine neue Kreation kosten, Lionel. Ein köstliches Kunstwerk, und du bist jemand, der das zu schätzen weiß.«

Er kannte sie gut genug, um zu wissen, dass sie ihm keinen

Honig ums Maul schmierte, sondern seinen Geschmackssinn wirklich anerkannte. »Ich folge deinen Empfehlungen gern, Jeanie«, sprach er sie freundschaftlich an, »verrätst du mir, was es ist, oder soll ich erst kosten, und dann lüftest du das Geheimnis?«

Ihre Augen begannen zu strahlen. »Genau so ist es perfekt, Lionel. Wir reichen dazu einen speziellen Weißwein mit harziger Note. Es wäre großartig, ihn dazu zu genießen ...?«

Ihr Ton war leicht fragend, da sie seine Vorliebe für Rotweine aus der Provence kannte. Er nickte leichthin. Heute war ein Tag, an dem er schon seine gewohnten Pfade verlassen hatte, warum also nicht ...? »Gern, gern. Du machst mich wirklich neugierig. Ist es ein Hauptgang?«

»Eine Vorspeise«, klärte sie auf. »Zum Hauptgang empfehle ich dir die gegrillte Entenbrust mit kandierten Zwiebeln, Fenchel und Parmesanschaum. Ein Gedicht sage ich dir ... ein Gedicht!«

»In Ordnung«, bestätigte er die Auswahl, »und dazu ein schönes Glas traditionellen Châteauneuf-du-Pape von Juliette Avril. Hast du noch ein Fläschchen von dem 2020er?« Er hatte das sonderbare Gefühl, etwas feiern zu müssen – seinen Triumph über die Motorradgang? Konnte er das schon so betiteln – nur weil er ihr Tun nachverfolgte?

»Ich schaue nach«, sie lächelte ihn an, »und über das Dessert reden wir dann später.«

Er lehnte sich in seinem Stuhl zurück, erwiderte das zugewandte Schmunzeln, und sie verschwand in die Küche. Ein junger Mitarbeiter brachte ihm eine Karaffe Wasser und ein leicht angewärmtes, nach Lavendel duftendes Tuch. Er reinigte seine Hände, genoss den Duft und freute sich auf das Essen.

Ein großer schwarzer Teller, in dessen Mitte eine Schale aus Teig stand, wurde vor ihm abgestellt.

Die Chefin trat mit einer Flasche hinzu und goss ihm das Glas zwei Fingerbreit voll. »Unsere außergewöhnliche Kreation, bestehend aus einer knusprigen Minitarte, mit Johannisbrotkernmehl gebacken, einer Creme aus weißem Kabeljaurogen, etwas Haselnuss und fein geriebener Schokolade. Der Wein ist eine Neuauflage einer Sorte, die die Allobroger im ersten Jahrhundert nach Christus im Rhônetal angebaut haben. Ein aufstrebendes Weingut in Vienne hat ihn kreiert, und der geharzte Geschmack wird hier durch das Zufügen von Pinienzapfen erreicht. Wir sind alle begeistert davon. Ich freue mich auf deine fachkundige Rückmeldung, Lionel. Bon appétit!«

Sie trat vom Tisch weg, und er betrachtete das filigrane Kunstwerk mit wachsender Freude. Es hörte sich als Kombination abenteuerlich an, war aber gewiss genau deshalb ausgezeichnet. Kurz zuckte der Gedanke durch seinen Kopf, die Kamera überprüfen zu müssen, aber dann siegte die Lust auf den Genuss. Er konnte sich das Videomaterial später anschauen. Der erste Happen in seinem Mund ließ seine Geschmacksknospen explodieren, und er schob alles andere beiseite, um sich voll und ganz diesem Vergnügen hinzugeben.

Route du Soleil, 3. Juli

Sie hatte so viel Angst, dass sie sich kaum noch bewegen konnte. Ihr Körper war wie versteinert, und selbst ihre Lider schienen davon betroffen zu sein, denn sie ließen sich nicht mehr schließen. Ihre Augen schienen erstarrt, und die dadurch entstandene Trockenheit schmerzte. Obwohl sie doch schon dreizehn war, hatte sie sich wie ein Kleinkind eingenässt, und alles stank nun beißend nach Urin.

Davide ... Sie fand ihn cool. Er war für einen Jungen wirklich richtig toll angezogen und trug die Turnschuhe, von denen alle gerade wie verrückt schwärmten. Wieso dachte sie an die Schuhe? Vielleicht weil das das Letzte gewesen war, was sie von ihm gesehen hatte? Sie hatten aus dem dunklen Müllsack herausgeschaut ... Wenige Minuten vorher hatte er noch unbeholfen versucht, seine Lippen auf ihre zu legen. Nur ein paar Minuten hatten sie sich von der Menge der in die Schule strömenden Kinder entfernt.

Er hatte ihr immer mal wieder kurze Nachrichten mit Herzchenaugen-Emojis geschickt, und ihr waren Tausende Schmetterlinge im Magen herumgeflogen. Zu Hause hatte sie von der Schwärmerei niemandem erzählt. Marylène war irgendwie zu erwachsen geworden, um mit ihr über so etwas zu reden, Maman hatte nie Zeit, und Papa wäre ausgeflippt. Alle hatten immer zu tun, und so ...

Sie würde sicher sterben, oder man würde etwas ganz Schlimmes mit ihr machen ... so wie mit Davide. War er tot, oder hatten sie ihn nur ohnmächtig geschlagen und dann in den Sack gestopft, um ihn zu verstecken. Ja. So musste es sein.

Er würde alles erzählen, und ihre Eltern konnten sie finden und nach Hause holen. Sie wollte so gern ihre Arme um sich schlingen, sich irgendwie Halt geben – doch bis auf die sich überschlagenden Gedanken schien nichts mehr zu funktionieren. Es holperte, und sie schlug sich den Kopf an. Der Schmerz brachte sie zurück in die Realität, und sie wünschte sich augenblicklich, wieder starr zu sein, denn ihr wurde bewusst, dass sie im Kofferraum eines Autos lag. Auf der Seite und mit leicht angewinkelten Beinen. Die Hose war noch nicht getrocknet. Der Urin roch so schlimm, dass sie würgen musste. Ihre Beine ließen sich nicht voneinander lösen, und als sie sich die Hand auf den Mund pressen wollte, um sich daran zu hindern zu kotzen, bemerkte sie, dass ihre Arme auf dem Rücken zusammengebunden waren. Erbrach sie sich jetzt, würde sie in der ätzenden Brühe liegen müssen. Nein. Nein. Sie durfte das nicht zulassen. Lieber wieder in der panischen Furcht versinken und vergessen, wo sie war.

Was hatte Maman ihnen von den Kindern erzählt? Kinder und junge Frauen, die man aus ihrer Heimat verschleppte, um sie dann zu verkaufen und ihnen schlimmes Leid zuzufügen. Machte man das jetzt mit ihr? Einem Kind aus Paris? Sie war doch nicht aus China oder Indien und schrecklich arm, sodass sie von ihren Eltern hergegeben wurde oder man sie von der Straße lockte. Sie war nicht freiwillig mit jemandem mitgegangen, der ihr ein besseres Leben versprach oder eine tolle Karriere wie die von Laetitia Casta, die ein Fotograf irgendwo auf Korsika angesprochen hatte und die jetzt sogar eine erfolgreiche Regisseurin war. Danielle hatte nichts dergleichen gemacht – sondern nur den zwei Jahre älteren Davide küssen wollen. Das war alles. Er musste eine Klasse wiederholen, deshalb war er noch auf dem Collège und eine Stufe über ihr. Das machte ihn irgendwie noch cooler. Wieder tickte ihr Verstand aus und zeigte ihr die teuren Designerschuhe, die aus dem Müllsack ragten. Ein großer Mann hatte ihn sich über die Schulter geworfen. O Gott, er durfte nicht tot sein. Gott ... sie glaubte doch gar nicht an ihn. Es war etwas für kleine Kinder, an einen weißbärtigen alten Mann zu glauben, der auf einem Thron über den Wolken saß. Sie war ein Teenager und damit auf dem Weg zum Erwachsenwerden. Ihre Freundin Marinette hatte ihr so viel davon erzählt, wie es sich anfühlte, wenn einem der Schwarm beim Küssen mit der Hand die Brüste streichelte ... und wie weich ihre Knie dann immer wurden. Danielle hatte sich auch so fühlen wollen: dass jemand nur sie ganz allein wollte. Marinette hatte ihr heute Morgen geholfen – dafür gesorgt, dass sie ungesehen verschwinden konnte, und sie hatte ihr Handy mit in die Schule genommen. Papa und Maman sollten nicht wissen, dass Danielle die Schule schwänzte.

Maman ... Danielle fühlte plötzlich einen solchen Druck auf der Brust, dass sie kaum noch atmen konnte. Sie wollte zu ihrer Mutter. Sofort.

Der Wagen holperte erneut, und sie schlingerte im Kofferraum umher. Sie schloss mit konzentrierter Gewalt die Augen und spürte, wie Tränen unter ihren Lidern hervorquollen. »Maman ... Maman ...«, schluchzte sie leise, und die salzige Feuchte rann ihr in den offenen Mund. Sie hatte es gehasst, dass ihre Eltern ihr Handy tracken konnten und stets wussten, wo sie sich befand. Doch nun hier – im Kofferraum eines fahrenden Autos – wünschte sie sich nichts mehr, als dass die beiden sie finden würden. Denn ihr wurde mit einem Mal vollkommen bewusst, was geschehen war: Man hatte sie entführt und im schlimmsten Fall ihren Freund getötet, um sie in die Finger zu bekommen. Zu den Tränen kam nun Rotz, der ihr aus der Nase lief. Sie drehte den Kopf so auf die Seite, dass sie den rauen Belag auf dem Boden der Ladefläche an den Lippen fühlte. Er roch sonderbar vertraut und gar nicht so abstoßend, wie sie erwartet hatte – nach Seife. Als wäre er ... frisch gewaschen ... Weil man vor ihr ein anderes

Kind hier drin gefangen und es genau wie sie alles vollgemacht hatte? Die Furcht sorgte dafür, dass ihre Zähne klappernd aufeinanderschlugen. Sie nahm in der Mischung aus Rotz und Tränen plötzlich noch etwas Metallisches wahr. Sie wusste, wie Blut schmeckte, denn sie biss sich regelmäßig auf die Zunge. Das tat höllisch weh und blutete eine gefühlte Ewigkeit. Es war wie eine Art komischer Tick, oder vielleicht lag es auch daran, dass einer ihrer Backenzähne etwas schief war und einen sonderbaren Zacken hatte. Fast so, als wäre ihr ein Vampirzahn an der falschen Stelle im Mund gewachsen.

Ihre Familie tauchte vor ihrem inneren Auge auf ... wie sie alle drei lächelten und nach ihr griffen, um ihr zu helfen und sie zu trösten. Ihre Familie würde sie finden und die bösen Leute ins Gefängnis sperren. Ihre Maman war Anwältin, ihr Papi ein ehemaliger Polizist, und da war noch Tante Margeaux – auch eine Polizistin ... bei der Mordkommission. Hoffnung keimte in ihr auf, gepaart mit unendlicher Panik, als sie das Wort *Mord* auch nur dachte.

Plötzlich hielt der Wagen ruckartig an. Sie hatte keine Ahnung, wie lange sie bereits zusammengekrümmt im Dunkeln gelegen hatte. Vielleicht war alles nur ein böser Traum ... Türen knallten, dunkle Stimmen grollten. Danielle wurde wieder steif vor Angst und wünschte sich erneut, ohnmächtig zu werden.

Paris, 3. Juli

Margeaux klopfte an die Bürotür – nicht leicht und vorsichtig, sondern laut und fordernd. Es war okay, dass Aurélie etwas Zeit für sich brauchte, doch das war gerade ein Luxus, den sie sich nicht leisten konnten. Daher mussten die wenigen Minuten des Rückzugs ausreichen. Margeaux hatte im Gesicht ihrer Schwägerin den Funken einer unheilvollen Erkenntnis wahrgenommen und war davon überzeugt, dass die Anwältin bereits wusste, was Pierre ihr gestern Abend anvertraut hatte. Entweder war sie sich der Sache schon sicher, oder sie ahnte zumindest, dass ihr Mann seinen Teil dazu beigetragen hatte, die Familie ins Kreuzfeuer böser Mächte zu bringen.

Sie atmete tief durch, drückte die Klinke herunter in der Erwartung, die Tür verschlossen vorzufinden, doch sie öffnete sich. Aurélie lehnte an ihrem Schreibtisch – das Gesicht blass und maskengleich. Sie reagierte kaum. Margeaux trat ein, schloss die Tür hinter sich und blieb dann stehen. Jeder brauchte seinen eigenen Schutzraum, und sie wollte der toughen Anwältin nicht zu sehr auf die Pelle rücken.

»Er hat es wieder getan, du weißt, was ich meine, Margeaux?« Aurélie hörte sich nun beinahe so angriffslustig an wie Marylène vor wenigen Minuten.

Margeaux nickte. Sie wollte der verstörten Frau keine Halbwahrheiten erzählen. »Seine Absichten waren gut. Er glaubte, er könnte euch so beschützen ... vor allem dich.«

»Willst du mir ein schlechtes Gewissen einreden, Margeaux? Ich mache meinen Job. Er ist wichtig. Verdammt wichtig. Das ist kein Hobby mit ein bisschen Verkleidung und fernsehmäßigen Plädoyers. Es geht um Hunderte oder sogar Tausende Menschenleben.«

Margeaux schwieg für einen Augenblick. Sie wollte nicht mit einer Art *Ja, aber*-Rechtfertigung kontern. Hier musste jedes Wort wohlüberlegt sein. Beide Seiten hatten auf ihre Art recht, beide Seiten waren mitverantwortlich für das, was geschehen war – doch nun ging es um das Mädchen, nur um Danielle, nicht um einen ehelichen Machtkampf oder Schuldzuweisungen.

»Ich verstehe dich vollkommen, Aurélie. Für mich ist mein Beruf ebenfalls immer auch eine Berufung. Mir ist bewusst, dass deine Arbeit sehr viele Menschen betrifft und du nicht allein befugt bist, eine Entscheidung mit solcher Tragweite zu treffen. Umso mehr müssen wir nun alle zusammenhalten. Sich jetzt in diesem Augenblick gegenseitig zu zerfleischen, ist kontraproduktiv. Es muss ein Grundsatzgespräch zwischen dir und Pierre stattfinden. Aber nicht jetzt. Was müssen wir alles wissen, um die nächsten Schritte zu planen?«

Aurélie öffnete gerade den Mund, als das Telefon auf ihrem Schreibtisch zu läuten begann. Auch hier gab es also noch einen Festnetzapparat – so wie im Haus auf dem Weiler in der Provence. Margeaux wünschte sich, dort zu sein ... am Pool liegend in den leuchtend blauen Himmel zu schauen, während der Wind durch die Blätter des Walnussbaumes strich und sie sanft wispern ließ. Der Dackel neben ihr vertrauensvoll auf dem Rücken ausgestreckt, sein empfindliches Bäuchlein der Sonne zugewandt. Dieser Aufenthalt hier würde auf jeden Fall nicht für die erhoffte romantische Annäherung zwischen Thierry und ihr sorgen ...

»Ja«, sagte Aurélie.

Während ihre Augen immer größer wurden und sich ihr Körper versteifte, wiederholte sie das Wort mehrmals, legte auf, sah Margeaux mit einer dunklen Leere in den Augen an, die diese erschauern ließ. Hatte man das Kind gefunden ... und es war ...?

»Das war ein Freund bei der Polizei. Der Vater eines Jungen ... Davide Lefebvre ... hat seinen Sohn soeben als vermisst gemeldet. Bei Kindern, er ist gerade fünfzehn geworden und eine Klasse über Dan...« Sie schluckte hart. »Also bei Kindern reagiert die Polizei ja bekanntlich schneller als im Vierundzwanzig-Stunden-Fenster.«

»Warum ruft er dich deswegen an?«

»Davide und Danielle sollen befreundet sein, sagt Lefebvre.«

»Befreundet wie Kumpels oder befreundet wie ein Paar?«, wollte Margeaux es genauer wissen.

»Wie ein Paar. Davon weiß ich nichts. Danielle ist dreizehn. Ein Kind. Lefebvre hat anklingen lassen, dass die zwei vielleicht zusammen abgehauen sind. Deshalb hat mich der Freund angerufen. Er wollte wissen, ob Danielle zu Hause ist ... Ich ... ich habe gelogen!«

Margeaux schluckte. Es war an der Zeit, über eine vernünftige Strategie zu reden. Sie konnten nicht hier in der Wohnung stehen und alle aufeinander einreden, in der Hoffnung, dass eine Lösung vom Himmel fiel.

»Ist das ... eine Möglichkeit?«, erkundigte sich Margeaux – den Forderungsanruf im Hinterkopf. So ein Anruf würde zwei durchgebrannten Teenagern keinen Vorteil verschaffen, warum also sollten sie es dann tun?

»Dass unsere Tochter mit einem Jungen davonläuft, der dann anruft und von mir verlangt, mein Vorhaben aufzugeben, Simone de Oliviera zu Fall zu bringen? Das klingt gewiss auch in deinen Ohren unwahrscheinlich.« Aurélies Stimme bekam einen dunklen, grollenden Beiklang.

Wirklich beachtlich, was sich in der schlanken Gestalt alles verbarg. Vor Gericht machte das gewiss Eindruck.

»Und doch ist es sonderbar, dass ein zweites Kind verschwunden ist – noch dazu eines, das in Verbindung mit Danielle steht. Wer könnte mehr über die beiden wissen?«

Aurélie dachte einen Moment nach, und Margeaux befürchtete schon, dass die Mutter nicht wusste, wem ihr Kind vertraute, doch dann sagte sie: »Marinette. Marinette Martin. Mit ihr ist sie schon seit vielen Jahren eng befreundet. Wenn sie hier im Haus niemandem mehr etwas erzählt, dann gewiss noch ihrer besten Freundin.«

»Wir müssen langsam Farbe bekennen, Aurélie. Wenn du jetzt beginnst, bei Freundinnen Fragen zu stellen, der Vater den Jungen offiziell als Danielles Freund bezeichnet und ihn als vermisst gemeldet hat, dann wird es aus anderen Quellen bekannt werden. Und man wird unangenehme Vermutungen anstellen über eure Beweggründe, euer Kind nicht suchen zu lassen.«

»Ich weiß das, Margeaux. Ich würde dich gern fragen, warum du ausgerechnet jetzt in der Stadt bist und Pierre dich ins Vertrauen gezogen hat, obwohl ihr doch in den letzten Jahren gar nicht mehr so eng wart, aber das ist wohl ein echt ungünstiger Zeitpunkt für ein Grundsatz-Familiengespräch ...« Aurélie lächelte, aber es zogen sich nur die Mundwinkel hoch und die auch eher so wie beim Joker in *Batman*. Es war ein verstörendes Lächeln.

Margeaux nahm es ihr nicht übel, denn die Situation war mehr als beschissen. Die *Human Rights Lawyers* mussten nun aus den Puschen kommen und sich positionieren, und Aurélie würde in diesem Zusammenhang ihre ganz eigene Entscheidung treffen müssen. Es war leicht, von außen zu sagen: *Ja, aber das ist doch klar, dass eine Mutter alles tut, um ihr Kind zu retten,* wenn doch auf der anderen Seite viele Hunderte Menschen ihr Leben unter grausamen Bedingungen leben mussten und auch viele von ihnen getötet wurden. Menschenhändler gaben nichts für ein nutzloses Leben oder eine Person, die ihnen irgendwie gefährlich erschien. Sie mordeten, ohne mit der Wimper zu zucken. Da waren aber auch noch andere Stolperfallen, denn Franks Recherchen hatten bisher nichts ans Tageslicht gebracht, das Simone de Olivier als das Monster enttarnte, das sie doch nach Angaben der *Lawyers* sein sollte. Das war sonderbar, denn Interpol sammelte verlässliche Informationen. Der Anruf der Erpresser mit der Forderung war aus ihrer Sicht zu sehr auf die Frau bezogen, die überall gelobt und gefeiert wurde. Vielleicht richtete sich das alles gegen die *Dignité*-Menschenrechtsorganisation, um sie zu Fall zu bringen – ganz im Sinne derer, die daran einen Haufen Geld verdienten.

Und jetzt noch der verschwundene Junge.

Hier passte plötzlich nichts mehr zusammen. Egal, wie sehr sie korrupte Polizisten verabscheuten und fürchteten, es war an der Zeit, die Maschinerie in Gang zu bringen. Aurélie würde ihren Kollegen und Kolleginnen Druck machen müssen. Zudem mussten sie sich alle gemeinsam eine Strategie für die Presse zurechtlegen, denn das hier würde auf jeden Fall ein Medienspektakel werden.

Margeaux seufzte. Sie hasste das – doch sie hatte zugesagt, ihrer Familie zu helfen, und dazu würde sie auch stehen. Hoffentlich packte Thierry nicht kurzerhand seine Sachen und reiste ab. Es würde verdammt wehtun, und gleichzeitig war ihr klar, dass sie Verständnis für eine solche Reaktion haben sollte. Er war gerade erst gesundet ... Am besten würde er Hilde mitnehmen, denn die war noch weit davon entfernt, ihre Psyche repariert zu haben. Margeaux stellte sich kurz das Gesicht der patenten Frau vor, wollte man sie in die Provence zurückschicken ... Selbstverständlich würde sie nicht gehen. Danielle war ihr Enkelkind. Doch eigentlich konnte die ältere Dame hier nichts ausrichten – außer Essen auf den Tisch zu bringen und dem Rest der Familie Trost zu spenden.

Und sie selbst? *Margeaux, was willst du tun?* Was war ihre Aufgabe? Mit der Polizei zu kooperieren und abzuwarten, was sich tat? Oder wäre es klüger, aktiv zu werden? Vielleicht sogar Simone de Oliviera selbst auf den Zahn zu fühlen … Ein Dialog mit der Wohltäterin könnte aufschlussreich sein, denn schließlich war sie gerade der einzige rote Faden, den es hier gab.

»Wie willst du verfahren, Aurélie? Ich möchte eure Entscheidungen respektieren, gleichzeitig kann ich als erfahrene Ermittlerin nur dazu raten, nicht mehr länger zu warten, sondern die Behörden zu informieren. Es geht um euer Kind!«

Auf dem Flur wurde es laut. »Meine Eltern sind Irre! Und ich rufe jetzt die Polizei an. Es ist mir scheißegal, was ihr wollt. Um mich aufzuhalten, müsst ihr meine Zimmertür aufbrechen und mir mein Handy mit Gewalt wegnehmen.« Eine Tür fiel so laut zu, dass die Scheiben im Büro leicht klirrten.

Damit hatte sich ihre Frage an Aurélie wohl erledigt. Marylène tat, was längst hätte getan werden müssen!

Marseille, 3. Juli

Lionel nippte verträumt an seinem Glas. Bisher war das Menü der perfekte Genuss. Der klassische Seeteufel-Eintopf Bourride war einerseits ein deftiges Gericht, aber der begabte Koch hatte es natürlich verfeinert, und das Fischthema zog sich fast vollständig durch die Menüfolge hindurch. Denn auch beim Nachtisch tauchte es auf. Im ersten Augenblick hatte er geglaubt, sich verhört zu haben, denn Bottarga gerieben auf einer Tarte au citron vorzufinden, das war doch mehr als ungewöhnlich. Das Pulver aus getrocknetem Fischrogen war salzig knusprig und harmonierte hervorragend mit der süßsauren Creme auf einem schmackhaften Keksboden. Gekrönt wurde das Ganze von zwei Salzzitronen-Zesten. Was für ein unglaubliches Mahl. Fast hätte er vergessen, was ihn heute innerlich umgetrieben hatte ... doch dann leuchtete das Display des Überwachungshandys auf, und die Kamera meldete eine Bewegung.

Er schnappte es sich, tippte auf den Bildausschnitt, zog ihn groß und aktivierte die Aufnahmefunktion. Sollte etwas Interessantes passieren, wollte er auf jeden Fall einen Videomitschnitt davon haben. Man wusste ja nie, wofür solches Material am Ende gut war. Ein Wagen war vor dem heute positionierten Container zum Stehen gekommen. Zwei Kerle, die in der Dämmerung wie Comicfiguren wirkten, mit überbreiten Schultern, ballonartigen Oberarmmuskeln und schmalen Taillen, stiegen aus. Einer öffnete den Kofferraum, beugte sich hinab und hob etwas heraus. Erst als er einen Schritt zurücktrat, konnte Lionel erkennen, dass es sich um einen

Menschen handelte. Lange helle Haare fielen über den Unterarm des Kerls, und als der Kopf leicht zur Seite sackte, so, als wäre der Mensch bereits tot, zeigte ihm die Kamera das Gesicht eines Kindes. Natürlich wusste er, womit die Leute, denen er half, ihr Geld verdienten. Bälger gehörten zum normalen Warenumfang. Sie kamen aus Indien, China, Afrika oder auch aus Osteuropa. Dieses Mädchen hier jedoch machte auf ihn den Eindruck einer jungen Französin. Er konnte sich nicht erklären, woher diese Einschätzung kam. Vielleicht lag es an den gewellt fallenden Haaren, den klaren europäischen Gesichtszügen – die Kamera war wirklich verdammt gut – und dem, was er an Kleidung erkennen konnte. Alles wirkte wie bei den Teenagern, die ihm täglich am Pier begegneten. Sonderbar ... Warum interessierte ihn das überhaupt? Er wollte belastendes Material haben und nicht spekulieren, was da vor sich ging. Der andere Kerl zog die Leiter aus dem vereinbarten Versteck, öffnete die Tür des Containers, und sie warfen das Mädchen hinein. Eine Flasche folgte, Wasser wahrscheinlich, und ein weiterer Gegenstand. Dann verriegelten sie die Tür, brachten ein Schloss an – Lionel konnte es kurz sehen und notierte sich die ersten fünf Ziffern, bevor sie es zudrehten –, verstauten die Leiter wieder und brausten davon.

Warum der ganze Aufwand für ein einzelnes Kind? War das Mädchen eine besondere Bestellung für einen mächtigen Kunden? Wollten sie das etwa in seinem Hafen stattfinden lassen? Oder warteten sie nur auf den richtigen Zeitpunkt, um die gewünschte Ware zu überführen?

Etwas in ihm regte sich. Das war ... nicht recht. Aber was, um Gottes willen, sollte dieser sinnlose, verweichlichte Gedanke?

Lionel griff zu seinem Glas, um mit einem beherzten Schluck wieder zu dem zurückzukehren, was er mochte: gutes Essen, entspannten Genuss und den näher rückenden Lebensabend auf der weißstrandigen Insel seiner Träume. Er kratzte die Reste des Keksbodens zusammen und schob sich den Löffel in den Mund. Er kaute konzentriert, doch die Stimmung von vor wenigen Minuten wollte sich nicht wieder einstellen: Was hatten sie mit dem Kind vor? Er musste unbedingt dranbleiben, um es herauszufinden. Das alles mutete außergewöhnlich an. Vielleicht ließe sich mit diesem Wissen wirklich richtig Kapital schlagen. Er speicherte das Video in seiner Cloud, überprüfte dreimal, dass es sich auch wirklich dort befand, und löschte es dann vom Handy. Sicher war sicher ...

Paris, 3. Juli

Frank verzichtete bewusst auf den Aufzug und erklomm die Treppen. Er hatte lange genug in Zug und in der Metro gesessen, sodass ihm ein wenig Bewegung guttat. Er hatte überlegt, zuerst im Hotel einzuchecken, doch dann war Margeaux' dringliche Nachricht bei ihm eingetrudelt, und er hatte umgeplant.

Wir informieren jetzt die Behörden, hatte sie getextet. *Hier sind alle komplett durch den Wind, und ich muss den Boss rauskehren, ich konnte Marylène gerade noch bremsen, bei der Polizei anzurufen ... Komme mir vor wie Werner und beende quasi jeden Satz mir drei Ausrufezeichen. Ist nicht so lustig.*

Wird auch langsam Zeit. Bin gleich da, wartet noch so lange bitte. Wie hat sich Aurélie entschieden?

Er empfand es als wichtig, die Position der Anwältin zu kennen, bevor er sich in die Höhle des Löwen begab. Ein Kind wurde vermisst. Man war mit dreizehn völlig hilflos und egal, wie erwachsen man tat, innerlich war man zerrissen und brauchte die liebevolle Fürsorge der Eltern. Er wusste nur zu genau, wie es sich anfühlte, verloren zu sein. Obwohl Danielles Situation nicht mit seiner vergleichbar war, konnte er sich in die Kinderseele einfühlen: Panik, Hilflosigkeit und der stete Funken der Hoffnung, irgendwie gerettet zu werden ... Er hatte sich selbst retten können, doch war das Mädchen in den Händen übler Verbrecher, so gab es diese Option wohl kaum.

Margeaux schrieb: *Aktuell will sie sich der Entscheidung der*

Lawyers-Organisation beugen und das Verfahren weiterlaufen lassen, aber ihre Fassade hat bereits Risse.

Würde das Mutterherz Oberhand gewinnen? Und was kam dann? Stellte sie sich gegen ihren Arbeitgeber – hatte sie allein überhaupt eine Chance, oder war es unmöglich, als einzelne Anwältin das Ganze zu stoppen?

Margeaux öffnete ihm die Tür. Sie war blass, sah aber ansonsten gut aus. Sie umarmte ihn. »Danke, dass du da bist.«

Er winkte ab. Sie waren die einzige Familie, die er hatte, und man stand seinen Leuten in kritischen Situationen zur Seite. Thierry trat hinter seiner Frau in den Flur, kam auf ihn zu und umarmte ihn ebenfalls. Interessanterweise wirkte er gelassener als Margeaux. Frank stellte Rucksack und Koffer an der Garderobe ab, atmete tief durch und folgte den beiden in das Innere der Wohnung. Die angstgeladene Energie war wie ein wabernder Dunst spürbar.

»Das ist Kommissar Frank Kaiser. Mein ehemaliger Partner bei der Kripo in Stuttgart und ein enger Freund der Familie«, stellte ihn Margeaux vor. Dann wies sie auf die Anwältin, deren Gesicht er schon von den Fotos kannte. »Aurélie.«

Er reichte der Frau die Hand. Ihr Druck war fest, obwohl sie sich eisig und trocken anfühlte.

»Pierre kennst du ja.«

Frank reichte auch ihm die Hand, und der Mann zog ihn in eine rasche Umarmung.

»Marylène«, fuhr Margeaux fort.

Die jüngere Ausgabe von Aurélie verschränkte ihre Arme demonstrativ vor dem Brustkorb, nickte ihm aber zu. Entweder wollte sie gerade nicht die Hand eines Fremden berühren, oder sie war mit seinem Erscheinen nicht einverstanden. Vielleicht hielt sie sich aber in dieser schrecklichen Situation auch einfach nur mit ihren Armen zusammen und wollte nicht loslassen, um nicht zusammenzubrechen. Es war so leicht, Körpersprache falsch zu interpretieren. Ihre Schwester war in Lebensgefahr, kein Wunder also, dass das Mädchen nicht freudig auf ihn zusprang, um seine Hand zu drücken.

Er nickte zurück.

Hilde drängte sich zu ihm, drückte ihn fest an sich und sagte: »Mein Lieber ... bitte hilf uns!« Ihre Stimme zitterte leicht, und ihre blauen Augen waren von Sorge getrübt. Aimé kam als Letzter und gab ihm die drei typischen provenzalischen Wangenküsse. Der ehemalige Flic war noch immer knochig, sah aber ansonsten viel besser aus als bei ihrem letzten Treffen ... Gut ... im Vergleich dazu sah jeder heute besser aus, auch wenn es wieder eine gruselige Situation war, die sie alle zusammenführte.

Er atmete durch, setzte die Polizistenmiene auf und versuchte, innerlich auf Distanz zu gehen. Er zog ein kleines Notizbüchlein aus der Hosentasche und fing an zu reden: »Ich werde das jetzt hier wie ein Polizist im Dienst handhaben, denn ich vermute, dass die Vorgehensweise in Frankreich im Falle einer Kindesentführung nicht anders sein wird. Bitte entschuldigt, wenn euch mein Verhalten zu sachlich vorkommt und manche Fragen wenig einfühlsam erscheinen. Es ist die bestmögliche Vorbereitung auf das, was mit dem Anruf bei den örtlichen Behörden auf euch zukommt.«

Bis auf Marylène nickten alle Anwesenden. Er konnte nicht so recht sagen, ob es Skepsis in ihrem Blick war oder einfach nur eine Form des Abwartens. Sie hatte aktiv werden wollen, konnte nicht verstehen, warum die Familie Stunden vergehen ließ, ohne etwas zu tun ... Sie hatte nicht unrecht.

»Bitte schildert mir den genauen Ablauf des Morgens.«

»Die Mädchen haben sich wie immer um das Bad gezankt«, ergriff Pierre das Wort, und Frank konnte sehen, wie der Blick des Vaters über die anwesende Tochter huschte. Sie war siebzehn, soweit er sich erinnerte, da gehörte Streiten mit der kleinen Schwester gewiss noch dazu. »Sie sind auch wie immer auf die letzte Minute aus dem Haus, um die Metro zu bekommen und pünktlich zu Schulbeginn dort zu sein.

Aurélie ist ungefähr zwanzig Minuten nach den beiden weg. Sie hat unser Auto genommen, um nach dem Termin beim Richter flexibel zu sein. Ich habe ein Gutachten geschrieben. Das kann ich auch von zu Hause aus machen. Um ...« Er tippte rasch auf sein Handy, um die minutengenaue Zeit anzugeben. »... 9.17 Uhr hat mich die Schule angerufen und mich gefragt, warum Danielle unentschuldigt fehlt.« Er fuhr sich mit der Hand unwirsch durchs Haar, hatte wohl die Verletzung auf der Stirn vergessen und stöhnte kurz schmerzerfüllt auf.

Hildes Blick flitzte zu ihrem Sohn, doch sie blieb an ihrem Platz stehen.

»Ich habe danach sofort das Handy getrackt. Es ist irgendwo auf dem Schulgelände ...«

»Noch immer?«, erkundigte sich Frank, denn vielleicht konnten die Nachrichten auf dem Smartphone des Mädchens Auskunft über ihren Verbleib geben.

»Ja, ja.« Pierre schien überrascht und dann geschockt. »Ich wollte hier nicht weg, falls jemand anruft. Wir haben ja noch ein Festnetztelefon ... deshalb.«

»Ist zu befürchten, dass etwas Kompromittierendes darauf zu finden ist? Denn es ist einfacher, wenn eine Menge Polizisten das Gelände absucht, als wenn zwei Leute das tun. Zumal Margeaux und ich um diese Zeit gewiss nicht unbehelligt in das Gebäude reinkommen.«

»Was meinst du mit ›kompromittierend‹?«, hakte Pierre nach und wurde etwas lauter.

Jetzt trat Aimé einen Schritt auf seinen Sohn zu, legte ihm kurz die Hand auf den Rücken und tätschelte diesen beruhigend.

»Ich meine Dummheiten, die Teenager so machen. Der Sohn einer Kollegin in Stuttgart ist neulich mit Freunden völlig betrunken auf das Dach einer Schule geklettert, und das alles haben sie auf Video aufgenommen – inklusive verschiedenster Mutproben. Das war wenig erfreulich.«

»So etwas macht Danielle nicht«, begehrte Pierre auf, aber Frank nahm eine winzige Unsicherheit in der Stimme des Vaters wahr. Wusste er etwas, oder war ihm durchaus klar, dass Eltern niemals über alles Kenntnis hatten, was ihre Kinder so trieben.

»Pfft«, knurrte nun Marylène. Das erste Geräusch, das sie von sich gab, seitdem Frank den Raum betreten hatte. Es hörte sich abschätzig an. »Sie ist kein Kindergartenkind mehr, Papa. Sie hat schon geraucht, auch mal Gras probiert und vor ein paar Wochen mit ein paar Freundinnen im Park Wodka in ihre Limoflasche gekippt. Außerdem himmelt sie dauernd irgendwelche Typen an, und das ist normal in dem Alter, Papa. Nur du willst irgendwie glauben, dass sie noch die Kleine im Ladybug-Schlafanzug ist.«

In Pierres Blick flackerte Panik auf.

»Natürlich sind Alkohol und Drogen illegal in dem Alter, und doch machen die Kids ihre Erfahrungen damit, so wie früher auch«, versuchte Frank, die Situation zu beruhigen.

»Aurélie ...«, schaltete sich Margeaux in das Gespräch ein, und ihr Ton klang auffordernd.

Die Anwältin straffte sich. »Da gibt es einen Jungen, Davide, mit dem sich Danielle wohl ... Also er hat seinem Vater berichtet, Danielle sei seine Freundin.«

»Aurélie!!!«

Margeaux hörte sich wirklich an wie Werner Walter. Aber das war gerade Aufforderung genug, um Aurélie zum Sprechen zu bringen.

»Sein Vater hat ihn als vermisst gemeldet.«

Ein Sturm der Entrüstung brach in dem Zimmer los, und alle riefen durcheinander: »Wie lange weißt du das schon? Warum erzählst du uns das nicht? Sind die beiden durchgebrannt? Wusstest du etwas davon, Marylène? Wer ist der Kerl? Was machen wir jetzt? Warum haben wir die Polizei immer noch nicht verständigt?«

Frank hob die Hand, um sie zur Ruhe zu bitten, doch niemand achtete auf ihn. Also pfiff er laut und durchdringend auf den Fingern. Alle Augen richteten sich auf ihn. »Das bringt uns nicht weiter. Wir folgen meinem Plan und stellen alle Diskussionen hintenan. Ich möchte wissen, wie der Tag weiterging, bevor wir uns mit der neuen Information befassen.«

»Ich habe dann nachgedacht, was ich tun soll«, fuhr Pierre fort, »und bin in Panik geraten.«

»Wieso bist du sofort in Panik geraten?« Ein Teenager schwänzte eine oder zwei Schulstunden – ein Grund, um sauer zu sein, aber nicht, um gleich Heidenangst zu haben. Hier mussten nun unbedingt alle Karten offen auf den Tisch, sonst würde ihnen bei einer polizeilichen Befragung die Sache sofort um die Ohren fliegen.

»Ich … ich habe Mist gebaut«, gestand Pierre mit wackeliger Stimme, und Aurélie nahm die gleiche Körperhaltung wie ihre Tochter ein, während ihr Blick auf Margeaux gerichtet war, der *Siehst du, ich habe es doch gewusst* implizierte.

Marseille, 3. Juli

Alles tat ihr weh, nachdem sie ein muskulöser Kerl aus dem Kofferraum geholt, eine Leiter hochgetrieben und auf den harten Boden einer großen metallenen Box geworfen hatte. Sie hatte versucht, sich nicht zu rühren, aber ihr Körper war wie unter Strom gestanden, und alles hatte gewackelt und gezittert. Von wilder Furcht getrieben hatte sie die Augen geschlossen gehalten, doch als sie auf dem stählernen Untergrund aufgeschlagen war, hatten sie sich wie von selbst geöffnet, und sie hatte den maskierten Mann die Tür schließen sehen.

Sie wollte schreien – jemand musste kommen und sie retten –, ihn aufhalten, stattdessen produzierte ihre trockene Kehle nur ein kratziges Wimmern.

Dann fiel die Tür mit einem blechernen Knall ins Schloss.

Es war dunkel, und sie hatte solche Angst, dass sich ihre Blase, obwohl sie wie ausgedörrt war, trotzdem erneut entleerte. Warmer Urin durchnässte ihre Hose. Es war nicht viel, trotzdem ekelte sie sich ganz furchtbar und versuchte wegzukriechen. Die Furcht lähmte sie, sodass sie sich nur wenige Zentimeter bewegen konnte.

Ihre Schulter berührte etwas Knisterndes, und sie zuckte zurück. Was war das? Das Geräusch kam ihr bekannt vor, doch ihr Verstand wollte nicht so recht arbeiten. Was, wenn in diesem Gefängnis etwas Schlimmes darauf lauerte, sich auf sie zu stürzen? Sie wollte nach Hause zu ihren Eltern, sich mit Marylène um etwas Belangloses zanken. Mit Marinette chatten …

Davides Turnschuhe! Das Bild schob sich erneut vollkommen unerwartet vor ihr inneres Auge. Reflexartig drückte sie sich die Hände aufs Gesicht, obwohl das Bild doch in ihrem Kopf war und diese Geste nichts daran änderte. Wieder berührte sie dabei das raschelnde Etwas, und sie dachte an eine Plastiktüte! Das war das Geräusch. Vorsichtig tastete sie erneut nach dem Objekt. Ja, es fühlte sich wie eine Tüte an.

Sie sammelte all ihren Mut – lauschte kurz in die Dunkelheit ... Es war nichts zu hören. Vielleicht waren doch keine Ungeheuer hier, um sie qualvoll sterben zu lassen. Ihre Hände griffen nach der Tasche, aber im Liegen war es komisch, den Inhalt irgendwie erkunden zu wollen. Ihr Körper war durch die lange gekrümmte Haltung unbeweglich. Der Uringeruch war so eklig! Es war so abartig und peinlich. Sie war dreizehn und bepinkelte sich. Wenn das ihre Freundinnen ...

Sie war allein in einem dunklen Kasten. Niemand würde es erfahren, denn jemand hatte sie gefangen genommen und verschleppt. Sie würde nicht mehr nach Hause kommen, denn die bösen Leute hatten Davide ... *Sie haben ihn ermordet!* Der Satz brüllte förmlich in ihrem Kopf, und sie sackte wieder auf den kalten Boden. Ihre Augen füllten sich mit Tränen. Wo kam nur die ganze Flüssigkeit her? Sie hatte doch solchen Durst, wie konnte sie da pinkeln und weinen?

Trauer und Angst übermannten sie erneut, und sie kugelte sich zusammen.

»Maman ... Papa ... helft mir doch!«

Cassis, 3. Juli

»Nichts ist so, wie es auf den ersten Blick scheint«, zitierte Simone, nachdem sie ihren Freund und Anwalt endlich erreicht hatte.

Simon war mit seinem Segelboot draußen gewesen, und das Handy hatte im Lautlos-Modus im Auto gelegen. Das widersprach eigentlich ihrer Vereinbarung, denn er musste immer für sie erreichbar sein, doch es war auch menschlich, Fehler zu machen oder etwas zu vergessen. Sie hatte ihm mehrere Nachrichten hinterlassen und war froh, nun seine Stimme zu hören.

»Und du siehst einen Zusammenhang zwischen dem, was die *Human Rights Lawyers* in Paris initiieren und dieser Nachricht? Wie kommst du darauf?« Er hörte sich zweifelnd an.

»Es ist eine Mischung aus Intuition und dem Zeitpunkt«, erklärte sie ihm und versuchte, die Ungeduld aus ihrer Stimme zu verbannen. »Ein verleumderisches Verfahren wird gegen mich eingeleitet, und durch eine uns zugeneigte undichte Stelle im Gericht landet die Information in unserem Pariser Büro und somit bei Desna. Dann finde ich eine anonyme Nachricht auf meinem privaten Handy! Bei einer Nummer, die nicht einmal einer Handvoll Menschen bekannt ist. Dieser Zufall ist mir dann doch zu groß.«

»Ja ... da ist was dran. Was machen wir wegen der *Lawyers?* Das können wir nicht hinnehmen, gleichzeitig ist noch nichts Offizielles bei uns eingegangen. Ich habe meine Mails und Nachrichten geprüft und mich sofort im Büro erkundigt.

Sich dazu zu äußern könnte einerseits proaktiv sein und damit dem Ganzen von vornherein den Wind aus den Segeln nehmen – entschuldige die Metapher –, oder wir machen damit zu deutlich, dass wir vertrauliche Quellen im Gericht haben. Das könnte unter Umständen nicht zielführend sein«, erklärte er seinen Standpunkt.

»Wir haben überall Mitglieder, die sich unserer Organisation und mir verbunden fühlen. Wäre das wirklich so verwerflich? Und doch scheint hier ja etwas Größeres im Gange zu sein«, bestätigte sie seine Bedenken. »Desna ist bereits vollkommen außer sich und möchte unbedingt etwas tun, um diese neue Schmutzkampagne im Keim zu ersticken.«

»Sie will dir einfach etwas zurückgeben. Du warst ihre Beschützerin – jetzt ist sie deine. Sie darf aber keine Alleingänge unternehmen, Simone! Du musst sie unbedingt an der kurzen Leine halten, und alles, was sie tut oder sagt, ist im Vorfeld mit mir abzustimmen.«

Der Anwalt sprach eindringlich. Natürlich war ihr der Ernst der Situation bewusst. Diese Organisation, bestehend aus hochkarätigen Anwältinnen und Anwälten, arbeitete europaweit und hatte eine hervorragende Reputation. Es waren nicht nur ein paar schlagzeilengeile Reporter, die sich mit Halbwahrheiten eine goldene Nase verdienen wollten.

»Natürlich geht unsere Außenkommunikation über deinen Schreibtisch. Ich brauche dich, Simon! Und die ...« Sie hielt inne. Sie dachte schon den ganzen Nachmittag darüber nach, wie sie reagieren sollte. Einfach ignorieren, weil irgendjemand sie aus der Reserve locken wollte, um einen Fehler zu begehen? Es war wirklich nichts auf dieser Welt so, wie es auf den ersten Blick wirkte. Schaute man hinter die Kulissen, entdeckte man oft Unerwartetes: einen Priester, der von der Kanzel gegen Homosexualität wetterte und sich an seinen Ministranten verging, einen eiskalten Geschäftsmann, der Obdachlosen Essen und Bekleidung brachte, einen Arzt, der reichen Leuten Organe von bitterarmen Leuten aus Drittländern verkaufte, eine mächtige Politikerin, die sich aus ihrer Wohnung schlich, um in der Suppenküche Gemüse zu schnippeln, eine misshandelte Frau, die den Spieß umdrehte und sich brutal an ihrem Peiniger rächte, oder die misshandelte Frau, die sich auf die Seite anderer gequälter Geschlechtsgenossinnen stellte und ihnen half, ihrem schrecklichen Schicksal zu entfliehen ... Man sah nichts auf den ersten Blick, und Menschen waren eben auch nicht eindimensional. Sie zum Beispiel hatte nicht nur ihre helle Seite, die im Scheinwerferlicht der Öffentlichkeit besonders strahlte, sondern trug wie jeder Mensch Dunkelheit in sich. Mit Desna führte sie regelmäßig philosophische Gespräche über die menschlichen Abgründe, und die junge Frau gab ihr immer das Gefühl, besonders rein zu sein, aber Simone wusste es besser. Auch mit ihrem Anwalt und Freund gab es regelmäßig tiefgründige Dialoge, denn ihre Arbeit verlangte einerseits den Altruismus einer Heiligen und andererseits die kalte Härte einer durchsetzungsstarken Macherin. Suchten sie Schwachstellen bei Personen, die an wichtigen Schaltstellen arbeiteten, um deren Einfluss zu nutzen, so war sie einfach nur berechnend. Im wahrsten Sinne der Sache – denn es ging dabei fast immer um Geld. Jemand, der Einblick in die Ladelisten von Transportmitteln hatte, war zum Beispiel ein notwendiges Übel, oder man benötigte einen Informanten bei der Polizei, um zu wissen, wann und wo Razzien geplant waren. Korrupte Bullen verschrieben sich oft eben nur dem schnöden Mammon und nicht etwa der guten Sache. Insofern war stets Vorsicht geboten. Sie balancierte auf einem dünnen Drahtseil in schwindelnden Höhen, und manchmal glühte er sogar!

»Bist du noch dran?«, wollte Simon wissen.

Ihr wurde bewusst, dass sie gedanklich vollkommen abgedriftet war und kein Wort von dem, was er gesagt hatte, in ihrem Hirn angekommen war. »Entschuldige, ich war geistig abwesend«, gab sie offen zu, denn er kannte sie zu gut.

»Ich sagte: Es geht nicht nur darum, Statements mit mir abzusprechen, sondern auch das Personal zu briefen, falls jemand auf die Idee kommt, Fragen zu stellen. Die Leute müssen wissen, was sie sagen können und an welchen Stellen sie sich keinesfalls provozieren lassen dürfen.«

»Richtig.« Natürlich würde die Information immer weiter durchsickern, und man würde versuchen, sie öffentlich zu teeren und zu federn. Packte man zum Beispiel Desna bei ihrer Ehre und ihrem Beschützerinstinkt, so wurde sie rasch angriffslustig. Viele Jahre der Unterdrückung lauerten noch immer unter Desnas Haut, und pikste man sie an der richtigen Stelle, brach die Wut lavagleich aus ihr heraus. Nicht auszudenken, ließe sie sich auf eine Diskussion mit einem reißerischen Journalisten der Regenbogenpresse ein, nur um Simone und ihre Organisation zu verteidigen. Im Regelfall war es besser, zu schweigen oder »Kein Kommentar!« zu sagen, als zu reden. Die Worte wurden verdreht, zurechtgebogen, aus dem Kontext gerissen und mit Auslassungen wieder zusammengefügt, dadurch entstand eine Sinnentfremdung oder nicht selten sogar eine absolute Verdrehung der Tatsachen.

Sie hatten mehr als einmal versucht, gegen Schlagzeilen vorzugehen, die sich mit ihr als Person und ihrer Vorgeschichte befassten. Aber es war dabei nicht um sie gegangen, sondern nur um ihre Rolle als Opfer eines gewalttätigen Mannes. Eines Kerls, der ihr Schmerzen zugefügt, sie unterdrückt, ihr ihr Selbstbewusstsein geraubt und sie dann an den Herd gebannt oder im Wandschrank eingesperrt hatte. Es gab zu viele wie ihn. Taten sie das nicht ihren eigenen Familienmitgliedern an, lebten sie ihre kranken Perversitäten an anderen aus ... Menschen, die sich noch weniger wehren konnten, weil man sie verschleppt und ihnen ihre Pässe weggenommen hatte.

»Du musst ein Paper verfassen, Simon. Dann können wir es an die Regionalstellen kommunizieren und den jeweiligen

Gruppenleiterinnen und Gruppenleitern die entsprechende Order erteilen, die Mitarbeitenden in der Spur zu halten. Schließlich ist diese Form der Diskretion ein Bestandteil der Arbeitsverträge.« Sie atmete durch. Er würde schon die passenden Worte finden, um die Leute vorzubereiten, aber nicht zu übersensibilisieren.

»Das habe ich rasch fertig. Bitte mach dir keine Sorgen. Du weißt, du kannst immer auf mich zählen. Wir haben schon so viel zusammen durchgestanden, da schaffen wir das auch noch.«

Sie nickte bestätigend und machte dabei ein leises Geräusch, damit er es mitbekam. Die Provence ging in den sommerlichen Abend über. Vom Meer wurde eine sanfte Luft hergeweht, trieb das Salz herbei, das sich auf die Haut legte. Leckte man an seinem Arm, konnte man es schmecken. Die Wasseroberfläche kräuselte sich nur ganz leicht, und der Schimmer der blauen Stunde ließ Ozean und Himmel langsam miteinander verschmelzen. Sie hatte heute viel zu wenig Produktives erledigt. Der Angriff durch die *Lawyers* machte ihr mehr zu schaffen, als sie zugeben wollte, und die Nachricht hatte ihr ganzes System in Alarmbereitschaft versetzt. Sie war tatsächlich nicht vorbereitet auf so etwas ... Wie hatte sie das nur zulassen können?

»Danke, Simon! Wirklich ich danke dir von ganzem Herzen«, sagte sie aus tiefster Überzeugung.

»Für nichts«, antwortete er, »für nichts, meine liebe Freundin.«

Dann war sie wieder allein mit sich, dem Sonnenuntergang und ihren Gedanken.

Paris, 3. Juli

Margeaux warf Frank einen dankbaren Blick zu. Er hatte es geschafft, den Ablauf zu rekonstruieren, und dabei allen Anwesenden das Gefühl gegeben, jede Information zu kennen und wertzuschätzen. Sie spürte, dass Marylène nun von ihr erwartete, den letzten Schritt zu gehen, denn schließlich hatte die junge Frau das Telefon schon in der Hand gehabt, um die Polizei zu alarmieren. »Wir können nach wie vor nicht ausschließen, dass wir es mit Leuten zu tun bekommen, die sich auf der Payroll mächtiger Menschen befinden, aber uns fehlt ohne die Behörden jede Handhabe«, machte sie deutlich.

»Ich habe jetzt echt lange gegrübelt«, meldete sich Aimé zu Wort, der bisher tatsächlich sehr still gewesen war. »Meine Verbindungen in die Hauptstadt waren noch nie sehr eng. Natürlich hat man mal Kollegen und Kolleginnen bei Weiterbildungen kennengelernt, aber das war jetzt nie so tiefgehend, dass ich jemanden empfehlen könnte. Gilbert Brenot jedoch ... Er ist wirklich gut vernetzt. Vielleicht wäre er ein geeigneter Ansprechpartner.«

»Und wir warten noch länger, Papi? Wirklich? Das kann doch nicht dein Ernst sein!«, brauste Marylène auf, und ihr Großvater hob beschwichtigend die Arme.

»Fünf Minuten, mein Kind«, wandte sich der ehemalige Flic an seine Enkelin. »Gilbert ist mutig und gewitzt. Wir können doch jede Unterstützung brauchen.«

»Gleichzeitig ist er für die Pariser Einheiten ein ›Kleinstadtbulle‹«, gab Margeaux zu bedenken. Sie hatte ebenfalls kurz mit dem Gedanken gespielt, den Mann ins Boot zu holen, der sie zur offiziellen Beraterin der Polizei als Officier de Liaison gemacht hatte. Doch sie hatte sich auch daran erinnert, wie sie es in Stuttgart im Dienst empfunden hatten, wollte ihnen jemand von einem Dorfposten Hilfestellung gewähren oder sie gar belehren. Gleichzeitig hatte Aimé nicht unrecht – und sie hielt große Stücke auf den durch und durch integren Brenot. Dann mussten sie nur noch Matze König aktivieren, und die alte Gang wäre wieder zusammen. Sie konnten den Hacker gut brauchen, so viel war klar. Matze hatte magische Hände, wenn es darum ging, in gesicherte Systeme einzudringen oder jemanden ausfindig zu machen. Eine Hintergrundrecherche à la König brachte immer Unerwartetes zum Vorschein.

»Das ist nicht von Belang«, wandte Aimé ein, »er soll denen ja nicht ihren Job erklären, sondern uns durch sein Netzwerk den Weg ebnen, die *richtigen* Leute anzusprechen. Ich rufe ihn an. Sollte er zögern oder ablehnend reagieren, rufst du, Pierre, die Polizei.«

Margeaux schaute ihren Ziehvater fragend an.

»Der Fokus wird früh genug auf Aurélie gehen, und dass Marylène anruft, kommt gar nicht infrage. Das ist taktisch unklug ... wirft ein schlechtes Licht auf die Eltern.« Er blickte Sohn und Schwiegertochter bedeutungsvoll an.

Margeaux erkannte den Schmerz in Pierres Gesicht – einige muskuläre Bewegungen der Trauer plus zusammengekniffene Augen, und er sog die Luft durch die Zähne ein, während seine Lippen sich leicht nach außen spreizten. Sie hatten einfach zu viel Zeit verstreichen lassen mit all den Diskussionen und dem Abwarten auf die Entscheidung der *Human Rights Lawyers.* Das würde den Behörden auf jeden Fall unangenehm aufstoßen, und für Aurélie bedeutete es Beschuss von allen Seiten.

Margeaux trat ein wenig näher an die Frau heran, die mittlerweile zu Stein erstarrt zu sein schien. »Wenn wir jemanden bei der Polizei haben, dem wir vertrauen können, müsst ihr die *ganze* Geschichte erzählen.«

Leben kam in die Anwältin. »Ich werde keine Anwaltsgeheimnisse ausplaudern, und wenn Pierre seinen Teil erzählt, sind wir sowieso am Arsch.«

»Ich bin auf die andere Seite geraten! Das hier ist nicht meine Familie – nicht meine Welt. Mein Vater benimmt sich wie ein Verrückter und macht mit der Mafia gemeinsame Sache, meine Mutter stochert in einem Nest voller Wespen herum, und alle anderen ...« Marylène drehte sich im Kreis und deutete auf die restlichen Familienmitglieder. »Ihr alle spielt mit diesen beiden mir unbekannten Leuten in einem Schmierentheater um die Wette. WÄHREND MEINE SCHWESTER IN LEBENSGEFAHR SCHWEBT!« Die letzten Worte brüllte das Mädchen mit überkippender Stimme.

Margeaux musste ihr recht geben. Sie hatte die gesamte Situation in wenigen Worten auf den Punkt gebracht. Aimé griff zum Handy. Die Bestürzung über Marylènes Ausbruch war ihm ins Gesicht geschrieben.

»Gilbert. Ich bin's. Aimé«, startete er in das Telefonat.

Margeaux spürte Erleichterung, dass Brenot das Gespräch sofort entgegengenommen hatte.

»Ich brauche deine Hilfe, mein Freund, und es ist nicht gerade wenig, was ich von dir verlange.«

Der hagere Provenzale wandte sich ab und marschierte in den Flur. Alle Augen auf sich zu spüren war wahrscheinlich zu stressig für ihn, um dann noch ein besonnenes Gespräch zu führen – denn besonnen musste er jetzt sein. Sie hatten sich mit dem Risiko abgefunden, dass jemand mithören konnte, denn wenn sie das nun auch noch aus dem Weg schaffen wollten, würden mehr als die aktuellen zehn Stunden verstreichen, seitdem Danielle verschwunden war.

Margeaux glaubte nicht, dass das Mädchen mit dem ebenfalls vermissten Schulkameraden durchgebrannt war. Gleichzeitig war es auch an der Zeit, mit der Freundin Marinette zu sprechen, doch nun musste sie auf eine wohlwollende Einheit der Pariser Police national hoffen, die ihren Status als Beraterin akzeptierten und sie in die Ermittlungen einbinden würde. Hierbei kam ihr zugute, dass sie nicht mit den Vignes blutsverwandt war.

Die Entführer hatten sich nicht mehr gemeldet. Wahrscheinlich beobachteten sie die Presse online ganz genau, sodass ihnen bewusst war, dass die Entführung noch nicht angezeigt worden war. Vielleicht wussten sie durch ihre Quellen aber auch, dass Aurélie und die *Human Rights Lawyers* die Einreichung der Klageschrift nicht zurückgenommen hatten. Sollte Simone de Oliviera wirklich solchen Dreck am Stecken haben, hatte sie ganz gewiss überall Spitzel. Matze musste versuchen herauszufinden, ob es dunkle Geheimnisse im Leben der wohltätigen Frau gab. Und als Meister seines Fachs würde er sie finden, tauchte er nur tief genug in die verdorbene Welt des Darknets ein.

Sie schnappte sich Aurélie. »Ruf bitte Marinette Martin an. Frage sie nach Davide und wie eng Danielles Beziehung zu ihm ist und wie das Handy in die Schule gekommen sein könnte. Es ist wichtig, dass das Mädchen preisgibt, was sie weiß – also sei einfühlsam und gib ihr nicht gleich das Gefühl, falsch gehandelt zu haben. Sonst macht sie unter Umständen sofort dicht.«

Aurélie nickte gottergeben, zog ihr Handy aus der Tasche und tippte kurze Zeit später auf das Display, während sie sich in die Küche zurückzog. Aimé hatte kurzerhand ihr Büro für sein Telefonat okkupiert.

Margeaux hörte, wie ihre Schwägerin mit gelassener Stimme Fragen stellte. Das Gespräch dauerte nicht lange. Dann kam sie wieder und erstattete Bericht: »Marinette hat irgendwie gespürt, dass was nicht stimmt. Meine … unsere Tochter ist in diesen Jungen schon seit Monaten verliebt, aber laut Marinette haben die beiden bisher nur geknutscht. O Gott! Sie ist dreizehn! Das Handy hat Marinette in der Schule in ihrem Spind liegen. Danielle hat es ihr an der Metrostation überreicht. Und ist dann mit dem Bus gefahren. Daher hat sie auch niemand auf dem Schulweg gesehen. Ich ... ich wollte sie nicht fragen, ob die zwei durchgebrannt sind, denn dann hätte ich sie gewiss noch mehr in Aufruhr versetzt, aber sie hat von sich aus gesagt, dass sie nicht glaubt, dass Danielle und Davide weggelaufen sind. Sie meinte – ganz das Kind, das sie mit dreizehn nun einmal ist –, dass sie bestimmt nur miteinander spazieren gehen ... oder so. Das waren ihre Worte!«

»Also geht sie davon aus, dass die beiden irgendwo ihren ersten Sex haben und dabei die Zeit vergessen«, fasste Margeaux nüchtern zusammen, und Aurélie nickte mit verbissener Miene.

Aimé kam zurück. Sie konnte nicht hundertprozentig einschätzen, wie das Gespräch gelaufen war. Marylène stand noch immer hoch aufgerichtet am selben Platz. Ihr Großvater wandte sich an sie – als wäre einzig wichtig, dass sie ihn verstand. »Er war unfassbar wütend auf uns, weil wir bisher tatenlos zugesehen haben. Zudem hat er mir klargemacht, dass er zwar durchaus Leute in Paris kennt, aber Vertrauen so eine Sache ist, wenn man sich vorwiegend auf Schulungen begegnet ist. Er legt für niemanden die Hand ins Feuer. Marlon Hibenôt heißt der Mann bei der Police national. Er hat ...« Aimé schluckte vernehmlich. »... den Fall um Chloé gelöst.«

Sie alle wussten, um welche medienträchtige Entführung es sich gehandelt hatte. Das Mädchen war sechs Jahre verschwunden gewesen. Ihr Entführer hatte sie im Alter von zehn quasi von einem Pariser Schulhof geholt und nur wenige Kilometer von ihrem Elternhaus entfernt gefangen gehalten.

Marylènes unbeugsame Haltung zerbröselte bei der Erwähnung der heute knapp zwanzigjährigen Chloé. Sie war gerade erst vor Kurzem monatelang durch Talkshows getingelt, und das erlebte Grauen war allen Französinnen und Franzosen präsent. »Ruf ihn an, Papi. Bitte! Wenn dein Freund sagt, er ist unsere beste Alternative, dann nehmen wir ihn … Und Erfahrung hat er ja auch«, fügte sie bitter hinzu.

Margeaux erinnerte sich an die Suche nach dem Mädchen und den Polizisten, der immer mal wieder in der Presse aufgetaucht war, weil er einfach nicht aufgeben und Chloé abschreiben wollte. Letztlich hatte er sie gefunden, weil einer älteren neugierigen Nachbarin eines Tages eine junge Frau im Haus gegenüber aufgefallen war, die sie nie im Garten oder auf der Straße bemerkt hatte. Das war ihr sonderbar vorgekommen. Zudem hatte sie den Mann nicht leiden können, weil er seinen Müll immer vors Haus warf … Sie hatte ihm eins auswischen wollen. Hibenôt war die Meldung zu Ohren gekommen – wahrscheinlich hatte er bei jeder Polizeistation im ganzen Land Suchmeldungen laufen – und hatte nach kurzer Beobachtungszeit zugeschlagen. Haare aus der Bürste der damals Zehnjährigen hatten die zum Zeitpunkt ihrer Rettung Sechzehnjährige eindeutig identifiziert. DNA log nie!

Margeaux schüttelte sich, sah das Entsetzen in Hildes Gesicht und Unwissen bei Frank. Danielles Eltern reagierten wie Tag und Nacht: Pierre biss sich so stark auf die Unterlippe, dass Blut über sein Kinn rann, und Aurélie wirkte erneut reglos wie eine Wachspuppe. Sie waren wirklich eine irre Truppe, Marylène hatte vollkommen recht. Sie erklärte der Familie kurz, was sie von Marinette erfahren hatten, und forderte dann: »Ruf ihn an, Aimé. Die Zeit läuft uns davon.«

Hibenôt war, soweit sie ihn aus diversen Interviews und Pressekonferenzen in Erinnerung hatte, ein durchaus aufgeschlossener Mann, der für den Ermittlungserfolg mutig auch mal neue Wege beschritt. Sie rechnete sich Chancen aus, mithelfen zu dürfen. Wobei … selbst wenn er Nein sagte, konnte sie doch nach Cassis fahren und versuchen, an Simone de Oliviera ranzukommen.

Aimé tätigte den Anruf, und seine Familie hing quasi an seinen Lippen. Thierry hatte sich auf einem Stuhl am Esstisch niedergelassen und machte nach wie vor einen abgeklärten Eindruck. Gut so. Um ihn brauchte sie sich also gerade keine akuten Sorgen zu machen. Margeaux warf Frank einen auffordernden Blick zu, er kam zu ihr, und sie zog ihn hinaus auf den Flur: »Wir aktivieren Matze und versuchen, mehr über die heilige Simone herauszufinden, und dann besuchen wir sie in Cassis. Ich befürchte, *hier* sind uns die Hände gebunden.«

»Klingt nach einem Plan«, flüsterte er. »Auch wenn dein Schwiegervater ihm untersagt hat, illegale Dinge zu tun ... vielleicht kann Werner was machen, sodass Matze Bap gegenüber ein paar gute Argumente hat ... Denn Jean-Baptiste bekommt es so oder so raus. Der Typ ist unheimlich, wenn es um Matzes Verstrickungen geht.«

Frank hatte recht. Ihr Schwiegervater wollte seine Tochter und seine Enkeltochter sicher und beschützt wissen. Daher hatte er Matze einen ordentlichen und gut bezahlten Job besorgt und nur zähneknirschend akzeptiert, dass der begabte Hacker auf Anfrage beratend für die deutsche Kripo tätig werden durfte.

Pure Berechnung

Es wurde ihnen befohlen, die Menschen nicht zu töten, sondern nur zu quälen, fünf Monate lang. Und der Schmerz, den sie zufügen, ist so stark, wie wenn ein Skorpion einen Menschen sticht. In jenen Tagen werden die Menschen den Tod suchen, aber nicht finden; sie werden sterben wollen, aber der Tod wird vor ihnen fliehen.

Offenbarung 9,5–6

So viele Hände. Und es fühlt sich stets an, als zerfetzten sie die Haut, die sie berühren, doch die Wunden sind meist nur innerlich, bringen das Blut und den Schmerz beim Verrichten täglicher Notwendigkeiten mit sich, sind aber nie genug, um mit dem Tod aus diesem grausamen Leben zu entfliehen. Nur selten ist da Platz für anderes als die Angst vor dem Nächsten, der durch die Tür in das Zimmer tritt, das unter anderen Umständen wie ein Paradies wirken würde.

Die blauen Augen des kleinen Jungen, der auf der langen schrecklichen Reise über das Meer so oft auf ihrem Schoß saß, tauchen als einzige Erinnerung hin und wieder in ihrem Geiste auf. Ob das Kind wohl auch in einem so furchtbaren Gefängnis gelandet ist wie sie? Der Gedanke saugt alles aus ihr heraus, was noch an Überlebenswillen da ist, und macht der steten Panik Platz.

Bis zu jenem Augenblick, an dem sie aufgefordert wird, sich präsentabel zu machen, Blutergüsse im Gesicht zu überschminken und normale Menschenkleidung zu tragen: Jeans, Pullover, Turnschuhe.

»Du hast einen besonderen Job. Versau ihn, und das hier war der Himmel auf Erden«, knurrt einer der Bewacher, bringt sie zu einem Wagen, und als er die Tür öffnet – er stopft sie nicht in den Kofferraum wie dreckigen Müll –, will ihr das Herz den Brustkorb zersprengen. Dort auf der Rückbank sitzt er, wirft ihr seinen blauen Blick aus den mandelförmigen Augen zu, und Hoffnung leuchtet darin auf.

»Wir spielen Mutter, Vater, Kind.« Der Mann spricht in ihrer Landessprache mit dem französischen Beiklang, den sie mittlerweile so sehr hasst.

Sie fürchtet sich vor dem Ort, wo man sie hinschaffen wird, um so vielen sadistischen Fantasien zu dienen ... Beklemmung und Grausen sind wie Zangen eines Skorpions, die sie überall beißen. Sie und das Kind ... Zusammen? Für die kranke Fantasie eines Freiers? Sie zieht den Kleinen an sich. Sein Körper wird weich und schmiegt sich in ihren Arm. Er vertraut ihr. Wie damals im Dunkeln des Containers. Er ist zäh – wie sie. Doch diese Tortur der Reise zu überleben war kein Geschenk, sondern eine Bestrafung.

Sie schließt die Augen. Vielleicht können sie im nahenden Dunkel des Abends an einer Ampel fliehen ... Doch mit einem lauten Klacken verschließen sich die Türen.

Marseille, 3. Juli

Die Neugier trieb ihn an. Er wusste, dass es dumm war, und doch lenkten ihn seine Schritte den bekannten Weg entlang. Seine Beine gingen ihn täglich, denn Lionel aß immer im alten Hafen zu Mittag oder zu Abend. Es war wichtig, die Kontakte dort zu pflegen. Das sagte er dem Steve-Jobs-Verschnitt immer und immer wieder. Mathis' Generation war es doch, die das Netzwerken wie den heiligen Gral hochhielt. Doch der neunmalkluge Kerl war der Ansicht, die Leute müssten zu ihnen kommen. Sich mittags an die Promenade zu setzen und dort bei einem Pastis übers Geschäft zu reden, das entsprach offensichtlich nicht seinem Arbeitsethos.

Junge, Junge, konnte Lionel ihn wirklich eines Tages einweihen und so das Leben des schlaksigen Mannes retten? Er glaubte nach wie vor daran, dass es möglich war, Mathis zu formen, und er musste irgendwann begreifen, dass es nur zwei Alternativen für ihn gab: den Anforderungen gerecht zu werden oder in einem Müllsack zu landen. Um diese Uhrzeit würde Lionel jedoch allein sein in seinem Reich. Er hatte hervorragend gespeist, der Wein gab ihm die nötige Leichtigkeit, um zu schlendern ... und ...

Das Mädchen. Eine Französin – dessen war er sich mittlerweile sicher, nachdem er das Video noch einige Male genau angeschaut hatte. Das blonde Haar war untypisch für die übliche Ware ...

»Lionel!« Sein Name wurde gerufen. Er blickte sich um und sah am Tresen eines Bistros einen seiner Entlader sitzen. Es war ein Unwissender, ein unbeschriebenes Blatt, soweit er erkennen konnte. Der Kerl winkte ihm wild zu, hob seinen Drink und verdeutlichte mit Zeichensprache, dass er seinen Chef gern auf ein Getränk einladen wollte. Lionel seufzte. Er verspürte kein besonderes Bedürfnis, den bevorstehenden Small Talk zu führen, schließlich hatte er ein Ziel, wollte sich im Containerhafen umschauen, um mehr über das zu erfahren, was Lederkluft und seine Leute da trieben. Doch auch das gehörte zum guten Ton des Jobs.

Mathis hätte nun zurückgewinkt und wäre weitergegangen. Ein Fehler. Ohne gute Entlader funktionierte nichts in einem solchen Hafen. Fleißig und diskret mussten sie sein. Das war heutzutage nicht mehr leicht aufzutreiben. Also gab er sich einen Ruck, trat in das Bistro, schlug dem Mann jovial auf die Schulter und rief: »Salut, Victor!« Er bestellte einen Espresso. Hinter der Theke flackerten Nachrichten über einen großen Bildschirm. Auf der Welt gab es nur beschissene Kriege oder irre Diktatoren – ein Grund mehr, sich auf ein Kleinod mitten im Ozean abzusetzen und allem den Rücken zu kehren. Noch ein paar der lukrativen Geschäfte ... dann hatte er genug auf der Seite.

Victor begann das Gelaber über Wetterbedingungen, nicht so fähige Kollegen, und Lionel gab seinen Senf dazu – nickte manchmal auch nur oder zuckte mit den Schultern und schüttelte leicht den Kopf. Er nahm den letzten Schluck des dunklen Gebräus aus der kleinen Tasse, und als er sie abstellte, blickte er in das Gesicht des Mädchens!

Er war wie vom Donner gerührt! Ihr Gesicht überdimensional groß auf dem Bildschirm – das war sie. Er war sich vollkommen sicher. Als spürte der Wirt sein Interesse, griff dieser zur Fernbedienung, und die Stimme einer Nachrichtensprecherin schallte durch den Raum. »Die dreizehnjährige Danielle Vigne aus Paris wird seit heute vermisst. Sie verließ das Haus wie jeden Morgen mit ihrer Schwester«, das krisselige Bild eines etwas älteren Mädchens wurde eingeblendet,

»doch Danielle kam nie in der Schule an. Ihre Mutter ist die bekannte Menschenrechtsanwältin Aurélie Coty-Vigne.«

Wieder wurde ein Foto eingeblendet. Es zeigte eine schlanke Frau mit attraktiven Gesichtszügen und langen dunklen Haaren.

Entführung, schoss es ihm durch den Kopf. Sie hatten ein Mädchen aus Paris auf dem Schulweg abgefangen und versteckten es nun in einem Container in seinem Hafen. Wie dumm waren diese Hirnis denn? Lionel sah im Geiste die Hundertschaften der Polizei über das Gelände schwärmen wie Heuschrecken auf der Suche nach Futter. Das gefährdete alles!

»Was ist los mit dir – hast du einen Geist gesehen«, lachte Victor, und Lionel hätte gern gebrüllt: *Einmal nicht mit Idioten arbeiten!* Doch das wäre wohl ziemlich kontraproduktiv gewesen. Also beherrschte er sich, machte gute Miene zum bösen Spiel, schwatzte kurz weiter mit dem Mitarbeiter, lauschte auf die Stimme der Reporterin, horchte auf, als ein bekannter Name fiel, und wusste, dass er losmusste, um Schadensbegrenzung zu betreiben.

Vielleicht konnte er die Kleine da rausholen, irgendwie ungesehen, und sie den Bullen in die Arme treiben, ohne dass diese auf den Containerhafen aufmerksam wurden?

Unruhe ergriff ihn. Er musste los.

»Danke, Victor. Wir sehen uns morgen.«

Der Mann nickte ihm zu und hob kurz die Hand. Lionel versuchte weiterhin, gemessenen Schrittes zu gehen, obwohl alles in ihm »RENN!!!« brüllte. Sein Blut schien mittlerweile zu brodeln. Am liebsten wäre er gleich zu Lederklufts Boss gefahren, um ihn einfach umzulegen. Doch das war natürlich auch nicht möglich, denn damit hätte er einen Krieg ausgelöst. Zwar hielt ihn aktuell tatsächlich niemand für ersetzbar, doch am Ende des Tages war das jeder. Einen frühen und brutalen Tod beinhalteten seine Zukunftspläne sicher nicht. Im Rausgehen hörte er noch: »Unserem Sender wurden Informationen zugespielt, dass Coty-Vigne – eine Mitarbeiterin der Organisation *Human Rights Lawyers* – heute dem Tribunal correctionnel eine groß angelegte Klageschrift übergeben hat, die sich gegen eine Ikone unseres Landes richtet.«

Lionel stoppte so plötzlich, als wäre er gegen eine Wand gerannt. Ihm schwante bereits, welcher Name nun fallen würde. Eine Katastrophe! Gott im Himmel – er befand sich doch quasi auf den letzten Metern vor seiner Trauminsel, und nun drohte das Boot zu kentern? Das konnte doch alles nicht wahr sein!

»Simone de Oliviera – die Gründerin und Galionsfigur von *Dignité et justice pour tous*«, quäkte die Stimme der Reporterin durch den Raum, »hat ...«

Lionel hörte nicht mehr zu. Er musste wirklich gut nachdenken, was nun zu tun war, um sie alle vor Schaden zu bewahren. Er wusste, dass die rassistischen Arschlöcher dieser Motorradgang vor nichts haltmachten, doch die Entführung einer Pariser Anwaltstochter – *dieser* Pariser Anwaltstochter –, das war kein lukrativer Deal, sondern das Dümmste, was jemand tun konnte. Jede Menge einflussreicher Leute nutzten den Containerhafen und Lionels diskrete Dienste für ihre Geschäfte, und das hier gefährdete alles. Nur er wusste Bescheid, dass sie das Mädchen dort gefangen hielten. Was sollte er tun, um einen Riesenskandal zu verhindern? Durchkämmten die Bullen erst mal das Areal ... öffneten einen Container nach dem anderen ... nicht auszudenken!

Er wollte sich die Hände auf den Kopf schlagen und die Mischung aus überbordender Wut und hysterischer Panik herausbrüllen, doch er ging ganz normal weiter – lächelte nach links und rechts, wie er es immer tat, und betete für einen verdammten Geistesblitz.

Paris, 3. Juli

Hilde war über das Stadium der lähmenden Verzweiflung hinaus, als hätte ihr Körper nun in einen Notstrommodus geschaltet. Thierry blieb verblüffend ruhig. Sagte er etwas, war es durchdacht und neutral. Mittlerweile verdrängten das blutverschmierte Gesicht ihres Sohnes bei ihrer Ankunft und das vor Angst verzerrte Gesicht ihrer älteren Enkelin Margeaux' blutiges Konterfei vor ihrem inneren Auge.

Sie stand mit Thierry in der Küche, und sie machten Sandwiches. Essen hielt Körper und Geist zusammen. Sie durften nicht mit knurrendem Magen der Befragung durch die Polizei entgegentreten, die jeden Augenblick hier eintreffen würde. Hibenôt hatte gar nicht erst vorgeschlagen, dass sie alle zur Gendarmerie national kommen sollten. »Die ganze Familie befindet sich in ihrer Wohnung?«, hatte er nachgehakt. »Dann wird es hoffentlich nicht zu eng, wenn unsere Spezialistentruppe sich bei Ihnen einrichtet ...«

Lustig war das nicht wirklich. Erkennbar an seinem Tonfall meinte er es ernst. Das glaubte sie, herausgehört zu haben. Bisher hatte sich die Polizei in allen Fällen rund um die Provence nicht mit Ruhm bekleckert, obwohl Gilbert Brenot ein guter Polizist war. Es waren immer Margeaux, Aimé, Frank ... und Matze gewesen.

MATZE!

Sie hatte nie so ganz verstanden, was er da im Internet fabrizierte, aber er hatte stets wichtige Informationen beigetragen – ganz ohne sich aus dem Haus zu bewegen und sich in Gefahr zu begeben. Vielleicht konnte er Danielle finden, und das Mädchen würde gesund und munter, mit einem Schrecken in den Knochen davonkommen ... Willkommen im Club, dachte sie und warf Thierry einen raschen Seitenblick zu. Hilde wischte sich die Hände an der Schürze ab. Auf dem großen Brett lagen fein geschnittene Baguettescheiben mit allem belegt, was der Kühlschrank hergab: Remoulade und etwas Roastbeef, Brie und Preiselbeeren, Lachs mit Dillhonigsenf, Schinken, Ziegenfrischkäse mit der Tomatenmarmelade aus ihrem Koffer – sie hatte diese aus den vielen Tomaten des letzten Sommers zubereitet, und sie schmeckte köstlich. Es sah aus wie bei einem schicken Empfang. Ihr war bewusst, dass ihre Lieben es nicht wahrnehmen würden und die Leckereien für die meisten von ihnen einfach nur Nahrung darstellten. Doch sie konnte nicht anders. Thierry garnierte die kleinen Brote liebevoll. Auch er schien dankbar zu sein, eine Aufgabe zu haben.

Der Gedanke an den jungen Hacker in Boulbon ließ sie nicht los. Er verehrte sie. Das wusste sie nur zu gut. Sie würde ihn anrufen und um Hilfe bitten. Was würden Aimé und Margeaux dazu sagen? Ach, egal. Sie würde nicht fragen. So machten es die beiden doch auch regelmäßig und stellten die anderen dann vor vollendete Tatsachen. Ja. So würde sie es handhaben.

»Ich bin gleich zurück«, sagte sie leise zu Thierry. Er nickte und drapierte kleine Dillzweige auf die Lachsbrote. Ihr Handy steckte in der Tasche ihrer Kittelschürze, die sie mit der Marmelade aus dem Koffer geholt hatte. Sie ging zur Toilette, verschloss die Tür, zückte das Handy.

Ich rufe dich jetzt an! Es ist wichtig. Bitte, sei kurz allein. Deine Hilde.

Sie starrte auf den Bildschirm und betete, dass er nicht gerade Aliette in den Schlaf schaukelte, ihre Windel wechselte und das Handy irgendwo herumlag.

Klingt geheimnisvoll. Ich gehe kurz raus, textete er, und ihr fiel ein Stein vom Herzen.

»Ich habe nicht viel Zeit, Matze, und es muss absolut unter uns bleiben. Bitte versprich es mir«, flüsterte sie ohne weitere Begrüßung hektisch in das Handy, als er das Gespräch entgegennahm.

»Du machst mir Angst, Hilde.«

»Meine Enkelin Danielle wurde heute Morgen entführt. Sie ist dreizehn. Sicher sind alle Nachrichten voll davon. Du musst sie finden!«

Stille folgte auf ihre kurze Erläuterung.

»Ich erinnere mich daran, dass deine Schwiegertochter Menschenrechtsanwältin ist.«

»Ja. Und sie hat gerade einen brisanten Fall – sie ermittelt gegen Simone de Oliviera wegen Menschenhandels.« Hilde hörte, wie der junge Mann scharf den Atem einsog. »Und es kommt noch schlimmer«, fuhr sie fort, ohne auf seine Reaktion Rücksicht zu nehmen, »mein Sohn versucht über Klüngelei mit hochgefährlichen Leuten, seine Familie vor den Auswirkungen von Aurélies Arbeit zu beschützen.«

»Ui«, reagierte Matze wenig eloquent. »Und was genau erwartest du jetzt von mir?«

»Du kannst doch in diesem Darknet oder so suchen, um mein Mädchen zu finden ...« Sie schluckte den Kloß, der sich in ihrer Kehle bei diesen Worten bildete, hinunter. »... und gesund nach Hause zu bringen. Bitte, Matze. Ich habe dich noch nie um etwas gebeten. Sie ist doch noch ein Kind!«

»Ich muss etwas mehr wissen. Natürlich finde ich rasch ein Foto von ihr, aber es ist leichter, wenn du mir ein aktuelles Bild zukommen lässt. Wo wurde sie zuletzt gesehen. Was hatte sie an? Gibt es Freunde?«, ratterte er seinen Fragenkatalog runter.

Pierre hatte ihr unlängst einen Familienschnappschuss auf das Smartphone geschickt. Die Fotosache konnte sie somit schnell erledigen. Zudem hatte Marylène Danielles Bekleidung beschrieben. Und Freunde? Sie hatte dieses Mädchen ... Wie hieß es noch gleich? »Marinette Martin«, sagte sie rasch, als ihr der Name wieder einfiel. »Und da ist noch ein Junge, Matze. Er wird ebenfalls vermisst, doch soweit wir wissen, hat sich da niemand gemeldet und etwas gefordert.«

»Halt!«, fuhr Matze dazwischen. »Was heißt da niemand? Bedeutet das im Umkehrschluss, dass sich bei euch jemand gemeldet hat?«

»Es ... ich ... ja. Tut mir leid, Matze, es ist alles zu viel. Ich habe vergessen, es gleich zu sagen, denn sie haben sich nur einmal heute um die Mittagszeit gemeldet.«

»Und was wollten sie, Hilde? Das sollte ich wohl wissen, denn es kann mir helfen, die Suchparameter zu definieren oder den Radius einzugrenzen.«

»Aurélie soll ihr Tun beim Gericht rückgängig machen. Doch das ist nicht ihre Entscheidung. Nicht sie hat die Sache da ins Rollen gebracht, also schon sie – aber eben im Namen der Organisation, für die sie arbeitet.« Hilde tat sich mit der englischen Sprache schwer, und die Worte wollten ihr nicht so leicht über die Lippen kommen: »Umän ...«

»Human Rights Lawyers«, vervollständigte der Hacker rasch, und sie nickte, obwohl er sie ja gar nicht sehen konnte.

»Sie haben Nein gesagt. Mein Enkelkind ist in ihren Augen weniger wert als Tausende Menschen, die sie retten könnten, wenn sie die Vergehen von de Oliviera beweisen. Obwohl Frank sagt, bei Interpol sei nichts Auffälliges zu finden.« Sie wusste, wie trotzig sich das anhörte. Es war ihr egal. Danielle durfte nichts geschehen. Denn sonst ... Ja, was sonst? Würde sie ihren Lebensmut endgültig verlieren? Pierre beim Kaputtgehen zusehen.

»Frank ist auch bei euch? Warum? Macht er Urlaub in Paris?« Matze klang irritiert.

»Er hat Urlaub eingereicht und ist in den nächsten Zug gesprungen, um uns zu helfen. Die Sachen von Interpol hat sein Chef genehmigt – also dass Frank sie mitnimmt und uns informieren darf. Aber ich muss jetzt wieder in die Küche. Ich bin schon zu lange weg. Dieser Junge … Davide Lefebvre … er soll ihr Freund sein. Bitte, finde Danielle!«, flehte sie.

»In Ordnung, Hilde. Ich schaue, was ich machen kann. Ich verspreche nichts! Und ich werde Margeaux' einweihen, denn ich höre aus deinen Worten, dass du mich gerade heimlich anrufst.«

»Ich sage es ihr selbst«, gab sie klein bei. Sie wollte ihre Aktion ja gar nicht verheimlichen. Sie hatte nur die Diskussionen und eine eventuelle Ablehnung gefürchtet.

»Ich lese gerade die Schlagzeilen. Bitte schicke mir das Bild in guter Qualität. Wenn ich mir hier eins aus dem Netz hole, ist es in mieser Auflösung. Das schafft die Gesichtssoftware zwar auch, aber der Abgleich der Messparameter … Ah, entschuldige, das ist nicht so wichtig für dich. Nur dass du mir das Bild sendest.«

»Das mache ich sofort. Es ist vielleicht zwei Wochen alt. Danke, Matze!«

»Warte … der Junge. Hier steht, sie sind durchgebrannt. Ist das möglich, Hilde?«

Sie wollte entrüstet verneinen, doch Marylène hatte deutlich gemacht, dass Danielle kein engelhaftes Kleinkind mehr war, sondern ein Teenager in einer Großstadt. »Ich weiß es nicht«, gab sie daher ehrlich zu. »Hier glaubt niemand daran; und dann noch der Anruf … Warum sollten die Kinder so was machen?«

»Jugendliche in diesem Alter haben oft verquere Vorstellungen von Familie, Eltern und Erziehung. Vielleicht findet sie, ihre Mutter sollte keine so gefährlichen Fälle übernehmen oder dass ihre alten Herrschaften insgesamt zu streng sind oder, oder, oder. Da gibt's echt viel.«

Hilde schwieg. Sie wusste nicht, was sie darauf erwidern sollte. Er hatte gewiss recht. Bis auf Marylène war er alterstechnisch am nächsten an Danielle dran. Sie alle waren alt und verstanden die Kinder heute nicht mehr so recht. Auch Pierre und Aurélie waren Mitte fünfzig und Ende vierzig …

dazu noch die Handys und das ganze Internet. Sie war auch mal auf YouTube und schaute sich was an. Klickte auf einen *Jetzt kaufen*-Button, um eine besondere Tomatenpflanze zu erwerben oder so. Nur um dann festzustellen, dass an dem winzigen Gewächs gar nichts Außergewöhnliches war. Für die Kinder war es gewiss weniger das Kaufen, denn man brauchte ja ein Zahlungsmittel dazu, sondern das, was all diese Videos mit ihrer Psyche anstellten. Welchen Samen sie in den Geist pflanzten und was für sie Glaubwürdigkeit ausmachte.

»Du bist der Experte, Matze. Du entscheidest, und ich erzähle Margeaux und Frank, dass du mir ... uns ... hilfst.«

»Und Aimé!«, sagte er mit Nachdruck.

»Ja«, sagte sie schuldbewusst. »Thierry soll es Margeaux sagen. Den anderen möchte ich es erst mal nicht berichten. Ist das in Ordnung für dich?«

»Oki!«

»Danke, Matze.« Sie verabschiedeten sich, und Hilde spürte eine winzige Erleichterung. Es war ein kaum sichtbarer Hoffnungsschimmer, der sich in der nachtschwarzen Umgebung der Furcht seinen Weg bahnte. Sie ließ das Handy in die Tasche der Kittelschürze gleiten, betätigte die Toilettenspülung, wusch sich schnell die Hände und stakste dann zurück in die Küche.

Thierry hob kurz den Kopf, und sie versuchte sich an einem Lächeln. Der Rest schien ihr Fehlen gar nicht bemerkt zu haben.

Cassis, 3. Juli

Desna hatte sie aufgeregt vor den Fernseher gezerrt. Der Enthusiasmus der jungen Frau ging manchmal deutlich über ihren Beziehungsstatus hinaus. Ja, es war nicht nur das Geschäftliche, was sie miteinander verband, und Simone sagte auch oft, dass die dunkelhaarige Inderin für sie einer Tochter gleichkam. Vielleicht zu oft! Sie wollte nicht am Arm gepackt und vor den großen Bildschirm gezogen werden. Das war unangemessen. Sie wollte sich gerade deutlich zur Wehr setzen, als Desna den Ton lauter stellte und Simone die Nachrichten in vollem Umfang verstehen konnte. Die Tochter der Menschenrechtsanwältin, die eine Fehde gegen sie losgetreten hatte, war verschwunden.

»DAS IST EINE KATASTROPHE!« Die Stimme ihrer Mitarbeiterin überschlug sich.

Simone ließ sich auf das Sofa fallen, und mit einem Kribbeln in der Magengegend kündigte ihre Contenance an, sich nun aus dem Staub zu machen. Doch sie hatte zu lange genau daran gearbeitet und dafür gekämpft, sich nicht blindlings von ihren Emotionen leiten zu lassen. Das hatte sie damals dazu gebracht, sich zu ducken, die empfindlichen Stellen ihres Körpers vor den Faustschlägen zu schützen und den stinkenden Körper ihres Ehemannes auf sich zu ertragen, während er ihr Gewalt antat. Anstatt fortzurennen, war sie wie ein Hündchen an der Leine neben ihm gelaufen.

Heute war sie eine andere. Sie überwand den Impuls, sich zu verkriechen. Es war nicht das erste Mal, dass man sie offen angriff. Ihr Ex hatte mehr als einmal versucht, sie und ihre frisch gegründete Organisation zu diskreditieren. Simon war ihr Ritter mit dem goldenen Schwert gewesen, hatte einstweilige Verfügungen erwirkt und ihren Ruf stets reingewaschen. Steckte das Arschloch von Ex-Mann vielleicht hinter alldem? Hatte er jahrelang stillgehalten, um hier und jetzt seinen großen Coup durchzuziehen?

Nein. Unsinn. Sie war drauf und dran, in die alte Paranoia zu verfallen. Das durfte sie nicht zulassen. Sie packte Desna am Oberteil, zog sie neben sich. »Hör auf auszuflippen«, gebot sie ihr. »Es bringt uns gar nichts, wenn du hier diesen Apparat anbrüllst – außer dass mir die Ohren klingeln und ich dann nicht mehr klar denken kann.«

»Die unterstellen dir unterschwellig, dass du dir das Kind geholt hast, um die Mutter auszubremsen. Hörst du das nicht?«, japste ihre rechte Hand.

»Ich bin ja nicht taub, Liebes.« Simone entschied sich für Güte und strich kurz über Desnas Schulter. »Genau deshalb müssen wir jetzt meiner obersten Prämisse folgen und Ruhe bewahren. Will uns jemand provozieren oder ins Kreuzfeuer nehmen ...«

»... begegnen wir der Person mit Gelassenheit und einem Lächeln voller Verständnis«, vervollständigte Desna den Satz.

Simone nickte. Nur so hatte sie es geschafft, eine weltweit operierende Organisation auf die Beine zu stellen und mit politischen Größen Schulter an Schulter für publicitytaugliche Fotos zu posieren. Es war ein anstrengender Weg gewesen, denn sie benötigte dafür mutige Menschen an ihrer Seite und am Ende auch die Behörden, denn sie allein konnte sich nicht gegen die bis an die Zähne bewaffneten Triaden oder andere Konglomerate mit mafiösen Strukturen stellen. Anfangs hatten sie die Container ausfindig gemacht und waren unter Lebensgefahr losgestürmt, um die armen Wesen persönlich daraus zu befreien, doch nachdem die Drahtzieher durch solche Aktionen irgendwann genügend gewarnt worden waren, hatten sie ihnen aufgelauert, und ein Helfer war dabei angeschossen worden.

Simone wollte retten, nicht töten. Also ging es nur noch mit der Polizei im Schlepptau. Sie hatte ihre Netze im vergangenen Jahrzehnt so geschickt ausgelegt und verflochten, dass sie überall auf der Welt über Quellen verfügte und dadurch glaubhafte Tipps bekam. Diese Informationen prüften sie organisationsintern so gut wie möglich. Die Behörden holten sie ins Boot, wenn klar war, wann der Frachter in den jeweiligen Hafen einlief. Oft warteten sie sogar, bis die Ladung gelöscht war, um nicht nur die Opfer des Menschenhandels zu befreien, sondern auch einige der beteiligten Personen mit dranzukriegen. Es war stets ein Tanz auf dem Drahtseil. Nicht selten war sie ins Kreuzfeuer geraten, aber das hier besaß eine neue Qualität. Es hatte Schlagkraft und konnte unter Umständen alles gefährden, was sie aufgebaut hatte. Wer war dafür verantwortlich? Wer hatte ihr die Nachricht aufs Handy geschickt? Konnte Simon jetzt noch etwas bewirken, oder war ihr Ruf durch diesen Schachzug beschädigt? Sie wusste genau, wie schnell man Dinge organisieren konnte, denn sie hatte oft binnen weniger Stunden dafür gesorgt, die Rückendeckung zu bekommen, die ihre Arbeit benötigte – auch um schnelle Eingreiftruppen zu entsenden und Frauen und Kinder aus den Klauen der Vergewaltigerindustrie zu befreien. Manchmal bekamen sie den Tipp erst an der Hafeneinfahrt, und wartete man dann zu lange, gab es keine Möglichkeit mehr, die Menschen zu erlösen.

»So was«, schnaubte Desna, »so eine Schmutzkampagne ist doch von langer Hand vorbereitet! Jemand hat das Kind eingefangen, um dir zu schaden, Simone! Wieso wussten unsere Expertinnen und Experten nichts davon? Es hätte uns nicht so eiskalt erwischen dürfen!«

Sie hatte nicht unrecht. Simone beschäftigte eine ganze Reihe IT-Leute, Späher, ungenannte Quellen, sodass man etwas hätte bemerken müssen. Zudem gab es noch all die Personen im erweiterten Netzwerk: Politiker, Polizeichefs, aber auch schillernde Köpfe in der Verbrecherwelt, derer sie sich bediente und die vor allem dann nur zu gern mitmachten, konnten sie einem Konkurrenten Schaden zufügen konnten. Wie gesagt – ein Drahtseilakt! Sie wollte hier nicht ratlos und geschockt sitzen. Gleichzeitig aber auch nicht aufbrausen und unbedacht handeln.

Ihr Handy klingelte. Simon!

Er würde wissen, was zu tun war. Auf ihn konnte sie sich stets verlassen.

Paris, 3. Juli

Marlon Hibenôt war so besonnen, wie Margeaux ihn in den Medien wahrgenommen hatte. Natürlich sah sie das Unverständnis in seinem Gesicht, dass sich die Vignes erst nach so vielen Stunden gemeldet hatte. Doch er machte auch den Eindruck zu verstehen, warum. Er war in Paris geboren und aufgewachsen, kannte also alle Herausforderungen politischer Art nur zu genau – und dass Aurélie hatte abwarten müssen, wie sich die *Human Rights Lawyers* entschieden, rief bei ihm keinen Sturm der Entrüstung hervor.

Der Kommissar hatte seine Mitarbeitenden kurz instruiert und blickte nun mit ernster Miene in die Runde. »Ich möchte Sie alle einzeln befragen.«

Aurélie zuckte sichtbar zusammen und holte Luft.

Hibenôt hob beschwichtigend die Hand. »Lassen Sie mich bitte erklären, wieso das zielführend ist. Es geht hierbei nicht darum, sie gegeneinander auszuspielen.« Er nahm sich die Zeit, jeder Person dabei in die Augen zu blicken. »Ich weiß nur zu gut, dass sie alle furchtbare Angst haben, und wenn ich mir einen Gesamteindruck verschaffen möchte, werden Sie binnen weniger Sekunden mit allem herausbrechen, was Ihnen durch den Kopf geht. Es wird ein verbales Durcheinander geben, und das macht es für mich unmöglich, alle Informationen mit derselben Aufmerksamkeit aufzunehmen. Unter Umständen gehen wichtige Aspekte dabei verloren. Da hier viele Kollegen und Kolleginnen im Raum sind«, er bedachte Aimé, Margeaux und Frank mit einem ernsten Blick – er hatte seine Hausaufgaben ebenfalls gemacht –, »gehe ich davon aus, dass sie bereits ausführlich über alles gesprochen haben. Mir ist wichtig, Ihre eigene Färbung des Geschehens zu hören.«

Er war gut. Margeaux atmete kurz durch, um die Ruhe tiefer sinken zu lassen, denn das war unglaublich wichtig für die Suche nach Danielle. Der Junge schoss ihr erneut durch den Kopf. Wo war er? Marylène hatte zwar vehement verneint, dass Danielle eine Entführung inszenieren würde, aber in Margeaux hatte es einen Gedanken aufkeimen lassen, der sich aus dem nährte, was sie in den Jahrzehnten als Polizistin erlebt hatte: Menschen waren bereit, einander Furchtbares anzutun!

»Monsieur Vigne, darf ich Sie zuerst bitten«, sagte Hibenôt, und Pierre und Aimé setzten sich in Bewegung. »Monsieur *Pierre* Vigne, bitte.«

Pierre trabte mit hängenden Schultern und gesenktem Blick hinter dem Mann her. Sein gesamter Körper schrie: *Schuld!*

Schuld diente als Besänftigungsgeste gegenüber anderen und beinhaltete quasi den ersten Schritt zur Wiedergutmachung. Auf der anderen Seite hatte sie wie Scham und Verlegenheit die Funktion des Selbstschutzes. Grundsätzlich war Schuld darauf ausgelegt, Menschen vor gesellschaftlichen Regelverstößen zu bewahren und sie zur Schadensbegrenzung zu motivieren. Pierre reagierte also vollkommen kongruent zur Situation. Margeaux hatte gemeinsam mit Frank allen Beteiligten klargemacht, dass es niemandem half, behielten sie Dinge für sich – egal, wie unangenehm diese auch sein mochten!

Hilde und Thierry hatten Platten mit Broten gezaubert, und Margeaux war ihrem Mann zutiefst dankbar für seine gelassene Art zu handeln. Ihre Ziehmutter kam zu ihr, stellte sich neben sie, und auch in Hildes Gesicht glaubte Margeaux einen Schuldschimmer zu entdecken.

»Ich habe mit Matze telefoniert«, flüsterte Hilde.

Margeaux' Kopf fuhr herum. »Warum?«, wisperte sie zurück.

»Er muss uns helfen.«

Was sollte sie dazu sagen – schließlich hatte sie das vor wenigen Minuten selbst geplant. Also legte sie Hilde den Arm um die Schulter, gab ihr einen Kuss auf die Wange und raunte dabei: »Okay.«

Die Ältere entspannte sich sofort. Natürlich könnte Margeaux sauer sein über ihren Alleingang, doch jeder von ihnen hatte schon Entscheidungen mit immenser Tragweite getroffen, ohne sich vorher mit den anderen abzustimmen. Insofern saß sie wohl im Glashaus ... Matze war im Boot, und das ersparte ihr Diskussionen mit ihm, und auch ihr eigenes schlechtes Gewissen, ihn schon wieder in eine illegale Sache hineinzuziehen und sich damit ins Visier ihres gemeinsamen Schwiegervaters zu begeben, hielt sich so in Grenzen. Bap wollte nur das Beste für seine Kinder – vor allem für das Nesthäkchen Elodie und seine kleine Enkelin Aliette. Sie waren alle vernarrt in das kleine Mädchen, insofern hatte Bap ja auch recht, denn was alles passieren konnte, begab man sich auf Abwege, sah man heute hier leider sehr, sehr deutlich.

Wie aufs Stichwort kam Pierre wieder zurück in den Wohnraum. Seine Gesichtsfarbe hatte von Blässe zu Grau gewechselt, und das Pflaster auf seinem Kopf wirkte wie ein Mahnmal. Er nickte seiner Frau zu. Sie fragte nichts, berührte ihn nicht und ging mit starrem Blick in Richtung Büro.

Margeaux hatte ihr bereits vor dem Eintreffen der Polizei geraten, alle Unterlagen im Schrank zu verwahren und diesen auch abzuschließen. Zwar durften die Beamten ohne Beschluss nichts durchsuchen, doch wenn eine Akte auf dem Tisch lag ... wer wäre da nicht versucht, kurz den Deckel anzuheben, um zu sehen, was sich darunter verbarg. Sollte Hibenôt die Wohnung durchsuchen wollen, würde ein Richter gewiss innerhalb weniger Minuten die nötigen Papiere unterschreiben, da es sich um ein verschwundenes Kind handelte. Doch Aurélies Unterlagen waren kein Privatbesitz, sondern gehörten per se den *Human Rights Lawyers,* und eine Erlaubnis für die Einsicht zu bekommen, würde um ein Vielfaches langwieriger – wenn nicht sogar unmöglich. Die Anwältin würde nur wenig Erhellendes zum Tagesablauf beitragen können: Sie war vor den Mädchen aus dem Haus gegangen, denn der Verkehr in Paris war morgens die Hölle. Sie hätte es nicht geschafft, pünktlich um acht vor dem Richter zu stehen, führte sie Böses im Schilde. Auch das wurde in jede Befragung einbezogen: die Eltern als mögliche Täter. Hibenôt würde Marylène als Nächstes aufrufen, glaubte Margeaux zu wissen.

Doch zu ihrer Überraschung kam Aurélie zurück und nickte ihr zu. »Er möchte mit dir reden.«

Sie wischte sich Mund und Hände an einer Serviette ab, warf Thierry einen liebevollen Blick zu und marschierte zum Büro. Der Kommissar hatte lässig in dem schönen grünen Sessel Platz genommen, erhob sich ohne Hektik und bat sie mit einer Geste, darauf Platz zu nehmen. Margeaux entschied sich blitzschnell dagegen. Sie wollte nicht sitzen, während er stand, aber auch nicht, dass er sich auf dem Schreibtischstuhl niederließ, während sie in einem weichen Sessel in der trügerischen Sicherheit des angenehmen Stoffs saß. Das war weit gedacht, doch Kommissare machten eben genau dies: Sie überlegten sich die Szenarien genau, um die Leute zum Sprechen zu bringen. Sie war auch so kooperativ – nicht zu hundert Prozent, aber nahe daran. Sie würde nichts über Matze sagen. Alles andere war kein Geheimnis mehr.

»Ich stehe lieber. Danke.«

»Madame Surfin oder lieber ... Margeaux?«

»Ich bin mit beidem einverstanden, Monsieur le Commissaire«, benutzte sie die Höflichkeitsform.

»Margeaux«, entschied er.

Wahrscheinlich seine Art, die Kommunikation zwischen ihnen auf Augenhöhe zu verorten. Sie war als Kommissarin sehr erfolgreich gewesen, und durchforstete man das Internet, stieß man nun nicht mehr nur auf die Erfolge, die sie und Frank zu verbuchen hatten, sondern auch auf ihre letzte Rolle in Angerers Inszenierung. Was die Öffentlichkeit als blutiges Drama wahrgenommen hatte, war unter Kollegen und Kolleginnen schlicht der Job. Vielleicht hatte er über Interpol sogar die offiziellen Papiere abgerufen und war dadurch umfassend informiert. Sie musste davon ausgehen. Sie hätte es an seiner Stelle ebenso gehandhabt.

»Marlon«, erwiderte er und reichte ihr die Hand.

»Ich habe die kurze Zeit genutzt, die Madame Coty-Vigne benötigt hat, um Sie herzubitten, um an meiner Mimik zu arbeiten.« Er lächelte sozial motiviert, und seine Augen blieben dabei unberührt und auf sie gerichtet, um ihre Reaktion einzufangen.

»Das ist nicht nötig, Marlon«, wehrte sie ab, »wir arbeiten miteinander, nicht gegeneinander. Danielle muss gefunden werden. Ich gehöre zur Familie, und diese Menschen da draußen bedeuten mir sehr viel. Es wäre fürchterlich, wenn jemand von ihnen zu Schaden käme.«

»Verständlich«, nickte er. »Bitte berichten Sie aus Ihrem professionellen Blickwinkel, was Sie bisher wahrgenommen haben.«

»Pierre und ich sind zusammen aufgewachsen. Er ist für mich wie ein Bruder, auch wenn unser Kontakt in den vergangenen Jahren eher lose war. Ich habe den Polizeidienst quittiert – das ist Ihnen gewiss bekannt –, weil mich nach dem Tod meiner Mutter und den Herausforderungen der blutigen Mordserie eine Depression im Griff hatte. Dadurch sind andere familiäre Verbindungen in den Hintergrund getreten. Mein Mann und ich machen eigentlich Urlaub hier. Sie sind informiert über den Fall Angerer?«

»Ja«, antwortete er wie erwartet.

»Wir brauchten alle Ablenkung und gemeinsame Zeit, um schöne Erlebnisse zu sammeln.« Sie schilderte ihm mit knappen Worten, wie Pierre sich gemeldet und was er ihr erzählt hatte. Zudem gab sie den Verlauf des heutigen Tages so detailliert wie möglich wieder. Sie vermied Ausschmückungen, nannte Tatsachen und machte auch klar, dass Frank und sie die Familie natürlich auch aus dem polizeilichen Blickwinkel beraten hatten. »Ich habe allen gesagt, dass sie kooperativ sein sollen, denn Sie, Marlon, sind nicht der Feind.« Sie machte eine deutliche Pause, behielt ihn im Auge und fügte, noch bevor er reagierte, hinzu: »Das stimmt doch, oder?«

Mikroexpressionen waren nicht steuerbar oder zu unterdrücken. Sie dauerten längstens fünfhundert Millisekunden und traten unwillentlich auf. Sie war darauf geschult, genau diese feinen Zeichen der Körpersprache wahrzunehmen. Bei ihrem letzten Fall im Elsass hatte Angerer sich in ihren Kopf gedrängt, sie hatte angefangen, situativ zu interpretieren und das, was sie sah, in einen Kontext zu pressen, der passend zu sein schien. Diese Herangehensweise war falsch gewesen, daher fragte sie jetzt sofort nach und legte alle Karten offen auf den Tisch. Das hier war nicht ihr Fall. Sie war noch nicht einmal als Beraterin mit dabei. Sie war Teil der Familie. »Da war eine Mischung aus Ärger und Trauer in Ihrem Gesicht zu sehen.«

»Mmh.«

»Darf ich fragen, was Sie zugleich ungehalten und betroffen reagieren lässt?«

»Ich entnehme Ihrer Aussage … ähm … Frage, dass Sie es in Erwägung ziehen, einen korrupten Bullen vor sich zu haben. Das ärgert mich, denn ich nehme unsere Arbeit sehr ernst. Gleichzeitig macht es mich wirklich traurig, dass – und da schließe ich mich vollkommen mit ein – wir das mittlerweile als gegeben hinnehmen, dass die Polizei keine neutrale Behörde mehr ist, die anhand von Fakten arbeitet, sondern Geld oder Gefälligkeiten mehr wiegen als belastbares Material. Perfekt beobachtet, Margeaux. Sie sind wirklich so gut, wie ich es nachlesen konnte.« Seine Worte, die Intonation und die Körpersprache waren stimmig.

Doch auch jemand, der sich von der dunklen Seite bezahlen ließ, war stets gewappnet und spielte seine Rolle nicht so durchschaubar wie viele Darsteller in billigen Daily Soaps. Ganz so einfach war sie dann doch nicht zu überzeugen.

Das war ihrem cleveren Gegenüber klar. »Ich werde nicht um Ihre positive Bewertung meiner Person buhlen. Ich mache meinen Job sehr gut. Darauf kommt es an!«

»Ich will ganz ehrlich sein, Marlon. Ich sehe ein Problem darin, dass Davide ebenfalls verschwunden ist. Nicht weil ich davon ausgehe, dass wir es hier mit einer Tat der Teenager zu tun haben, sondern weil einer von beiden eine Art Kollateralschaden sein könnte. Was haben Sie über die Familie des Jungen herausgefunden? Gibt es etwas, das den Vater angreifbar macht, und könnte Danielle dazwischengeraten sein?« Das war immerhin eine Möglichkeit, obwohl Aurélies Rolle und Pierres Dreck am Stecken kaum zu übertreffen waren.

»Wir arbeiten selbstverständlich an solchen Theorien, doch wenn diese infrage kommt, Margeaux, dann mit hoher Wahrscheinlichkeit andersherum. Die Suche nach dem Jungen läuft bereits. Die Presse ist mittlerweile auch aufgetaucht. Wir haben es geschafft, bis Mitternacht eine Nachrichtensperre über Davide zu verhängen. Dann wird der Vater die Öffentlichkeit um Unterstützung bitten. Wir können ihn nicht davon abbringen, das zu tun.«

Margeaux wusste nur zu genau, was es bedeutete, riefen Massen an Menschen die Polizei an, um Hinweise zu geben. Natürlich konnten sich auch sachdienliche darunter befinden. Leider waren es jedoch zu oft vollkommen abstruse Sachen.

»Die Familie des Jungen ist also vollkommen sauber? Wie gut ist sie finanziell aufgestellt?«

»Niemand ist frei von Fehl und Tadel«, antwortete Hibenôt mit ruhiger Stimme, »und es gibt keine besonders Reichen in der Verwandtschaft. Zudem ist beim Vater gar nichts eingetroffen. Ginge es um Geld, hätten sich die Entführer doch längst gemeldet.«

Margeaux fiel es nicht leicht, die nächste Frage zu stellen, denn damit wurde die Situation noch bedrohlicher. »Glauben Sie, dass er tot ist? Oder haben ihn die Entführer mitgenommen, um im geeigneten Augenblick ein weiteres Druckmittel in der Hand zu haben?«

Er wiegte nachdenklich den Kopf. Trauer mit der typischen Dreiecksform der Augenbrauen huschte über seine Miene. Er glaubte offensichtlich, dass der Junge nicht mehr lebte.

»Sie denken also, die Täter sind nicht nur skrupellose Entführer, sondern auch bereit zu töten. Richtig?«

»Warum sollten sie sich sonst bei den Vignes melden, aber David vollkommen ausklammern. Vor allem ist die Forderung an die Familie hier klar.« Der Kommissar lehnte sich an den großen dunklen Schreibtisch und verschränkte die Arme vor der Brust. Es gab Körpersprachler, die das als *Dichtmachen* interpretierten oder gar als Ablehnung. Doch für sie war es eher normal, lehnte sich jemand so mit dem Gesäß an etwas an – es war einfach bequemer, als die Arme hängen zu lassen.

»Für mich ist die Forderung zu klar formuliert – gleich beim ersten Anruf. Und so dezidiert mit dem Namen Simone de Oliviera verknüpft. Es könnte auch eine Finte sein, und am Ende geht es um etwas ganz anderes. Was denken Sie?« Margeaux hatte den Gedanken schon mehrfach in ihrem Kopf hin- und herbewegt.

»Wir haben in unseren Akten nichts, was darauf schließen lässt, dass die Frau und ihre Organisation Übles treiben. Das Problem wird sein, die *Human Rights Lawyers* zur Herausgabe der Akten zu zwingen. Sie haben ihren Hauptsitz nicht in Frankreich, und wenn wir das international veranlassen müssen ... Sie wissen selbst, dass wir diese Zeit nicht haben, Margeaux!«

Vielleicht hätte sie Aurélie doch nicht raten sollen, alle Akten wegzuschließen ... Die Frau würde alles tun, um den Schutzlosen auf dieser Welt ein wenig Halt zu bieten. Sollten jedoch aus ihrer Hand Informationen über den aktuellen Fall an die Öffentlichkeit gelangen, würde es Konsequenzen beinhalten, die sie alle wahrscheinlich nicht vollumfänglich abschätzen konnten. Wieder schoss ihr durch den Kopf, dass sie Simone de Oliviera persönlich befragen sollte. Wäre es klug, dies mit Monsieur Hibenôt zu besprechen?

»Sie sehen sehr nachdenklich aus. Was geht Ihnen gerade durch den Kopf?«, erkundigte sich der aufmerksame Polizist.

»Aurélie darf Ihnen keine Informationen geben. Sie macht sich strafbar damit und ist unter Umständen als Menschenrechtsanwältin verbrannte Erde. Gleichzeitig bin ich davon überzeugt, dass es sie innerlich zerreißt und ihr Mutterherz blutet. Wenn sie also *mir* in einem emotionalen Augenblick etwas erzählt – ich bin ein Familienmitglied –, dann könnte ich als Officier de Liaison oder einfach auch als Margeaux Surfin versuchen, Dinge herauszubekommen ...«

»Wollen Sie mich gerade überreden, Ihnen nicht ganz legale Recherchen zu gestatten?«

»Nein«, machte sie mit festem Ton ihren Standpunkt deutlich. »Ich halte es für unklug, in Ihrem Auftrag zu handeln, Marlon. Ich möchte nur, wenn es nötig ist, meinen Ausweis zücken können, und Sie treten mir dann nicht in die Kniekehlen, um mich aus dem Weg zu schaffen.«

»Aha, und was Sie auf diese Weise erfahren, behalten Sie für sich? Wir tappen eventuell weiter im Dunkeln, und Margeaux und ihr Triumvirat lassen den kompletten französischen Polizeiapparat wie Idioten dastehen? Klingt mir nicht nach einem fairen Plan!«

Er hatte nicht unrecht mit dieser Zusammenfassung. Sie würden Unterstützung durch die Gendarmerie national benötigen, denn keiner von ihnen hier durfte eine Waffe mit sich führen. Das war zu Aimés aktiven Dienstzeiten noch anders gewesen. Sie musste es eben nur so hinbekommen, dass Hibenôt sie brauchte. Hier herumzusitzen, in die panikgefüllten Gesichter zu blicken und die angstvolle Energie im Raum zu atmen, das kam auf jeden Fall für sie nicht länger infrage. Frank ging es ebenso – das konnte sie an seiner Mimik und Haltung ablesen. Selbst Aimé würde gewiss lieber die Pariser Arrondissements absuchen, als tatenlos hier zu hocken. Sie waren nicht zum Rumsitzen gemacht. In ihnen floss Ermittler-Blut.

»Dann sollten wir gemeinsam etwas ersinnen«, spielte sie ihm den Ball zu. Sie würde so oder so zurück in die Provence reisen, um in Cassis mehr herauszufinden und mit Matze zusammenzuarbeiten. Mit einer Art offiziellem Segen würde es leichter werden, Informationen zu teilen. Es war an Hibenôt, einen Weg zu finden.

Marseille, 4. Juli

Sie war von der stinkenden Pfütze weggerobbt, hatte vorsichtig in die Tasche gegriffen, als könnte sich ein gefährliches Tier darin verbergen, und eine Taschenlampe ertastet. Wieder waren Tränen geflossen. Diesmal vor lauter Erleichterung über die Möglichkeit, das Dunkel um sie herum zu erhellen. Es war ein länglicher Kasten aus Metall, und er war vollkommen leer. Auch das beruhigte sie ein wenig, hatte sie doch schreckliche Angst davor gehabt, von jemandem oder etwas überfallen zu werden. Gleichzeitig wurde ihr aber auch bewusst, dass niemand hier war, um ihr zu helfen.

Was würde passieren, wenn sie um Hilfe schrie? Ihre Stimme wollte ihr gar nicht gehorchen, als sie versuchte, diese zu einem Ruf nach Rettung zu erheben. Sie klang krächzend, trocken ...

Wasser, sie brauchte Wasser.

Sie nahm einen Schluck aus der Flasche, die der Mann hereingeworfen hatte, und merkte, wie unglaublich durstig sie war. Wieder spielte ihr Kopf ihr den Streich, Davides Schuhe zu sehen.

Das hastig runtergeschluckte Wasser geriet ihr in die falsche Kehle, und sie musste so sehr husten, dass sie nun doch beinahe erbrechen musste. Würgend schluckte sie hinunter, was sich säuerlich in ihrem Mund ausbreitete.

»Du musst dich beruhigen«, flüsterte sie sich selbst zu, denn zu mehr war sie gerade nicht fähig. Ein Blick auf die Uhr zeigte ihr an, dass es drei Uhr nachts war. Es hatte sie so sehr geärgert, dass sie als Einzige in der Klasse keine Smartwatch besaß. Doch nun war es ein Segen, eine Uhr zu haben, die Zeit und Datum anzeigte, ohne dauernd aufgeladen werden zu müssen. Wahrscheinlich hätten sie ihr eine Smartwatch auch weggenommen, denn sonst hätte man sie damit finden können. Warum hatte man sie eingesperrt und Davide nicht? War er wirklich tot? Eine kalte Hand schien nach ihrem Herzen zu greifen und es mit eisigem Griff zu umklammern. Ihre Eltern waren nicht so reich, dass man viel Geld für sie bezahlen konnte ... Aber wenn es bei dieser Sache um Geld ginge, wären zwei Kinder doch besser als eines, oder?

Hatte es was mit ihrem Papi zu tun? Er war ja sein Leben lang bei der Polizei gewesen, und da machte man sich bestimmt auch Feinde. Gut, das hier war kein Hollywoodfilm. Er hatte in einem Kaff in der Provence den Verkehr geregelt und vielleicht mal einen Dieb hopsgenommen. Eher unwahrscheinlich, dass man ihm in Paris Böses wollte. Mit Margeaux hatten sie fast nichts zu tun, aber sie hatte viel schlimmere Fälle aufgeklärt als ihr Großvater. Doch am Ende war ihr schon klar, dass auch die nicht blutsverwandte Tante nicht der Grund war, warum man sie in einen Kofferraum gepfercht und nun in diesem Stahlkasten eingesperrt hatte: Es war der Job ihrer Mutter. Danielle wollte es nicht glauben. Lieber sollten alle anderen auf der Welt schuld sein, aber nicht Maman.

Sie hatte vor einigen Wochen einen Streit zwischen den Eltern belauscht. Die beiden konnten das, ohne zu schreien. Papa hatte Maman gebeten, den neuen Fall abzugeben. Stattdessen hatte ihre Mutter Marylène und sie an den Esstisch geholt und ihnen klargemacht, warum sie wieder etwas Gefährliches tun musste. Maman hatte gerade einige Fotos aus einer Mappe ziehen wollen, da war Papa hereingestürmt, hatte seine Hand draufgelegt und »Nein! Es ist genug, Aurélie!« geknurrt. Sie hatte auf ihn gehört und seufzend erklärt: »Es geht um eine bessere Welt für uns alle.«

Marylène hatte ihr später erklärt, dass es für Maman sehr wichtig war, viele Zeichen zu setzen, dass Frauen sich für andere Frauen starkmachten – aber dass es auch um Kinder ging, denen Leute furchtbare Sachen antaten. Maman wollte, dass ihre Mädchen in einer Welt lebten, in der Gewalt gegen Frauen und Kinder der Vergangenheit angehörte. Marylène war klug – dafür hasste Danielle ihre Schwester oft, denn sie war schlau und schön – und davon überzeugt, dass Maman einer »realitätsfernen Fantasie nachjagte«. Das waren die Worte ihrer großen Schwester gewesen. Zur Strafe dafür, dass ihre Mutter nun wieder vor Gericht ziehen wollte, hatte man ihr ihr Kind weggenommen, und anstatt dass Danielle eine bessere Welt erlebte, war sie in einem grauenvollen Albtraum gefangen.

Und Davide ...?

Sie lehnte sich in der hintersten Ecke gegen die Wand. Sie musste hier drin nicht robben oder gebückt gehen. Sie konnte ganz normal laufen. Sie leuchtete durch den gesamten Raum. In der Ecke ihr gegenüber stand ein Eimer. Wollte sie wissen, was sich darin befand? Oder war es besser, ihre Neugier im Zaum zu halten. Vielleicht Blut oder so – etwas, das ihr noch mehr Angst machen würde. Falls das möglich war. Vorsichtig leuchtete sie in die Tüte hinein: eine Rolle mit Toilettenpapier und eine Packung Chips sowie eine mit Madeleines. Sie musste also erst mal nicht verhungern und verdursten.

Doch es gab hier keine Toilette. Wofür dann das Papier? Ein schlimmer Gedanke machte sich breit: Sollte sie etwa in den Eimer machen?

Das hier war die Hölle. Ihre Eltern hatten ihr nicht erlaubt, *Stranger Things* anzuschauen – eine Serie, in der ein Junge in eine dunkle und böse Gegenwelt geriet. Dort gab es ein fleischfressendes Monster und sonst nichts. Sie hatte es mit Davide angesehen. So war es jetzt auch in ihrem Leben: Sie war auf der Seite des Grauens gefangen. Hoffentlich würden sich ihre Eltern genauso anstrengen wie die Mutter des Jungen, die alle für verrückt gehalten hatten, weil sie nicht glauben wollte, dass ihr Kind weggelaufen oder gar tot war.

Ihr Magen begann fordernd zu knurren. Sie hatte seit Stunden nichts gegessen, konnte sich aber auch gerade nicht vorstellen, es zu tun. Doch sie musste bei Kräften bleiben ... sagte man das nicht immer? Gegen die Männer konnte sie sich sowieso nicht wehren – nicht einmal der größere und stärkere Davide hatte das geschafft. Aber sie wollte gerettet werden, und dafür war es gewiss wichtig, etwas zu essen. Also nahm sie eine Madeleine aus der Verpackung, biss etwas ab und kaute. Ihre raue Kehle rebellierte beim Schlucken. Sie trank etwas Wasser. Gab es in der Tüte noch mehr? Verdurstete man nicht schneller, als zu verhungern? Wieder kitzelten Tränen in ihren Augenwinkeln. Mit dem Handrücken wischte sie sie weg. Sie musste alle Flüssigkeit drin behalten! Sie wollte wieder nach Hause. Ganz egal, was ihre Mutter falsch gemacht hatte ... Danielle wollte sich in ihren Arm kuscheln und ... und aufwachen, als wäre alles nur ein böser Traum.

Sie glaubte plötzlich, draußen ein Scheppern zu hören. Waren die bösen Männer zurück? Oder sollte sie um Hilfe rufen? Ihre Hand umklammerte das Gebäck, bis es in Krümeln auf ihre Hose fiel. Dann war es wieder vollkommen still.

Sie hatte die Chance vertan ...

Marseille, 4. Juli

Lionel war zum Sterben müde. Er war jemand, der den erholsamen Nachtschlaf wirklich benötigte. Nur so konnte er bei Sonnenaufgang im Büro sitzen und die Arbeiten beaufsichtigen. Doch heute galt es, einen Plan zu ersinnen, die Bullen aus seinem Hafen zu halten und den Gangs klarzumachen, welchen üblen Mist sie gerade fabrizierten. Kam das raus, hätten die Typen nicht nur Ärger mit ihm! Einige Leute hatten hier echt viel zu verlieren. Er war sich nicht sicher, was Lederkluft – der Handlanger des Clanchefs – tun würde, ginge Lionel einfach zum Container, knackte das Schloss, holte das Kind raus, mit einem Strumpf über dem Kopf oder so, um sie dann irgendwo an einer weiter entfernten Straßenecke laufen zu lassen. Direkt in die Arme der Polizei. Für den Containerhafen war das die beste Entscheidung – doch für Lionel konnte es unter Umständen tödlich enden. Die Kerle fuchtelten gern mit Waffen herum, brüsteten sich damit, wen sie schon alles abgestochen oder mit einer Kugel erledigt hatten, der dann als Fischfutter entsorgt worden war. Nicht sein präferiertes Ende.

Daher saß er hier an seinem Schreibtisch, das Handy immer wieder in der Hand, um durch die Kamera auf den Container zu schauen, und grübelte, bis ihm Rauch aus den Ohren stieg. Bald würde Mathis hier auftauchen. Der Junge hatte diese Woche Frühschicht ... und würde sich wundern, seinen Chef mit verquollenen Augen hier vorzufinden. Lionel musste schneller denken, doch seinem geplagten Gehirn wollte nichts einfallen, was ihn am Ende aus der Sache raushielt. Weil die Typen wussten, dass die Stahlbehälter im Hafen im Regelfall narrensicher untergebracht waren, machten sie sich auch meist keine große Mühe, diese zu sichern. Sie hielten sich für oberschlau und unantastbar. Wobei ein Sechser-Zahlenschloss mit Extraverstärkung schon eine gute Lösung war, denn es gab rund eine Million Kombinationsmöglichkeiten. Digitale Schlösser waren leichter zu knacken, da es dafür wiederum digitale Geräte gab, die dann die unterschiedlichen Codes ausprobierten. Granitschlösser wurden hergestellt und so konstruiert, dass man sie auch mit einem Bolzenschneider der Extraklasse nur unter erschwerten Bedingungen zerschneiden konnte. Versicherungen legten heutzutage besonderen Wert darauf. Oft befanden sich in den Containern extrem hohe Warenwerte. Nicht nur in denen, die sich quasi unauffällig dazwischenschmuggelten, sondern auch in den offiziellen. Doch er hatte den Vorteil der Kamera. Zoomte er in das Video vom Vorabend rein, konnte er genau diese fünf Zahlen erkennen: 03560. Für die sechste gab es dann ja nur noch zehn Möglichkeiten. Das würde ihn keine zwanzig Sekunden kosten.

Dachte er wirklich darüber nach, das Mädchen auf eigene Faust zu befreien? Kam das raus, war er gleich ein mehrfach toter Mann! Egal, wie gut seine Erklärung war, den Hafen vor Hundertschaften zu schützen, er würde nie wieder einen Fuß auf den Boden bekommen. Sie mit einer Kamera überwacht zu haben, war der erste Todesstoß. Sich ihrer Ware zu bemächtigen, der zweite ... Ihr Geschäft zu sabotieren, der dritte ... und so weiter. Wahrscheinlich würde Mathis neben ihm in dem betonierten Loch landen, denn ihm würde ebenfalls niemand mehr trauen. Schließlich war der schlaksige Kerl seine rechte Hand. Die Kleine wäre gerettet, aber er war kein Superman. Er musste dafür sorgen, dass all seine Geschäfte unproblematisch weiterliefen und der Geldfluss nicht versiegte.

Wollte er wirklich, von Luxus umgeben, bis an sein Lebensende existieren, waren die drei Millionen auf den verschiedenen Konten nicht genug. Vielleicht musste er herausfinden, was das Mädchen wirklich wert war. Er wusste, wie man Browserverläufe spurlos löschen konnte. Also machte er sich daran zu checken, ob die Familie des Kindes reich war.

Der Vater kam aus der Provence, war Geophysiker für die Stadt Paris. Wohl eher kein Job, bei dem man Geld scheffelte – außer man stellte Gutachten für die richtigen Leute mit dem richtigen Inhalt aus ... Die Mutter, eine heldenhafte Anwältin, kam aus einer angesehenen Familie. Da war vielleicht was zu holen. Doch hatte die Gang es echt nötig, Kinder von der Straße zu klauen, um an Geld zu kommen? Nein. Es war der Name Simone de Oliviera, der ihm durch den Kopf hallte. Mittlerweile waren die Nachrichten voll von der Entführung ... *den* Entführungen: Noch ein weiteres Kind war verschwunden. Der Freund der Kleinen. Hatten sie sie deshalb geholt? Um sie irgendwelchen perversen Säcken anzubieten? Als *einheimische Ware?* Bestimmt würde kein hochrangiger Politiker in einem abgeratzten Container vögeln wollen, oder doch? Er hatte im Laufe der Jahre genug mitbekommen, um zu wissen, dass Perversion keine Grenzen kannte. Vielleicht hatten sie noch Schlimmeres vor und wollten ein Snuff-Video drehen: sie vor laufender Kamera missbrauchen und töten.

Er schüttelte sich, denn ein eiskalter Schauer lief ihm über den Rücken. Das konnte er nicht zulassen. Eigentlich war ihm egal, womit seine Kunden ihr Geld machten, denn im Regelfall war die Ware gesichtslos für ihn. Doch diese hier hatte nicht nur ein Gesicht, sondern auch einen Namen. Er konnte nicht so tun, als wüsste er das alles nicht. Hie und da hatten böse Stimmen gemunkelt, *Dignité et justice pour tous* sei in Wahrheit auch nur ein Haufen verdeckter Schlepper, Menschenhändler und Mörder, aber ... Seine Schultern zuckten, und sein Körper teilte ihm dadurch mit, dass es müßig war, sich mit solchen Gerüchten zu beschäftigen. Er musste sich der aktuellen Bedrohung stellen und die Gefahr von seinem Hafen abwenden. Vielleicht sollte er den Chinesen oder den Albanern stecken, was hier los war, und denen die Drecksarbeit überlassen. Dem Mädchen würde es dadurch nicht besser ergehen, aber Lionels Geschäfte wären sicher.

Etwas in ihm regte sich, und er lauschte in sich hinein, konnte es schier nicht fassen ... In seinem Gehirn waren ganz offensichtlich einige Sicherungen durchgebrannt: Er wollte das Mädchen beschützen!

Paris, 4. Juli

Margeaux, Frank und Aimé hatten sich in Aurélies Büro zurückgezogen. Sie hatte Thierry angeboten mitzukommen.

Er hatte verneint. »Das ist Polizeiarbeit, was ihr drei da macht. Ich bin nicht sauer oder enttäuscht, dass du wieder mittendrin steckst, denn es geht um ein Kind aus der Familie. Ich würde sogar von dir verlangen, dass du aktiv wirst, wäre eine meiner Nichten oder einer meiner Neffen in Gefahr.«

»Ich will dich nicht verlieren, Thierry. Deine Hand in meiner, während wir alt und grau durch die Gegend tippeln … Das will ich. Kein Adrenalin dieser Welt, kein noch so großer Ermittlungserfolg kann mir das Gefühl geben, das ich spüre, wenn ich nachts aufwache, meinen Arm ausstrecke und dich berühren kann.« Sie hatte ihn heftig umarmt und geküsst, denn jedes Wort war wahr und absolut ernst gemeint gewesen. Ihre kleine Detektei lief gut und hatte genügend langweilige Fälle, um Aimé und sie zu beschäftigen. Ums Geld war es ihr dabei noch nie gegangen, und das musste es Gott sei Dank auch nicht.

Nun saßen sie hier, während die anderen versuchten, ein klein wenig Schlaf zu finden. Sie hatten die leichten Beruhigungsmittel abgelehnt, die Margeaux vorgeschlagen hatte. Schlaflos und außer sich vor Gefühlschaos traf man oft keine guten Entscheidungen. Hilde lag mit Marylène zusammen in deren breitem Bett, und Pierre und Aurélie hatten sich schwerfällig in ihr Schlafzimmer zurückgezogen. Frank hatte kurz auf dem grünen Sessel gedöst. Aimé ruhte im Schreibtischstuhl, und sie selbst brachte Powernapping stets wieder gut in Form. Sieben Minuten mit einem Schlüssel in der Hand, die über die Sofakante hing. Fiel der Bund zu Boden, war man wieder wach. Ihr tat der kurze Zeitraum gut. Sie war danach erfrischt und geistig fit.

»Ich bin dafür, dass wir mit dem nächsten TGV nach Avignon fahren. Hilde hat Matze angerufen und ihn beauftragt, nach allem zu suchen, was er über Simone de Oliviera finden kann.«

Aimé fuhr in seinem Stuhl hoch, nun wieder hellwach. »Sie hat was?«

»Das, was wir sowieso schon vorhatten«, meldete sich Frank zu Wort.

»Sie war nur schneller als wir«, bestätigte Margeaux, »denn die Interpol-Akte bringt uns gar nichts. Wenn es danach geht, hat die Frau einen Heiligenschein, aber die *Human Rights Lawyers* haben genügend belastbares Material gesammelt, um damit vor Gericht zu ziehen. Also gibt's da etwas. Matze muss nur in deren System eindringen und die Akte herunterladen ...«

»Und das Ganze so schnell, dass er nicht im Knast landet und im Anschluss von Bap mit Beton an den Füßen in der Rhône versenkt wird«, fügte Frank sarkastisch hinzu.

»Die werden das Material wie Fort Knox gesichert haben.« Aimé schabte sich mit der Handfläche über die Stoppel auf seinem Kopf.

»Wohl wahr, aber Matze ist gut«, blieb Margeaux zuversichtlich.

»Und was machen wir in der Provence?«, erkundigte sich Aimé und suchte ihren Blick. Er war noch lange nicht in Topform – würde es vielleicht sogar nie wieder sein! Er war ein älterer Herr, und die Verwundung und der Krebs hatten ihm arg zugesetzt.

»Frank und ich fahren nach Cassis und schauen, dass wir an de Oliviera rankommen. Vielleicht bleibst du auf dem Weiler, fügst alle Puzzleteile zusammen und versuchst, über

Gilbert Brenot weitere Informationen über mögliche Organisationen, Gangs und Clans in Erfahrung zu bringen? Wer diese Entführung geplant hat, agierte schnell und effizient. Das macht man nicht mit der Hand am Arm. Zudem muss es einen Ort geben, an den man sie gebracht hat.«

»Frankreich ist groß«, sagte Aimé resigniert.

Er hatte recht. Ohne irgendeinen Anhaltspunkt war es wie die Suche nach einer Stecknadel im Heuhaufen.

Franks Handy vibrierte. Er nahm es vom Oberschenkel und wischte über das Display, wurde mit einem Mal blass und sagte: »O mein Gott!«

»Was ist los?« Sie trat zu ihm, und auch Aimé sprang vom Sessel, so panisch hatten die drei Worte geklungen.

»Sie haben Davide gefunden. Diese Schweine haben das Kind in einem Müllsack zwischen der Périphérique und der A6 in einem Gebüsch ent...sorgt.«

»Sie haben ihn umgebracht?«, stieß Aimé entsetzt aus.

Frank überflog den Text. »Sie haben es versucht. Solche Leute fühlen sich oft einfach zu sicher. Er hat eine schwere Stichverletzung zwischen Rückgrat und linkem Schulterblatt. Man wollte ihn wohl von hinten in die Herzkammer treffen. Laut Arzt hat das Schulterblatt den Stich abgelenkt. Der Junge liegt schwer verletzt im Koma. Er hatte vor allem innere Blutungen. Seine Rettung hat er einem Geschäftsmann aus Villejuif mit nervöser Blase zu verdanken. Er musste während der Fahrt spontan anhalten.«

Frank hob kurz den Blick. Seine Mutter hatte damals ein ähnliches Schicksal erlitten. Er schaute Margeaux in die Augen, konnte die Wut darin sehen, dass jemand einen Jungen in einem Müllsack weggeworfen hatte.

»Er hat sich über das Geräusch gewundert, das sein Urinstrahl beim Auftreffen verursachte, und dann mit der Handytaschenlampe hingeleuchtet. Dabei ist ihm ein Turnschuh an einem Fuß aufgefallen, und er hat umgehend die Polizei alarmiert.«

»Wann war das?«, wollte Aimé wissen.

»Die Nachricht ist eben rausgekommen ... Warte! Kurz nach halb eins.«

»Das Kind hat also mit einer Stichverletzung in einem Müllsack rund fünfzehn Stunden überlebt. Das kommt einem Wunder gleich.« Aimé schüttelte ungläubig den Kopf.

»Überlebt ist relativ. Er atmete noch selbstständig, aber jetzt liegt er im Koma und wird beatmet. So die Meldung.«

»Warum führen diese Idioten das so detailliert aus?«, erkundigte sich Margeaux aufgebracht. »Haben sie auch noch die Adresse vom Krankenhaus dazugeschrieben – mit Station und Zimmernummer? Himmelherrgott noch mal!!! Er ist ein potenzieller Zeuge, und sie haben es vermasselt. Warum lässt Hibenôt das zu?«

»Der Vater hatte andere Ansichten, und der Kommissar hat deutlich gemacht, dass er ihn nicht an die Kandare nehmen kann. Vielleicht hat er das so an die Presse weitergegeben und ...«, versuchte Frank eine Erklärung, doch Margeaux war nicht willens, ihre Gefühle runterzuschlucken.

»Das ist unprofessionell, Frank. Das weißt du genauso gut wie ich!!! Meine Güte, ich höre mich schon wieder an wie Werner ...« Sie stoppte sich selbst, atmete bewusst durch und startete erneut: »Der Junge muss bewacht werden. Egal, wie belehrend ich mich damit anhöre, ich werde nachfragen, ob Hibenôt das angeordnet hat.«

»Was machen wir denn jetzt?«, wollte Aimé mit heiserer Stimme wissen. »Wir müssen es den anderen sagen!«

»Du meinst, wir sollen sie wecken?« Margeaux war sich unschlüssig.

»Ja. Das meine ich. Lassen wir sie schlafen, wird hier morgen früh Kriegsgebiet sein. Und das aus gutem Grund. Sie haben das Recht, es jetzt zu erfahren, denn damit fallen alle Theorien raus, die sich mit dem Thema ›Durchbrennen aufmüpfiger Teenager‹ befassen. Würdet ihr mir das nicht augenblicklich sagen ... ich könnte es euch nicht so leicht verzeihen. Dein Verhältnis mit Hilde ist momentan zu fragil«, wandte er sich an sie.

»In Ordnung. Doch danach wird für niemanden mehr an Schlaf zu denken sein. Ich rufe erst Hibenôt an. Dann wecke ich Thierry, dann Hilde und Marylène. Du übernimmst Pierre und Aurélie. Frank, informiere du die Familie. Für sie bist du die neutralste Person.«

Die beiden Männer nickten bestätigend.

»Wir brechen auf, sowie wir das Gefühl haben, dass sie einigermaßen klarkommen.«

»Du weißt, dass das Unsinn ist, Margeaux.« Aimé kam zu ihr und legte ihr die Hand auf die Schulter. »Niemand wird hier klarkommen. Die Panik ist ein Teil von allen geworden. Sie sitzt mit am Tisch, liegt mit im Bett, ist in jedem Atemzug.«

Natürlich war das richtig. Der lebensgefährlich verletzte Junge würde alles noch schlimmer machen, denn lieber waren zwei Teenager miteinander durchgebrannt, als dass kaltblütige Killer Danielle in ihren Fängen hatten. Es eröffnete die Möglichkeit, dass auch das Mädchen irgendwo lag – durch einen Messerstich schwer verletzt oder gar ... getötet. Es wäre nicht zum ersten Mal so, dass Erpresser ihr Opfer schon längst umgebracht hatten, als sie ihre Forderungen stellten.

»Der nächste TGV fährt um kurz nach sechs. Wir sollten zeitig zum Gare de Lyon aufbrechen«, informierte Frank.

»Dann sind wir gegen neun zu Hause. Charlène kommt auch um diese Zeit. Dann kann sie Willi dalassen, deine Räume oben richten und am besten wieder gehen. Wenn wir unser Hauptquartier wie immer im Wohnzimmer aufschlagen, ist es besser, sie nicht dort zu haben.« Mit Hilde war das etwas anderes gewesen, aber Charlène war eine Fremde.

»Ich buche vier Tickets«, bot Frank an. Sein Blick huschte zu Aimé. Margeaux nahm ihn in den Arm. »Wenn du lieber hierbleiben möchtest, ist das vollkommen in Ordnung.«

»Es zerreißt mich, Margeaux. Aber du weißt, dass ich nicht tatenlos in dieser Wohnung hocken kann. Ihr braucht mich … Und zu viert haben wir schon einiges aufgeklärt.« Er seufzte, und sie drückte ihn erneut an sich. »Ich hab dich lieb, Aimé. Wir werden alles tun, um Danielle zu finden!«

Er strich ihr über den Rücken, machte sich dann frei und nickte. »Wir haben zu tun, Chérie.«

Sie griff nach ihrem Handy und tippte auf Hibenôts Kontakt.

Cassis, 4. Juli

Simone konnte nicht schlafen. Auch wenn sie Desna gegenüber Ruhe zu bewahren versuchte, sah es in ihrem Inneren doch ganz anders aus. Angst war so lange der vorrangige Teil ihres Lebens gewesen, dass es ihr nur sehr schwer gelang, diese komplett zu kontrollieren. Doch in der Gesellschaft galt das als ein Zeichen von Schwäche, daher hatte sie sich nach außen hin so gut wie immer vollkommen im Griff. War sie allein in ihrem Schlafzimmer, spielte ihr Gehirn ihr immer wieder Streiche: *Er tritt die Tür ein – sein Gesicht hassverzerrt. Er schlägt ihr mit aller Kraft in den Magen und dann gegen die Schläfe – sodass sie zusammenklappt wie ein Taschenmesser. Dann wirft er sie aufs Bett und vergewaltigt sie brutal … mehrmals.*

Es war kein Albtraum, den ihre böse Fantasie ihr vorspielte, sondern zu oft erlebte Realität. Was, wenn das hier seine Rache war? Sie traute ihm alles zu. Doch er war nicht allmächtig.

Simon hatte ihr genau das erklärt, und ihr Verstand hatte seine Worte wie ein Schwamm aufgesogen, aber das panische, gequälte Wesen tief in ihr schien erneut zum Leben erwacht zu sein, und sie hatte sich entschieden, mit der Pistole neben sich im Bett zu liegen. Bekam sie die Möglichkeit, würde sie ihm das überhebliche Grinsen aus dem Gesicht wischen – für immer!

Das kalte Metall der Waffe gab ihr etwas Sicherheit. Nach einem geradezu wahnwitzigen Einsatz in Bogota – sie hatten vierzig Mädchen zwischen vier und vierzehn aus einem

Kühlwagen befreit – hatte sie begonnen, Schießunterricht zu nehmen. Sie war den Schergen um ein Haar in die Hände gefallen und wäre mehr oder minder wehrlos gewesen. Es war nicht so leicht, eine Pistole im richtigen Moment zu benutzen. Man musste dafür sorgen, dass sie geladen war, sie dann entsichern, zielen, abdrücken und sich auf den Rückschlag einrichten. Zudem war es etwas völlig anderes, es zu tun, als darüber zu reden. Ihre Hände hatten zu sehr gezittert, um die Waffe in ihrer Handtasche zu fassen zu bekommen. Ganz zu schweigen davon, die anderen Schritte zu beachten, um sie schussfähig zu machen.

Heute konnte sie die silberne Smith & Wesson im Halbschlaf auseinander- und wieder zusammenbauen. Zudem traf sie mehr als passabel, und vor allem zögerte sie nicht mehr, nach ihr zu greifen. Sie hatte eine offizielle Erlaubnis, die Waffe zu besitzen. Eigentlich musste sie verschlossen aufbewahrt werden, doch sie würde sich keiner Gefahr aussetzen und schutzlos sein. Sollte er wirklich hier auftauchen und sie würde ihn erschießen, musste Simon die rechtliche Seite klären. Sie war zu lange Opfer gewesen, Opfer eines Mannes, der vor Gott geschworen hatte, sie zu lieben, zu ehren und vor Kummer zu bewahren. Fast noch schlimmer als die Bilder, die ihr Gehirn produzierte, war die Erinnerung an den Geruch von Bier und Knoblauch – von seinem Schweiß –, wenn er sich grunzend über sie gebeugt, ihr ins Gesicht geschlagen, ihre Brüste brutal gequetscht und sie penetriert hatte, bis sie blutete. Die Bilder ließen sich kontrollieren. Roch sie aber ähnliche Körperausdünstungen, war der Flashback unaufhaltsam. Die Zeit heilte keineswegs alle Wunden.

Sie hatte noch einen Tag, um sich wieder in den Griff zu bekommen. Auch Simon blieben nur wenige Stunden, um den Schmutz zu beseitigen, mit dem man wieder einmal auf sie warf, denn am 5. Juli, also morgen, fand der große jährliche Charityball statt. Diesmal in Marseille – der größten Stadt der Provence. Sie hatte erst Nizza im Auge gehabt, denn die Stadt war ein gern genutzter Treffpunkt für die Schönen und Reichen. Doch Marseille war ein bedeutendes Wirtschaftszentrum und vereinte den Europort-Hafen, Petrochemie, Stahlverarbeitung, pharmazeutische und medizinische Forschung und jede Menge Hightech-Industrie. Es gab nicht nur viele Unternehmer dort, für die es eine öffentlichkeitswirksame Sache war, größere Beträge zu spenden, sondern auch Politiker mit Einfluss. Der Präsident und seine Gattin würden extra anreisen, die Pressevertreter waren handverlesen, und im Regelfall kamen Beträge im siebenstelligen Bereich zusammen. In den vergangenen Jahren hatte es begonnen, zum guten Ton zu gehören, dem Ball beizuwohnen und dort einen ansehnlichen Scheck zu überreichen. Anfangs hatte Simone noch alles selbst organisiert, doch mittlerweile stand das Konzept, und ihr Team – mit Desna an der Spitze – leistete hervorragende Arbeit. Sie musste nur im Vorfeld die Gästeliste gegenchecken und sich am Tag des Geschehens zurechtmachen lassen.

Ihr Kleid war seit Wochen fertig und hing in einem Schutzsack im Ankleidezimmer. Schuhe und Tasche ebenfalls. Ihr Schmuck war stets dezent. Niemand sollte ihr nachsagen, sie würde das Geld dazu verwenden, um damit bei Bulgari und Co. einzukaufen. Der auffällige goldene Ring mit dem großen grünen Turmalin im Regenbogenschliff war ein Statement Piece, und sie trug ihn immer. Bereits die Römer glaubten, der Turmalin besäße geheime Kräfte. Simone war davon überzeugt. Sie hatte ihn an jenem Tag erworben, an dem es ihr gelungen war, einer Motorradgang drei Mädchen zu entreißen, die diese gerade in ihrem System verschwinden lassen wollten. Es war ihr erster großer Erfolg gewesen, und man hatte sie gefeiert wie die Retterin der Nation. Am Abend war sie – noch trunken von dem Gefühl – über den Markt im Stadtkern von Cassis geschlendert und hatte dieses Exemplar ergattert.

Der Händler hatte ihr sonderbare Dinge über den Stein erzählt: ein Chrom-Turmalin aus Ostafrika, dessen Aufgabe es war, Ängste zu zerstreuen, beruhigend und ausgleichend auf die Psyche zu wirken und als Schutzstein negative Energien abzuwenden. Zudem war er dafür da, das Durchhaltevermögen und Selbstvertrauen seiner Trägerin zu stärken. Mit offenem Mund hatte sie ihm gelauscht und das Gefühl gehabt, der Ring sei nur für sie geschmiedet worden. Sein Grün war so rein und lebhaft – einfach wunderschön. Als er jedoch den Preis genannt hatte, war sie beinahe zurückgezuckt, denn 850 Euro waren damals sehr viel Geld für sie gewesen. Sie hatten sich am Ende auf 800 geeinigt, und er hatte ihr noch Modeschmuckohrringe mit kleinen Turmalinsplittern dazugegeben. Diese bewahrte sie in einem kleinen Kästchen in ihrem Sekretär auf. Sie waren eine Erinnerung an ihre erste erfolgreiche Aktion, aber sie trug sie nicht mehr. Die Zeiten hatten sich geändert, und die Stecker in ihren Ohren zierten Smaragde. Ein Geschenk von Simon zum zehnjährigen Bestehen von *Dignité et justice pour tous*. Zusammen mit dem Ring ergab sich ein stilvolles Bild.

Das Kleid für den Ball war wie immer eine Leihgabe eines bekannten Modelabels und würde im Nachgang versteigert. Sie war auf ihre Art eine Berühmtheit geworden – ganz ohne es zu wollen. Natürlich ging es bei dem Bekleidungsstück um den guten Zweck. Sie war kein amerikanischer Superstar ... aber eine bekannte Marke. Und der Hintergrund der Gala machte es stets zu einem begehrten Objekt.

Sie musste unbedingt etwas Schlaf bekommen, damit sie an dem Abend nicht wie ein Zombie wirkte. Sie rollte sich zusammen und rückte das Kissen mit der Waffe mehrfach zurecht. Die Schrecken des Tages senkten sich bleiern in ihre Glieder, und die Müdigkeit breitete sich wie eine Decke über ihrem Körper aus.

Gerade tauchte sie in die Entspannung des Schlummers ein, als ein kratzendes Geräusch all ihre Sinne in Alarmbereitschaft versetzte: *Er ... er ist da!*

Sie riss die Waffe hoch, entsicherte sie und zielte – den Finger am Abzug – auf die sich langsam öffnende Tür.

Marseille, 4. Juli

Lionel musste eine Entscheidung treffen. Bald schon graute der Morgen, und in der Helligkeit gab es kaum eine Chance, ungesehen ein entführtes Kind durch den Hafen zu schleusen. Er zögerte noch immer, denn der Impuls, sie zu beschützen, hatte ihn komplett aus der Bahn geworfen. Zudem musste er etwas tun, um nicht genauso auszusehen wie gerade: ein ungewaschener Mann in zerknitterter Kleidung mit Ringen unter den Augen. Er erhob sich schwerfällig und zog die kleine Tasche mit der Wechselkleidung aus dem Schrank hinter sich. Er hatte immer frische Sachen im Büro – für den Fall, dass er an einem unbarmherzig heißen Tag durchgeschwitzt war oder sich bei einem Gang durch sein Reich irgendwo beschmutzte. Niemals würde er so hinter seinem Schreibtisch sitzen und Gespräche mit Leuten führen, die ihn sowieso nur für einen ihrer Handlanger hielten.

Er schlurfte zum WC, nahm dort die sorgfältig gefalteten Teile heraus, zog sich in dem schmalen Raum ungelenk aus, wusch sich mit den Einmallappen die ebenfalls in ausreichender Menge zu dem Packgut gehörten, und rasierte sich, so gut es ging, mit dem Einmalrasierer. Er schlüpfte in die frischen Sachen, kämmte sich die Haare, sprühte seinen Lieblingsduft auf und verstaute die Utensilien wieder ordnungsgemäß. Heute Abend musste er die Tasche frisch bestücken. Sein Spiegelbild blickte ihm aus müden Augen entgegen. Er hatte Tränensäcke. Erneut kramte er in dem kleinen Beutel mit den Pflegeutensilien, zog eine kleine Tube hervor und tupfte sich einige Kleckse der Creme auf die Wülste. Dann klopfte er das Zeug mit den Fingerspitzen ein – so, wie es ihm die langhaarige Schönheit in dem Laden in der Innenstadt gezeigt hatte.

Einem Zauber gleich ging die Schwellung nach einigen Minuten zurück, und er sah aus wie immer. Er warf einen letzten prüfenden Blick auf sein Gesicht und dann um sich herum – nichts deutete auf seine Stylingaktion hin.

Zufrieden trabte er zurück in sein Büro. Nun war er zwar wieder er selbst, aber er hatte noch immer keine zündende Idee. Missmutig dehnte er seine verspannten Muskeln und versuchte, das Gefühl abzuschütteln, der Retter in der Not sein zu müssen. Das mit der Kamera verknüpfte Handy begann sich surrend auf dem Tisch zu bewegen. Was war da los? Kamen sie zurück, um das Mädchen zu holen und zu »entsorgen« – wie sie es mit dem Jungen aus den Nachrichten getan hatten? Nur diesmal mit der Order, es »richtig« zu machen! Er hatte zu lange gezögert und gezaudert. Doch am Ende war es dann auch egal. Hauptsache, sein Hafen blieb sauber. Niemand konnte ihn für etwas belangen. Er würde die Kamera entfernen, alles zu Brei stampfen und die Einzelteile in verschiedene Mülleimer der Stadt werfen.

Neugierig rief er das Bild auf, das das Wunder der Technik produzierte: Ein Wagen hielt vor dem Container. Diese Arschlöcher fühlten sich so sicher in SEINEM Königreich, dass sie es noch nicht einmal für nötig hielten, die Scheinwerfer auszuschalten! Ein bulliger Kerl zerrte eine Frau und ein kleines Kind aus dem Auto, der andere richtete etwas Glänzendes auf sie. Hoffentlich hatte er einen ruhigen Finger und veranstaltete keine Sauerei auf der Straße. Blutflecken waren verdammt schwer aus dem rauen Beton zu entfernen. Das würde Fragen bei den Mitarbeitenden aufwerfen, zur Not würde einer die Polizei alarmieren, und dann kam das Unheil genauso auf ihn zugerast. Sein Körper brüllte plötzlich nach Luft – erst da fiel ihm auf, dass er den Atem vor Spannung angehalten hatte.

Der Bullige hatte die Leiter angelehnt, öffnete das Vorhängeschloss, leider so, dass Lionel auch jetzt die letzte Ziffer nicht sehen konnte, machte die Tür ein wenig auf und zerrte die Frau die letzten Stufen hinauf. Sie zog das Kind wie eine Puppe hinter sich her. Er stopfte beide geradezu in den Container.

Lionel glaubte, in ihrem Halbprofil asiatische Züge zu erkennen. Sie hatte einen Rucksack auf dem Rücken, der prall gefüllt erschien.

Was, um Himmels willen, ging hier vor sich? Er war der Boss dieses Areals und wurde nicht darüber informiert! Wut kroch durch seine Knochen, und seine Fäuste ballten sich wie von selbst. Am liebsten wäre er mit der Schrotflinte in der Hand losgeeilt, um den Typen einen Denkzettel zu verpassen. Doch er war nicht dumm. Diese hirnlosen Handlanger würden ihn, ohne zu zögern, abknallen wie einen räudigen Hund, bedrohte er sie so offensichtlich. Gestern noch war er einfach nur ein korrupter Hafenmeister gewesen – warum war er heute drauf und dran, den Helden zu spielen?

Jetzt war es noch komplizierter, denn nun befanden sich drei Personen in der stählernen Box. Das Kind war klein. Lionel konnte das Alter nicht so recht einschätzen, da er sich mit Kindern nicht auskannte. Klein eben ... ein Schulranzen würde noch nicht auf den Rücken passen. Also unter sechs? Er wünschte, er hätte die Kamera niemals installiert und könnte weiterhin so tun, als würde er seine Hände in Unschuld waschen. Vielleicht war das die beste Lösung. Oder er meldete sich krank. Ein Magen-Darm-Virus. Das wollte niemand so genau wissen, und er konnte erst dann wiederkommen, wenn die Sache ausgestanden war.

Sie hatten von ihm bekommen, was sie wollten, daher würden sie weder ihn noch Mathis belästigen. Den Jungen noch weniger als ihn, denn er war ja nicht eingeweiht. In den vergangenen Jahren hatte er nie einen moralischen Kompass gehabt – nur den, genügend Geld für seinen Lebenstraum zu scheffeln. Warum, verdammt noch mal, tauchte das gerade jetzt in ihm auf.

Er schaute auf die Uhr: Nur noch fünfzig Minuten, bis die Nacht dem Morgengrauen wich. Sein Verstand skandierte: *Hau ab! Hau ab! Hau ab! Das ist nicht deine Sache.* Sein Herz – was für eine sentimentale Scheiße – hielt dagegen: *Mach einmal in deinem Leben das Richtige, du feiger, geldgieriger Sack!*

Das Handydisplay zeigte ihm die Abfahrt des Wagens. Der Container war wieder verschlossen, und um ihn herum herrschte gähnende Leere. Er würde ein Auto brauchen, um die drei abzutransportieren. Sechs Augen sahen mehr als zwei ... verdammt, verdammt, verdammt! Er war am Arsch!

Im TGV zwischen Paris und Avignon, 4. Juli

Die Landschaft flog vorbei, und Aimé kämpfte mit seinem schlechten Gewissen. Hilde hatte so getan, als verstünde sie ihn, aber der Rest der Familie schien geradezu fassungslos. Ungefähr um die Zeit, als der Schnellzug in Avignon ankam, war Danielle am gestrigen Morgen verschwunden. Vierundzwanzig Stunden, in denen es kein Zeichen gegeben hatte außer diesem einen Anruf. Der schwer verletzte Junge machte deutlich, dass sie es mit einem skrupellosen Feind zu tun hatten. Er wollte die Hoffnung nicht verlieren, doch da Aurélies Organisation nicht davon abzubringen war, die Klageschrift nicht zurückzunehmen ...

Sein Herz zog sich schmerzhaft zusammen, und das Atmen fiel ihm schwer. War seine Enkelin schon tot? Wofür brauchten sie das Kind noch, da die *Human Rights Lawyers* sich nicht erpressen ließen? Erwarteten sie einen unautorisierten Alleingang von Aurélie? Würde seine Schwiegertochter das tun, ihre Karriere für das Leben ihrer Tochter opfern? Die Kralle, die sein Herz zerquetschte, packte noch fester zu. Kannte er die Frau überhaupt, die mit seinem Sohn den Alltag teilte? Er hatte sein Leben riskiert, um Margeaux zu retten – damals in jenem Hotelzimmer in Châteaurenard. Wie viel Bereitschaft war in Aurélie ... und auch in Pierre?

Marylène machte den Eindruck, sofort mit gezücktem Schwert in die Höhle des Löwen zu rennen. Sie war noch so jung und voller Enthusiasmus. Vielleicht war ihr nicht vollkommen klar, mit wem sie es da zu tun hatten. Beide Eltern hatten auf ihre Art dazu beigetragen, die Familie in Gefahr zu bringen: Aurélie auf der vermeintlich hellen Seite, Pierre auf der dunklen! Er konnte es nicht fassen, dass sein Sohn kriminellen Subjekten diente und dadurch selbst zum Kriminellen geworden war. Kapierte der über Fünfzigjährige nicht, was er da tat? War er wirklich so blauäugig, zu denken, Gefälligkeitsgutachten für die Mafia seien kein Verbrechen?

Etwas berührte seine Schulter sanft, und er schrak aus seinen Gedanken. Margeaux' Hand lag dort – nur eine leichte Berührung. Er wandte ihr den Kopf zu, suchte ihren Blick.

»Wir sind alle furchtbar besorgt, doch für dich ist es um ein Vielfaches mehr – sie ist dein eigen Fleisch und Blut!« Margeaux' Augen zeigten Verständnis und dass sie seinen Zustand wahrnahm. »Wir halten die Familie in Paris und Hibenôt immer auf dem aktuellen Stand, und uns dreien tut es gut, aktiv zu werden. Sitzen wir mit in der Wohnung, erhöht das den Stresslevel aller Beteiligten ungemein«, sprach sie weiter.

Thierry und Frank nickten bestätigend. Auch für den Bäcker war es angenehmer, in seinem Laden Gebäck zu produzieren, als in der Küche der Großstadtwohnung Häppchen zu belegen.

»Ich habe gerade kurz mit Matze geschrieben«, meldete sich Frank zu Wort. »Aliette hatte wohl Hunger und ihn dadurch früh aus dem Bett getrieben. Er hat sich auf die Suche gemacht und einige Parameter programmiert. Bisher ist nichts weiter dabei rausgekommen. Simone de Oliviera hat eine umfangreiche Krankenakte mit den Verletzungen, die sie durch die Gewalt ihres Ex-Mannes erlebt hat. Das ist nichts Neues, denn darüber hat sie gesprochen. Vielleicht nicht mit dieser Detailtiefe, doch es ist allgemein bekannt, dass der Kerl ihr sehr wehgetan hat. Was bisher eher im Dunkeln geblieben ist, sind seine Verbindungen zu einer Motorradgang in Aix-en-Provence.«

»Motorradgang wie *Organisierte Kriminalität* oder wie *Ein paar Jungs cruisen mit Clubemblem an den Jacken zusammen zum Mont Ventoux?«*, hakte Aimé nach.

»Soweit Matze das feststellen konnte, handelt es sich um wirklich böse Kerle: Drogen, Prostitution, Schutzgeld, Auftragsmord«, ratterte Frank die Liste herunter.

»Das wird alles immer verrückter.« Margeaux nahm ihren Stift in die Hand und fügte ihren Notizen einige neue Stichpunkte hinzu.

»Lebt sie noch?«, fragte Aimé, und seine Stimme wollte ihm kaum gehorchen. Margeaux' Hand legte sich wieder auf seine Schulter. »Wenn wir die Hoffnung verlieren, ist alles, was wir tun, sinnlos! Die Hoffnung ist unser stärkster Motivator.«

Es war nicht nur ein Tschakka-Ruf. Er hörte die Ernsthaftigkeit in ihrem Ton. Sie hatte recht. Glaube und Liebe waren gut, doch ohne Hoffnung blieb nur Resignation.

Wieder nutzte sie ihre Fähigkeit, Emotionen zu regulieren – sie hatte ihm die Studienergebnisse mehr als einmal erläutert. *Putting feelings into words.* Erkannte man eine Emotion treffsicher und fasste sie mit einem angemessenen Gefühlsbegriff in Worte, reduzierte sich die emotionale Aufladung. Das machte es möglich, wieder klarer zu denken, denn Emotio und Ratio befanden sich in einer solchen Situation im Ressourcenkampf. Nicht selten gewann die affektive Ladung, und der Teil des Gehirns, der für denkendes und planendes Handeln verantwortlich war, geriet ins Hintertreffen. Das limbische System hatte keinen Überhitzungsschutz. So brannten Menschen aus ... Burn-out!

»Gerade scheint alles verloren, Aimé, und Furcht und Kummer beherrschen alles.«

Ja, sie hatte recht. Trauer und Angst hatten ihn fest im Griff. Er konnte es fachlich zuordnen, denn die Zusammenarbeit mit Margeaux verlangte es, über Emotionswissen zu verfügen ... Und er war schließlich ihr bester Mitarbeiter.

»Du hast mir keine Antwort gegeben. Ich weiß, es ist kindisch, darauf zu beharren, aber nur wenn wir drei – entschuldige Thierry, dass ich dich da gerade ausklammere – daran glauben, dass wir eine Chance haben, sie lebend zu finden, macht das hier überhaupt Sinn«, formulierte er eindringlich und schaute erst Frank und dann Margeaux fest in die Augen. Er wollte sehen, ob sie zögerten.

»Ich für meinen Teil mache mich nicht auf den Weg, de Oliviera auf den Zahn zu fühlen, weil ich die Hoffnung verloren habe. Ich glaube, dass sie noch lebt«, sagte Frank mit fester Stimme.

»Ich will nicht lügen«, begann Margeaux, und sein Herz zog sich erneut schmerzhaft zusammen, »nachdem sie den Jungen so brutal entsorgt haben, scheinen mir die Täter zu allem bereit – doch noch haben sie nichts erreicht, und ich frage mich, ob es wirklich ihr Ziel ist, die Klage zu verhindern. Es ist lediglich ein sehr öffentlichkeitswirksames Mittel, und mein Bauchgefühl sagt mir, dass es am Ende gar nicht darum geht.«

»Eine klare Antwort, Margeaux!«, verlangte er nachdrücklich.

»Sie lebt noch. Noch!«, blieb sie erschreckend ehrlich, und alle am Tisch zuckten bei ihrem letzten Wort zusammen.

Sie hatte recht – in den seltensten Fällen ließen Entführer ihre Opfer am Leben. Sie mussten also herausfinden, wer hinter alldem steckte, und das Kind auf eigene Faust retten. Natürlich unter Zuhilfenahme der Behörden, korrigierte er seine Gedanken. Er hatte Hilde in die Hand versprochen, keine Alleingänge zu unternehmen. Diese Zusage wollte er unter allen Umständen einhalten. Sie alle hatten ihr das Versprechen geben müssen!

»Wollt ihr hören, was noch von Matze kam?«, fragte Frank in die Stille.

»Selbstverständlich. Bitte sprich weiter.« Aimé wollte alles erfahren.

»De Olivieras Ex hat sich dieser Gruppierung vor ungefähr

sechs Jahren angeschlossen – kurz nach dem Zeitpunkt, an dem das Kontaktverbot zu seiner Ex-Frau auf weitere zehn Jahre vom Gericht verlängert worden war. De Oliviera beschäftigt einen äußerst fähigen Anwalt, den sie zudem als besten Freund und ihren Retter bezeichnet.«

»Simon Bremond«, vervollständigte Margeaux wissend. »Er ist ein mit allen Wassern gewaschener Jurist, höchstwahrscheinlich führt kaum ein Weg an ihm vorbei, es sei denn ...«

»Es sei denn, wir erwischen de Oliviera irgendwie inoffiziell«, beendete Aimé ihren Satz.

Mitleidlose Verachtung

Und als die Sonne aufging, schickte Gott einen heißen Ostwind. Die Sonne stach Jona auf den Kopf, sodass er fast ohnmächtig wurde. Da wünschte er zu sterben und sagte: Es ist besser für mich zu sterben als zu leben.

Jona 4,8

Wieder die Dunkelheit. Wieder die Furcht. Wieder das Weinen des Kindes. Wieder der Eimer. Wieder der flammende Hass. Alles wieder da. Kein Entkommen. Die Hoffnungslosigkeit noch schlimmer als zuvor. Ein steter Kreislauf voller Angst und Verderben, ohne Ausweg.

Vielleicht wäre es klüger gewesen, wegzurennen und mit einer Kugel im Kopf zu enden. Tot zu sein, dem Elend des Lebens für immer zu entfliehen. Glaubte man, die brutalen Hände geifernder Monster seien das Schlimmstmögliche, so belehrte einen das Leben.

Ungewissheit ist furchtbarer, paart sich mit Hoffnungslosigkeit und nistet in jeder Zelle des kalten Körpers. Er gefriert von innen heraus, lässt jedes Mitleid erstarren, und am Ende bleibt ein Wesen – eben noch Mensch, nun aber auf dem Weg zum seelenlosen Mogwai, einem dem Menschen feindlich gesonnenen Dämon.

Das kleine Licht einer Taschenlampe. Ein winziger Tropfen schmelzenden Wassers auf dem gefrorenen Herzen. Nicht dauernd im Dunkel ... noch ein Kind ...

Und wieder die allumfassende hoffnungsleere Frage nach

dem Was und dem Warum, während die Seele den Körper für immer verlassen möchte, um sich einen neuen, glücklichen, freien Leib zu suchen.

Hameau les Bouisses, 4. Juli

Margeaux bückte sich, und trotz aller Angst und Anspannung spürte sie die Wärme des Glücks in sich, als der rotblonde Dackel mit fliegenden Ohren und leuchtenden Augen auf sie zugerannt kam. Er fiepte vor Freude, seine geliebten Menschen wieder um sich zu haben. Sein Blick schien Hilde zu suchen, doch dann füllte Frank die Lücke aus. Willi rannte erst um ihre Beine, ließ sich kurz von Aimé und Frank begrüßen und warf sich dann vor ihr auf den Rücken. *Streichle mich*, rief sein Körper, und sie folgte der Aufforderung, hockte sich hin und liebkoste ihn ausführlich. Er lächelte zufrieden, dessen war sie sich vollkommen sicher. Schon Charles Darwin hatte vor rund zweihundert Jahren darauf Bezug genommen, dass Emotionen sich nicht nur in der Mimik von Menschen ausdrückten, sondern auch in der von Tieren. Willi war das perfekte Beispiel dafür.

Charlène kam aus dem Haus, und ihr Gesicht zeigte zuerst Erstaunen und dann Sorge: Die Augenbrauen gingen in rascher Abfolge erst nach oben und schoben sich dann gemeinsam hoch und zusammen. Das Kinn fiel herab, und der Mund klappte auf, dann verzog er sich in die typische Angstform und wirkte wie ein liegendes D: die Unterlippe angespannt, die Mundwinkel nach außen gezogen. Die junge Frau versuchte, ihre Emotionen weder zu verbergen noch zu unterdrücken, daher war ihr Gefühlszustand für alle Anwesenden leicht zu erkennen. »Ich habe es in den Nachrichten gesehen«, sagte sie, und auch ihr Tonfall drückte Besorgnis aus. »Was macht ihr denn hier? Ist all...? Nein, natürlich ist nichts in Ordnung.« Sie schlug sich kurz mit der Hand auf die Stirn.

»Bonjour, Charlène. Der Stand der Dinge ist unverändert. Entschuldige, dass wir nicht Bescheid gesagt haben«, ergriff Aimé das Wort.

»Das macht doch nichts«, wiegelte sie ab. »Ich bin mit den unteren Räumen fertig. Wenn ich gewusst hätte, dass Frank kommt, hätte ich zuerst die kleine Wohnung gerichtet …« Sie lächelte entschuldigend in Franks Richtung.

»Salut, Charlène«, begrüßte er die Haushälterin. »Ich kann mein Bett selbstverständlich allein beziehen. Bitte, keinen Stress wegen mir.«

»Nein, nein, auf keinen Fall«, hob sie abwehrend die Hände und erinnerte damit fulminant an Hilde. Auch Charlène ließ sich nicht gern in ihr Handwerk pfuschen.

Margeaux begrüßte ihre Mitarbeiterin freundlich: »Bonjour, meine Liebe. Ich bin sicher, das Haus ist blitzeblank. Bitte richte Franks Räume noch her, dann kannst du für heute Feierabend machen. Die nächsten Tage kümmern wir uns hier um alles, und nächste Woche ist es dann wieder dein Reich.«

Die Frau – selbst alleinerziehende Mutter – verstand sofort. »Ja klar. Ich gehe gleich hoch. Willi war spazieren und ist gefüttert. Die Leine hängt an ihrem Platz.« Sie deutete mit der Hand auf den Flur hinter sich.

»Super, dass du auf ihn aufgepasst hast«, bedankte sich Margeaux, und der kleine Kerl drückte sich an ihr Bein, als befürchtete er, dass sie wieder fortging.

»Sehr gern. Die Kinder haben sich total gefreut. Ich … es tut mir so unendlich leid … Das Mädchen, es muss furchtbar sein. Ach, ich … Entschuldigt, bitte. Ich mache mich jetzt besser an die Arbeit«, stammelte sie, drehte sich um und verschwand nach drinnen.

Sie folgten ihr, und Margeaux ließ ihren Blick über ihr Zuhause schweifen: Die blauen Fensterläden leuchteten im sanften Morgenlicht, die Madame Galen kletterte ihr Rankgitter am Rundbogen des Wohnzimmers – das ehemals der Stall des Anwesens gewesen war – entlang und tauchte die Wand in saftiges Grün, und ihre orangeroten Trompetenblüten standen in voller Pracht. Die Luft war noch lau und angefüllt mit dem intensiven Zirpen der Zigallen. Die Poolpumpe ließ das Wasser plätschern, der Tisch und die Stühle in der stillen Ecke luden zu einem ausgedehnten und entspannten Frühstück ein. Sie war zu Hause und doch wiederum nicht hier, um all die Annehmlichkeiten, die ihr Leben bot, zu genießen. Sie mussten ein Kind retten, ihre eigene Nichte. Dazu war es nötig, erst einmal herauszufinden, wo man Danielle hingeschafft hatte. Ein schier unmögliches Unterfangen. Doch sie hatten Matze, und sie waren mutig. Zudem waren sie zu viert eigentlich unschlagbar!

Sie durchschritten die offene Küche, und kurz flackerte Freude auf, hier am Herd stehen zu können, dem Kreativprozess des Kochens freien Lauf zu lassen und dabei ihre Gedanken zu sortieren. Das klappte mit Aimé schon immer gut, und Frank hatte sich in den vergangenen Jahren hervorragend eingefügt und seine Fertigkeiten vom Zubereiten einer Tiefkühlpizza hin zum Schnippelkönig verfeinert. Das rote Sofa mit den Löwenfüßen schien nach ihr zu rufen und lud zu einem Nickerchen ein – schließlich hatten sie drei in der vergangenen Nacht nicht geschlafen. Der riesige Esstisch mit der wunderschönen Holzmaserung würde erneut den Platz für ihre Recherchen bieten. Hatten sie anfangs noch auf der Rückwand eines ausrangierten Schranks Bilder und Notizen angeklebt, so hatten sie nun moderne Mittel zur Verfügung. Sie hatte vor einigen Monaten ein Smartboard angeschafft, und es stand ihnen eine stabile Metaplanwand zur Verfügung. Digitale Technik zu verwenden war super, gleichzeitig war sie jemand, der handschriftliche Notizen schätzte. Daher nutzten sie beide Medien. Alles, was auf der Wand stand, wurde im Anschluss abfotografiert und dem Smartboard hinzugefügt.

»Ich mache uns erst einmal einen Kaffee«, sagte sie und kramte die Tüte mit den frischen Croissants aus ihrer Tasche. Natürlich hatte es sich Thierry nicht nehmen lassen, sie mit den üblichen frischen Leckereien aus seiner Bäckerei zu versorgen, als sie ihn dort abgesetzt hatten. Es duftete köstlich nach warmer Butter. Ihr lief das Wasser im Mund zusammen.

»Das ist eine sehr gute Idee«, sagte Aimé.

Frank stellte Koffer und Rucksack ab, dehnte sich, kam dann in die Küche und holte Teller aus dem Schrank. Er war hier so gut wie zu Hause, daher kannte er sich hervorragend aus.

Margeaux' Handy pingte. Matze!

Gut gelandet? Können wir loslegen?

»Der König verlangt unsere Aufmerksamkeit«, wandte sie sich an die Männer im Raum.

»Dann mal los«, sagte Aimé und versuchte sich an einem schiefen Lächeln.

Sie wollte ihn in den Arm nehmen und versprechen, dass alles gut würde. Doch das konnte sie nicht. Zu viele Unwägbarkeiten standen dieser positiven inneren Haltung im Weg. Es war die Suche nach dem einen Sandkorn am Strand.

Cassis, 4. Juli

Desna hatte sich nur sehr schwer beruhigt. Sie hatte selbstverständlich nicht damit gerechnet, in die Mündung einer Waffe zu schauen! Es tat Simone wirklich leid, die junge Frau so geängstigt zu haben. Sie hatte sich ihr nicht vollkommen erklärt. Es musste reichen, dass sie eine Bedrohung fürchtete, die überall im Dunkeln auf sie lauern konnte. Dieser halb tote Junge hatte all ihre inneren Befürchtungen nur noch mehr befeuert: Jemand wollte sie zerstören! Nicht tot sehen, sondern hilflos am Boden liegend ... wimmernd. So wie damals. So wie mit ihm.

Wieder saß sie auf der Terrasse und blickte auf das Mittelmeer. Heute war es glatt wie ein Spiegel und schimmerte in Variationen von Stahlblau. Sie hatte sich gut eingecremt, denn die gepflegte Blässe stand ihr besser als das rötliche Braun, in das sich ihre Haut unter der Einstrahlung verfärbte. Sie war schon immer eine Erscheinung gewesen – nicht im heutigen Sinne der Instagram-Schönheiten – sondern im klassischen. So war das Monster auf sie aufmerksam geworden ...

Stopp, Simone!

Sie musste aufhören, ihre Gedanken wieder von ihm beherrschen zu lassen! Es geschah unwillkürlich, und sie brauchte jede Menge Energie, um diese Muster zu durchbrechen. Noch nach all den Jahren gab sie ihm erneut Macht – das war dumm.

»Hast du kurz Zeit?« Desna kam mit trampelnden Schritten heran.

»Bitte, meine Liebe, sei nicht albern«, maßregelte sie die Frau. »Du musst nicht wie ein Elefant auf mich zulaufen. Ich trage die Waffe nicht in der Hosentasche.«

»Ich ... ja ... Entschuldige, Simone!«

»Bitte, setz dich!« Simone wies mit der Hand auf den Stuhl ihr gegenüber. Sie wollte auch heute nicht zu Desna hinaufschauen – vielleicht noch weniger als gestern.

»Wir haben alle möglichen Quellen angezapft, um herauszufinden, was in der Klageschrift steht. Das Gericht und auch die *Human Rights Lawyers* schweigen eisern, aber eine Gerichtsdienerin ist Mitglied unseres Vereins und ein glühender Fan unserer ... deiner Arbeit. Sie hat wohl noch mitbekommen, dass man dir vorwirft, der Kopf eines Kartells zu sein, das sein Geld mit Menschenhandel verdient.« Desna hörte sich an, als würde sie den Text ablesen.

»Ah, ich bin also der lebende Januskopf«, warf Simone bitter ein.

»So was in der Art. Wie genau das vonstattengeht und wer noch im Kartell mitspielt oder wo es angesiedelt ist – das alles wissen wir nicht. Noch nicht. Wir sind dran.«

»Ich möchte nicht, dass hier illegale Mittel angewendet werden, um an diese Informationen zu kommen. Das schadet meinem Ruf und dem der Organisation.«

»Wir müssen mehr erfahren«, rief Desna empört aus.

»Bitte! Nicht schreien!«, gebot Simone ihr. Sie hasste es, wurden Leute ihr gegenüber laut. Im Umgang mit den mächtigen Drahtziehern dieser Welt und den Bösewichten gab ihr der Zorn die Energie, sich nicht mundtot machen zu lassen. Doch in ihrem privaten Umfeld duldete sie diese Spielchen nicht.

»Entschuldige! Ich bin nur so außer mir über all das, was man dir hier antut.«

»Ich verstehe deine Motivation, meine Liebe, und doch müssen wir Ruhe bewahren und strategisch vorgehen. Hast du die Schreiben gelesen, die Simon aufgesetzt hat?«

Desna nickte.

»Wir holen nicht zu einem Gegenangriff aus, stehen nicht Rede und Antwort, denn das alles schwächt unsere Position. Wer sich rechtfertigt, hat Dreck am Stecken – Simons Meinung! –, und ich teile sie. Ich habe mir nichts vorzuwerfen, muss mich also auch nicht verteidigen.«

»Der Charityball …« Simone konnte das Zögern in Desnas Stimme hören.

Sie zog eine Augenbraue fragend hoch, und ihre Mitarbeiterin fuhr fort: »Wäre es vielleicht nicht … sicherer, wenn du verhindert bist?«

Simone bemerkte, dass sie ihre Gesichtszüge für einen Augenblick nicht unter Kontrolle hatte, und ihr Erstaunen spiegelte sich kurz in Desnas Gesicht wider. »Du schlägst also allen Ernstes vor, dass ich mich verkrieche? Die Öffentlichkeit scheue? Das kommt einem Schuldeingeständnis gleich!«

»Ich … ich meine es … nur gut«, stammelte Desna, und ihr Körper schien auf dem Stuhl zurückzuweichen.

»Ich verstehe dich«, lenkte Simone ein, denn ihr war bewusst, dass ihr kein Feind gegenübersaß, sondern die Person, die für sie einer Tochter am nächsten kam. Nach einigen bösen Tritten in den Unterleib war ihr die Möglichkeit genommen worden, eigene Kinder zu haben. Nur eine Hysterektomie hatte ihr Leben damals retten können – obwohl sie zu diesem Zeitpunkt lieber verblutet wäre …

Sie wischte den Gedanken mit einer unwirschen Handbewegung weg.

»Doch ich werde mich keinesfalls irgendwo verstecken und so tun, als hätte ich mir etwas vorzuwerfen. Wir müssen nur alle gemeinsam abklären, was an zusätzlichen Sicherheitsmaßnahmen nötig ist und ob ich den gesamten Vorfall unerwähnt lasse oder geschickt in meine Rede integriere.« Sie deutete auf das Notizbuch und ihren goldenen Stift vor sich. »Ich habe schon ein paar Sätze vorformuliert. Simon muss sie prüfen, und dann bitte ich dich drüberzuschauen. In

Ordnung, Liebes? Du musst dich wirklich beruhigen. Ich brauche dich in voller Einsatzkraft. Der Ball morgen muss noch fulminanter werden als alle anderen zuvor.«

»Ich stimme dir noch immer nicht vollends zu, doch ich respektiere deine Wünsche«, gab Desna nach. »Soll ich versuchen, das Sicherheitspersonal zu verdoppeln? So kurzfristig könnte das eine Herausforderung sein ...«

»Herausforderungen sind doch deine Spezialität, meine Liebe.« Simone lächelte sie über den Tisch hinweg an. »Aber ich glaube, fünfzig Prozent mehr reichen aus. Bitte meinen Personenschutz heute noch her. Wir müssen besprechen, wie wir mit der Situation umgehen.«

»In Ordnung.« Desna erhob sich. »Ähm ... eine Sache noch, Simone ... Vielleicht schließt du deine Tür besser ab, solange du mit diesem speziellen Begleiter das Bett zu teilen gedenkst. Nicht, dass ...« Der Satz blieb unvollendet, aber Simone verstand auch so, was gemeint war: *Nicht, dass sie versehentlich jemanden erschoss!*

Marseille, 4. Juli

Lionel hatte den rechten Moment verpasst. Nur das Mädchen zu befreien, wäre als spontane Aktion möglich gewesen, doch drei Menschen ... das musste besser geplant sein. Was würde er tun, holten sie ihre »Lebendware« ab, bevor er eine zündende Idee hatte? Sie würden es nicht am helllichten Tag in Angriff nehmen, so dämlich waren selbst diese Typen nicht. Egal, wie abgelegen dieser Teil der Containerstraße lag, es war immer reger Betrieb auf dem Gelände. Es wäre für sie genauso gefährlich wie für ihn, mit dem Mädchen gesehen zu werden.

Vielleicht sollte er de Oliviera einen Tipp geben? Dann wäre er zwar kein Held, aber auch kein Fischfutter ... Sie und ihre ach so noble Organisation konnten hier auftauchen und den Container knacken. Er war zwar kein IT-Crack, aber vielleicht würde er ein YouTube-Video zum Thema Datenverwirrung finden ... Dann konnte er seine Nachricht an sie rückwirkend verschleiern, löschen, auf ewig ungeschehen machen. Es gab dort Tutorials für beinahe alles. Was für eine verrückte Welt! Auf seiner Insel würde er das Handy ins Meer werfen und nur ein Funkgerät oder so was benutzen.

»Du bist früh hier.« Mathis steckte seinen Kopf durch die Tür.

»Ja«, antwortete er kurz angebunden, besann sich dann aber, um den jungen Mann nicht auf das Chaos, das ihn beschäftigte, aufmerksam zu machen. Denn dann würde das schlaue Bürschchen nicht aufhören, Fragen zu stellen. »Mein Abendessen war wohl etwas zu köstlich und üppig ... In meinem Alter schläft man dann nicht mehr so gut. Daher bin ich lieber hergekommen und arbeite ein bisschen.« Er hoffte, dass diese Erklärung ausreichte.

»Ahh, wo warst du denn?«

»Im ›Les Arcenaulx‹.«

»Ui, köstlich. Gab es etwas Besonderes?«

Lionel stöhnte innerlich auf. Mathis sollte an die Arbeit verschwinden und ihn in Ruhe denken lassen. »Ja, weiße Kabeljau-Rogencreme in einem Carob-Knusperschälchen. Das war sehr lecker.«

»Klingt spannend. Vielleicht probiere ich das auch einmal. Ich mache mich an die Arbeit. Steht heute etwas Besonderes an, Boss?«

»Ich habe nachher einen Außentermin, und du bist dann bis nach der Mittagspause am Ruder. Du findest alle nötigen Informationen wie immer im System.« Er senkte den Kopf in Richtung seines Bildschirms und signalisierte Mathis so, dass das Gespräch für ihn beendet war.

Glücklicherweise kapierte der schlaksige Kerl es diesmal ohne weitere Erläuterungen. »In Ordnung, Chef!«

Lionel blickte ihm nach und schüttelte ungläubig den Kopf, denn Mathis trug wie immer einen schwarzen Rollkragenpullover.

Er würde noch ein paar Minuten hier sitzen bleiben und danach wie angekündigt verschwinden. Die Idee musste reifen. Hoffentlich hielten die drei Menschen im Container durch. Nicht, dass er der mächtigen Frau mit dem Heiligenschein eine Gruppe Toter präsentierte.

Er fuhr seinen PC herunter, verschloss den Schrank mit seiner Reisetasche. Niemandem durfte auffallen, dass er die Nacht hier verbracht hatte.

Kurze Zeit später saß er im Auto. Noch wusste er nicht, wohin er fahren würde, um seinen Plan zu perfektionieren.

Hameaux les Bouisses, 4. Juli

Frank rieb sich mit der Hand die müden Augen. Er war noch rasch in den Pool gehüpft, um sich zu erfrischen und seinem Körper einen Bleib-wach-Impuls zu geben. Gestern Morgen hatte er noch mit seinem Schicksal gehadert, sich krankschreiben lassen wollen, um sein Leben zu überdenken. Die Einsamkeit hatte an ihm genagt ... Heute saß er mit einem Teil seiner liebsten Menschen zusammen, um ein Kind in Lebensgefahr zu suchen. Was würde es mit der Familie machen, schafften sie oder die Polizei es nicht, Danielle lebend zu finden? Sie war nun ungefähr achtundzwanzig Stunden verschwunden. Die Chancen sanken also laut offiziellen Statistiken mit jeder Minute.

Er mochte die gemütliche Wohnung über der Scheune sehr. Die hohen Räume mit den Sichtbalken waren geschmackvoll eingerichtet und mittlerweile so etwas wie sein Reich. Er duschte, schlüpfte in frische Jeans, überlegte kurz, ob er ein Paar seiner Statement-Socken wählen sollte, entschied sich dann aber dazu, strumpflos in seine Slipper zu schlüpfen und die Hose etwas hochzukrempeln. Kurz war er versucht, nach einem T-Shirt zu greifen, doch sie waren ja in ermittlerischer Mission unterwegs. Ein Hemd stellte die bessere Wahl dar – wie immer in hellem Blau. Er schaltete das Licht aus, das er wegen der geschlossenen Schlagläden angemacht hatte, und ging die hölzerne Treppe nach unten.

Aimé hatte sich ebenfalls umgezogen, da er seinen unausgepackten Koffer von Paris mit nach Hause genommen hatte und so über Wechselkleidung verfügte. Auch Margeaux hatte ihr Reiseoutfit gegen eine businesstaugliche Variante getauscht. Sie war immer gut gekleidet, sah nie schlampig aus und konnte jederzeit hinter Fliehenden herrennen wie ein geschmeidiges Raubtier …

»Sind wir so weit?«, erkundigte sie sich und schob ihre verspiegelte Sonnenbrille über die Augen.

Aimé und er nickten unisono.

Matze hatte die Privatadresse von Simone de Oliviera geschickt – sie wohnte in einer wunderschönen Villa in Cassis. Er hatte auch herausgefunden, wo der Ex gemeldet war, und sie hatten lange darüber nachgedacht, ob es eine gute Idee war, dem Kerl auf den Zahn zu fühlen. Sich mit Gruppierungen der Organisierten Kriminalität anzulegen hatte ihnen bisher eher Probleme bereitet.

Margeaux lenkte den Wagen vorsichtig durch den schmalen steinernen Rundbogen und sagte betont munter: »Wir haben es mit gefährlichen Leuten zu tun … wie immer … Und natürlich werden wir schlafende Hunde nicht nur wecken, sondern auch in Alarmbereitschaft versetzen. Überall zu dritt aufzulaufen ist eher weniger hilfreich, doch keiner von uns sollte im Alleingang unterwegs sein.«

Ursprünglich hatten sie ausgemacht, dass Aimé auf dem Weiler bleiben sollte, um dort die Informationen immer wieder zu einem Gesamtbild zusammenzufügen, doch sein flehentlicher Blick hatte ihre Herzen erweicht, und nun saß er mit im Wagen.

»Wir halten uns daher an den Plan, dass Aimé Aurélies Kollegin in Aix trifft und versucht, so viel wie möglich über die Klageschrift herauszubekommen. Vielleicht enthält das Material Hinweise über mögliche Verstecke.« Sie schob ihre Sonnenbrille hoch und warf ihrem Ziehvater einen mahnenden Blick zu. »Wie gesagt – keine Alleingänge! Du machst dich nicht auf die Suche nach dem Ex-Mann oder seinen

Kumpels. Ich möchte deine Schuhe nicht aus einem Müllsack ragen sehen!«

Aimé hob beschwichtigend die Hände. »Ich habe es Hilde versprochen und dir und Frank mindestens viermal! Ich werde nur das machen, was wir vereinbart haben. Ehrenwort!«

Aurélie hatte ihnen die Kontaktdaten einer Anwältin der *Human Rights Lawyers* gegeben, die an der Klageschrift mitgewirkt hatte und in der Hierarchie der Organisation eine Stufe über ihr stand. Vielleicht würde die Frau etwas Sachdienliches herauslassen. Er mochte Anwälte nicht besonders. Sie verfügten über die Fähigkeit, Dinge so zu verdrehen, wie es ihnen in den Kram passte. Doch da die Interpol-Akte so gut wie nutzlos war, brauchten sie dringend Informationen, die ihnen helfen würden, an Simone de Oliviera heranzukommen. Er lehnte sich zurück und schaute aus dem Fenster. Die Provence zeigte sich in einem sommerlichen Braun-Grün. Die Hitze ließ vieles vertrocknen, und die Gemeinden sorgten für penible Sauberkeit zwischen den Bäumen, damit ein eventueller Brandherd nicht genügend Futter bekam.

Bald schon waren sie auf der Autobahn Richtung Aix-en-Provence. Die gleichmäßigen Fahrgeräusche lullten ihn ein, und er nickte weg.

Margeaux' Stimme holte ihn aus dem Sekundenschlaf.

»Meinem Verstand kommt es vor wie ein weißes Puzzle. Wir wissen, dass die Teile irgendwie zusammenpassen, aber wir haben kein Gesamtbild, an dem wir uns orientieren können. Das macht mich verrückt. Wieso melden sich die Entführer nicht mehr? Ist das alles eine Finte? Sie haben es mit alldem geschafft, Simone de Oliviera in den Mittelpunkt unserer Aufmerksamkeit zu rücken. Pierre hat der Mafia die Informationen quasi auf einem Silbertablett gereicht ... und ...« Sie machte eine kurze Pause. »... eventuell hat das dazu geführt, dass sie die Chance gerochen haben, sich eine Widersacherin ein für alle Mal vom Hals zu schaffen.«

»Oder eine Konkurrentin vom Markt zu entfernen und den

eigenen Anteil damit noch weiter zu erhöhen«, ergänzte Frank.

»Na ja, aber die *Lawyers* arbeiten ja schon länger an dem Vorhaben, diese Frau und *Dignité et justice pour tous* vor den Kadi zu bringen«, wandte Aimé ein. »Die haben sich ja nicht erst vorgestern überlegt, was in einen Ordner zu schmeißen und loszupreschen.«

»Richtig, Aimé, und doch haben wir es mit einer interessanten Verkettung von Umständen zu tun. Und die Frage, die sich mir dauernd stellt, ist: Was bezwecken sie wirklich mit Danielles Entführung? Ich bin mittlerweile davon überzeugt, dass es darum geht, de Oliviera zu Fall zu bringen – also nicht nur sie, sondern die ganze Organisation. Ein Gerichtsverfahren gegen sie schadet in erster Linie ihr, und vielen Ländern auf dieser Erde, in denen *Dignité et justice pour tous* aktiv ist, ist es wahrscheinlich vollkommen egal, ob Simone im Knast landet. Sie werden die Arbeit weiterführen, auch ohne die Galionsfigur. Menschen, die sich einer solchen Arbeit verschrieben haben, agieren im Regelfall aus einer humanitären Motivation heraus. Es geht ihnen nicht um den eigenen Vorteil. Sie kämpfen gegen das Unrecht. Das wird so bleiben.«

»Worauf willst du hinaus?« Sein Hirn war noch nicht wieder auf Betriebstemperatur.

»Es tut mir so unendlich leid, Aimé.« Margeaux nahm ihren Blick diesmal nicht von der Straße. »Aber wenn Danielle tot aufgefunden wird – an einem Ort, der *Dignité et justice pour tous* oder Simone persönlich zuzuordnen ist –, dann bekommt der Fall eine andere Schlagkraft, und die Mafiageier kreisen jetzt schon über de Oliviera.«

Die Temperatur im Auto sank schlagartig um einige Grad bei ihren ehrlichen Worten, und die sich ausbreitende Grabesstille war schrecklich.

Marseille, 4. Juli

Danielles Angst konnten die Neuankömmlinge nicht mindern. Zwar war ein kleiner Junge dabei – wohl eher keine Bedrohung –, aber die Asiatin an seiner Seite hatte einen so grimmigen Ausdruck im Gesicht, dass Danielle sich nicht aus ihrer Ecke wagte. Gut, sie war nicht mehr allein, und die gruselige blecherne Stille war durch die Geräusche der beiden unterbrochen, doch ihr war nicht klar, was das bedeutete. Würden immer mehr Menschen hier eingepfercht werden? Und dann?

Ihr war mittlerweile klar, dass sie sich in einem Container befand, und sie hatten erst neulich in der Schule etwas über die großen Häfen in Frankreich gelernt und wie viele Container dort ankamen und verladen wurden. Das Entsetzen darüber hatte sich bis in ihre Knochen gefressen, und alles tat ihr weh. Die bösen Männer würden ganz viele Leute hier einsperren und dann auf ein Schiff bringen und sie in einem fremden Land verkaufen. Ihre Eltern würden sie niemals wiederfinden, und das war irgendwie noch schlimmer als ... Davides Schuhe. Oder war zu sterben das Schrecklichste?

Wieder dachte sie an die Arbeit ihrer Mutter. Genau so etwas wollte sie doch verhindern ... dass Menschen verkauft wurden und unter grausamen Bedingungen auf Plantagen schufteten oder in den schlimmen Filmen auf pornografischen Seiten mitmachen mussten. Sie hatten alle schon mal Videos dort angeschaut. Danielle konnte nicht genau sagen, warum, denn sie hatte es eklig und abstoßend gefunden. Das mochten Jungs also? Es hatte sie unsicher gemacht, und deshalb hatte sie Davide auch so lange nur aus der Ferne angehimmelt. Aus Angst, dass er sie so behandeln würde und sie irgendwie mitmachen musste, um ihm zu gefallen.

Ihre Mutter und auch Marylène hatten ihr regelmäßig verdeutlicht, dass Frauen auf vielen Plattformen dazu gezwungen wurden, Sex zu haben, und dass man sich auch nicht davor scheute, ihnen sehr wehzutun. Sie hatte nicht die Dumme sein wollen, die nicht mitschaute. Alle Kinder kannten die Plattform, und wirklich jeder Junge schaute sich dort Sexszenen an. Das wusste sie genau, denn sie brüsteten sich auf dem Schulhof damit. Früher hatten sie so sexuelles Zeug auch in den Mädchentoiletten auf die Wände gekritzelt, aber seit der Direktor mit Anzeigen bei der Polizei gedroht hatte, trauten sie sich das nicht mehr.

Der Kleine war lange so still gewesen, dass Danielle begonnen hatte zu glauben, er sei stumm. Doch dann hatte er angefangen zu weinen. Ganz leise und ganz schrecklich verzweifelt. Ihr waren dabei ebenfalls die Tränen gekommen, denn sie hatte das aufkeimende Mitleid mit ihm nicht kontrollieren können. Gegen ihn war sie fast erwachsen. Seine Mutter? War das die Frau? Diese hatte ihm unbeholfen die Schulter getätschelt und etwas in einer Sprache, die wie Chinesisch klang, geflüstert. Danielle hatte eine chinesische Freundin, daher kannte sie den Klang.

Sie beäugte die Frau vorsichtig. Es war schwer, ihr Alter im Halbdunkel des Taschenlampenscheins einzuschätzen. Sie waren Gefangene. Oder gab es einen anderen Grund, die beiden hier mit ihr einzusperren? Ihr wollte partout nichts einfallen. Niemand hatte sie etwas gefragt – also konnte es auch nicht darum gehen, etwas aus ihr herauszubringen. In Krimis machte man das oft so: Es kam jemand Unerwartetes, und man fing an, der Person zu vertrauen ... Ruck, zuck plauderte man dann geheimste Dinge aus. Aber sie wusste doch gar nichts. Wollten sie an Maman heran, dann nur, indem sie damit drohten, Danielle schlimme Dinge anzutun? Vielleicht würden sie gleich kommen und ihr einen Finger oder ein Ohr abschneiden, um es ihren Eltern zu übergeben. Die eiserne Faust um ihr Herz drückte wieder zu – zerquetschte es, bis es vor lauter Angst so raste, dass sie kaum noch Luft bekam. Ohne dass sie wusste, wie es geschehen war, hockte die Frau plötzlich neben ihr und sagte in holprigem, kaum verständlichem Französisch: »Ruhig, Mädchen, ruhig.«

Erst da bemerkte Danielle, dass sie so nach Luft schnappte wie die Teenager bei der Challenge, bei der man so hektisch atmen musste, bis man ohnmächtig umfiel. Die Fremde streichelte ihre Schulter, genau so, wie sie es eben bei dem Kleinen gemacht hatte, und die Berührung schien Danielles Körper tatsächlich zu beruhigen, obwohl sie noch immer Angst vor der Frau hatte. Aus der Nähe konnte sie erkennen, dass sie jung war. Sehr jung! Vielleicht war sie noch keine richtige Frau, sondern auch nur ein Mädchen. Sie fasste allen Mut zusammen, deutete auf sich. »Danielle.« Noch hörte sich ihre Stimme japsend an.

Doch es klappte.

»Li-Ming«, sagte die andere und zeigte dann mit einem gemurmelten »Nainschong« auf den Jungen. Er schien so erschöpft, dass er nur kurz die Augen öffnete, als er seinen Namen hörte.

Nun kannten sie ihre Namen, doch das änderte nichts an der Situation. Vielleicht machte es sie ein winziges bisschen erträglicher, denn allein im Dunkeln zu sein war wie ein Albtraum, und wer wusste schon, wie lange die Batterien in der Lampe ausreichten. Noch immer pochte ihr Herz unregelmäßig, und die Luft, die ihre Atemzüge in sie sogen, schien nicht auszureichen. Li-Ming klopfte ihr weiter auf die Schulter, erhob sich dann und ging wieder zu dem Kleinen zurück. Danielle wollte wissen, ob sie drei hilflose Kinder in einem Kasten aus Stahl waren. Irgendwie hoffte sie, die Asiatin sei schon erwachsen, als würde das etwas an der Situation ändern.

»Ich bin«, sagte sie und zeigte auf sich, »dreizehn.« Dann kam ihr eine Idee, und sie malte die Zahl mit dem Lichtkegel auf die Wand. Li-Ming kehrte zu ihr zurück, nahm die Lampe und malte eine Siebzehn an die Wand.

Sie war so alt wie Marylène, doch ihr Gesicht zeigte deutliche Spuren, dass es ihr lange nicht so gut gegangen sein musste wie Danielle und ihrer Schwester.

Worüber hatte sie sich nur immer beschwert ... Dass sie sich das Bad teilen mussten? Dass ihre Eltern zu streng waren? Dass der Auflauf nicht schmeckte ... Wieder fingen die Tränen an zu laufen. Li-Ming saß nun neben dem Jungen, und er hatte seinen Kopf auf ihren Schoß gebettet. Schweigsames Dunkel hüllte sie ein.

Paris, 4. Juli

Hilde hielt es kaum noch aus, das Leid ihrer Familie zu sehen. Sie hatte es gewagt, das Haus zu verlassen, um in einem nahe liegenden Supermarkt ein paar Sachen einzukaufen und im Anschluss eine leichte Mahlzeit zuzubereiten. Auch den stets anwesenden Polizisten hatte sie mit verköstigt. Sie hatte schwarze Nudeln mit Sahnesoße, Kirschtomaten und Crevettes gemacht. Aus der Schale der Tiere hatte sie zuerst einen Fond zubereitet, die Tomätchen halbiert und kurz angebraten, mit etwas Weißwein abgelöscht, den Fond dazugegeben, ihn aufgekocht und dann die Sahne hineingeschüttet. Die Crevettes hatte sie separat in einer Pfanne kurz scharf angeröstet, die Nudeln in gut gesalzenem Wasser gekocht, etwas von dem schaumigen Kochwasser abgeschöpft und zur Soße hinzugegeben und die Nudeln dann mit der sahnigen Grundlage in der Pfanne vermischt. Sie hatte für alle Anwesenden einen Teller angerichtet. Für sich rieb sie etwas Käse. Viele mochten die Kombination von Meeresgetier und Käse nicht – für Hilde war es jedoch der letzte Kick, den dieses Gericht brauchte.

Pierre schaute den Teller an wie früher, als er die Phase *Ihhh, was ist das? Das esse ich nicht!* durchgemacht hatte. Aurélie schaufelte die Nahrung in sich hinein, als handelte es sich um geschmackloses Pappmaschee, und Marylène wollte sogar ganz verweigern.

»Mami ... ich kann das nicht.«

»Iss, meine Kleine, und halt den Mund«, raunte sie barsch einen ihrer wohlbekannten Sprüche, doch ihre Enkelin zauderte weiter. »Wir brauchen Kraft, und wenn wir Hunger haben, können wir nicht klar denken«, fügte sie also nachsichtiger an, und Marylène schob sich widerwillig kleine Portionen in den Mund.

Pierre tat es ihr nach, und Hilde atmete auf.

Einzig der Polizist futterte, als gäbe es kein Morgen mehr. »Das ist köstlich. Danke schön!«, hatte er den Anstand, sich bei Hilde zu bedanken.

Sie verspürte nach dem Kochen ebenfalls keinen großen Appetit mehr, ging aber mit gutem Beispiel voran und leerte ihren Teller. Für den Nachtisch hatte sie einige Tafeln Schokolade gekauft, diese über dem Wasserbad geschmolzen und frische Erdbeeren und Bananenstücke hineingetaucht. Nur der Polizist nahm sich von den Früchten. Sie packte den Rest in den Kühlschrank – vielleicht brauchte jemand später etwas Zucker.

Matze hatte ihr zugesichert, alles, was möglich war, zu tun, gleichzeitig hatte sie zugestimmt, dass er zuerst die drei Detektive in der Provence informieren würde. Das war vollkommen in Ordnung, solange diese es nicht versäumten, ihr die wichtigsten Aspekte mitzuteilen. Sie hatte die Aufgabe übernommen, eine Stütze für die Pariser zu sein und nicht *Aimé und die Detektive* zu spielen ...

Sie seufzte und machte sich daran, die Küche wieder in Ordnung zu bringen, als das Telefon in die schockstarre Stille schrillte. Alle fuhren hoch.

Der Polizist stand auf, tippte einige Tasten auf einem winzigen Gerät und wies Aurélie an, das Gespräch entgegenzunehmen.

»Du hast nicht getan, was wir wollten«, höhnte eine verzerrte Stimme über die Freisprecheinrichtung durch die Wohnung.

»Das war nicht meine Entscheidung«, rechtfertigte sich ihre Schwiegertochter.

»So wenig Einfluss für eine Coty ...«

Aurélie schwieg benommen, und der Polizist bedeutete ihr, das Gespräch am Laufen zu halten.

»Wir können dir das Kind auch wie den Jungen zurückgeben.« Die Drohung ließ die Temperatur im Raum sinken.

Hilde zitterte plötzlich und umfasste ihren Körper mit den Armen.

»Wie gesagt. Das liegt nicht in meiner Hand. Selbst wenn ich den Richter anflehe – die Organisation sieht das anders.« Aurélie hörte sich resigniert an.

»Planänderung, Schätzchen«, sagte der Mann abfällig.

Zumindest glaubte Hilde, dass es sich um einen Mann handelte.

»Wir lassen deine Kleine am Leben, und du darfst in dasselbe Horn tuten wie dein armseliger Club. Du sorgst einfach dafür, dass die Hauptpunkte der Klageschrift morgen während des Balls dieser Schlange durch alle Medien der Welt gehen. Hübsch illustriert mit allerlei Bildchen. Punkt 21.30 Uhr. Sonst gibt's das Mädchen vielleicht im Sack, oder ... du siehst sie irgendwann in einem Video ... als Gespielin einiger potenter Kerle.«

Das Gespräch war beendet, und niemand im Raum war dazu in der Lage, etwas zu sagen. Marylène schob ihren Stuhl polternd zurück, rannte ins Bad, und alle konnten hören, wie sie sich übergab.

Obwohl Hilde keine Ahnung hatte, wie es möglich war, fand sie als Erste ihre Stimme wieder. »So tun Sie doch etwas!«, fauchte sie den Polizisten an.

Er hob den Kopf und sagte: »Das Handy ist nicht in Paris eingeloggt. Wir tracken die Masten hiermit. Provence. Bouches-du-Rhône.«

»Das Departement reicht von Châteaurenard über Marseille und Cassis bis La Ciotat an der Côte d'Azur. Wie soll das helfen?« Pierre hörte sich an, als hätte er Sandpapier gegessen.

Er hatte recht. Das war ein riesiges Gebiet. Sie wusste von

Margeaux, dass Matze den Ex-Mann von de Oliviera in Aix lokalisiert hatte, und die Frau selbst residierte in Cassis. Das war allgemein bekannt.

»Geduld.« Der Polizist hob eine Hand. Im Hintergrund rauschte die Toilettenspülung, und Marylène kam zurück. Ihr Gesicht war blassgrün. Aurélie ging zu ihr, und Hilde konnte sehen, dass sie vorhatte, das Mädchen in den Arm zu nehmen. Doch die Siebzehnjährige wehrte die Zärtlichkeit ab, kam stattdessen zu Hilde und lehnte sich an sie. Ein klares Zeichen, dass sie nicht bereit war, ihrer Mutter zu vergeben.

»Ein Mast, der das Canton de Marignane und einen Teil von Vitrolles versorgt.«

»Der Flughafen von Marseille«, stöhnte Pierre.

»Sie können sie nicht in einem Flieger außer Landes schaffen! Sie wird überall gesucht«, rief Aurélie schrill.

»Zumindest nicht als normale Passagierin, aber in einem Frachtflieger oder einem Privatjet sehr wohl«, sagte Pierre düster, und Hilde griff zum Handy.

»Was machen Sie da?«, wollte der Polizist sie stoppen.

»Ich informiere Margeaux. Sie, mein Mann und der deutsche Kommissar sind dort und haben Kontakte zu der örtlichen Polizei. Von hier aus können wir nichts tun. Danielle ist NICHT hier!« Sie drehte sich ohne weitere Worte um, sperrte sich im Bad ein und informierte das Team zu Hause. Wieder einmal war es an Margeaux, zur Rettung herbeizueilen.

Aix-en-Provence, 4. Juli

Das Haus, in dem die Anwältin ihr Büro hatte, war eines jener wunderschönen barocken Gebäude, für die die Stadt so bekannt war. Es lag im südlichen Mazarin-Viertel nahe dem Cours Mirabeau. Sie erinnerte sich, dass sich das Elternhaus von Paul Cézanne irgendwo in der Umgebung befand. Der Tag war sonnig warm, und die Bistros luden unter dem Schatten der Platanen und Markisen zum Verweilen ein. Doch sie hatten keine Zeit für Idylle.

Margeaux zirkelte den SUV in eine Parklücke. Selbstverständlich würden sie Aimé nicht an der Straße rauskippen, sondern ebenfalls kurz »Hallo« sagen. Sie brauchten die *Human Rights Lawyers* als Verbündete, nicht als Feinde, und ihre Fähigkeit, die feinen Zeichen der Mimik und Körpersprache wahrzunehmen, war im Regelfall wirklich hilfreich. Sie musste aufhören, daran zu zweifeln, nur weil sie Angerer die Möglichkeit gegeben hatte, sich in ihrem Kopf einzunisten. Die Emotionserkennung hatte ihr viel öfter gute Dienste geleistet, als sie in die Irre zu führen.

»Kommst du?«, holte Frank sie aus ihren Gedanken, und sie streifte sich ihre Handtasche über.

Aimé hatte ihre Schlussfolgerung noch immer nicht verdaut und war blass und schweigsam. Sie studierte sein Gesicht und sah Sorge und Traurigkeit. Kurz wollte sie mit einer Resonanzaussage darauf eingehen und ihn emotional beruhigen, doch dann wurden ihr zwei Dinge bewusst: Seine Gefühle waren situativ vollkommen angemessen, und vielleicht gereichte gerade das als Vorteil im Gespräch mit der

Anwältin. Ein Großvater voller Angst und Kummer bangte um seine Enkelin. Unter Umständen war das der Schlüssel, das Herz der Frau zu erreichen und ihnen mehr Informationen zu geben.

Sie hatte den Klingelknopf gefunden, und der Türsummer gewährte ihnen Einlass. Das viele Sitzen machte Margeaux träge, und sie erwog, die Treppen zu nehmen, doch nach einem Seitenblick auf den bleichen Aimé stiegen sie in den Aufzug mit der verzierten Metalltür. Kurze Zeit später wurde die hohe hölzerne Eingangstür geöffnet, und vor ihnen stand eine bildhübsche Frau. Sie konnte hören, wie Frank vernehmlich den Atem einsog, und im Augenwinkel sah sie, wie er die Frau mit erstauntem Gesichtsausdruck anstarrte. Man konnte peripher wirklich sehr viel sehen: Das menschliche Auge war dazu in der Lage, einen jeweiligen Seitenwinkel von rund 105 Grad abzubilden. Trainierte man sich darauf, so war es möglich, noch mehr zu bemerken.

Was war das? Er legte den Kopf leicht schief und lächelte die Anwältin an. Ganz gewiss hatte er nicht bewusst vor, sie anzuhimmeln – es geschah einfach, und zu Margeaux' Verblüffung machte ihr Gegenüber es ihm nach. Einen Augenblick standen die beiden vollkommen still und betrachteten einander verzückt.

Aimé und sie waren zu Beobachtern einer Sondersituation geworden und ließen es geschehen. Die Frau fasste sich als Erste wieder und reichte Frank die Hand betont munter. »Madeleine Montagne. Kommen Sie bitte rein.« Es wirkte, als spräche sie allein zu Frank, doch selbstverständlich meinte sie sie alle.

Franks Französisch war mit den Jahren immer besser geworden, und er stellte sich kurz vor – noch immer ihre Hand in der seinen: »Frank Kaiser, Kriminalkommissar aus Deutschland und Freund der Familie.«

Sie betraten den Flur, der durch seine Raumhöhe und die Deckenverzierungen beinahe einschüchternd wirkte. Madeleines Büro hatte rundbogengesäumte Sprossenfenster, ebenfalls hohe Decken, einen hellen hölzernen Fußboden und war geschmackvoll eingerichtet. »Bitte, nehmen Sie Platz.« Sie wies auf eine Sitzgruppe, bestehend aus einer cremefarbenen Couch und modischen Sesseln.

»Frank und ich müssen leider weiter. Wir wollten uns nur kurz vorstellen. Ich bin Margeaux Surfin. Aurélie hat uns ja gewiss angekündigt. Aimé Vigne«, sie deutete auf ihren Ziehvater, »der Großvater des Mädchens und ein ausgezeichneter Flic in Rente, wird hierbleiben, um mit Ihnen zu sprechen.«

Madeleine nickte, und ihr Blick glitt erneut zu Frank. Sie reichte ihm spontan eine Visitenkarte von ihrem Schreibtisch. »Es ist mir eine Freude, Sie kennenzulernen, auch wenn der Anlass alles andere als erfreulich ist. Besuchen Sie mich doch gern zu einem anderen Zeitpunkt noch einmal. Kennen Sie Aix? Es gibt wunderschöne Ecken hier.«

Frank ergriff erneut die Hand der dunkelhaarigen Schönheit, und Margeaux befürchtete für einen Moment, er würde sie küssen ... Er wirkte völlig verzaubert.

»Ich werde wiederkommen und freue mich darauf, wenn Sie mir die Stadt zeigen und ich Sie zum Essen einladen darf.« Auch er zog eine Karte aus seiner Handyhülle und übergab sie ihr.

Er machte auf Margeaux den Eindruck eines schockverliebten Teenagers, und die Anwältin ebenfalls – ein Coup de foudre! Der Blitz hatte eingeschlagen!

Sie verabschiedeten sich, und sie scheuchte ihn im Anschluss fast zur Tür.

»Was war denn das bitte?«, hakte sie im Aufzug nach. Sie kannte ihn wirklich gut und hatte so was noch nie bei ihm erlebt.

»Ich ... weiß es nicht. Sie ... Das war wie Magie. Entschuldige!« Er zuckte kurz mit den Schultern. »Nicht nur, weil sie außergewöhnlich attraktiv ist oder so. Du weißt, dass ich nicht so einfach zu beeindrucken bin. Das war ... anders ... irgendwie ... Ja, magisch eben.«

Margeaux war kurz versucht, den Kopf zu schütteln, doch wer war sie, über das zu urteilen, was ihr Freund empfand? »Hast du das ernst gemeint, dass du wiederkommst und mit ihr essen gehst?«

»Mir war noch nie etwas ernster!«, sagte er mit Nachdruck.

Sie zuckte lächelnd mit den Schultern, schnallte sich an und lenkte den Wagen durch die Straßen von Aix-en-Provence. Matze hatte herausgefunden, dass Simones Ex-Mann in einem kleinen Supermarkt in Bouc-Bel-Air Marktleiter war. Sie konnte zurück auf die Route Nationale fahren oder einen Abstecher in die überschaubare Gemeinde machen, die sozusagen auf dem Weg lag. Aimé hatten sie es untersagt, sich auf die Suche nach dem Kerl zu machen, doch Frank und sie waren ein eingespieltes Team. Es konnte nicht schaden, sich einen Eindruck von dem Mann zu verschaffen, der sich ganz offensichtlich vor ein paar Jahren vom Frauenschläger zum Mafiakriminellen weiterentwickelt hatte.

»Bouc-Bel-Air ist quasi um die Ecke ...«

»Da wollte ich schon immer mal hin, und ich brauche dringend ein Wasser und Pfefferminzbonbons.« Er verstand ihren Gedanken.

So war das, arbeitete man viele Jahr als Einheit zusammen – man konnte den anderen denken hören.

Sie schwieg einen Augenblick, um sich zu sortieren.

»Wenn der Typ was damit zu tun hat, ist seine Motivation dann klar?«, sinnierte sie.

»Das klingt vielleicht in deinem Kopf logisch, Margeaux, nach draußen leider nicht ...«

»Ahh, okay, Kontext ... Also, er wird Mitglied einer brutalen, frauenverachtenden Gemeinschaft, nachdem das Kontaktverbot gegen ihn verlängert wird. Grundsätzlich ist davon auszugehen, dass ein so gewalttätiger Mann sowieso nicht akzeptieren kann, dass ihm sein Eigentum, in dem Fall seine Frau, genommen wird. Also muss er ihr auf andere Art klarmachen, dass er sie immer besitzen, dass sie nie frei sein wird. Er verunglimpft sie daher massiv, und das geht bei der Mafia entweder über in *Sie macht durch ihre Hilfsorganisation die Geschäfte kaputt* oder in *Sie ist eine Konkurrentin, die nur nach außen hin so gutherzig und selbstlos tut und im Inneren das Böse ist.* Deshalb hat sie es ja auch verdient, dass er ihr die Knochen zertrümmert. Er muss sie dafür bestrafen, dass sie eine Ausgeburt des Teufels ist.« Sie schwieg erschüttert über dieses Szenario.

»Das klingt furchtbar, und leider entbehrt es nicht einer gewissen kranken Logik, aber warum soll Aurélie dann die Klageschrift zurückziehen?«, rätselte Frank.

»Vielleicht gab's einen Fehler im System, irgendwas, was drinsteht und zu einem von ihnen führt? Eine Lücke in ihrem Plan ... eine Unwägbarkeit«, mutmaßte sie drauflos.

»Das könnte ...«, begann Frank, als ihr Telefon einen Anruf von Hilde anzeigte.

»Sie haben wieder angerufen, Margeaux«, schallte ihre aufgeregte Stimme durch das Auto.

Cassis, 4. Juli

»Eine Privatdetektivin und ein deutscher Kommissar sind bei dir? Was bedeutet das, Simon?« Sie merkte, dass ihre Stimme nicht mehr ihre ruhige Strahlkraft hatte, sondern durchaus als gereizt zu interpretieren war.

»Das ist noch nicht alles, Simone«, fügte ihr Anwalt hinzu. »Die Frau ist erstens Teil der Familie des entführten Kindes, und zweitens: Ihr Name ist ... Margeaux Surfin!«

Simone erinnerte sich an eine spektakuläre Mordserie in Arles. »Sie ist Französin, nicht wahr?«, erinnerte sie sich.

»Ja, aber sie war jahrelang aktive Kommissarin bei der Mordkommission in Deutschland, Frank Kaiser war ihr Kollege und arbeitet noch immer dort. Sie waren gemeinsam sehr erfolgreich!« Simon hörte sich weiterhin neutral an.

Sollte sie sich trotzdem Sorgen machen? »Was schlägst du vor? Weisen wir sie ab, oder soll ich mich kooperativ zeigen und mit ihnen reden?«

»Sie ist Officier de Liaison, aber nicht in offiziellem Auftrag hier. Wir haben daher keine rechtliche Veranlassung, dem Ansinnen nachzugeben. Noch scheint die Polizei nichts zu haben, was sie dazu veranlasst, dich offiziell vorzuladen.«

»Daher meine Frage, Simon: Soll ich mich kooperativ zeigen? Das mit dem Kind tut mir von Herzen leid! Keinem Wesen auf dieser Welt sollte so etwas Fürchterliches widerfahren!«

»Ich bin noch ein wenig unschlüssig, doch wenn es für dich in Ordnung ist, dann komme ich mit den beiden zu dir.

Oder möchtest du lieber zu mir ins Büro ... auf eher neutralen Boden?«

»Bitte, komm mit ihnen her. Desna hat mir berichtet, dass die Journalisten nur darauf warten, mich zu erwischen. Sie lauern in der Nähe der Mauer.« Es war nichts Neues für sie, von der Presse belagert zu werden, doch im Regelfall ging es dabei um ihre Arbeit und wem sie damit alles auf die Füße trat. Diesmal wäre der Fokus ein anderer – man wollte ihr etwas Furchtbares anhängen und ihren Ruf kaputtmachen, sie zerstören. Es konnte nur ihr Ex sein! Doch er war nicht klug genug, um so etwas zu planen. Er war ein tumber Gewalttäter ... Vergewaltiger ... ein brutales Schwein.

»... Simone?«, hörte sie ihren Freund fragen und hatte den Anfang seines Satzes nicht mitbekommen.

»Entschuldige, mein Lieber, ich war kurz in Gedanken. Was hast du gesagt?«

»Ist es in Ordnung, wenn wir in dreißig Minuten da sind?«

»Ja«, antwortete sie schlicht.

»Und, Simone, auch wenn es keine richtige polizeiliche Befragung ist: Die beiden *sind* Polizisten – durch und durch! Bitte beantworte nur Fragen, die ich freigebe, und wenn ich darauf hinweise, dass es an der Stelle genug ist, dann *ist* es auch genug. Okay?«

»Ich werde nichts riskieren, Simon. Es geht offensichtlich um alles für mich bei dieser Hetzkampagne. Wir müssen mehr über die Klageschrift erfahren. Ich habe mir nichts vorzuwerfen. Du glaubst mir doch?«

Er antwortete, ohne zu zögern: »Du bist eine von den Guten, meine liebe Freundin. Das weiß ich!«

Sie beendeten das Telefonat, und Simone leitete alles für den Besuch in die Wege. Sie informierte die Security am Tor, setzte Desna ins Bild und ließ Getränke im Besprechungsraum bereitstellen.

»Warum redest du mit solchen Leuten, Simone?«, fragte ihre Assistentin aufgebracht.

»Weil ich es für richtig halte. Es geht um das Leben eines Mädchens. Es sitzt irgendwo zitternd in einem Gefängnis ... Kommt dir das bekannt vor, Desna?«

»Warum fragst du mich so was? Die wochenlange Panik ist ein Teil meiner DNA geworden. Aber das hier ist nur *ein* Kind ... nicht ein Container voller Menschen!«

»Jedes Leben zählt.«

Die halbe Stunde verflog. Desna empfing die Gäste an der Tür, und Simone erwartete sie bereits. Sie brauchte heute keinen fulminanten Auftritt hinzulegen, um jemanden zu beeindrucken.

Simon kam zu ihr, gab ihr die drei für die Provence typischen Wangenküsse und drückte ihre Hand, sodass sie sich sicher fühlte – wie immer, wenn er da war.

»Was kann ich für Sie tun?«, erkundigte sie sich. Sie hatte einige Minuten darüber nachgedacht, ob sie das Gespräch einzig mit Simon an ihrer Seite führen sollte, doch dann war es ihr nur logisch erschienen, Desna ebenfalls hinzuzubitten.

Marseille, 4. Juli

Lionel hatte sich ein Zimmer in einem nichtssagenden Hotel genommen. Den Meldeschein hatte er mit einem Fantasienamen ausgefüllt und eine erfundene Ausweisnummer hinzugefügt. Den Pass selbst musste er nicht vorzeigen. Warum auch? Er war Franzose.

Er loggte sich mit dem Überwachungshandy in das Wi-Fi des Hotels ein und hoffte, so keine nachverfolgbaren Spuren im Netz zu hinterlassen. Er schwankte noch immer, ob es eine gute Idee war, de Oliviera einen Tipp zu geben, oder doch besser, den Container selbst zu öffnen, um die drei zu befreien. YouTube bot überraschend viele Tutorials, wie man seine Spuren im Netz verschleierte. Obwohl er durch all das, was er den Verbrechern möglich machte, keine weiße Weste hatte, kam ihm das doch verstörend kriminell vor. Aber gut, gerade konnte er es brauchen, dass es im World Wide Web offensichtlich keine Kontrollen gab. Er verfasste eine Nachricht, hängte einen Schnipsel des Videos an, in dem Danielle in den Container gesperrt wurde, sowie eine Großaufnahme des Schlosses und war kurz davor, auf *Senden* zu klicken, als sich lautstark Bedenken in ihm breitmachten.

Natürlich wollte er in erster Linie seinen Hafen vor einer Hundertschaft der Polizei schützen ... Doch was würde mit dem Mädchen passieren? Er hasste sein Gewissen dafür, dass es beschlossen hatte, sich gerade jetzt für jemanden starkzumachen, der ihm eigentlich völlig egal sein sollte! Doch irgendwie war sie das nicht ... egal. Und er konnte sich diese seltsamen Emotionen nicht erklären. Ihm fehlte zwar Schlaf, aber ansonsten war er vollkommen gesund. Sein Kopf schmerzte mittlerweile wirklich von all dem Nachdenken darüber, wie er das Leben einer dreizehnjährigen Französin retten konnte. Die Insel blitzte in seinen Gedanken auf ... sein Lebenstraum! Gerade schien alles an einem seidenen Faden zu hängen, den er an seinen Fingern zu manövrieren versuchte, ohne ihn zu durchtrennen. Was, wenn seine Verschleierungstaktik nur für ihn so erschien, als wäre sie nicht zurückverfolgbar? Er hielt sich zwar grundsätzlich für schlauer als Lederkluft und dessen Boss, aber in deren Reihen konnten sich IT-Cracks befinden, die das Manöver mit wenigen Klicks durchschauten. Wäre das Handy doch zu ihm zurückverfolgbar, wenn herauskam, dass es in einem Container den Hafen von Marseille erreicht hatte? Er rieb sich entnervt über die Augen, und sein Finger schwebte über der alles entscheidenden Taste. Was, wenn der Fehler in seinem Gedankenkonstrukt schon allein darin lag, dass Simone de Oliviera keine Heilige, sondern eine Verbrecherin war? Dann würde sie einen Teufel tun, das Kind zu retten, sondern dafür sorgen, dass es das Zeitliche segnete – und natürlich wären die Frau und der kleine Junge als Kollateralschäden auch zum Tode verurteilt. Wobei ihm diese beiden irgendwie nicht so wichtig waren. Sein Unrechtsbewusstsein brüllte nur bei Danielle auf. Er war drauf und dran, sich für den moralischen Kompass zu hassen – vielleicht mit dem Kopf gegen die Wand zu hauen, um wieder normal zu werden. Er war kein Perverser, der sich zu einem Mädchen auf diese Art hingezogen fühlte ...

Ehe er sichs versah, hatte sein Finger die Entscheidung für ihn getroffen, und er blickte fassungslos auf den gelöschten Bildschirm. Zum ersten Mal seit vielen Jahren hasste er sein Leben.

Cassis, 4. Juli

Margeaux ließ ihren Blick über die anwesenden Personen gleiten – mit der Assistentin hatte sie nicht gerechnet. De Oliviera stellte die Asiatin zudem als mehr als das vor: als rechte Hand und Ziehtochter. Interessant war, dass bei ihren Worten eine Augenbraue der jungen Frau für höchstens siebzig Millisekunden nach oben zuckte. Es war so schnell gewesen, dass Margeaux sich vornahm, wirklich genauer auf Desna zu achten. Wieso zeigte sie bei diesen Worten einen Anflug von Verachtung? Die Herausforderung lag wie immer in der Interpretation der Wahrnehmung. Aktuell stand Desna nicht im Vordergrund, sondern Simone. Eigentlich hatten sie nicht geglaubt, die Gründerin von *Dignité et justice pour tous* so schnell treffen zu können. Sie hatten sich vielmehr auf einen unbefriedigenden Austausch mit dem Zerberus Simon Bremond eingerichtet. Ein schnelles Brainstorming im Auto hatte sie zu dem Ergebnis gebracht, zwar vorsichtig zu sein, aber mit offenen Karten zu spielen.

»Danke, dass Sie uns empfangen«, startete Margeaux mit ein wenig Small Talk in die Befragung, um die Leute im Raum zu kalibrieren. Die Augenbraue bei Desna konnte Ausdruck von Verachtung sein oder auch ein Illustrator, den die junge Frau nutzte, um Sprache zu verbildlichen. Dazu musste man die Menschen einen Augenblick beobachten. Zudem war es wichtig, den sogenannten Basisausdruck im Hinterkopf zu behalten, denn nur so konnte man Abweichungen feststellen. Dann spielte die Kongruenz noch eine nicht zu vernachlässigende Rolle: Wie stimmig waren Worte, Intonation und Körpersprache inklusive Mimik?

»Wie Sie alle wissen, sind wir hier, weil wir nicht nur Teil der Familie Vigne sind, sondern auch in diesem Fall ermitteln. Doch im Unterschied zur Polizei ist unser vorrangiges Ziel, Danielle lebend zu ihrer Familie zurückzubringen.« Sie wusste, dass ihre Wortwahl gerade im Hinblick auf den armen Davide durchaus provokativ wirken konnte. »Natürlich wird das die Täterfrage ebenfalls berühren, jedoch ist das für uns zweitrangig.«

»Sie sind doch bei der Polizei – oder waren es. Wollen Sie damit sagen, dass dort das Leben der entführten Person an zweiter Stelle steht und den Täter dingfest zu machen an erster?«, wandte sich der Anwalt an sie.

»Ich möchte nichts dergleichen über Polizeiarbeit sagen, sondern verdeutlichen, dass wir emotional stark beteiligt sind und uns die Sorge um das Mädchen zu Ihnen bringt.« Margeaux ließ sich nicht von ihm in eine Ecke drängen. Sie wollte keine Spielchen spielen, wie es sonst bei Verhören oft der Fall und auch nötig war. Die Zeiger der Uhr tickten unaufhörlich, und Danielles Chancen zu überleben schwanden minütlich.

»Ich verstehe, warum Sie hier sind.« De Oliviera hatte eine klare Stimme mit tiefem Timbre, und sprach sie auf einem Podium, füllte diese den Raum mit ihrem fesselnden Klang. »Die Medien bringen mich – nicht meine Organisation – namentlich in Zusammenhang mit der Entführung des Kindes. Ich versichere Ihnen, dass mir im Vorfeld keine Informationen über das, was die *Human Rights Lawyers* geplant haben, vorlagen. Mich hat es, wie sagt man noch gleich, eiskalt erwischt. Desna hat mich gestern Morgen über die Kampagne in Kenntnis gesetzt und kann meine Überraschung sicher bestätigen.« Simone warf der Frau indischer Abstammung einen Blick voller Wärme zu.

Margeaux registrierte die Zuneigung und lehnte sich in ihrem Stuhl zurück, um Desna besser sehen zu können.

Diese nickte. »Ich habe eine Information darüber gelesen und bin sofort zu Simone hinaus auf die Terrasse.«

Man hörte, dass Französisch nicht ihre Muttersprache war, da sie manche Worte anders betonte und der weiche Singsang der Sprache dadurch mit auffälligen Härten ins Ohr sprang. Etwas an ihr störte Margeaux. Sie beschloss, noch mehr in die Beobachtung zu gehen, und machte Frank ein kleines Zeichen, den fragenden Part zu übernehmen. Er verstand sofort.

Auch er schien es zu spüren und wandte sich erneut an Desna. »Was war Ihr erster Gedanke, als Sie darauf aufmerksam wurden?«

»Ich war empört – nicht wahr, Simone? – und außer mir darüber, dass man ganz offensichtlich eine Schmutzkampagne gegen diese selbstlose, wunderbare Frau geplant hatte.« Sie schien unangenehm berührt, und Stress baute sich auf: Sie blinzelte plötzlich stärker und wiegte ihren Körper leicht hin und her. *Bodyshift* war die Bezeichnung für diese Bewegung. Dann fing sie an, sich mit der rechten Hand über den linken Oberarm zu streichen – eine Beruhigungsgeste. Ihre Nervosität war bemerkbar, aber nicht komplett unpassend zur Situation. Natürlich durfte es Desna in Aufregung versetzen, dass man ihre Arbeitgeberin und Bezugsperson öffentlich angriff.

»Welche Schritte haben Sie dann in die Wege geleitet?«, wollte Frank von ihr wissen.

Sie blinzelte noch mehr. »Ich habe Simone informiert und auf ihre Anweisungen gewartet. Sonst habe ich nichts gemacht.«

Da! Wieder eine Bewegung, die Margeaux aufmerken ließ: ein einseitiges Schulterzucken links. In der rechten Gehirnhälfte wurden unter anderem die durch Vermeidung geprägten Emotionen verarbeitet, und diese Seite des Hirns steuerte die linke Schulter. Da das Zucken der Schultern grundsätzlich ein Signal für Verneinung oder Distanzierung darstellte, drückte es einen Zustand der Vermeidungsmotivation körpersprachlich aus. Es konnte einerseits ein Zeichen für *Ich glaube selbst nicht die Bohne von dem, was ich da sage* sein. Eine andere Möglichkeit war aber auch Resignation im Sinne von *Ich kann da nichts tun, denn es liegt nicht in meiner Macht.* Es galt stets, sich ein belastbares Bild in Gesprächen oder Verhören über eine andere Person zu verschaffen – je häufiger Zeichen auftraten, die auf Inkongruenzen schließen ließen, umso mehr war davon auszugehen, dass die Gesprächspartnerin oder der Gesprächspartner der Wahrheit nicht ganz treu blieb. Sie hatte die Augenbraue, die sich mehrenden Stresszeichen und nun das einseitige Schulterzucken. Irgendwas stimmte mit Desna nicht. Margeaux wollte jedoch nicht wieder vorschnell schlussfolgern, daher beschloss sie, weiter aufmerksam zu sein, ohne nur nach Zeichen Ausschau zu halten, die ihr aktuelles inneres Bild bestätigten. Darin lag nämlich auch die Krux: Hatte man eine erste Idee, suchte der Kopf nach weiteren Aspekten, die diese untermauerten. Diese Falle wollte sie unter allen Umständen vermeiden, gleichzeitig durfte sie sich auch davon nicht leiten lassen. Sie mahnte sich zur Neutralität, obwohl das stets die schwerste Disziplin war: *Trenne Beobachtung von Bewertung!*

»Wessen Aufgabe wäre es, aktiv zu werden?«, hakte Frank nach.

Der Anwalt ergriff das Wort. »Hier bin ich die Ansprechperson, denn selbstverständlich ist es wichtig für Simone und *Dignité et justice pour tous,* dass alles rechtlich abgesichert ist. Niemand rennt hier einfach los und spricht mit der Presse oder postet etwas, ohne dass es über meinen Tisch geht.« Er räusperte sich und schien unangenehm berührt. »Ich war jedoch zu dieser Zeit ohne mein Handy auf dem Wasser ... ein Versehen.«

De Oliviera lächelte ihn nachsichtig an. Die Frau war entweder perfekt geschult und eine beneidenswerte Schauspielerin oder einfach authentisch.

»Das Recht ist auf unserer Seite!«, platzte Desna heraus, und nun war es an Simon Bremond, nachsichtig zu lächeln. »Die Grundlage der Arbeit von *Dignité et justice pour tous* ist rechtlich geprüft. Natürlich gibt es auch spontane Aktionen, die durch ihr Ergebnis gerechtfertigt werden, aber im Regelfall arbeiten wir Hand in Hand mit den örtlichen Behörden.«

»Wie führt uns das zu Ihrem Anliegen?«, brachte Simone sie nun wieder zurück zu Danielle und ihrer Entführung.

»Ich bitte Sie hier alle um Diskretion«, schaltete sich Margeaux wieder ein, »denn es gab mittlerweile zwei Anrufe der Entführer. Wir gehen eher von einer Gruppierung aus als von einem Einzeltäter. Inhaltlich geht es dabei um Sie, Madame de Oliviera. Ihnen soll Schaden entstehen, und ist dieser groß genug, soll das Kind freigelassen werden.«

Betretene Stille entstand, und Margeaux nutzte die Gesprächspause, um ihre eigenen Sorgen zu kontrollieren, denn die Angst, Danielle nicht unversehrt aufzufinden, saß ihr bohrend in den Knochen. Sie atmete tief durch und begann, jede der drei Personen genau zu betrachten: Bremond saß kerzengerade auf seinem Stuhl. Das Gesicht kontrolliert angespannt, insgesamt sorgenvoll wirkend. Simones Haltung war von etwas geprägt, das Margeaux oft bei Opfern von Gewalttaten bemerkt hatte: Sie wussten stets, dass der nächste Schlag folgte, und nahmen ihn an, um Schlimmeres zu vermeiden. Desna wirkte, als wollte sie aus dem Raum fliehen. Alles an ihrem Körper schien Richtung Tür zu weisen … Spannend!

»Also will jemand mich und mein Lebenswerk zerstören«, murmelte Simone und dann lauter: »Sie kennen meine Historie und wissen um meinen Ex-Mann?« Der Anwalt warf ihr einen warnenden Blick zu. »Bitte, mein Lieber. Ich denke, die beiden Ermittler hier haben sich schlaugemacht.«

»Wir wissen Bescheid, und tatsächlich ist er heute nicht

zur Arbeit erschienen. Er ist angeblich krank«, ließ Frank die Bombe platzen, denn ihr Besuch in Bouc-Bel-Air war nicht besonders aufschlussreich gewesen. Und natürlich konnte man sein Fehlen am heutigen Tag entsprechend interpretieren ...

»Für mich machte es rasch den Eindruck einer Sache mit ... Also, es ist irgendwie persönlich. So habe ich es sofort empfunden, und als dann die Nachricht ...« Simone war blass geworden.

Der Anwalt hob die Hand wie ein Lehrer, der seine Schüler und Schülerinnen zur Ruhe mahnte, und Simone schwieg abrupt.

»Welche Nachricht?«, wandte sich Margeaux an Bremond und ließ ihren Blick instinktiv zu Desna gleiten. Erkannte sie dort Stolz? Sie wollte verwirrt den Kopf schütteln, doch es waren ganz eindeutig die Zeichen von Stolz: Der Augenringmuskel als zuverlässiges Erkennungsmerkmal echt erlebter Freude und der leicht nach hinten geneigte Kopf ergaben zusammen Stolz. Hier war etwas im Argen, und der Eindruck verfestigte sich immer mehr in Margeaux. Sie suchte nach einer Möglichkeit, ohne die Assistentin mit Simone zu sprechen. »Madame de Oliviera ...«

»Simone, bitte«, bot die Frau an.

»Simone, könnten Sie mir kurz Ihre Terrasse zeigen, bitte. Ich glaube, dass mein Kreislauf gerade ein paar Atemzüge an der frischen Luft gut brauchen kann.«

»Das werde ich machen.« Desna sprang wie von einer Sprungfeder angetrieben aus dem Stuhl.

»Das weiß ich sehr zu schätzen, doch ich denke, es ist das Vorrecht der Hausherrin, mir ihren Rückzugsort zu zeigen.«

»Kommen Sie gern mit, Margeaux.« De Oliviera erhob sich mit einer eleganten, fließenden Bewegung, und das ließ Desnas Bewegung noch impulsiver und hektischer erscheinen.

»Ich gehe mit«, sagte der Anwalt.

Simone lächelte ihn voller Zuneigung an. »Es ist in Ordnung, Simon. Bleib du mit Desna und Frank Kaiser hier. Wir sind gleich zurück.«

Spürte de Oliviera auch etwas und wollte daher die Chance nutzen, mit Margeaux allein zu sprechen? Margeaux war gespannt. Um was es sich wohl handelte, das Desna nicht wusste oder sogar nicht wissen sollte?

Aix-en-Provence, 4. Juli

»Ich fühle mich nicht gut, irgendwie ist mir ein wenig … übel.« Aimé versuchte es mit dem ältesten Trick der Welt, gleichzeitig entsprach es vollkommen der Realität, denn er war müde und durch die andauernde Angst und Margeaux' Info bezüglich des zweiten Anrufs der Erpresser gestresst. Zudem hatte er die Schwäche, die die Chemotherapie in ihm ausgelöst hatte, noch immer nicht gänzlich überwunden.

Obwohl Madeleine den schmalen Ordner auf ihrem Schreibtisch bisher nicht angefasst hatte, sagte ihm sein Instinkt, dass sich darin wichtige Informationen zur Klageschrift befanden. Es war genau dieses Nichtberühren, das ihn sicher machte, recht zu haben. Sein sonst so cleverer Kopf arbeitete heute einfach zu langsam, anderenfalls wäre er wahrscheinlich schon früher darauf gekommen … Denn als sie sich erhob, warf sie einen so unauffällig auffälligen Blick in Richtung ihres Schreibtischs, dass es ihm wie Schuppen von den Augen fiel.

»Ich hole Ihnen ein Glas Wasser, und ich habe im Bad noch Kautabletten, um den Magen zu beruhigen – ein rein pflanzliches Produkt. Gern kann ich Ihnen davon auch eine bringen.«

Er nickte doppelt dankbar. Sie bot ihm die Möglichkeit, etwas Zeit allein in dem Raum zu verbringen – nicht viel, aber wahrscheinlich genug, um das, was sich in der Akte befand, zu sichten. »Das wäre wunderbar. Wenn es Sie nicht zu sehr stört, hätte ich gern eine Tasse Tee … Die Aufregung … sie tut mir nicht gut.«

Sie sagte: »Selbstverständlich«, und schloss die Tür hinter sich.

Er packte sein Handy, öffnete die Kamera und eilte zum Schreibtisch. Im Ordner fand er rund eine Handvoll Blätter. Eine akkurate Handschrift machte jeden Satz perfekt lesbar. Er fotografierte sie schnell ab, bemerkte, dass darunter noch zwei Fotos lagen, und nahm auch diese mit klopfendem Herzen auf. Sie hatte den Raum verlassen, um nicht Zeugin seines Tuns zu werden, denn dann müsste sie ihn von Rechts wegen aufhalten und ihn zwingen, seine Aufnahmen sofort aus allen Speichern zu löschen. Offensichtlich wollte sie, dass er – und auch seine beiden Teammitglieder – Bescheid wussten. Wahrscheinlich war dies die einzige Art, wie die *Human Rights Lawyers* ihrem Mitglied Aurélie Coty-Vigne zu Hilfe eilen konnten, ohne sich und ihre gesamte Arbeit angreifbar zu machen.

Er richtete den Hefter wieder akkurat aus und begab sich flink zum Sofa. Erst dort wollte er den Inhalt sichten. Er hörte Madeleine über den Flur stapfen. Sie war zwar kein elfenhaft durchscheinendes Wesen, sondern eine schöne Frau mit wundervoller weiblicher Figur, aber eben auch kein Elefant, der sich nur trampelnd vorwärtsbewegen konnte. Sie zeigte ihm an, dass seine Zeit nun zu Ende ging.

Aimé lehnte sich zurück und schloss kurz die Augen. Das Handy lag an derselben Stelle wie vorhin.

»Ihr Tee, Monsieur Vigne.«

Er rieb sich über die Stirn. Langsam richtete er sich auf, schaute sie vielsagend an. »Danke, Madame Montagne.« Er beugte sich vor, nahm die Tasse in die Hand und trank in kleinen Schlucken. Jetzt musste er unverzüglich die Gelegenheit finden, die Fotos zu sichten oder sie schon einmal an Margeaux zu senden, ohne sich einen ersten Eindruck zu verschaffen. Er wollte nicht erneut in ihrer Gegenwart das Handy nehmen. Sie hätte es ihm wahrscheinlich nicht übel genommen, doch es erschien ihm einfach zu auffällig. Gleichzeitig konnten sich aber in den Unterlagen wichtige Informationen für Margeaux und Frank in der Höhle der Löwin verbergen. Wieder kam ihm das Schicksal zugute: Sein Mobiltelefon vibrierte!

»Entschuldigen Sie bitte«, sagte er zu der Anwältin und nahm es vom Tisch. Das Display zeigte eine Nachricht von Hilde an. »Meine Frau. Das muss ich kurz lesen. Sie ist ja in Paris bei der Familie, wie Sie vielleicht wissen.«

Madeleine nahm ebenfalls ihr Handy und lächelte ihm verständnisvoll zu.

Er öffnete Hildes Nachricht – nichts Neues in Paris. Hibenôt und seine Leute hatten den Radius des Anrufs noch etwas kleiner ziehen können, doch das führte sie noch immer nicht zu den Entführern. Er klickte in rascher Reihenfolge die Fotos an, schickte sie Margeaux und antwortete Hilde kurz. Dann wandte er sich an die Anwältin. »Leider gibt es in Paris nichts Neues. Wenn Sie mit Ihrer umfangreichen Erfahrung mit Gewalttätern eine Theorie entwickeln sollten ... wie würde diese lauten?«, fragte er nun ganz offen.

»Nichts von dem, was ich sage, ist irgendwie verwertbar oder belastbar. Es ist wie in einem Roman ... frei erfunden und alle Bezüge zur Realität sind zufällig, wenn Sie verstehen.«

Aimé nickte kurz, griff nach dem Blister mit dem Magenprodukt und drückte eine Tablette heraus. Er kannte das Mittel und kaute hörbar.

»Es gibt Menschen, die sehr viel Dunkelheit in sich tragen und sich dessen vollkommen bewusst sind. Daher kreieren sie für die Außenansicht eine Lichtgestalt. Vielleicht ist dieser Prozess auch mit der Hoffnung verbunden, dass die Helligkeit die Düsternis vertreiben kann. Doch wir beide wissen nur zu gut, dass das Böse nie aufhört, auf jenen Augenblick zu lauern, in dem es seine krallenbewährten Spitzen in das Gute schlagen kann, um es zu zerfetzen. Gelingt dies nicht vollständig, so sucht es andere Wege ... Wenn eine Frau lange genug gedemütigt wird und niemand sie beschützt, während ihre Knochen brechen, ihr Blut zu schwarz-lila Flecken verklumpt, ihre Gedanken infiltriert werden und sich eine Realität um sie herum bildet, die aus Erniedrigung und Gewalt besteht, so entwickelt sie sich zu einer Figur wie in einem von Charles Perraults Märchen: einem Teil der Menschenfresserfamilie, die den Däumling und seine Brüder verspeisen wollen. In deren Familie ist es normal, andere zu essen, sie bis dahin zu mästen ... Und dennoch sind sie ihren eigenen sieben Töchtern vorbildliche, liebevolle Eltern. Was ich damit sagen möchte: In der eigenen Wahrnehmung unseres Lebensraums entsteht der Blick auf die Welt durch unsere Erfahrungen und das, was wir darauf basierend glauben. Ein Großteil der Menschenfresserfamilie wird also durch die Schläue des Däumlings gerichtet ... und dem winzigen Helden sieht man nach, dass er damit auch Täter ist ... Doch letzten Endes ist er für den Tod von sieben Kindern verantwortlich. Aber er hat ja nur sich selbst geschützt. Nun ja. Die Erlöserfigur zieht los, um frei zu sein und andere vor einem Schicksal, das dem ihren ähnelt, zu bewahren, doch das Monster in dieser Lichtgestalt – in jedem von uns – will herauskommen. Viele sind stark genug, um es zu beherrschen, aber die gequälte Seele hört immer die Stimme des Malefikanten. Wie bei Dr. Jekyll und Mr. Hyde kommt die Dunkelheit und hüllt das Licht in Schatten. Dann koexistieren sie plötzlich – warum also nicht einige der Menschentransporte aufdecken ... das Licht damit nicht ganz untergehen lassen ... und andere für den eigenen Profit nutzen, weil die monströse Düsternis dieses Futter fordert.«

Sie schwieg unerwartet nach diesem langen Monolog, und er spürte ihren Blick auf sich ruhen. Er hatte verstanden, was sie sagte, und übersetzte es in seinem Kopf: Simone de Oliviera war einerseits jene bekannte Retterin und meinte dies auch vollkommen ehrlich, und andererseits war sie eine gebrochene Frau, in der sich die erlebte Gewalt eingenistet und sie dazu gebracht hatte, Böses zu relativieren, indem sie am Elend jener Frauen und Kinder in den Containern verdiente. Höchstwahrscheinlich hatte er auf den Fotos aus der Akte genau dafür Belege. Margeaux und Frank waren also nah dran. Sein ermüdetes Hirn sprang an und ließ ihn aufmerken: Selbst wenn de Oliviera eine Verbrecherin war, war sie dann auch die Entführerin oder nicht?

»Eine massive Persönlichkeitsstörung könnte solchen Handlungen zugrunde liegen, und dann bemerkt ebendiese Lichtgestalt vielleicht gar nicht, was das dunkle Monster in ihr tut. Sie haben ja auf Jekyll und Hyde angespielt. Ist das denkbar?«, wollte er von ihr wissen.

»Vielleicht ... vielleicht auch nicht. Ich bin keine Ärztin oder Psychologin.«

Es wurde ihm alles zu viel. Er war müde. Margeaux und Frank sollten die Unterlagen sichten, und er würde sich im nahe gelegenen Park ausruhen, bis die beiden zurückkamen – oder mit dem Zug nach Hause fahren.

Er bedankte sich für ihre Zeit, verabschiedete sich und nahm den Aufzug nach unten.

Cassis, 4. Juli

»Sie sind doch nicht wirklich an meiner Terrasse interessiert, oder?« Simone de Oliviera schaute Margeaux bei dieser Aussage nicht an, sondern ließ ihren Blick über das Meer gleiten und strich sich dabei durchs Haar. Das Armband mit einem diamantverzierten Schloss klimperte dabei leise an ihrem Handgelenk.

»Es ist wunderschön hier.« Margeaux wollte sich nicht um ihre wahren Beweggründe drücken, aber es tat gut, hier oben zu stehen. Das Haus lag auf einer Klippe, die Aussicht war erhaben und die Farbmischungen des Ozeans bezaubernd. Es war wie eine Miniauszeit, und sie atmete die frische, salzige Luft ein. Obwohl sie Danielle nicht besonders gut kannte, ging ihr das Schicksal des Mädchens an die Substanz, und sie litt mit ihrem geliebten Ziehbruder Pierre ... und mit Aimé und Hilde. Ihre Intuition funkte ständig, dass es nicht sein konnte, dass eine Frau wie de Oliviera, die so viele Jahre Opfer gewesen war, eine Hilfsorganisation aufgebaut hatte, um sie dann für verbrecherische Machenschaften zur Ausübung von Gewalt gegen Frauen und Kinder zu nutzen. »Möchten Sie mir etwas über diese Nachricht erzählen? Sie scheint Sie aus der Fassung gebracht zu haben«, erkundigte sich Margeaux.

»Sinnbildlich soll mir wohl deutlich werden, dass ich in einem Truggebilde lebe«, seufzte Simone resigniert, »und sie ist anonym verfasst.«

»Sie dient also dazu, Sie zu verunsichern?«

»Das vermute ich!«

Alles an de Olivieras Körpersprache zeigte die Resignation, die in ihrer Stimme bei diesen Worten mitschwang.

Margeaux' Handy summte kurz und machte sie auf eingehende Nachrichten aufmerksam. Sie schaute schnell auf das Display: Aimé hatte es geschafft, Einblick in die Unterlagen der Anwältin zu bekommen. Es waren einige Seiten, die er abfotografiert hatte. Sie musste diese unbedingt sichten, bevor sie wieder zurück in den Besprechungsraum gingen. Doch sie hatte ja Gründe gehabt, Simone allein sprechen zu wollen.

»Wissen Sie, wo meine Nichte ist?«, fragte sie daher geradeheraus.

»Sind wir für diese Unterstellung ohne meinen Anwalt hier draußen?« Simone trat empört einen Schritt zurück, und der Inhalt ihrer Worte, ihre Körperhaltung und die Intonation waren absolut kongruent.

»Wie ist Ihr Verhältnis zu Ihrer Assistentin ... Ist sie Ihre ... Geliebte?«, provozierte Margeaux, um zu sehen, was nun passieren würde.

Überraschung flog über de Olivieras Miene, und Ärger schloss sich an: Sie presste die Lippen fest aufeinander, die Augenbrauen schoben sich nach unten und zusammen, die Unterlider spannten sich an. Der stechende Blick richtete sich auf Margeaux. »Sie vergreifen sich im Ton!«

»Sie wissen, wer ich bin? Und wissen, was ich ... kann?«, stellte Margeaux die nächste Frage übergangslos, und die Frau nickte, erneut perplex. »Bei Ihrer Assistentin habe ich gewisse Inkongruenzen bemerkt.«

»Was wollen Sie damit andeuten?«

»Sie scheint mir von Emotionen angetrieben, die wir der Feindseligkeit zuordnen: Verachtung, Ekel und Ärger. Haben Sie eine Erklärung dafür, warum das so ist?«

»Ich ... wir werden angegriffen. Ist es da nicht vollkommen normal, feindselig zu sein?«

»In gewisser Weise schon. Gleichzeitig zeigt sie vermehrte

Stresszeichen, und ihr Körper drückt Fluchtbereitschaft aus. Vertrauen Sie ihr uneingeschränkt?«

Margeaux hatte mit einer spontanen Reaktion der Frau gerechnet, daher verblüffte es sie umso mehr, dass de Oliviera einen winzigen Schritt nach hinten machte und kurz innehielt. Dann antwortete sie mit hoher, fast brechender Stimme: »Wenn es hart auf hart kommt, vertraue ich nur Simon und sonst niemandem!«

Der Zweifel, den die Worte mit sich trugen, reichte Margeaux aus, um einerseits auf ihre innere Stimme zu hören und noch aufmerksamer hinzuschauen und andererseits mehr über Simone zu erfahren: Sie hatte Angst. Ihre Mimik, der Fluchtreflex und ihre Tonlage gaben dies preis.

»Wir sollten wieder hineingehen. Ich müsste dann kurz auf die Toilette. Vielleicht kann Desna mich hinführen.«

De Oliviera nickte, straffte sich und schritt langsam über die Schwelle hinein. Margeaux folgte ihr. Sie blieb in der Tür stehen.

»Bitte, Desna, bist du so lieb, Madame Surfin unser Gäste-WC zu zeigen.«

Die Jüngere stand auf, deutlich wenig motiviert, diesen Botengang gerade jetzt zu übernehmen. Vielleicht wollte sie auch nicht mit Margeaux allein sein – das war gerade noch nicht ersichtlich.

Auf dem Flur sagte Margeaux: »Danke, dass Sie mich begleiten. Wahrscheinlich hätte ich mich hier verlaufen. Sie kommen aus Indien, nicht wahr?«

»Ja«, antwortete Desna einsilbig und deutete auf eine Tür. »Hier.«

»Simone hat sie gerettet. Sie sind ihr doch gewiss zutiefst dankbar.«

»Ich verdanke ihr mein Leben, und das werde ich ihr nie vergessen.« Worte und Intonation passten zusammen. Der Körper schien gelangweilt. Wahrscheinlich, weil sie diese Frage schon tausendmal beantwortet hatte.

»Wie könnten Sie das auch. Sicher erinnert Sie sie oft genug daran, auch weil Ihre Geschichte zum Rederepertoire gehört«, setzte Margeaux alles auf eine Karte.

»Es zeigt, wie viel Gutes *Dignité et justice pour tous* jeden Tag tut.«

Interessant, interessant ... Nicht Simone, sondern die Menschenrechtsorganisation an und für sich.

»Wahrscheinlich wären Sie ansonsten jetzt nicht hier in diesem schönen Haus, sondern furchtbaren Qualen ausgesetzt«, sie packte den Türgriff der Toilette, »oder gar tot!«

»Ich weiß nicht, was Sie von mir wollen«, brauste Desna nun auf. Ihre Lider flatterten wie Kolibris, und sie leckte sich nervös über die Lippen. »Simone wartet nicht gern. Sie sollten sich also beeilen, bevor Ihre Zeit hier um ist.«

Ahhh ... sehr gut, zeig mir dein wahres Gesicht. Margeaux war auf dem richtigen Weg.

Geringschätzung und Wut flackerten über Desnas hübsches Antlitz und untermalten die kleine Drohung glaubhaft.

Hier war etwas im Argen, und Desna hing auf jeden Fall irgendwie mit drin. »Ich finde allein zurück, danke«, sagte Margeaux und betrat das WC, um zu lesen, was Aimé geschickt hatte.

Sie verschloss die Tür, setzte sich auf den Deckel und rief die Fotos auf. Die *Human Rights Lawyers* hatten umfangreiche Nachweise über Reiserouten der Menschenhändler zusammengetragen und Informationen, die *Dignité et justice pour tous* darüber gesammelt hatte, wann ein Container wo ankommen würde. Doch gerade in Frankreich wurden ganz offensichtlich nicht alle bekannten Transporte aufgedeckt. Die Zahlen divergierten zudem, was die geretteten Personen anging – bezogen auf die Anzahl der Menschen in einem solchen »Waren«-Transportbehälter. Diese beruhten auf den durchschnittlich in einem Container befindlichen Personen. Sollte Simone wirklich so kurzsichtig sein? Sie erschien Margeaux klug und bedächtig, daher müsste ihr bewusst sein, dass solche Unterschiede irgendwann in den Fokus geraten würden. Die Öffentlichkeit feierte Simone und war an ihrem Tun interessiert – nicht nur die Reichen und Mächtigen mit ihren großen Spendenschecks und vollmundigen Versprechungen, einen politischen Rahmen zu schaffen, um den Menschenhandel zu unterbinden. Auch die kleinen Leute sahen in ihr eine Heldin.

Auf einer weiteren Seite waren Berechnungen angestellt, was sich mit dem reinen Verkauf der Frauen und Kinder an Gewinn erzielen ließ und – noch einen Schritt weitergehend – wie hoch der ausfiele, wenn sie sogar selbst Bordelle und ähnlich geartete Etablissements betrieb. Margeaux war durch ihr Erbe wirklich gut situiert, aber diese Zahlen sorgten dafür, dass sie nach Luft schnappen musste. War Simone tatsächlich so durchtrieben, wie es hier angedeutet wurde, musste sie irgendwo über sehr viel Geld verfügen. Matze sollte versuchen, der Spur des Geldes zu folgen, denn ein weiteres Foto wies auf die Transaktion einer hohen sechsstelligen Summe hin. Auf den beiden letzten Bildern waren verschwommene Situationen zu sehen. Die Szenerie kam ihr bekannt vor: ein Containerhafen – wie der in Marseille. Vielleicht sogar *der* in Marseille. Das würde man eventuell auf einem großen Bildschirm besser erkennen können. Es sah aus, als würde eine Frau aus einem Auto heraus auf einen der Stahlbehälter deuten. Margeaux speicherte die Bilder ab – versuchte, sie noch größer zu ziehen, um das, was ihre Aufmerksamkeit auf sich zog, zu identifizieren. Ein kalter Schauer lief ihr den Rücken herunter, als ihr bewusst wurde, was genau sie da so wachsam betrachtete: Ein Armband baumelte an dem Handgelenk, und der Anhänger sah einem kleinen Schloss verdammt ähnlich!

Marseille, 4. Juli

Es war also an ihm, aktiv zu werden, nachdem sein Unterbewusstsein dafür gesorgt hatte, die vorbereitete Nachricht zu löschen. Lionel hasste gerade nicht nur sein Leben, sondern vor allem sich selbst. Für wen hielt er sich? Iron Man oder so? Einen jener fast unzerstörbaren Superhelden ... Ganz bestimmt war er verrückt geworden, ohne es so recht zu bemerken. Er musste dem ein Ende setzen und dabei sein Lebenswerk nicht vollkommen ruinieren. Vielleicht konnte er tatsächlich eines der Fahrzeuge der Entlader entwenden – doch unterm Strich war es zu leicht zu ihm zurückverfolgbar: Es hatte mit dem Hafen zu tun. Speicherte das Handy gelöschte Nachrichten irgendwo ab? Konnte er es rückgängig machen oder den Text an Simone de Oliviera einfach noch einmal neu verfassen, um seinen Kopf aus der Schlinge zu ziehen, in die er ihn selbst gesteckt hatte.

Welche Möglichkeiten boten sich ihm sonst? Ein Auto irgendwo klauen und dann die Bullen binnen kürzester Zeit auf den Fersen haben? Eine grandiose Idee! Einfach den Container öffnen, die Leiter stehen lassen und einen Zettel mit »LAUFT!« hinterlassen. Es war *sein* Hafen ... Er konnte sich überall bewegen, ohne dass es Aufmerksamkeit auf sich ziehen würde. Doch rannten das Mädchen, die Frau und das Kind den falschen Leuten in die Hände, würde er jede Möglichkeit verlieren, ihnen zu helfen. Und wenn es richtig dumm lief, gerieten die drei ins Fadenkreuz von Lederklufts Boss.

Ein Blick auf die Uhr zeigte ihm, dass er entweder Mathis

über sein weiteres Ausbleiben informieren musste oder zurück ins Büro gehen sollte. Koksen war nicht seins – auch wenn die Typen, mit denen er Geschäfte machte, ihn immer mal wieder zu einer Line überredeten –, aber jetzt sehnte er sich geradezu nach dem Kick, der seinen Verstand auf eine andere Frequenz bringen würde. Widerstrebend packte er seinen Kram, um in den Hafen zurückzukehren. Er musste einfach dranbleiben, die Situation beobachten und spontan entscheiden, was zu tun war. Es gab ja auch jede Menge vollkommen legaler Lieferungen mit integren Geschäftspartnern. Vielleicht konnte er das Mädchen in deren Arme jagen … oder eben doch de Oliviera einen Tipp geben.

Aix-en-Provence, 4. Juli

Er hatte sich ein Baguette mit Reblochon geholt und ein Panaché. Die Bank seiner Wahl lag im Schatten einiger Platanen, und er aß in kleinen Bissen, spülte dann mit dem Mix aus Bier und Limonade nach. Sein noch immer magerer Körper brauchte die Kalorien dringend, und er spürte, wie es ihm langsam besser ging, seine Kraft wiederkehrte. Sein müdes Gehirn schien ebenfalls von der Nahrung zu profitieren. Er lehnte sich zurück und versuchte durchzuatmen.

»Nicht zu viele Bilder zulassen«, mahnte er sich selbst, denn driftete er erst einmal in diese Richtung ab, würde ihn die Panik in tatenlose Erstarrung versetzen. Der Abend nahte, die Luft wurde angenehmer, und die Geräusche im Park zeugten vom regen Stadtleben. Seine liebe Danielle war nun fast vierunddreißig Stunden in der Gewalt von skrupellosen Verbrechern ... und das Leben ging überall einfach weiter.

Sein Handy meldete sich. Eine Nachricht von Margeaux.

Fotos gesichtet. Danke, Aimé. Schick sie an Matze. Er soll der Geldspur folgen. Letztes Foto: De Oliviera hat dieses Armband – ist sie wirklich so dumm? Muss zurück, bin auf dem WC.

Ihm wurde bang ums Herz, denn vielleicht war das keine Dummheit, sondern einfach die Sicherheit, in der sich eine Frau ihrer Position, die sich zudem für unantastbar hielt, wiegte. Er überlegte einen Augenblick, sah sich um – niemand in Hörweite – und tippte Matzes Nummer an.

»Aimé, es tut mir so leid. Ich habe heute irgendwie nicht viel zustande gebracht. Elodie ist zum Arbeiten im Kindergarten, und Aliette hat heute keinen guten Tag, außerdem schläft sie gerade sehr unruhig, und ich … Entschuldige! Ich rede zu viel. Wie geht es dir?« Der Hacker hatte, ohne Luft zu holen, vor sich hin geplappert.

»Ich komme einigermaßen zurecht, solange ich etwas zu tun habe. Danke, dass du uns überhaupt hilfst. Ich weiß das zu schätzen. Wir alle wissen das. Ich war bei einer Kollegin meiner Schwiegertochter in Aix. Sie hat mir … nein, das ist so nicht ganz richtig … sie hat es geduldet, dass ich mir Einblick in die Unterlagen der Klageschrift verschaffen konnte. Ich habe einige Fotos gemacht und sie zuerst an Margeaux geschickt. Die ist gerade mit Frank in der Höhle der Löwin in Cassis!«

»Sie sind bei Simone de Oliviera? Wie haben sie das denn hinbekommen? Die ist doch total abgesichert.« Matze hörte sich erstaunt an.

»Ein entführtes Kind öffnet viele Türen«, sagte Aimé bitter.

»Das ist wohl wahr. Zu welchem Ergebnis seid ihr gekommen?«

»Du sollst der Spur des Geldes folgen, und auf dem letzten Foto ist ein Armband zu sehen – ziemlich unscharf. Kannst du das bearbeiten und dann mal mit offiziellen Bildern von Simone de Oliviera abgleichen. Margeaux sagt, sie trägt gerade ein Armband, das diesem sehr ähnelt.«

»Das kann ich machen«, bestätigte der junge Mann, »und zwar sofort. Gerade habe ich sie hingelegt, und es scheint so, als wäre sie nun doch ziemlich erschöpft.«

»Alles klar. Versuch einfach, so viel wie möglich über die Transaktionen herauszubekommen. Die *Human Rights Lawyers* haben Unterlagen zusammengetragen, die vermuten lassen, dass de Oliviera selbst Menschenhandel betreibt und dafür Millionen einstreicht. Das Geld muss irgendwo sein. Findest du es, haben wir ein Druckmittel!«

»Wir? Die Polizei, Aimé! Der Typ in Paris ist einer von

den Guten, und wir haben Brenot hier bei uns. Also ... die diensthabende Polizei ...«

»So meinte ich das doch, mein Junge. Ich bin ein klappriger Kerl mit maroden Knochen geworden ... Ich jage niemandem mehr Angst ein.« Er merkte selbst, wie deprimiert sich das anhörte. »Ich bin müde und habe einfach nur verdammt große Angst um meine Enkelin«, schob er erklärend hinterher.

»Ich mache mich an die Arbeit, bevor Aliette beschließt, dass Schlafen doch doof ist. Ich melde mich bei dir, sobald ich was weiß. Bitte, Aimé, gib die Hoffnung nicht auf. Und sag Hilde Bescheid. Dann muss sie mir nicht tausendmal schreiben.«

Aimé stimmte allem zu und beendete das Gespräch, um Kraft für das Telefonat mit seiner Frau zu sammeln. Vorher schickte er Margeaux noch drei Buchstaben: *Erl.*

Cassis, 4. Juli

Nachdem Margeaux zurück war, hatte Frank eine kurze Aufmerksamkeitsauszeit genommen. Die Stimmung hatte sich während ihrer Abwesenheit merklich verändert – vor allem während der Zeit, in der Simone mit Margeaux draußen gewesen war.

Er hatte einige Fragen zum morgigen Charityball gestellt, und Desna hatte sich angehört, als zitierte sie eine Pressemitteilung, während Simon Bremond so getan hatte, als checkte er Nachrichten auf seinem Handy. Frank war aber vollkommen bewusst, dass dem Mann kein einziges Wort der Kommunikation am Tisch entging. Da er während der Fahrt im TGV von Stuttgart nach Paris die Interpol-Unterlagen eingehend studiert hatte, wusste er, dass sich Desnas Aussagen über ihre Herkunft so gut wie gar nicht verifizieren ließen. Sie besaß keine Papiere, und ihre Geschichte glich der vieler Tausend anderer Inderinnen. Es hatte eine Zeit gegeben, in der weibliche Föten von finanziell entsprechend gut situierten Familien konsequent abgetrieben worden waren. Sie hatten genügend Geld für die Fruchtwasseruntersuchung oder frühe Ultraschallbilder besessen und sich von den nutzlosen Mädchen befreit. Arme Familien hingegen hatten die Säuglinge entsorgt oder die Kinder zeitnah gegen Geld getauscht.

Das war ihre Geschichte: Ihre Eltern hatten sie an einen Händler verkauft, der sie in einem engen Tunnelsystem als Gräberin gehalten hatte. Sie hatte dort Edelsteine finden sollen. Als sie zu groß geworden war, hatte er sie ein paarmal vergewaltigt und dann an ein Kinderbordell verschachert. Ihr

Weg hatte in einem Container nach Europa geendet, wo man mit zwölf noch nicht als zu alt für pädophile Verbrecher galt. Sie war in einem der ersten aufgedeckten Transporte gewesen und hatte Simones Aufmerksamkeit erregt, weil Desna nicht glauben wollte, dass die Polizisten ihnen tatsächlich helfen würden. Für das Mädchen waren sie Schergen eines korrupten männlichen Systems. Simone hatte das Auftreten der Kleinen imponiert, und sie hatte sich ihrer angenommen.

Frank hatte sich heute bereits mehrfach gefragt, was Desnas Antrieb war. Sie erschien ihm undurchsichtig. Aber auch Simone selbst war ihm zu glatt. Die Anschuldigungen lagen daher durchaus im Bereich des Möglichen.

Ein Blick auf sein Handy zeigte ihm eine Nachricht von Margeaux mit mehreren Bildern. Er lehnte sich zurück und überflog sie. *Matze ist dran,* lautete der begleitende Kommentar.

Beim letzten Foto zuckte sein Blick auf de Olivieras rechtes Handgelenk. Menschen waren einfach zu dumm!

»Morgen ist unser großer jährlicher Charityball. Das wissen Sie ja bestimmt«, wandte sich Desna nun an Margeaux, und in ihrer Stimme lag ein spitzer Unterton.

Margeaux nickte.

»Ich habe Simone mehrfach gesagt, dass es zu gefährlich ist, wenn sie unter diesen Umständen dort spricht. Doch sie will nicht auf mich hören. Vielleicht folgt sie eher polizeilichen Empfehlungen ...«

»Desna, bitte. Das haben wir doch schon besprochen. Es würde einem Schuldeingeständnis gleichen.« Simone klang echauffiert und wandte sich an Margeaux und ihn. »Sie werden mich nicht überzeugen können, es ist meine Pflicht, vor all die Menschen zu treten und für meine Sache einzustehen. Wenn ich es nicht tue, haben die Leute, die mich zerstören wollen, bereits gewonnen!«

»Sie haben sicher für genügend Personenschutz gesorgt?«, fragte Frank einer plötzlichen Eingebung folgend. »Wir sind sehr gut darin, Menschen zu beschützen, und die Fähigkeit meiner Kollegin, die Mimik und die Körpersprache zu lesen, hat uns dabei oft gute Dienste geleistet. Wir bieten uns hiermit an, ihr Team zu unterstützen.«

Simone schaute ihn nachdenklich an, und auch der Anwalt warf ihm einen prüfenden Blick zu, der dann zu Margeaux glitt, die bestätigend nickte.

»Es könnte nicht schaden«, sagte er leichthin.

»Wir haben bereits ein sehr gut eingespieltes Team. So kurz vorher bringt das nur die Organisation durcheinander«, warf Desna ein, und ihre Wangen röteten sich.

»Hätten sie beide Zeit und würden kommen? Sie könnten vielleicht auch Ausschau halten, wer mir nicht wohlgesonnen erscheint. Ich möchte nicht, dass mein Lebenswerk gefährdet wird.«

Sie musste eine ungeheuer gute Schauspielerin sein, denn war es ihre Hand auf dem Foto, war sie schuldig. Gleichzeitig erschien sie ihm als vollkommen integer und glaubwürdig. Was stimmte hier nicht?

»Wir sind dabei«, sagte er entschlossen und hoffte, dass Matze rasch Licht ins Dunkel bringen würde.

Marseille, 5. Juli

Sie leuchtete kurz mit der Taschenlampe auf ihre Uhr, und die Dankbarkeit für den kleinen Zeitmesser an ihrem Handgelenk machte sich sofort wieder in ihrem Kopf breit, auch wenn die Informationen, die sie dort sah, ihren Schrecken nicht milderten, sondern vielleicht sogar noch verstärkten. Es war nach Mitternacht, und der 5. Juli hatte begonnen. Bald schon hielt man sie seit zwei Tagen gefangen, und sie hatte furchtbare Angst, so lange in diesem Gefängnis bleiben zu müssen, bis sie tot war, oder dem kleinen Jungen dabei zusehen zu müssen, wie er starb. Ihre Taschenlampe hatten seine blauen Augen ein paarmal eingefangen, und irgendwie sahen sie so aus, als hätten sie nur Schreckliches gesehen. Suchten ihre Eltern überhaupt nach ihr, oder glaubten sie ...? Erneut sah sie Davides Schuhe vor sich, die aus dem Müllsack ragten ... Er war bestimmt tot.

Beklemmend machte sich diese Erkenntnis in ihr breit, und sie bekam plötzlich erneut keine Luft mehr. Hatte man ihn gefunden, und nun glaubten alle, dass auch Danielle tot war, und hatten die Suche aufgegeben?

»Schhhhh, schhhhhh«, machte Li-Ming in der anderen Ecke.

Beruhigende Geräusche klangen wohl in jeder Sprache gleich. Und doch: Danielle hatte ein Gefühl, als würde jemand ihren Brustkorb in einer richtig festen Umarmung halten. Eine, die wehtat und das Atmen schwer machte. Vielleicht wäre es ja besser, tot zu sein, als hier auf ein ungewisses Schicksal zu warten und sich bald mit Li-Ming und dem

Kleinen um Wasser und Essen zu streiten. Noch reichte alles aus, doch was, wenn man sie einfach hier drin vergessen würde? Würden sie versuchen, sich gegenseitig aufzuessen? Sie hatte das mal in einer Reportage über ein abgestürztes Flugzeug gesehen. Als sie noch allein im Container gewesen war, hatte sie, ohne sich zu schämen, nach ihren Eltern gerufen und geweint, bis ihre Stimme ganz schwach und heiser geworden war. Jetzt wollte sie Li-Ming nicht zeigen, dass sie nur ein besorgtes, panisches Kind war, und dem Jungen nicht noch mehr Angst machen. Also verkniff sie sich die Ruferei und versuchte, irgendwie wieder so viel Luft zu bekommen, dass die Übelkeit und der Schwindel vergehen würden.

Sie wollte einfach nur nach Hause …

Hameau les Bouisses, 5. Juli

Margeaux hatte darauf bestanden, dass Aimé auf dem Weiler blieb, und sich für wenige Stunden an Thierry geschmiegt, der ihnen als späten Snack Fougasse, Tapenade und Käse mitgebracht hatte. Zu schlafen war ihr immer nur kurzzeitig gelungen. Ihre Gedanken hatten nicht aufhören wollen, sich im Kreis zu bewegen. Bald waren es achtundvierzig Stunden ... Wie hoch war der Prozentsatz, rein aus polizeilicher Erfahrung, das Kind jetzt noch lebend zu finden? Unter zwanzig? Sie musste sich sortieren, klar denken und sich dann mit Aimé und Frank austauschen. Gefühle der Verzweiflung und Angst durften keinen Platz haben.

Als Thierry noch vor dem Morgengrauen das Bett verließ, um in seiner Backstube präsent zu sein, stand sie ebenfalls auf. Sie machte sich einen Café noir und setzte sich in die stille Ecke. Die Mimose über sich, durch deren Blätter raschelnd ein sanfter Wind strich, versuchte sie, sich zu entspannen, um Struktur in ihren Kopf zu bekommen. Willi hatte sich verwirrt zu ihren Füßen zusammengerollt – es war einfach noch sehr früh.

»Hey«, Frank berührte sie leicht an der Schulter, »kannst du auch nicht schlafen, obwohl wir uns dringend ausruhen sollten bei dem, was uns heute erwartet?«

Er hatte vollkommen recht. Ihre Sinne sollten am Abend hellwach und geschärft sein. »Thierry ist in die Bäckerei, und ich ... Weißt du, Frank ... Oh, möchtest du einen Kaffee?«

Er hielt ein Glas Wasser hoch. »Etwas später gern.« Er setzte sich neben sie.

»Ich traue mir selbst nicht mehr. Ich stelle jede Beobachtung fünfmal infrage, und selbst wenn die Zeichen sich häufen, will ich noch mehr Informationen finden, die es untermauern. Verstehst du, was ich meine?«

»Wir machen alle Fehler, Margeaux. Du bist jemand, dem sie extrem selten unterlaufen, deshalb trifft es dich umso härter. Aber du musst jetzt damit aufhören, an dir zu zweifeln. Du hast dein Handwerk gelernt, und wenn du nicht in einen …« Er räusperte sich theatralisch und verfiel in Werner Walters Tonfall. »… ›unmöglichen Kaiser'schen Alleingang verfällst, sondern alles, was dir durch den Kopf geht, mit uns teilst, wird es gleich klarer und nachvollziehbarer!!!‹ Und du lernst, deiner Wahrnehmung und Intuition wieder vollumfänglich Glauben zu schenken.«

Sie seufzte, und Willi fühlte sich dadurch aufgefordert, sich enger an ihre Knöchel zu pressen.

»Keine Besprechung ohne den alten Knacker, und das meine ich wörtlich … Meine Knochen knacken wirklich.« Aimé kam durch den Flur hinausgetapert und streckte sich demonstrativ.

»Wir sind schon eine Spitzentruppe.« Margeaux musste trotz der angespannten Grundstimmung lächeln. Sie konnte sich glücklich schätzen, dass sie mit Frank, ihrem Ziehvater und Matze an dem Fall arbeiten durfte. »Jetzt fehlt nur noch … Ahh, wie aufs Stichwort!« Sie hob ihr Handy, dessen Display hell ins Morgengrauen leuchtete.

Hörst du uns etwa ab. Wir haben uns im Moment hier versammelt?, tippte sie als Antwort auf sein *Guten Morgen.*

Aliette hat schlecht geträumt. Ich tippe mit einer Hand, sie pennt auf meinem Schoß.

»Wollen wir reingehen und in unserer Einsatzzentrale alles sammeln, was wir haben?«

Sie nickten unisono, begaben sich durch die offene Küche ins Wohnzimmer, und Margeaux machte sich im Vorbeigehen noch eine Tasse des koffeinhaltigen Elixiers. Frank und Aimé schlossen sich ihr an.

Kurze Zeit später flimmerte eine der Dateien, die Matze geschickt hatte, über das helle Board.

Sie hatten nicht gefragt, wie er das Geld gefunden hatte – manchmal war es besser, nicht alles zu wissen und dem Darknet-König seine Geheimnisse zu lassen.

»Das sieht aus wie ein hochkomplexes Versteckspiel mit Investments in Briefkastenfirmen in Panama, Waffengeschäften mit Autokratien und anderen schmutzigen Deals«, fasste Margeaux zusammen.

»Das sieht sehr nach Mafia aus ... Ist Simone Teil eines international agierenden Kartells und nutzt die Menschenrechtsorganisation als Deckmantel für ihre miesen Machenschaften?« Frank kratzte sich nachdenklich am Kopf.

»Ich weiß nicht ... Ich kann das irgendwie nicht so recht glauben. Sie erscheint mir nicht ... hm ... durchtrieben genug für so ein Geflecht.«

»Der Anwalt wäre bestimmt dazu in der Lage, und was denkst du über die Assistentin?«

Margeaux ließ ihre Beobachtungen rasch vor ihrem inneren Auge Revue passieren. »Sie ist inkongruent, zeigt alle Emotionen der Feindseligkeit – teilweise in sehr kurzer Abfolge. Und sie hat mir gedroht!«

Frank ließ seine flache Hand auf den Tisch klatschen. »Wann wolltest du uns das erzählen?«

»Jetzt ... Wir hatten uns darauf geeinigt, uns erst etwas auszuruhen.. Es war ... subtil.« Sie berichtete von dem Gespräch vor der WC-Tür.

»Mit der stimmt was nicht«, bestätigte Frank. »Ich hatte die ganze Zeit das Gefühl, dass das, was ihr Mund sagt, nicht mit dem, was ihr Körper spricht, übereinstimmt. Das, was du beobachtet hast, unterschreibe ich voll und ganz.«

»Gleichzeitig ist da das Foto.« Matze hatte es bearbeitet, und Margeaux blendete es ein. Das Armband mit dem

Schloss war besser zu erkennen, aber noch weit entfernt von deutlich. Der Arm könnte jedem gehören. »Matze hat den Unterarm vermessen und kommt zu dem Schluss, dass es der einer Frau ist ... vielleicht auch eines schmal gebauten Mannes. Es ist einfach aus zu großer Entfernung ohne entsprechendes Teleobjektiv aufgenommen. Zudem hat er herausgefunden, dass der Container, auf den sie da deutet – jeder hat eine Nummer – in keiner polizeilichen Akte auftaucht. Ich will mal wieder lieber nicht wissen, wie er das gemacht hat ...«

»Jetzt mal im Ernst«, schaltete sich Aimé ein, der bisher schweigsam gelauscht hatte, »ist de Oliviera so vertrottelt, dass sie, um unerkannt zu bleiben, aus einem Auto mit verdunkelten Scheiben heraus agiert, aber dann ein persönliches Erkennungsmerkmal rausbaumeln lässt?«

»Sie könnte sich auch einfach sehr sicher fühlen«, warf Frank ein.

»Oder jemand will sie fertigmachen und wirft ganz bewusst Brotkrumen aus, die am Ende zu ihr führen«, wandte Margeaux ein.

»Ihr Ex hat sich der Mafia angeschlossen und ist ausgerechnet jetzt ›krank‹.« Frank setzte das letzte Wort mit den Fingern in Gänsefüßchen. »Was, wenn er dahintersteckt?«

»Eigentlich ist er nicht nah genug dran, aber es ist schon vorstellbar«, pflichtete Margeaux ihm bei.

»Wenn ich euch so zuhöre, fällt mein Verdacht am ehesten auf diese Desna«, fasste Aimé das in Worte, was ihr die ganze Zeit durch den Kopf geisterte.

»Aber was hätte sie davon?« Frank rieb sich die Augen und nahm einen Schluck Kaffee. Draußen ging die Sonne auf und ließ den provenzalischen Himmel in sanftem Rosa erstrahlen.

»Sie wäscht ihre Hände in Unschuld, denn Simone ist für alles Böse verantwortlich, vielleicht sogar noch mit Simon Bremond – dann ist sie den auch los –, und sie setzt sich an die Spitze von *Dignité et justice pour tous.* Irgendwann hat sie so viele Millionen zusammen, dass sie bis an ihr Lebensende im Luxus schwelgen kann«, erklärte Margeaux ihre Gedanken.

»Und wenn beide gemeinsame Sache machen: Der Ex will sie vollkommen zerstören, und die Assistentin ist einfach nur gierig?« Aimé lehnte sich in seinem Stuhl zurück. »Entweder hat sie sich das Armband ihrer Chefin ausgeliehen oder sich einfach eines anfertigen lassen. Die Gelder bringt sie mithilfe der Motorradgang von Simones Ex auf den Weg, und die Schlinge um Simones Hals wird enger. Damit es sich nicht ewig hinzieht, muss was passieren. Der Ex will nicht mehr länger warten ...«

Er stockte, und Margeaux übernahm für ihn den persönlich belastenden Teil: »Und dann macht Pierre den Fehler, den falschen Leuten von der bevorstehenden Klage zu berichten, und sie werden hyperaktiv – was in der Entführung von Danielle, dem Mordversuch an Davide und dem massiven Vorgehen, Simone de Oliviera öffentlich zu demaskieren, endet.«

»Überzeugt mich absolut«, sagte Frank, »doch wie beweisen wir das?«

»Heute Abend erwarten sie den finalen Schlag ... auf dem Ball. Wir werden da sein und die Augen offen halten. Vielleicht machen sie noch mal einen Fehler. So wie bei ihrem ersten Anruf. Sie haben jede Menge Beweise fingiert und sie den *Lawyers* wahrscheinlich sogar geschickt in die Hände gespielt, und dann wird ihnen klar, dass eine Klageschrift Nachforschungen bedeutet und auch eine wahrscheinlich langwierige Beweisaufnahme. Das ist gewiss nicht gut für die dreckigen Geschäfte, die sie gemeinsam machen. Also gilt es, diese aufzuhalten und das Grande Finale zu planen, das Simone ganz schnell das Genick bricht.«

»Sollte Gilbert Brenot informiert werden und parat stehen? Er und eine Einheit, die mein kleines Mädchen befreit, denn ihr quetscht den Ort ja aus diesen Verbrechern heraus«, sagte Aimé bestätigend. Er ließ die Möglichkeit unausgesprochen, dass Danielle vielleicht gar nicht in Marseille oder der Umgebung sein könnte oder ... bereits tot war.

»Das wäre klug«, gab Margeaux zu. »Bitte, mach du das, Aimé, und wir«, sie wandte sich an Frank, »überlegen uns, wie wir heute Abend vorgehen und was wir über den Tag noch an Unterlagen verifizieren können. Und ich müsste eigentlich mit Hibenôt reden ...«

»Mhhh ... vielleicht reicht uns Brenot erst mal«, relativierte Frank.

Marseille, 5. Juli

Lionel hatte erneut fast die ganze Nacht nicht schlafen können und immer wieder auf das Handy geschaut – nichts war passiert.

Hatte das Mädchen, das ihn seltsam anrührte, genug zu essen und zu trinken? Draußen war es heiß, und gewiss herrschten in dem Container hohe Temperaturen. So konnte es auf jeden Fall nicht weitergehen. Seine Gedanken kreisten um die drohende Katastrophe in seinem Hafen, und am liebsten hätte er alles stehen und liegen gelassen, um zu seinem Geld zu reisen und dem ganzen Mist hier den mentalen Mittelfinger zu zeigen.

»Du siehst krank aus, Boss.« Mathis klopfte an den Türrahmen und trat ein.

»Ich fühle mich auch nicht so wohl«, gestand Lionel. »Vielleicht habe ich gestern eine verdorbene Crevette erwischt. Mein Magen spielt heute nicht richtig mit«, improvisierte er. Vielleicht verschaffte ihm das eine erneute Auszeit, denn das Szenario in seinem Kopf wurde immer schlimmer: Das Mädchen und die anderen beiden verdursteten in ihrem Gefängnis, und man würde sie tot in seinem Königreich finden, es schließen lassen und bei Durchsuchungen jede Menge belastbares Material sicherstellen – um nicht nur ihn, sondern auch anderen an den Kragen gehen zu können. Der Skandal würde über die Grenzen Frankreichs hinaus Europa erschüttern, und er wäre binnen Minuten ein toter Mann. Es war dumm von ihm gewesen, die Nachricht an de Oliviera nicht abzusenden und sich dann noch nicht mal zu trauen, selbst aktiv zu werden.

»Ui ... da ist Übel im Anmarsch«, sagte Mathis und deutete auf den Vorplatz.

Ein riesiges Motorrad kam grollend zum Stehen, und Lederkluft stieg ab – er glich einem apokalyptischen Reiter. Der hatte ihm gerade noch gefehlt. Was wollte er am helllichten Tag hier? Wieso wusste Mathis, dass dieser Kerl nichts Gutes bedeutete?

»Wie kommst du darauf?« Er erhob sich von seinem Schreibtischstuhl. Er wusste, dass er beschissen aussah, und er wollte nicht noch sitzend mit dem Typ reden, sodass er blass um die Nase zu ihm aufschauen musste.

»Lionel ... ich bin nicht dumm! Ich mache dir sicher keine Vorschriften und keine Vorwürfe ... aber dass dieser Kerl eine Organisation vertritt, mit der nicht gut Kirschen essen ist, das ist mir sehr wohl bewusst. Ich weiß nicht im Detail, was hier im Hafen alles abgeht, und solange alles passt, bin ich still, aber irgendwann werde ich Fragen stellen. Nicht heute. Irgendwann ...!« Mathis drehte sich um und ging in sein Büro.

Lionel schleppte sich nach draußen. Unter diesen Bedingungen wollte er Lederkluft keinesfalls in seinem Zimmer haben. Er dachte kurz darüber nach, ihn vom Hof zu jagen, aber das war unter den aktuellen Bedingungen vielleicht keine gute Idee.

»Jean-Claude, was gibt's?«

»Lass uns reingehen«, sagte der Angesprochene.

Lionel schüttelte leicht den Kopf. »Wir laufen ein Stück.« Beinahe hätte er gelächelt, denn die schwere schwarze Bekleidung war bei dieser Hitze gewiss nicht gemütlich.

»Der Container kommt heute am späten Abend aufs Schiff. Du musst Leute dahaben, die die Maschinen bedienen. Der Frachter soll vor Mitternacht auslaufen.« Der Mann klemmte seinen Helm unter den Arm, und sein Blick war fordernd.

»Warum die plötzliche Eile? Du weißt, dass das Aufmerksamkeit auf sich zieht ...«

»Das Schiff läuft aus, und besagter Container ist dann drauf. Du machst, was wir dir sagen, denn das hier ist kein Gesprächskreis für gelangweilte Senioren, sondern unser Deal!«

Lionel konnte die Wut im Gesicht des anderen sehen, dessen Stimme vibrierte dunkel. »In Ordnung. Du musst mir nicht gleich so kommen. Ich will nur nicht, dass die Leute misstrauisch werden und wir alle auffliegen.« Er hob beschwichtigend die Hände, und seine Gedanken begannen wieder zu rasen. Also mussten die Kerle stärkere Geschütze auffahren, um ihre Erpressungsnummer laufen zu lassen. Das Mädchen war plötzlich noch mehr in Gefahr. Er musste handeln, sonst ... Ja, was sonst? Sie würde aus seinem Hafen verschwinden, und er hätte seine Ruhe wieder ... oder ein nie mehr enden wollendes schlechtes Gewissen.

Scheiße, verdammt! Kein Aufschub mehr für ihn. Nur noch wenige Stunden oder nie!

Cassis, 5. Juli

»Das hast du jetzt bestimmt schon fünfmal gesagt, Desna!« Simone spürte, dass sie die Kritik der jungen Frau langsam ungehalten machte.

»Ich werde nicht müde zu erwähnen, dass dieses Aufgebot an Personen eher ein Sicherheitsrisiko darstellt, als dass die beiden zusätzlichen Leute Schutz für dich bedeuten. Außerdem finde ich noch immer, dass du mich heute deinen Part übernehmen lassen und dich per Videocall zuschalten solltest, damit du aus der Gefahrenzone bist.«

»Auch das haben wir ausufernd besprochen: Bleibe ich fern, ist es aus meiner Sicht ein Schuldeingeständnis, und da ich mir nichts habe zuschulden kommen lassen, muss ich auch nichts eingestehen.« Sie wandte sich um, nahm den Kleidersack vom Haken und sagte munter: »Wir lassen uns jetzt schminken und frisieren, um zeitig genug vor Ort zu sein, den Location-Check zu machen und dann die Gäste persönlich begrüßen zu können. Wie immer. Das ist das Markenzeichen dieses Abends, und das wird es auch bleiben. Ich bin weder eine Königin noch ein Superstar. Ich bin nur jemand, der das Unrecht gegen Frauen und Kinder satthat. Ich bin eine ganz normale Person. Ich werde mich nicht verstecken!«

Simone hörte, wie Desna prustend ausatmete, als sie mit der verpackten Robe in der Hand aus dem Zimmer ging. Die Kosmetikerin und der junge Friseur waren bereits da, und während Desnas Haar zu einer kunstvollen Flechtfrisur gestylt wurde, spürte sie die sanften Hände der Frau mit den tausend Tübchen in ihrem Gesicht. Sie würde die Falten der schlaflosen Nächte mildern und eine natürliche gepflegte Schönheit aus ihr zaubern. Ihre kurzen braunen Haare waren immer rasch in Form gebracht, und wenn sie die langen silbernen Ohrringe anlegte, die kaskadengleich fast bis auf ihre Schultern reichten, sah auch der burschikose Schnitt gleich feminin aus. War sie zu weiblich rübergekommen, hatte er sie geschlagen, war sie nicht weiblich genug gewesen, auch ...

Stopp, Simone! Sie holte ihre Gedanken zurück. *Er hat zu viel Macht!*

Sie hatte es in den letzten Stunden dauernd zugelassen, dass ihr Ex sich in ihren Kopf schlich und ihr Denken beherrschte. Am liebsten hätte sie laut geschrien: *Hau ab, Jean-Claude! Du darfst nicht mal in meiner Nähe sein!* Doch es wäre albern gewesen und hätte die Leute um sie herum gewiss erschreckt. Egal, wie sehr sie sich auch selbst vormachen wollte, dass der Ballabend so wie in jedem Jahr verlaufen würde, sie wusste, dass dem nicht so war. Sie fühlte es, hatte eine dunkle Vorahnung. Und sie hatte Angst. Daher war es gut, die Detektivin und den deutschen Kommissar als zusätzlichen Schutz dabeizuhaben. Zudem hatte die Frau etwas bemerkt, was Simone Sorgen bereitete: Konnte es wirklich sein, dass Desna mit all dem, was gerade passierte, etwas zu tun hatte? Nein, dazu war nur ihr Ex fähig, der einen derart zerstörerischen Kreuzzug gegen sie unterstützte.

»Sie müssen sich entspannen«, mahnte die Kosmetikerin mit sanfter Stimme, »wir wollen doch ein perfektes Ergebnis, nicht wahr?«

Simone nickte, verbannte alle Dunkelheit aus ihrem Kopf und gab sich den sanft klopfenden Fingern hin.

Hameau les Bouisses, 5. Juli

Margeaux wartete am Tor und sah zu Willi hinab. Er drückte sich wieder an ihre Beine. »Ich bin bald zurück, mein Schatz«, sprach sie ihm liebevoll zu. »Bis dahin passt Aimé auf dich auf ... und vielleicht kuschelt Thierry mit dir nachher auf dem Sofa«, fügte sie etwas leiser hinzu und bemerkte den Funken Hoffnung in ihrer Stimme, dass er nun wieder jeden Abend nach Hause kommen würde.

Frank erschien im Türrahmen, blinzelte ins Helle und sah wie immer super aus in heller Hose, zartblauem Hemd und weichen beigen Wildlederschuhen. Er trug ein dunkelblaues Sakko über dem Arm und hielt ein Einstecktuch in der Farbe seines Hemdes in der Hand. Sie hatte sich für ein cremefarbenes Ensemble aus einer weit fallenden Hose, einem passenden Blazer und einer taupefarbenen Bluse entschieden. Aktuell trug sie Sneakers mit Plateausohle dazu, und in ihrer geräumigen Tasche hatte sie schicke gleichfarbige Pumps liegen. Sie sahen aus wie ein mondänes Paar, das gern einen Scheck für die gute Sache überreichen würde. Nur das Security-Personal war eingeweiht und kannte ihre wahre Identität und Aufgabe. Margeaux würde sich ihre cremefarbene Chanel-Single-Flap umhängen und einen auf Societylady machen, Frank als attraktiven Begleiter an ihrer Seite. Sie konnte auch auf High Heels jemanden ausknocken – schließlich trainierte sie regelmäßig in ihrem Studio in der Scheune Krav Maga.

»Wollen wir?« Frank reichte ihr übertrieben förmlich den Arm.

Aimé erschien in dem großen Rundbogenfenster des Wohnzimmers. Er wirkte grau und eingefallen. Tiefe Sorgenfalten durchzogen sein markantes Gesicht. »Macht keinen Mist, Kinder, bitte! Gilbert ist mit einer kleinen, zuverlässigen Auswahl an Kollegen in eurer Nähe. Aber ihr müsst euch bewusst sein, dass er Hibenôt sofort informieren wird, wenn sich eine noch so winzige Spur in Richtung Danielle auftut. Dann kommt ganz Marseille als Kavallerie zum Einsatz!«

Margeaux ging zu ihm und drückte kurz den älteren Mann, den sie so sehr liebte. Sie fühlte mit ihm und konnte doch nichts Aufmunterndes beisteuern. Sie winkte Aimé zu und verließ tief durchatmend an Franks Seite ihr Zuhause.

Ein großes Polizeiaufgebot zog einfach zu viel Aufmerksamkeit auf sich, und das konnte unter Umständen alles gefährden. Aber sie verstand die Ermittler – es war bereits zu viel Zeit vergangen. Nach mehr als fünfundfünfzig Stunden ohne Lebenszeichen und zwei widersprüchlichen Forderungen saß ihnen allen die Angst in den Knochen, das Mädchen entweder gar nicht oder nicht mehr lebend zu finden. Es war sonderbar, dass es auch aus der Bevölkerung keine sachdienlichen Hinweise gab. Anrufende hatten alles Mögliche gemeldet: Das Mädchen wäre am Eiffelturm gesehen worden, gleichzeitig aber auch auf einem Boot auf der Seine, man wollte es im Bus gesichtet haben und im TGV nach Köln und sogar in Nizza – Hand in Hand mit einem grauhaarigen Mann. Alle Spuren waren im Sande verlaufen, und keiner wusste so genau, wo man nach Danielle suchen sollte. Der Anruf hatte sich nicht weiter zurückverfolgen lassen als zum Mast in der Region von Aix, und Margeaux wurde das Gefühl einfach nicht los, dass die Motorradgang und Simones Ex-Mann ihre Finger im Spiel hatten, aber auch hier gab es keine klaren Anhaltspunkte. Eine reine Vermutung ließ niemanden einfach mal so in die Höhle der Löwen spazieren, um ein bisschen zu provozieren. Es war und blieb unglaublich schwierig.

Sie steuerte den Wagen kurze Zeit später auf die Hauptstraße und seufzte leise.

»Hey. Wir machen das Richtige. Wir haben heute so oft darüber gesprochen, unsere Wahrnehmungen auf alle nur erdenklichen Weisen abgeglichen, und Matzes Recherchen unterstützen unsere Mutmaßungen definitiv.« Frank hörte sich souverän an.

»Das genau ist es aber auch nur, Frank: eine Mutmaßung. Ein Bauchgefühl und ein paar Beobachtungen, die wir auch völlig falsch interpretieren können. Ja, Matze hat die Spur des Geldes irgendwie zu leicht entdeckt, und betrachtet man das Gesamtbild, liegt der Gedanke nahe, dass hier etwas im Argen ist. Aber ich bin vorsichtig geworden«, fügte sie etwas leiser hinzu. Tatsächlich war es dem Hacker schneller als gedacht gelungen, die Wege, die das Geld genommen hatte, zu finden und zu verfolgen. Aus seiner Sicht war es zu einfach gewesen. Das hatte er ganz klar geäußert. »Es erscheint mir, als würde jemand mit einem Betonpfeiler winken und gleichzeitig rufen: ›Schau, wie unsichtbar ich bin.‹ Ich halte das für konstruiert, wenn ich ehrlich sein darf!«

Das fügte sich nahtlos mit all den Puzzleteilchen zusammen, die in ihr herumschwirrten, und doch wollte sie um Danielles willen alles richtig machen und nicht überstürzt handeln. Sie hoffte immer noch, dass es ihrer Nichte gut ging ... dass sie bitte, bitte überlebte.

»Du musst uns ... dir und mir ... vertrauen, Margeaux. Wir sind gut zusammen, und unsere Erfahrung lehrt uns, hier aufmerksam hinzuschauen. Du siehst übrigens spitze aus, Madame Surfin. Ich mag dein Outfit, und die Frisur ist sehr ladylike.«

Sie musste lächeln. Sie hatte das lockige Haar geglättet und im Nacken zu einem Chignon zusammengefasst. Es sah wirklich chic aus.

»Du bist aber auch ein Hingucker«, nahm sie seinen leichten Ton auf, und sie fingen beide an, ihre seit Jahren vereinbarten Töne zu pfeifen: ein bisschen klassischer Western-Showdown und ein paar Lerchen- und Nachtigall-Melodien. Erleichtertes Lachen füllte danach das Innere des Autos. Sie taten das Richtige. Und genau in der Schwere dieser ganzen verdammten Situation tat es unendlich gut, für einen kurzen Moment die Seele baumeln zu lassen.

Marseille, 5. Juli

Lionel hatte den ganzen Tag den Hass auf diesen Biker-Typen in sich kultiviert und war Mathis bewusst aus dem Weg gegangen. Das war dumm, zu auffällig, und er wusste es. Immer wieder zogen die Insel und sein Ruhestand durch seinen Kopf. Er hatte sogar schon auf den Seiten einiger Airlines Flüge gegoogelt, um einfach abzuhauen und das Chaos hier dem Jungen mit dem Rollkragenpulli zu überlassen. Sollten sie doch alle machen, was sie wollten. Er war raus ... oder auch nicht. Immer und immer wieder versicherte er sich selbst, dass er kein pädophiler Irrer geworden und auch nicht in einer kranken Liebe zu dem Mädchen entbrannt war. Nein Es war ... Ja, was war es? Hatte er plötzlich Vatergefühle für ein fremdes Kind entwickelt und glaubte, es beschützen zu müssen?

Wieder ging ein Tag zu Ende, und die Stunden schienen ihm einerseits schier endlos, und andererseits rannten sie davon. Und er hatte nichts getan, außer zu hadern und feige zu sein. Jetzt schien ihr Schicksal besiegelt, und der Container würde mit ihr davonschwimmen. Vielleicht warfen sie sie dann auf hoher See über Bord, oder ein wirklich perverser Kerl irgendwo auf diesem Planeten würde sie kaufen und als Sklavin halten. Er presste die Hände auf seine Schläfen, um die Gedanken und Bilder zu stoppen. Die Sonne kroch auf den Horizont zu, und mit der Dunkelheit kam der Augenblick ihrer Verschiffung immer näher.

Ein Auto ... er brauchte ein Auto, das man nicht zu ihm zurückverfolgen konnte, und eine Strumpfmaske und andere

Klamotten, um sich zu verbergen. Vielleicht einen schwarzen Hoodie, so, wie die jungen Gangmitglieder auf den Straßen sie trugen. Oder doch endlich Simone de Oliviera einen Tipp zuspielen und fein raus sein?

Er war ziellos durch die Gegend gefahren und hielt nun an einem Billigmarkt an – dass dieser so plötzlich vor ihm aufgetaucht war, musste doch ein Zeichen sein. Es war Hochsommer, hoffentlich hatten sie überhaupt Pullover mit Kapuze.

Marseille, 5. Juli

Danielle durchwühlte zum x-ten Mal die Tasche, als wäre es die von Hermine Granger in *Harry Potter* – mit unendlichen Tiefen und allem darin, was man brauchte. Doch es kam keine weitere Wasserflasche zum Vorschein. Über den Tag war es warm geworden in dem Container, und das zwar seltene, aber sehr verzweifelte Seufzen des kleinen Jungen ließ sie erzittern. Die Angst schnürte ihr die Kehle zu. Das machte diese dann irgendwie noch trockener, und der Durst wurde quälend.

Man starb ohne Wasser schnell. Sie hatte vergessen, wie rasch es ging, erinnerte sich aber daran, dass es nur wenige Tage waren.

»Hier. Kleiner Schluck.« Li-Ming stand plötzlich vor ihr.

Danielle hatte gar nicht bemerkt, dass die andere aufgestanden war und ihr eine Flasche reichte. Sie benetzte ihre Mundhöhle nur ganz leicht und gab dem Mädchen das Wasser zurück. Wieso war die so nett? »Warum seid ihr zwei hier?«, fragte sie langsam. Miteinander zu reden würde die Zeit der Furcht vielleicht erträglicher machen.

»Junge aus China. Besondere Ware.« Li-Ming zeigte auf die Augen.

Ja ... er sah wirklich besonders aus mit den großen blauen Augen in dem asiatischen Gesichtchen. Kindchenschema – das hatten sie in Bio gelernt. Es sollte die Leute davon abhalten, Kindern etwas Böses zu tun, aber sie hatte das Wort »Ware« sehr wohl vernommen und auch verstanden. Wieder zog sich Danielles Herz schmerzhaft zusammen, und die Erkenntnis schlug ihr wie eine Faust hart ins Gesicht: Die wollten das Kind an jemanden verkaufen ... und Li-Ming wahrscheinlich auch ... und ...

Sie konnte den Gedanken nicht zu Ende denken und sprang panisch auf, rannte in Richtung Tür, stolperte beinahe im Halbdunkel. Die Taschenlampe würde gewiss bald nicht mehr funktionieren.

Danielle schlug wild gegen den Stahl. »Hilfe! Hilfeeee! Wir sind hier drinnen. Hört uns denn niemand? Hiiiiiiilfeeeee!« Sie brüllte so lange, bis der Junge schrill zu weinen begann und ihre Hände von den Schlägen unsäglich schmerzten. Sie sah im Lichtkegel der Lampe, wie das Kind sich zusammenkrümmte, daneben Li-Ming, die einfach nur dasaß und eine Hand auf den Jungen gelegt hatte.

Sie würden entweder alle drei hier drin sterben oder an dem, was ihnen diejenigen antun würden, an die man sie verkaufte. Danielle sank erschüttert in ihre Ecke und leckte sich das Blut von den Fingerknöcheln. Sie hatten es in ihrer Familie nicht so mit der Kirche und dem Glauben, aber in ihrem Inneren formte sich ein Gebet: *Bitte, lieber Gott, ich will nicht sterben, lass mich wieder nach Hause – ich will auch immer brav sein. Bitte, bitte, lieber Gott!*

Marseille, 5. Juli

Simone schaute sich um und versuchte, das Unwohlsein aus ihrem Körper zu vertreiben. Jetzt war wirklich der falsche Zeitpunkt, der Furcht nachzugeben. Sie hätte sich sicher gefühlt, wäre irgendwo das kühle Metall ihrer Waffe spürbar gewesen, aber sie hatte sie zu Hause gelassen. Er würde nicht hier auftauchen und sie an den Haaren von der Bühne zerren. Oder doch?

Und warum misstraute sie Desna plötzlich so sehr? Diese Mimikexpertin war eine Fremde. Desna kannte sie hingegen seit vielen Jahren, und sie hatten gemeinsam jede Menge Höhen und Tiefen durchgestanden. Oder war da schon länger etwas, was ihr sonderbar vorkam, und sie hatte es nur verdrängt?

Der Saal war wunderschön dekoriert, und die Gästeliste zeigte das *Who is who* der französischen Gesellschaft. Doch egal, wer an diesem Abend hier auftauchte, um zu spenden, sie war stets der Ehrengast, den alle erwarteten. Würde das heute wegen der aktuellen Angriffe gegen sie anders sein? Schadete sie der Organisation mehr, als dass sie ihr guttat? War es egoistisch, auf der Bühne stehen zu wollen und stolz über ihre Arbeit zu sprechen – gerade um all jenen den Wind aus den Segeln zu nehmen, die durch die Entführung dieses Kindes aus Paris und die Hexenjagd der *Human Rights Lawyers* ein falsches Bild von ihr zeichneten?

Vielleicht hatte Desna doch recht, und Simone sollte sich lieber zurückhalten. Bis vor zwei Tagen hätte sie ihre widersprüchlichen Gefühle mit ihrer Assistentin besprochen …

doch nun ... Simon würde als Gast teilnehmen und war noch nicht vor Ort. Die Detektivin und der Polizist waren bereits hier. Sie sahen gut aus – so, wie es eben nur attraktiven Menschen möglich war. Sollte sie sich noch einmal mit Margeaux Surfin unterhalten ... sie gar um Rat bitten? Oder war das ein Eingeständnis von Schwäche?

Die Zeit floss in einem raschen Strom dahin, und während sie noch letzte Worte in ihrer Rede anpasste, wurden schon die Türen geöffnet. Es war zu spät, sich davonzumachen und Desna das Feld zu überlassen. Man hatte sie bereits gesehen. Sie konzentrierte sich auf ihre Aufgabe, nahm einen tiefen Atemzug, lächelte ihren neuen Beschützern zu und schritt hoch aufgerichtet zum Eingang, um ihre illustren Gäste wie immer persönlich zu begrüßen.

Ihre Assistentin kam aufgeregt herangewuselt. »Ich habe ja gesagt, es ist keine gute Idee, einfach so weiterzumachen, als wäre nichts geschehen.«

Simone hob fragend eine Augenbraue. Jetzt war wirklich nicht der richtige Augenblick für eine erneute Diskussion.

Desna hob die Gästeliste und wies auf einige durchgestrichene Namen. »Sie haben abgesagt! Das schadet *Dignité et justice pour tous.* Ich habe dich gewarnt!« Ihre Stimme klang plötzlich zischend scharf.

Simone unterdrückte den Impuls, ihr die Papiere zu entreißen und davonzustürmen. »Ich habe mir nichts vorzuwerfen, und du solltest ebenfalls damit aufhören.« Die ersten Gäste betraten den Saal, und eine Last fiel von ihr ab, als sie Simons vertrautes Gesicht sah. Hinter ihm trat der Bürgermeister von Marseille mit seiner Frau auf den Teppich. Sie schüttelte Hände, lächelte, wechselte persönliche Worte, und doch war da wieder das Gefühl des unaufhaltsamen Unheils, das sich drohend über ihr zusammenbraute. So wie früher ... wenn sie zitternd versucht hatte, unsichtbar zu werden, damit er sie nicht sah, ihr nicht wehtat.

Ein kurzer Blick zu Margeaux und Frank gab ihr etwas Sicherheit zurück. Und doch ... der Schlag würde kommen, egal, wie klein sie sich machte. Diese Erkenntnis drang ihr schockierend tief bis in die Knochen, und sie erschauerte: Er griff erneut nach ihr, bereit, ihr das Herz aus der Brust zu reißen!

Marseille, 5. Juli

Frank scannte den großen Raum immer wieder, ohne so recht zu wissen, wonach er eigentlich Ausschau hielt. Hier ging es doch um etwas anderes, als eine Waffe auf die Frau zu richten und sie abzuknallen. Dann hätte niemand Danielle entführen und erpresserische Anrufe tätigen müssen. Die Zerstörung von Simone de Oliviera sollte anders stattfinden – vielleicht waren aber auch alle Vorwürfe wahr, und sie trug ihre Janusmaske wie eine zweite Haut.

Margeaux schlenderte lässig mit einem Glas in der Hand auf ihn zu. Sie hatte sich kurz unters Volk gemischt, um zu hören, was gesprochen wurde, während er die Stellung nahe der zu beschützenden Person hielt.

»Es wird ein bisschen geflüstert, aber ich glaube, dass die Leute, die wirklich glauben, dass Simone etwas verbrochen hat und die *Lawyers* dies ans Tageslicht bringen werden, der Veranstaltung ferngeblieben sind.« Sie hob prostend ihr Glas.

Sollte Desna nicht aktiv die Info streuen, dass sie keine echten Gäste waren, würde jeder an einen großen Scheck in ihrer kleinen Handtasche glauben. Margeaux war klasse in der Rolle.

Seine Gedanken glitten zu einer anderen wundervollen Frau. Ihre Gesichtszüge erinnerten ihn an Sophie Marceau. Ihr Blick hatte direkt in ihn hineingezielt, und alles in ihm strebte zu ihr hin … Madeleine, die attraktive Anwaltskollegin von Aurélie. Wenn das hier vorbei war, würde er sie anrufen. Sein Puls beschleunigte sich bei diesem Gedanken.

»Ich kenne dich ziemlich gut.« Margeaux grinste ihn breit

an. »Und deshalb weiß ich mit fast hundertprozentiger Sicherheit, an wen du gerade gedacht hast … Da war so etwas Verträumtes in deinem Blick.«

Er nickte. Er hatte nichts vor ihr zu verbergen – sie war seine beste Freundin, seine Familie! »Da ist was, und ich werde herausfinden, was es ist … doch jetzt startet das Programm. Wir sollten uns setzen.« Er bot ihr seinen Arm an und geleitete sie an den Tisch nahe der Bühne. Sie begrüßten die anderen sechs Gäste an ihrem Achtertisch und nahmen Platz.

Ein Laudator betrat das Podium, weitere Männer und Frauen folgten mit ihren kurzen Reden. Dann war es so weit, und Simone de Oliviera betrat unter Applaus die Bühne. Sie rückte das Mikro zurecht, und im Hintergrund startete eine Präsentation mit einem Film über die Menschenrechtsorganisation.

Dann begannen sich die Dinge zu überschlagen, und für einen Moment schien die Welt stillzustehen, um sich für das ausbrechende Chaos zu rüsten.

Herz aus Eis

In jenen Tagen werden die Menschen den Tod suchen, aber nicht finden; sie werden sterben wollen, aber der Tod wird vor ihnen fliehen.

Offenbarung 9,6

Der Reigen des Schreckens lässt das Blut erkalten. Warum nur sagt man dem Herzen Gefühle nach? Das ist Unsinn! Es sorgt nur dafür, dass der Körper weiterlebt, auch dann, wenn alle Empfindungen bereits gestorben sind.

Zwei Kinder – eines davon vielleicht schon innerlich tot, das andere auf dem Weg dahin. Es gibt kein Entrinnen. So viel ist klar. Nur Schmerz, Ekel und die Sehnsucht, dass die eisigen Splitter des Todes die vollkommene Zerstörung des Körpers rasch herbeiführen. Dass der Leib leblos wird und so wie all die anderen im Meer untergehen darf.

Warum sonst sind sie erneut in diesem dunklen Gefängnis gelandet? Sind sie bereits wieder auf hoher See … unterwegs zu anderen grausamen Verbrechern.

Komm, süßer Tod! Komm und hol uns drei. Erspare uns das bevorstehende Leid. Würde sie den Jungen töten können, oder machte sein kaltes Herz das von selbst? Und das Mädchen? Kann sie ihr einfach den Mund zuhalten und sie so ersticken? Nein … auch wenn es ihnen Furchtbares ersparen würde, so roh ist sie nicht. Sie muss einfach zu ihren Göttern flehen … um den Tod!

Marseille, 5. Juli

Er hatte eine Sweatjacke mit Kapuze gekauft, und das billige China-Ding lag kratzend auf seiner Haut. Er schwitzte darunter und wusste nicht, ob es nicht nur Angstschweiß war ... Die Autofrage hatte er ganz simpel gelöst, indem er einfach bei einem der identisch aussehenden weißen Kastenwagen – die zuhauf auf dem Parkplatz des Hafens standen – die Nummernschilder abmontiert hatte. Er würde die drei aus dem Container holen, sie hinten in den geschlossenen Kasten packen und dann das Auto unverschlossen nahe einer Polizeistation abstellen. Das richtig Schwere würde erst danach kommen, denn dann musste er völlig unbeteiligt tun und hoffen, dass die Kerle den Container nicht noch einmal öffneten, bevor sie ihn auf die Reise und hinaus aus dem französischen Hoheitsgebiet schickten.

Er parkte den Wagen in der schmalen Gasse zwischen den Containertürmen, sodass er vom Hauptweg nicht sofort zu sehen war, und blieb dann einfach sitzen. Seine Beine wollten sich nicht bewegen. Er war anscheinend vollkommen verrückt geworden!

Vielleicht wäre es doch die einfachere Lösung gewesen, de Oliviera wie geplant den Tipp zu geben. Er kramte das Handy hervor und rief den *Gelöscht*-Ordner auf. Eigentlich hatte er vorgehabt, die Nachricht auch daraus zu entfernen, doch jetzt war er froh, erneut die Möglichkeit zu haben, seinen Hals aus der Schlinge zu ziehen, die er selbst herumgelegt hatte. Jetzt oder nie ...

Er drückte auf *Wiederherstellen* und *Senden*.

Nun musste er rasch reagieren, das Ding loswerden und hier verschwinden. Er ließ seinen Kopf für einen kurzen Augenblick auf das Lenkrad sinken ... Er war eben kein Held und hatte das Kind einem unbekannten Schicksal ausgeliefert.

Er erschrak furchtbar, als das Radio plötzlich brüllte: »Es ist 22.00 Uhr, und hier sind Ihre aktuellen Nachrichten mit erschütternden Informationen ...« Er suchte hektisch nach dem Knopf, um es leiser zu drehen. »... über unsere Volksheldin Simone de Oliviera. Unserer Redaktion wurden eindeutige Beweise zugespielt, dass die Sauberfrau so viel Dreck am Stecken hat ...«

O Gott, was hatte er getan? Er lauschte den Ausführungen der Sprecherin, die mit ausgefeilter Polemik berichtete, dass parallel zu der Berichterstattung de Olivieras Charityball lief und sie gewiss »not amused« sein würde. Sie benutzte tatsächlich diesen Begriff, als wäre Simone die Königin. So, wie es aussah, waren alle Gerüchte wahr, und diese Frau tat so, als wäre sie eine edle Heldin, scheffelte dabei aber Millionen, weil sie die Frauen und Kinder aus den Transporten höchstpersönlich meistbietend verhökerte. Normalerweise hätte ihm das imponiert, aber jetzt? Er war wie gelähmt.

Verdammt, verdammt, verdammt!

Die Nachricht, das Mädchen ...

Dann geschah das Grässliche, Unerwartete.

Paris, 5. Juli

Aurélie starrte auf den Bildschirm und war sich bewusst, dass sie mit der Herausgabe der Informationen entschieden hatte, ihre Karriere an den Nagel zu hängen. Sie würde gewiss nie mehr als Anwältin irgendwo Fuß fassen können. Die Nachrichten im ganzen Land waren nun voll von den Beweisen, die nur der Richter und die beteiligten Personen der *Lawyers* kennen sollten ...

Sie hielt es in der Wohnung kaum noch aus. Ihre Schwiegermutter hatte in den letzten Stunden so viel Essen zubereitet, dass eine Armee damit verköstigt werden konnte. Pierre schien nur noch aus Furchen im Gesicht zu bestehen, und als ob sein Körper sich gegen alles zur Wehr setzen wollte, hatte die eigentlich saubere Wunde an der Stirn sich entzündet und war unnatürlich angeschwollen. Hilde verarztete ihn, so gut es ging, doch etwas in ihm schien den Schmerz zu brauchen. Marylène war in ihr Zimmer verschwunden und weigerte sich, mit ihnen zu reden oder irgendetwas zu sich zu nehmen. Hilde trug ihr die Teller in den halb dunklen Raum und kam mit sorgenvoller Miene und anderen nicht geleerten Geschirrteilen wieder heraus. Einzig die diensthabenden Polizisten aßen fleißig.

Sie waren beide schuld an dem, was geschehen war – sie und Pierre. Sie wollte zwar dauernd mit dem Finger auf ihren Mann deuten, denn er hatte die Mafia auf den Plan gerufen, aber am Ende hatte sie den ersten Schritt hinein in dieses Chaos getan, denn die kriminelle Vereinigung, die Simone de Oliviera geschaffen hatte, um ihren bösartigen Geschäften nachzugehen, hatten sie und ihre Juristenkollegen angeklagt, nicht Pierre. Der Junge im Krankenhaus machte ihr zu schaffen. Sie hatten keine weiteren Informationen bekommen, wie sich sein Zustand entwickelte. Wäre er wach … vielleicht erinnerte er sich dann an etwas Wichtiges – etwas, was gesagt worden war, oder ein Kennzeichen oder ein besonderes Merkmal? Aber er lebte mehr schlecht als recht, und es gab keine Garantie, dass er jemals wieder wach und gesund sein würde. Aber was, wenn doch? Was, wenn er vielleicht schon längst wieder bei Bewusstsein war …?

Dann hätte Hibenôt ihn sicher sofort befragt.

Konnte sie es schaffen, die Wohnung zu verlassen und bis zum Krankenhaus zu gelangen? Ein sinnloses und dummes Unterfangen, denn mittlerweile lauerten überall Journalisten, und die würden sie nicht durchlassen, ohne sie zu bedrängen. Oder doch? Wenn sie durch den Wäschekeller in den kleinen Hinterhof kam, gab es eine morsche, niedrige Holztür, die wiederum in einen anderen Hinterhof führte. Von dort aus konnte man auch nur durch den Keller des Hauses hinaus auf die Straße. Eine Schnapsidee, sich wie eine Diebin durch die Nacht zu schleichen, ohne zu wissen, was sie im Krankenhaus erwartete. Der Junge wurde gewiss gut bewacht, denn er war ein potenzieller Zeuge. Zudem konnte hier jemand anrufen, und sie war dann nicht vor Ort, um mitzubekommen, was geschah. Und doch hatte die Unruhe sie gepackt.

Sie tigerte in ihrem Büro auf und ab, dann war der Entschluss gefasst. Sie stopfte ihr Handy in die Hosentasche, kramte eine Maske aus der Schreibtischschublade und verstaute diese in der zweiten Gesäßtasche, marschierte ins Bad und begann, Wäsche in unterschiedliche Körbe zu sortieren, um eine Maschine zu befüllen.

»Das kann ich doch machen«, sagte Hilde vom Flur aus.

»Sei mir nicht böse, aber meine Unterhosen wasche ich gern selbst.« Ihr Ton klang schroff, und sie fügte etwas sanfter hinzu: »Aber danke für alles, was du gerade hier tust. Hast du etwas von Aimé gehört?«

Hilde nickte leicht. »Es gibt wohl gerade nichts Neues aus Marseille. Er fühlt sich nutzlos und ist gelangweilt … Entschuldige, Aurélie! So war das nicht gemeint. Er möchte etwas tun, weiß aber, dass das aktuell keine gute Idee ist.«

»Ist schon in Ordnung. Deshalb mache ich jetzt die Wäsche. Mir fällt die Decke auf den Kopf, und ich werde irre beim Warten und Nichtstun!«

»Müssen Sie dazu die Wohnung verlassen?« Der Polizist trat aus dem Wohnzimmer in den Flur.

»Die Waschmaschine ist im Keller.«

»Dann muss ich Sie begleiten.«

»Im Waschkeller droht mir keine Gefahr. Mir droht überhaupt keine Gefahr, sondern meiner Tochter! Ich werde meine Unterhosen daher allein waschen, verdammt!« Demonstrativ verdeckte sie mit ihrem Körper den Slip und BH in ihrer Hand.

»Oh.« Betreten sah er weg.

Sie schnappte sich den Korb, nahm den Kellerschlüssel vom Bord und nutzte den Moment seiner peinlichen Berührtheit, um aus der Wohnung zu rauschen. Rasch rannte sie die Treppe hinab, bückte sich, um den Korb zu entleeren, stopfte die Wäsche in die Maschine und schaltete sie an. Dann schlüpfte sie vorsichtig in den Innenhof. Wie erwartet war er dunkel und leer. Leise schloss sie dir Tür hinter sich, ging an der Wand entlang zur Holztür, schob sie einen Spalt auf – sie knarzte furchtbar laut, und irgendwo begann ein Hund zu bellen –, schlüpfte hindurch, schloss auch diese und betete, dass der Keller zum anderen Haus offen war.

Kurze Zeit später stand sie auf der Straße. Sie hatte sich ihr buntes Halstuch um den Kopf gebunden und das Haar darunter versteckt. Einfach nur eine Frau in Jeans und Bluse. Sie zog die Maske auf – nach der Pandemie war das kein unübliches Bild mehr –, schlüpfte zur Metrostation hinab und senkte den Kopf, als sie ein Ticket löste und durch die Schranke ging.

In der Bahn vermied sie bewusst Blickkontakt. Sie hatte trotz Tuch und Maske Angst, erkannt und angesprochen zu werden, denn allzu rasch befände sich ein Video von ihr im Netz, das sie in der Bahn zeigte. So war das heute.

Doch sie schaffte es ungesehen bis in die Klinik und fragte eine Frau nach der Intensivstation. *Wäre es vielleicht klug, Davides Vater zu kontaktieren, anstatt sich hier heimlich Zutritt zu verschaffen?* Sie griff nach ihrem Handy – doch es befand sich nicht mehr in der hinteren Hosentasche. Panik überkam sie. Wo hatte sie es hin? Oder hatte sie es verloren? In der Metro? Dann konnte sie es getrost abschreiben. In den Hinterhöfen? Oder war es schon früher herausgerutscht und lag nun im Waschkeller – so, als hätte man sie dort geschnappt und auch noch entführt. Verdammt!

Sie nahm die Treppe zur angegebenen Station, die Tür stand sperrangelweit offen. Der Flur war menschenleer. Das gab es doch nur in schlecht gemachten Filmen. Eine Intensivstation musste geschlossen sein, verdammt! Wo waren die Schwestern?

An einem Zimmer leuchtete ein Licht – gewiss befanden sie sich dort. Wie überall war Personal knapp. Ein Wachmann oder so war ebenfalls nirgends zu sehen. Sonderbar. Vielleicht ging es Davide schon so gut, dass er gar nicht mehr hier untergebracht war. Wie sollte sie herausfinden, in welchem Zimmer er lag?

Geh wieder nach Hause. Du machst alles nur noch schlimmer. Es hatte eine Nachrichtensperre gegeben, vielleicht war die Polizei deshalb der Ansicht, dass der Junge keinen Schutz benötigte.

Ein Mann trat aus einem Personalaufzug auf den Flur, und Aurélie hatte plötzlich das Gefühl, dass Gefahr von ihm ausging. Er hatte eine durchtrainierte Gestalt und trug eine schwere, für den Sommer viel zu warme Jacke. War er einer der Entführer, der seine Arbeit zu Ende bringen wollte, und versteckte eine Waffe unter der Bekleidung? War durchgesickert, dass der Freund ihrer Tochter noch lebte? Sie wollte sich unsichtbar machen und gleichzeitig erfahren, ob ihre Intuition recht behielt und er gefährlich war.

Irrsinn! Ein Mitglied ihrer Familie schwebte bereits in Lebensgefahr, weil sie eine Heldin hatte sein wollen, die gegen das Böse in den Krieg zog, und nun ... Nun legte sie es ganz offensichtlich darauf an, dass ihr ebenfalls etwas zustieß. Sie schlüpfte durch eine Tür und sah vor sich zwei Betten. Eine Frau, die wie eine Tote wirkte, lag in dem einen, und ein dürrer Mann in dem anderen. Er schlug die Augen auf und blickte sie an.

»Wer sind Sie?« Seine Stimme hörte sich wie ein Reibeisen an. Aurélie beschloss, bei der Wahrheit zu bleiben. Das Herz schlug ihr bis zum Hals, und sie bekam vor lauter Aufregung keine Luft. »Ich suche den Freund meiner entführten Tochter. Die Schweine wollten ihn umbringen, aber er hat überlebt. Ist er hier?«

Was machte sie da? Der Mann lag an Maschinen angeschlossen in seinem Bett. Woher sollte er wissen, wer hier irgendwo am Leben gehalten wurde. »Ah, der Junge. Die Schwestern reden viel über ihn. Er atmet wieder allein. Ich glaube, er liegt in 18.« Stöhnend schwieg er wieder.

Aurélie musste sich kurz an die Wand lehnen. Er atmete. Was hieß das? Dass er wieder bei Bewusstsein war? Hatte sie eine Chance, etwas über Danielle zu erfahren? Was war mit dem bulligen Kerl dort draußen? Sie musste zu Davide und sich dann bei der Polizei über die mangelnde Sorgfalt im Umgang mit einem wichtigen Zeugen beschweren.

Langsam ging sie zurück auf den Flur – der noch immer leer war. Bis auf das Piepsen von Maschinen war es still. Sie bewegte sich selbstbewusst vorwärts, denn man fiel eher auf, versuchte man, unsichtbar zu bleiben. Was, um Himmels willen, versprach sie sich von diesem Besuch? Alles noch schlimmer für sich zu machen, weil sie mit eigenen Augen sehen konnte, was diese Leute bereit waren, einem Kind anzutun. Sie sollte besser nach Hause gehen ...

Plötzlich kamen Stimmen näher. Sie beeilte sich und schlüpfte durch die Tür in Raum 18. Hier gab es nur ein Bett. Da lag er, Davide, aber sie war nicht allein mit dem Jungen. Der bullige Kerl stand dort – ihr den Rücken zukehrend – und beugte sich über Danielles Freund. Blitzschnell und ohne nachzudenken, was sie als Frau gegen den großen Mann tun sollte, reagierte sie und sagte laut: »Was tun Sie da? Hören Sie sofort auf, oder ich schreie!«

Er drehte sich überrascht um, und sie konnte die Spritze in seiner Hand sehen, die sich nun auf sie richtete.

Marseille, 5. Juli

Margeaux stürmte auf die Bühne und packte Simone de Oliviera hart am Arm. In den Augen der Frau lag nichts als unendliche Traurigkeit. Margeaux hatte Angst und Ärger erwartet ... Trauer eher nicht. Wobei der Trigger für diese Emotion der Verlust von etwas Geliebtem war, und natürlich konnte man diesen Begriff unendlich definieren, denn es lag immer an der Person, um die es gerade ging. Ein Serienmörder zum Beispiel konnte enttäuscht sein, dass sein Opfer zu schnell starb oder sich dem Leid der Qualen durch Ohnmacht entzog ... Vielleicht war die Frau unglücklich über den Verlust ihrer Einnahmequelle, die nun durch die Medien schonungslos öffentlich gemacht worden war.

Aurélie hatte ganz offensichtlich die Entscheidung getroffen, ihre Tochter zu retten, egal, was es für sie am Ende bedeutete. Geheimes Beweismaterial öffentlich zu machen, das konnte sie ihre Genehmigung als Anwältin kosten, ihren Job bei den *Lawyers* und sie sogar ins Gefängnis bringen! Vielleicht war de Oliviera aber auch verzweifelt, weil ihr gerade die Kontrolle über alles entglitt und man ihr Dinge vorwarf, für die sie nicht im Geringsten verantwortlich war.

Das war aktuell jedoch nicht in Margeaux' Fokus.

Simone musste von der Bühne und irgendwo vor dem Ansturm der Entrüstung in Sicherheit gebracht werden, denn die Nachrichten mit den Beweisen aus der Klageschrift hatten sich nicht nur auf den Handys der Anwesenden wie ein Lauffeuer verbreitet, sondern irgendein Tontechniker, der sich wohl als Held fühlen wollte, hatte die Übertragung auf die Lautsprecher geschaltet. Die Diskrepanz zwischen den Bildern, die im Hintergrund über die Leinwand flimmerten, und den Worten des Nachrichtensprechers war frappierend.

In Margeaux' und Franks DNA floss geschultes Polizistenblut, und sie waren beide flink aufgesprungen, um ihre Auftraggeberin zu beschützen. Ganz egal, was gerade Sache war. Ein Security-Mann mit Ohrstecker winkte sie lahm durch einen Gang hinter der Bühne. Er hatte ganz offensichtlich keinen Bock mehr auf seinen Job. Er trug einen Taser an seinem Gürtel, und nur deshalb schickte Margeaux ihn nicht zum Teufel.

»Simon ... ich brauche Simon«, stieß de Oliviera mit erstickter Stimme aus, während Margeaux und Frank sie durch die Gänge bugsierten. Simone zerrte ihr Handy aus der glänzenden Clutch, wurde langsamer, und Margeaux hätte es ihr gern weggenommen. Jetzt war wirklich der falsche Zeitpunkt dafür. Sie mussten erst eine relative Sicherheit gewähren können.

»O mein Gott!!!« Die Stimme einer Frau gellte durch den schmalen Flur. Hinter ihnen tauchte Desna auf. »Ich hab es dir gesagt. Du hast alles kaputtgemacht.«

Simone drehte sich um. Nun war die Panik, die Margeaux vor wenigen Minuten in ihrer Mimik erwartet hatte, vollständig ausgeprägt dort zu sehen. Sie hielt ihr das Handy hin. »Das Mädchen ... ich habe damit nichts zu tun. Was soll das alles hier?« Dann brach ihre Stimme.

Margeaux nahm ihr das Handy ab, drückte erneut auf *Play* und sah, wie man ihre Nichte in einen Container packte und ihr eine Tasche hinterherwarf. Unter dem Video folgte ein kurzer Text: *Lebend oder tot, Video vergrößern, Code ...* Dahinter befand sich eine Kombination aus Buchstaben und Zahlen. Das kannte sie: Es war die Bezeichnung eines Containerstandplatzes im Europort ... hier in Marseille!

Marseille, 5. Juli

Lionel war ausgestiegen, nachdem sich seine Finger am Handy irgendwie verselbstständigt hatten. Es war ein Fehler gewesen. Die Nachrichten hatten ihm dies verdeutlicht. Er hatte dem Wolf das Gatter in den Schafstall geöffnet und ihn quasi hineingeschubst.

Adrenalin floss durch seinen Körper und gab ihm die Energie, zur Leiter zu rennen.

Dann blieb er wie vom Schlag getroffen stehen: Seine Psyche hatte es verdrängt. So hatte man es ihn zu Hause gelehrt: Dinge passierten eben, und wenn man nicht darüber redete, gerieten sie in Vergessenheit, und irgendwann erinnerte man sich nicht mehr daran. So viele Jahre hatte diese Strategie seiner Eltern perfekt funktioniert ... Und jetzt hatten Haar, Statur und eine Augenpartie alles zurück an die Oberfläche gebracht. Sein Großvater ... das Weingut an der Loire ... Eloise ...

Er presste sich die Hand auf den Mund. Er war ein Teenager gewesen ... Es war fünfundvierzig Jahre her. So viele Jahre war der Plan aufgegangen, aber dann ... ein Unfall. Großvater hatte zu viel Wein getrunken ... hatte den abbiegenden Wagen übersehen und war hineingekracht. Wie durch ein Wunder war Großvater nahezu unverletzt geblieben, war aus dem Wagen gekrabbelt, ohne nach seiner Enkelin zu sehen. Eloise ... seine kleine Schwester ... sie wäre zwei Tage später elf geworden. Sie war auf der Stelle tot gewesen ... nicht angeschnallt auf dem Rücksitz.

Sein Unterbewusstsein hatte ihn ständig darauf aufmerksam zu machen versucht: Danielle sah aus wie Eloise! Er hatte es nicht kapiert und sich selbst nicht verstanden. Er musste sie retten ... seine Schwester ... die ewig lächelnde Kleine, die stets zu Schabernack aufgelegt gewesen war. Er, Lionel, musste alles wiedergutmachen ... der ohnmächtige dreizehnjährige Junge in ihm war wohl zum Leben erwacht und wollte das Unrecht sühnen. Sein Großvater hatte nicht nach ihr gesehen, damals. Hatte nur nach sich geschaut. Lionel konnte es heute besser machen.

Das Adrenalin schob ihn vorwärts, er packte die Leiter, zerrte sie aus dem Versteck, lehnte sie an und krabbelte hinauf. Der Code hatte sich auf seine Netzhaut tätowiert, und er probierte im Dunkel der Nacht die unterschiedlichen Möglichkeiten der letzten Ziffer.

Fünf! Die Fünf war es.

Das Schloss klickte, und er riss den Bügel heraus. Er öffnete die schwere Tür, und ohne zu verstehen, was da gerade passierte, sah er einen dunklen Schatten auf sich zusausen, und ein fieser Schmerz fuhr durch seine Hand ... Während er abrutschte, sah er ihr Gesicht ... Eloise!

Paris, 5. Juli

Sie saß schwer atmend auf einem der Besucherstühle.

Hibenôt hatte ihr gegenüber Platz genommen. »Was haben Sie sich nur dabei gedacht? Ich verstehe, was in Ihnen vorgeht. Ich bin auch Vater. Aber das, Madame Coty-Vigne, das war leichtsinnig, und vor allem haben Sie dafür gesorgt, dass Ihre Familie zu Hause einen weiteren Schock erlitten hat!«

Aurélie fühlte sich wie ein gescholtenes Kind. Er hatte ja recht und doch ... ihr Gefühl eben auch! Davide war vor Kurzem aus dem Koma erwacht. Der bullige Mann – ein Spezialist aus Lyon – hatte sich nicht die Zeit genommen, einen Kittel anzuziehen, sondern war sofort zu dem Jungen geeilt, um ihn zu behandeln. Die Genesung hing von einer lückenlosen Therapie ab. Davide atmete wieder selbstständig, hatte aber das Bewusstsein tatsächlich erst vor wenigen Minuten wiedererlangt. Aurélies Erscheinen und ihr beherztes Vorgehen gegen den Arzt – sie hatte ja nicht ahnen können, wer er war – hatten den Jungen in Aufruhr versetzt, und es hatte den Doktor und die Schwestern massiv beschäftigt, ihn vom Hyperventilieren abzuhalten. Sie hatte ihm geschadet.

Der Polizist hatte direkt neben Davide gesessen und die Chance genutzt, als der Arzt da gewesen war, um schnell die angrenzende Toilette aufzusuchen. Er war gerade zurückgekommen, als Aurélie sich auf den Mann mit der Spritze in der Hand stürzen wollte.

Wie bekloppt kann man nur sein ...

»Ich habe nur noch meine Tochter zu verlieren. Sonst nichts mehr«, stieß sie hervor und linste an dem Kommissar vorbei zum Bett. Davides Vater würde in wenigen Minuten hier sein. Der Minderjährige durfte ohne ihn nicht befragt werden.

»Wieso waren Sie so schnell hier?«, wollte sie wissen.

»Der Kollege in Ihrer Wohnung hat Ihr Handy vor der Waschmaschine gefunden. Wir gingen von einer weiteren Entführung aus und haben eine sofortige Abfrage aller Kameras in der Umgegend eingeleitet. Ein Geldautomat an der Metrostation hatte Sie ... Ab da war es nicht mehr schwer, ihren Weg zu verfolgen. Und dann haben wir eins und eins zusammengezählt«, erklärte er.

Sie kam sich unendlich dumm vor. Pierre ... Marylène und auch Hilde und Aimé waren bestimmt vor Sorge vergangen. »Es tut mir leid«, brachte sie hervor, »aber ich hatte so ein Gefühl ... Das kann ich nicht erklären ... Ich war mir sicher, dass er überlebt, wach ist und uns helfen kann, mein ... Mädchen zu find...« Ihre Stimme brach, denn alles in ihrem Kopf hallte: *Es ist zu spät. Sie ist tot, tot, tot!*

Marseille, 5. Juli

Danielle drückte sich erschrocken die Hand auf den Mund. Sie wollte anfangen zu kreischen. Dann war Li-Ming hinter ihr und presste ihre Hand noch zusätzlich auf Danielles Lippen.

Sie hatte instinktiv gehandelt. Nachdem sie die schabenden und klirrenden Geräusche gehört hatte, wurde die Tür langsam aufgeschoben. Fahles Licht war hereingedrungen – sie hatte einen vermummten Mann gesehen. Und dann, dann ... war plötzlich eine Sicherung bei ihr durchgebrannt.

Davide! Der Kuss! Seine Schuhe! Der Müllsack! Die allumfassende Angst!

Das hatte ihr urplötzlich einen Schub gegeben, und sie war wie von der Tarantel gestochen auf ihn zugeflitzt und hatte ihn in eine der Hände gebissen, die die Leiter umklammert hielten. Endlich war dieser hässliche spitze Backenzahn mal für etwas gut gewesen! Doch dann ... Der Mann hatte schmerzhaft aufgestöhnt und war eine Sprosse abgerutscht, aber ohne die Leiter loszulassen, und dann auf dem Boden aufgeschlagen. Und nun lag die verdammte Leiter neben ihm!

Entsetzt standen sie an der Öffnung. Die Freiheit war so nah gewesen und nun doch so fern. Der Mann bewegte sich nicht mehr. Sie hatte ihn umgebracht! Wieder spürte sie Li-Mings Hand auf ihrem Mund – doch diesmal, um das raue Schluchzen, das aus ihrer Kehle nach oben kroch, zu unterdrücken. Sie war eine Mörderin und würde dieses Gefängnis nicht verlassen können, obwohl die Tür weit geöffnet war.

Sie brauchte eine Idee. Laut um Hilfe zu rufen schien ihr nicht besonders clever zu sein, denn beim letzten Mal waren die Kerle zu zweit gewesen. Vielleicht lauerte der andere Mann irgendwo ... bereit, ihnen schlimme Dinge anzutun. Aber sie wollte nach Hause und sich in die Arme ihrer Eltern werfen, Marylène umarmen und sie nie mehr loslassen. Vielleicht konnte man irgendwie hinunterklettern. Ihre Mutter hatte sie als Kind gezwungen, zum Leichtathletikkurs zu gehen, und sie war immer ganz gut gewesen. Doch seit ihrem zwölften Geburtstag hatte sie keine Lust mehr gehabt und sich erfolgreich geweigert. Jetzt bedauerte sie, nicht fitter zu sein. Sie hielt sich am Rand der geschlossenen Türhälfte fest und spähte hinaus: Die Wände des Dings waren geriffelt, und ihr Container war der dritte in einem Turm von vieren. Es war aussichtslos. Sie könnten genauso gut wieder in ihre Ecken kriechen und dort ihres Schicksals harren. Die offene Tür brachte gar nichts.

Der Körper am Boden bewegte sich noch immer nicht. Sie musste hart schlucken, um nicht zu weinen. Da gab es nichts zum Klettern oder Festhalten. Kein Sims ... und sie hatte auch kein Bettlaken, wie es in Filmen oft gezeigt wurde, wenn jemand aus dem Fenster floh. Sie könnten ihre Kleider zusammenbinden, doch es war sehr hoch und zwei Hosen und zwei T-Shirts sowie die winzigen Klamotten des Jungen würden kaum ausreichen, um auch nur auf die Höhe von *einem* Container zu kommen. Wobei ...! Vielleicht war die Idee gar nicht so dumm, aber wenn die Knoten nicht hielten, würde sie neben dem Mann auf dem Boden liegen. Mit gebrochenen Knochen.

Sie wollte schreien, laut heulen und nach ihrer Mutter und ihrem Vater rufen. Sie sollten kommen, um sie zu retten. Dort unten lag die Leiter, und sie war schuld, dass ihre Chance auf eine Flucht zerronnen war, weil sie, wieder einmal, ohne nachzudenken, impulsiv reagiert hatte. Deshalb hatten sie zu Hause oft gestritten.

Sie mussten etwas tun – nicht weiter hier stehen und hilflos hinausstarren. Sie zog sich aus und begann, die Sachen aneinanderzuknoten. Über Li-Mings Gesicht glitt so etwas wie Begreifen, und sie zerrte Danielle die Kleidung aus den Händen, und mit flinken Fingern machte sie eine komplizierte Verschlingung und reichte ihr die Sachen zurück. Sie schlüpfte aus ihren Leggings, und Danielle konnte sehen, dass sich jede Menge dunkle Flecken über Li-Mings Beine zogen. Es sah aus, als hätte sie jemand verprügelt ... und bestimmt war genau das passiert. Arme Li-Ming!

Sie standen in Unterhosen und Shirts da, während Li-Ming Knoten machte und an den Sachen zerrte, um deren Festigkeit zu testen. Danielle betrachtete das auf diese Art entstandene Seil. In ihrem Kopf wusste sie genau, wie es gehen könnte.

Li-Ming beugte sich hinab und zog eine metallene Schlaufe vom Boden hoch. Sie schien irgendwie zu wissen, dass man dort etwas befestigen konnte, und knotete die Kleiderschlange daran. Dann warf sie sie über die Kante hinab, und es sah von hier aus so aus, als wären es von ihrem Ende nur noch wenige Zentimeter bis zum Boden und zur rettenden Leiter. Sie hatten für ein Sportfestival vor vielen Jahren mal etwas Ähnliches gemacht, und Danielle erinnerte sich, dass das Schwerste der erste Schritt über die Kante gewesen war, und damals hatte darunter eine fette, weiche Matte gelegen. Sie wollte nicht sterben ...

Vielleicht konnte Li-Ming hinabklettern. Sie drehte sich um und deutete erst auf das Mädchen und dann nach draußen. Li-Ming machte erschrocken einige Schritte ins Innere und schüttelte den Kopf. Der Kleine kam heran und klammerte sich an ihre Beine. Danielle spürte wieder den fetten Kloß in ihrem Hals, doch es gab nur zwei Möglichkeiten: sich hier verkriechen und auf das Schicksal, das ihnen bevorstand, warten oder hinabklettern und sie drei retten. Sie umfasste die Kleiderwurst, und das Herz rutschte ihr in die Hose. Todesmutig beschloss sie, der Konstruktion zu vertrauen, und begann sich abzuseilen. Während sie vor lauter Panik kaum noch atmen konnte, hielt das geknüpfte Ding verblüffend gut.

Doch was war das?

Ein Lichtkegel bahnte sich den Weg durch die Containertürme. Sie kamen!!! Und sie alle drei würden wie Davide sterben. Sie erstarrte kurz, legte dann aber an Tempo zu und hörte plötzlich das Reißen von Stoff. Dann fiel sie und konnte einen spitzen Schrei nicht unterdrücken.

Paris, 5. Juli

Der Junge lag in dem von Maschinen umgebenen Bett und sah mehr tot als lebendig aus. Sein Vater saß neben ihm und umklammerte seine Hand. Aurélie wusste nicht mehr, was sie sich von diesem Besuch versprochen hatte. Das Kind war so kurz nach dem Erwachen nicht dazu in der Lage, zusammenhängende Dinge von sich zu geben. Es stöhnte und flüsterte mit rauen Lippen Unverständliches.

»Sie müssen gehen. Bitte!« Davides Vater sah sie flehend an. »Ich weiß, wie es Ihnen geht, und das tut mir unendlich leid, aber mein Sohn kann Ihnen momentan nicht helfen. Es strengt ihn furchtbar an, und das wird ihm schaden. Bitte!«

Sie nickte mit gesenktem Kopf. Das hier war unnötig brutal, und Hibenôt neben ihr legte ihr sanft die Hand auf den Ellenbogen und führte sie zum Ausgang. Es war sinnlos. Alles war sinnlos, und sie hatte beinahe einem Arzt wehgetan und ihre Familie erneut in Angst und Schrecken versetzt. Ihre gesamte Existenz lag in Trümmern – aber es war ihr egal, denn sie wollte nur ihr Kind zurück. Sie erinnerte sich vollkommen unerwartet an den Geruch von Danielles Babyköpfchen – so süß, dass man nicht aufhören konnte, daran zu schnuppern –, und ihr Herz riss einfach entzwei. Und damit zerbrach auch ihre mühsam aufrechterhaltene Fassung.

Sie klappte in Hibenôts Armen zusammen, und ihr schrilles Schluchzen hallte durch die Stille des Flurs. Eine Schwester kam aus einem der Zimmer geschossen, und als Aurélie wieder bei Sinnen war, lag sie auf einer Liege und hatte eine Nadel im Arm.

Der Kommissar lehnte an der Tür. »Da sind Sie ja wieder. Ich bringe Sie jetzt nach Hause.« Er drückte auf den Klingelknopf neben dem Türrahmen, eine Schwester kam, befreite sie von der Infusion, und kurze Zeit später saßen sie in seinem Auto. Das Schweigen zwischen ihnen war nicht leicht, und Aurélie wünschte, er würde etwas Beruhigendes sagen. Davide lebte! Das war gut. Doch wo war ihre Danielle? Sie wollte diesen Gedanken nicht zu Ende denken.

Sein Telefon vibrierte, er warf ihr einen Seitenblick zu und nahm das Gespräch seufzend an. Sie konnte die Stimme hören, obwohl er das Handy ans Ohr hielt: »Margeaux Surfin hat mehrfach versucht, dich zu erreichen. Wo warst du, verdammt noch mal! In Marseille ist etwas vorgefallen!«

Marseille, 5. Juli

Frank hatte zuerst bemerkt, dass Desna nicht mehr hinter ihnen ging, und sich auf die Suche nach ihr gemacht. Im Gang zur Toilette hatte er sie gefunden – das Handy am Ohr – und gerade noch gehört, wie sie sagte: »Jemand hat Simone gesteckt, wo das Mädchen ist. Bring das in Ordnung!«

Binnen weniger Sekunden hatte er sie überwältigt, und Margeaux hatte Matze einen Screenshot mit der Nummer geschickt. Sie gehörte de Olivieras Ex-Mann! Brenot war informiert, und nun sausten sie selbst in Richtung Containerhafen. Simone saß neben Margeaux, und Frank hatte die zu einem Päckchen verschnürte Desna neben sich. Sie hätten sie eigentlich den Marseiller Behörden ausliefern müssen, doch irgendetwas sagte ihr, dass das aktuell keine gute Idee war. Gilbert Brenot musste sich darum kümmern, ansonsten liefen sie vielleicht Gefahr, Desna nie mehr wiederzusehen. Frank hatte versucht, mehr herauszufinden, doch die junge Frau schwieg beharrlich. Simone stand unter Schock und war ebenfalls vollkommen still.

In Margeaux' Kopf fügten sich nun die durch die unterschiedlichen Rechercheergebnisse gewonnenen Fakten wie Puzzlestücke zusammen: Simone de Olivieras widerlicher Ex-Mann Jean-Claude Menton – Teil der südfranzösischen Mafia – und ihre Vertraute Desna hatten gemeinsame Sache gemacht. Desna hatte offensichtlich regelmäßig Containerdaten aus dem eigenen Informationssystem der Hilfsorganisation abgefangen, da sie als Simones persönliche Assistentin auf alle Meldungen Zugriff hatte. Und anstatt dass die Polizei zur

Rettung herbeigeeilt war, hatten die bösen Schergen die Menschen in ihr grausames Martyrium gezerrt. Menton war ihr dabei zur Hand gegangen. Gewiss hatte Desna irgendwo auch für sich selbst Geld versteckt – eben nur richtig gut und nicht so offensichtlich wie das, dessen Spur sie zu Simone gelegt hatte.

Warum sie ihrer Wohltäterin so brutal Schaden zufügen wollte? Margeaux hatte nur eine Antwort parat: Macht. Die Gier danach hatte den Verrat an ihrer Retterin ermöglicht, und die Unterstützung der Organisierten Kriminalität war ihr dabei zugutegekommen. Menschen waren sonderbare Wesen.

Sie bog in die ihr bekannte Straße zum Europort ein, und plötzlich war ihr Auto umringt von vermummten Gestalten.

Marseille, 5. Juli

Danielle hatte sich mühsam aufgerappelt. Sie war nicht tief gefallen, hatte sich aber den Fuß verknackst. Es schmerzte fürchterlich. Der Lichtkegel kam näher, und die Panik ließ ihr das Blut in den Adern gefrieren. Der Mann lag noch immer bewegungslos auf dem Boden. Neben seinem Kopf hatte sich eine dunkle Lache gebildet.

Blut!

Sie spürte einen Würgereiz, aber sie riss sich zusammen. Sie musste Li-Ming und den Jungen holen. Die Leiter lag neben dem Mann. Eines seiner Beine ein Stück darauf. Sie zerrte an ihm, bückte sich, um die Leiter hochzuhieven und ihn davon runterzuzerren. Kalter Schweiß rann ihr über die Stirn. Das Licht näherte sich unaufhaltsam, und während sie versuchte, die Leiter anzuheben, passierte es: Er lebte wohl doch noch, und seine Hand schnappte nach ihrem Fußknöchel – ausgerechnet dem verstauchten. Er drückte so fest zu, dass sie völlig erschrocken vor Schmerz erneut laut aufschrie.

Dann hörte sie seine röchelnde Stimme: »Eloise ... lauf ... weg! Gefahr!« Die Hand rutschte ab, und sein Kopf fiel zur Seite.

Es war ihr egal. Sie wusste nicht, wer Eloise war, aber ihr war klar, in welcher Gefahr sie schwebte. Sie packte die Leiter, und die Angst schien ihr übermenschliche Kräfte zu verleihen, denn auf einmal ging alles ganz schnell. Danielle wuchtete das schwere Ding in die Höhe und stellte die Leiter an das Metall der Container. Li-Ming ließ den Kleinen zuerst hinabklettern, und Danielle packte ihn am Arm, bis das Mädchen ebenfalls unten angekommen war. Doch was nun? Das Licht war so nah, dass das Auto – es waren Scheinwerfer, so viel war klar – ganz bestimmt jede Sekunde um die Ecke biegen würde. *Eloise, lauf, lauf!*, hörte sie in ihrem Kopf die gebrochene Stimme des Mannes mit der Kapuzenjacke.

»Wir müssen hier weg!« Sie drückte Li-Ming die andere Hand des Jungen zwischen die Finger und begann humpelnd davonzuhasten. Es tat höllisch weh, aber sie mussten verschwinden, denn hier befanden sie sich auf dem Präsentierteller. Vielleicht hatten sie eine Chance, irgendwo ein Versteck zu finden.

Marseille, 5. Juli

Margeaux trat aufs Gas. Desna und Simone hatten sie in der Obhut der schwarz bekleideten und maskierten Sondereinheit am Eingang des Containerhafens zurückgelassen. Es waren von Gilbert Brenot handverlesene Polizisten, die den Wagen kurz gestoppt hatten, und auch wenn ein kleines Unwohlsein blieb, so vertraute sie darauf, dass sie beide später unversehrt wiedersah. Frank las die Lagebezeichnung des Containers laut vor, und sie waren bereits ganz in der Nähe des Kastens, den der anonyme Tippgeber genannt hatte. Sie hoffte, dass Danielle wirklich dort war ... und noch lebte. Sie wollte so dringend gute Nachrichten nach Paris schicken.

Ein kurzes Gespräch mit Aimé hatte sie noch mehr unter Druck gesetzt: Aurélie war auf eigene Faust los, um den Jungen im Krankenhaus zu sprechen, anfangs hatte es so ausgesehen, als wäre auch sie entführt worden. Für Hilde, Pierre und Marylène hatte das einen weiteren schweren Schock bedeutet. Normalerweise war das doch ihr Job, Alleingänge zu unternehmen und dabei alles zu riskieren – und Frank stand ihr dabei in nichts nach.

»Mach langsamer ... da ist was«, rief dieser unvermittelt, und sie trat hart auf die Bremse.

»Wo?«

»Bieg hier rechts ab!«

Sie folgte seiner Anweisung und traute ihren Augen kaum, denn gerade konnten sie noch sehen, dass drei Menschen – zwei größere und ein kleines Kind – in einen Spalt zwischen zwei Containertürmen schlüpften. Ihre Nichte war eine davon!

Ihr Puls ging so schnell wie noch nie, sie wollte erleichtert aufschreien und bremste hart. Frank und sie sprangen gleichzeitig aus dem Wagen, und Margeaux rief flüsternd ihren Namen: »Danielle, ich bin es. Margeaux.«

Keine Reaktion.

Margeaux wiederholte ihre Worte, nun verunsichert.

»Tante Margeaux …« Die Stimme klang so kindlich verängstigt, dass es Margeaux beinahe das Herz brach.

Mit raschen Schritten war sie bei der kleinen Gruppe, und das Mädchen warf sich ich ihre Arme. Wo kamen die anderen beiden nur her? Margeaux scannte sie kurz: ein asiatisches Mädchen und ein kleiner Junge, der ähnliche Gesichtszüge hatte.

Er hob seinen Blick und starrte sie an.

Waren seine Augen blau?

Frank hatte wie immer mitgedacht und flink reagiert. Er war zum Auto gesprintet und hatte es zu dem Zwischenraum gesteuert. Margeaux schob die drei in den Fond, gebot ihnen, sich halb hinzulegen, denn sie hatten keine Ahnung, was hier los war und wer vielleicht zwischen den großen Warentransportbehältern lauerte. Sie musste Brenot informieren, wählte seine Nummer und war überrascht, wie schnell er den Anruf entgegennahm.

»Wir haben sie. Meine Nichte und zwei andere Personen. Sie sind wohlauf.«

»Gott sei Dank! Wir haben ebenfalls Personen gestellt – wohlauf ist jedoch nicht das passende Wort. Einer ist Lionel Sournois, der Leiter des Containerhafens. Er ist verletzt mit einer schweren Kopfwunde und, wie ich vermute, auch gebrochenen Rippen. Der Krankenwagen ist unterwegs.«

Danielle schluchzte und wisperte: »Ich bin schuld. Hab ich ihn umgebracht?«

Margeaux warf ihr einen Blick durch den Rückspiegel zu …

Was auch immer da vorgefallen war, sie würde die ganze Geschichte gewiss noch hören.

»Des Weiteren haben wir Jean-Claude Menton hier. Und noch zwei andere Kerle, die wir der Motorradgang zuordnen. Menton – Sie wissen ja, wer er ist? – war gerade dabei, Lionel Sournois zu Mus zu zertrampeln. Wir haben die Personen in Gewahrsam genommen, und jetzt kommt der anstrengende Part. Ich muss die Männer so lange am Leben halten, bis ihr Freund Hibenôt aus Paris hier ist und sie mitnimmt. Wir begeben uns daher jetzt mal aus der Schusslinie.«

Margeaux hörte die Sirene eines nahenden Krankenwagens.

»Was machen wir jetzt mit Simone und Desna? Wir haben die beiden aktuell bei Ihren Leuten am Tor deponiert«, fragte Frank.

»Sie machen gar nichts«, befahl Brenot. »Wir bringen die beiden ebenfalls in Sicherheit, bis die Pariser Truppe da ist. Vielleicht fahren Sie das Mädchen in die Hauptstadt, oder wollen Sie lieber eine Eskorte?«

»Ähm ... ich habe hier noch zwei andere Menschen im Auto: eine junge Frau und ein Kind ... Was ist mit denen?«

»Noch zwei Geiseln vermute ich ... Ich denke nach ... Sie können auch nach Hause fahren. Was halten Sie beide für besser?«

»Hameau les Bouisses«, riefen Frank und sie beinahe gleichzeitig.

»Ich informiere die Kollegen«, sagte Brenot. »Sie rufen bei Ihrer Familie an, und danach sehen wir weiter.«

Dann war das Gespräch beendet, und sie gab erneut Gas, während Frank Pierres Handynummer auf ihrem Smartphone antippte.

Hameau les Bouisses, zehn Monate später

Margeaux lehnte sich an Thierry und spürte die nervöse Vorfreude in ihrem Körper: viel gemeinsame Zeit mit ihren Lieben!

»Da sind sie.« Thierry stieß sie leicht in die Seite, und ihr Blick fiel auf das attraktive Paar, das zwei große Koffer durch die Ankunftshalle des Flughafens von Marseille schob. Frank und Madeleine hielten sich an den Händen, und ihr Freund strahlte so viel Glück aus, dass es schon von ferne sichtbar war. Madeleine ging leichtfüßig neben ihm, und die Menschen drehten sich nach den beiden um.

»Frank in love ... Wer hätte das je gedacht?«, sagte sie und knuffte ihren Mann liebevoll zurück.

»Ich freue mich sehr für die beiden ... und für uns«, sagte ihr Mann lächelnd. »Nach all den Aufregungen haben wir alle ein wenig Glück und Frieden verdient.«

Ja ... er hatte vollkommen recht, gerade Danielles Entführung hatte ihnen wieder einmal gezeigt, wie wichtig es war, in der Familie zusammenzuhalten. Thierry und sein Clan taten dies schon immer, und für die Vignes und Surfins war es ein lehrreicher Schmerz gewesen.

Auch Simone de Oliviera hatte sich nach ihrer von Gewalt geprägten Lebensgeschichte so etwas wie eine Familie gewünscht – ihr Anwalt und ihre Ziehtochter hatten diese Lücke füllen sollen. Doch Desna hatte krankhaften Neid in sich getragen, und als Jean-Claude Menton eines Tages an sie herangetreten war, hatte sie dem Wunsch nach Macht und Reichtum nachgegeben und mit ihm und den Strukturen in seinem Hintergrund den Plan erarbeitet, Simone zu stürzen. Er war ein geschickter Manipulator.

Das zeigte sich tatsächlich erschreckend häufig bei Ehemännern, die Frauen in einer Gewaltspirale gefangen hielten – sie raubten ihnen nach und nach jedes Selbstbewusstsein, trichterten ihnen ein, selbst schuld zu sein, wenn sie geschlagen und malträtiert wurden. Sie gaslighteten sie. Der Begriff war durch ein Theaterstück geprägt worden, in dem der Protagonist seine Ehefrau massiv verunsicherte, indem er behauptete, Dinge nicht zu sehen, die sie wahrnahm – unter anderem die wechselnde Helligkeit einer Gaslaterne, die er selbst manipuliert hatte. Mit der Zeit begannen die Opfer, an ihrem Gedächtnis, ihrer Wahrnehmung und unter Umständen ihrem Verstand zu zweifeln.

Oft isolierten die Täter ihr Opfer auch bewusst, sodass die manipulativen Aussagen nicht im Gespräch mit anderen Menschen aufgedeckt werden konnten. Das war de Olivieras Alltag gewesen, und sie hatte regelmäßige Prügel und Vergewaltigung über sich ergehen lassen. Menton hatte bei der nach Macht und Reichtum gierenden Desna fruchtbaren Boden vorgefunden und ihr verdeutlicht, warum seine Ex-Frau jede Form der Bestrafung verdient hatte und noch immer verdiente. Gerade die Bestätigung des Kontaktverbotes durch das Gericht hatte seinen Hass befeuert, Simone wieder in seine Gewalt zu bekommen. Hätte er sie erst einmal vollkommen zerstört, so würde er sie nach einem langen Aufenthalt in einer Strafanstalt generös bei sich wieder aufgenommen und ihr erneut den Platz zu seinen Füßen zugewiesen haben. Das war sein perfider Plan gewesen, und er hatte nicht widerstehen können, ihr mit einer Kurznachricht auf ihrem Privathandy zu verdeutlichen, dass *nichts so war, wie es schien!* Nicht sie saß am längeren Hebel, sondern er …

Desna hatte ihm Simones Telefonnummern gegeben, und er hatte diese gezielt dort verteilt, wo es ihm sinnvoll erschien. So war der Hafenmeister Lionel Sournois auch drangekommen. Eine verrückte Verquickung, die am Ende dafür gesorgt hatte, Danielle zu retten.

Die Klageschrift der *Human Rights Lawyers* hatte die Verschwörer kalt erwischt und zu Danielles Entführung veranlasst. Sie hatten Justizfachkräfte geschmiert, und das hatte ihnen die Information zugespielt, nach der sie völlig durchgedreht waren. So hatten sie vor lauter Hektik den Fehler mit dem ersten Anruf begangen und dann die Chance erkannt, die sich dahinter verbarg, Simone öffentlichkeitswirksam das Genick zu brechen. Den Hafenmeister hatte niemand von ihnen als Risikofaktor erkannt, denn er war seit Jahren bestechlich gewesen und hatte stets alles getan, was man von ihm verlangt hatte. Lionel Sournois war noch im Krankenwagen verstorben, und Matzes Recherchen hatten zutage gebracht, um wen es sich bei Eloise handelte und warum der Mann letztlich aufgebrochen war, um Danielle zu retten. Alte Ausweisbilder des Mädchens hatten eine geradezu verblüffende Ähnlichkeit mit ihrer Nichte offenbart.

Danielle und deren Familie befanden sich nach wie vor in therapeutischer Behandlung. Pierre hatte seinen Job gekündigt und war nun Sachbearbeiter im Homeoffice für eine Baugesellschaft. Er wollte niemandem mehr etwas schulden! Nie wieder. Aurélie hatte es nicht ganz so schlimm wie erwartet getroffen. Die Organisation hatte sie abgemahnt und ihr seither nur noch kleinere Fälle anvertraut, aber zumindest war sie noch Anwältin. Hilde und Aimé besuchten die Familie regelmäßig in Paris, und die Nähe zueinander tat allen gut.

Thierry und sie hatten trotz oder gerade wegen dieser erneut wieder sehr dramatischen Geschichte ihre Beziehung festigen können, und auch in ihr Leben war das Glück eingezogen ... Gut, sie strahlten nicht mehr ganz so sehr wie die beiden, die jetzt zu ihnen aufschlossen, aber es ging ihnen gut zusammen.

»Hey«, sagte Frank, und sie begrüßten sich alle mit den

drei Wangenküssen. »Wie schön, dass ihr zwei uns vom Flughafen abholt.«

Madeleine war für einige Wochen in Stuttgart bei Frank zu Besuch gewesen. Ihr Job ließ sich eher aus dem Homeoffice erledigen als Polizeiarbeit ... Während Madeleine und Thierry auf dem Weg zum Auto über die Patisserie und ihre Vorliebe für Cremetörtchen mit Früchten sprachen und Frank immer mal wieder einen humorvollen Satz einwarf, glitten Margeaux' Gedanken erneut zu dem Fall, der die beiden zusammengeführt hatte. In jedem Übel lag doch oft auch etwas Gutes ...

Die beiden anderen Kinder im Container hätten Käufern zugeführt werden sollen. Wobei das nicht ganz stimmte – es war der blauäugige asiatische Junge gewesen, dem das Interesse gegolten hatte. Li-Ming hatte ihn bewachen und am Leben halten sollen. Die Mafia rund um Jean-Claude Menton hatte auch für Danielle eine grausame Zukunft geplant, zumindest hatte de Olivieras Ex dies bei seinen Verhören immer wieder erwähnt. Entführungsopfer kehrten selten zurück ... und manchmal war das Schicksal, das ihnen bevorstand, weit grausamer als der Tod.

Margeaux erschrak ein wenig über diesen Gedanken, und Li-Ming schob sich vor ihr inneres Auge. Die junge Frau hatte sich entschieden, in Frankreich zu bleiben, und Margeaux hatte ihr zusammen mit Aurélie einen Platz in einem Frauenhaus verschafft. Der kleine Junge war aktuell noch mit ihr dort. Vielleicht bestand für die beiden eine Chance, ihre zerbrochenen Seelen zu heilen.

Desnas Gerichtsverhandlung hatte bereits stattgefunden und war schlecht für sie ausgegangen. Alles war so kriminell und durchtrieben geplant gewesen, dass sie keine Chance gehabt hatte, ihren Kopf aus der Schlinge zu ziehen. Sie hatte nicht nur Menschen verkauft und Gelder, deren Spuren zu Simone führten, versteckt, sondern auch jede Menge Blutgeld für sich auf die Seite geschafft. Den Coup mit dem Armband, das dem von Simone glich wie ein Zwilling, hatte sie sich ganz ohne Menton ausgedacht ... Sie würde das Gefängnis für viele Jahre nicht mehr verlassen. Simone de Oliviera hatte sich aus der Öffentlichkeit zurückgezogen. *Dignité et justice pour tous* wurde kommissarisch von Simon Bremond geleitet.

Jean-Claude Menton saß unter schwerer Bewachung in U-Haft. Seine Verhandlung würde tatsächlich erst in einigen Wochen stattfinden.

Die Entführung Danielles und der versuchte Mord an ihrem Freund Davide hallte noch in ihnen allen nach. Daher hatten Margeaux und Hilde sich das große Fest auf dem Weiler überlegt. Alle würden kommen – sogar ihr Vater mit seiner Lebensgefährtin Catherine.

Davides und Danielles Freundschaft war bestehen geblieben, auch wenn sie sich vom Verliebtsein in Richtung beste Freunde entwickelt hatte. Die beiden waren zu jung, um einen solchen Schlag mal eben so zu verarbeiten und zum unbeschwerten Knutschen in einer Seitenstraße zurückzukehren.

Eigentlich hatte Margeaux schöpferisch sein wollen, um neue Kreationen in der Küche zu ersinnen, aber am Ende hatten sie sich bei dieser Menge Menschen an der Tafel für ein »Best of« ihrer Lieblingsgerichte entschieden. Gemeinsam mit Hilde und Aimé hatte sie für das Karamellhühnchen Karotten und Courgettes geschnippelt, und im Kühlschrank warteten die Maispoulardenbrüste darauf, in Honigkaramell gegart zu werden. Als Zwischengang hatte Hilde den Teig für ihre berühmten Soccas aus Kichererbsenmehl angesetzt. Die Teigfladen würden sie gemeinsam à la minute in der Pfanne anbraten, mit Avocados, Tomaten und Ziegenkäse belegen und dann im Ofen fertig backen.

Sie erreichten das Haus, und unter großem »Ah« und »Oh« führte Frank Madeleine durch die Räume. Danielle und Marylène lagen am Pool. Die Familie war schon vor zwei Tagen aus Paris angereist. Für die Stadtkinder schien das das

Größte zu sein, und sie genossen es sehr, immer mal wieder unter lautem Gepruste und Gelächter ins Wasser zu hüpfen und gemeinsam rumzualbern. Margeaux hatte beobachtet, dass die große Schwester die kleine – bei allem, was diese tat – nicht aus den Augen ließ. Das würde sich hoffentlich irgendwann wieder geben. Nicht dass Marylène ihr eigenes Leben auf Eis legte, um nun Danielles Beschützerin zu sein.

Pierre und Aurélie waren bei ihrer Ankunft noch nicht da gewesen – und auch Willi fehlte. Sie waren wohl zu einem Spaziergang durch die knorrige Natur aufgebrochen.

Einige Stunden später saßen sie an dem großen Tisch, dessen Platte am Stück aus einem langen Stamm geschnitten worden war.

Aimé stand mit Frank draußen am Grill, um das Porc Noir de Bigorre zu garen, während Madeleine gemeinsam mit Margeaux und Hilde den Oliven-Kartoffel-Stampf zubereitete. Die Glocke am Tor läutete durchdringend, und Willi sauste bellend über den Hof. Unter fröhlichem »Hallo« traten Matze und Elodie hindurch – die kleine Aliette im Buggy schiebend. Die Pariser Mädchen sprangen quasi gleichzeitig von ihren Stühlen auf, um nach draußen zu rennen und das niedliche Kleinkind zu begrüßen.

Aurélie stand ebenfalls auf. »Das am Grill scheint eine Herrenrunde zu sein. Warum geht ihr nicht auch hinaus?«, forderte sie Pierre und Thierry auf, die über den Unterschied von Baguettes in der Stadt und auf dem Land sprachen.

Verdutzt trollten sich die beiden in Richtung Grill.

»Ich möchte euch dreien einfach noch mal sagen, wie froh ich bin, dass ihr in dieser furchtbaren Situation für mich – für uns! – da wart. Und dass ihr mich auch nicht im Stich gelassen habt, als ich mich anfangs den Vorgaben meines Arbeitgebers gebeugt habe. Vor allem dir, Madeleine, habe ich deshalb zu danken.«

Margeaux ließ der Rührung, die sich daraufhin in ihr breitmachte, den nötigen Raum. Die Mischemotion aus Freude und Trauer war ein gutes Gefühl. Dann drückte sie ihrer Schwägerin das Rührgerät in die Hand und sagte: »Wir brauchen noch das Schokoladeneis. Hilde hat nicht nur die Socca gemacht, sondern auch ihre legendäre Zitronentarte! Da passt mein Eis super dazu. Du musst die Eigelbe mit dem Zucker schaumig schlagen und ...« Weiter kam sie mit ihren Erklärungen nicht, denn Matze betrat die Küche, um »Hallo« zu sagen.

Sie konnte sich glücklich schätzen so viele Menschen, um sich zu haben, die ihr wichtig waren.

Wieder läutete es am Tor, und Julien und Catherine kamen herein, bewaffnet mit zwei Magnum-Flaschen Champagner. Sie hatten den Abend im Bistrorant gut vorbereitet, und Margeaux freute sich, dass ihr Vater endlich dazu in der Lage war, auch mal loszulassen.

Durch das offene Wohnzimmerfenster wehte sanfte Luft herein. Die Provence roch schon nach dem bevorstehenden Sommer, das Stimmengewirr war bunt und fröhlich, und plötzlich hatte sie das Gefühl, ihre Mutter und ihre Großmutter mit am Tisch sitzen zu sehen. Es war beruhigend, berührend und wunderschön zugleich.

Sie war ... ja, tatsächlich ... rundum glücklich.

Ende

Bericht zum Tathergang im Fall Angerer/Surfin

Am Nachmittag des 6. März erhielt der Polizeiposten in Offenburg einen Notruf des Anstaltsleiters der dortigen Justizvollzugsanstalt.

Der Leiter des Gefängnisses meldete eine Geiselnahme vor Ort – mit einem schwer verletzten Wachmann und Margeaux Surfin in der Gewalt des dort inhaftierten Serienmörders Martin Angerer (MA). Die Forderung des Täters lautete: ein Fluchtfahrzeug und den Verzicht auf die polizeiliche Verfolgung des Wagens. Im Zuge dessen bot er die Freilassung des Verletzten an. Der Serienmörder trug aufgrund Surfins Anweisung – sie besaß Sonderermittlungsrechte, gewährt durch die Mordkommission Stuttgart als externe Beraterin – keine Handschellen mehr und war dadurch frei beweglich.

Die Bericht erstattende Person – Kommissar Frank Kaiser – folgte dem Notruf, um in Offenburg vor Ort zu sein. Als ehemaliger Partner Surfins war Frank Kaiser an der Verhaftung des achtfachen Mörders maßgeblich beteiligt. Ein professioneller Vermittler wurde ebenfalls sofort hinzugezogen.

Surfins Familie wurde von Werner Walter über die kritische Situation informiert.

Ein abgeschirmter Warteraum für die Familie (in einem nahe gelegenen Hotel) sowie ein Besprechungsraum direkt in der JVA wurden eingerichtet. Deeskalierende Angebote wurden MA mehrfach unterbreitet.

Bei der ersten Kontaktaufnahme durch das Anstaltspersonal wurde der Zustand des verletzten Wachmanns von MA als kritisch beschrieben. Surfin bestätigte dies, sie hatte bereits eine Erstversorgung des Opfers mit ihrem Halstuch vorgenommen. Eile war geboten.

Frank Kaiser bot sich zum Austausch für den Wachmann an. Dies lehnte MA ab. Erste Zugeständnisse erzielte Surfin durch ihre Drohung, bei erstmöglicher Gegebenheit den Freitod zu wählen, falls MA den Wachmann nicht umgehend in ärztliche Obhut entlassen würde. Der Serienmörder nahm diese Aussage offensichtlich ernst. Surfin brachte den Verletzten bis zur Tür, sodass er von Sanitätern übernommen und gerettet werden konnte.

Dem Verhandlungsführer war es möglich, die Forderungen von MA zu spezifizieren. Im Zuge der Übernahme des Wachmanns erhielt MA das geforderte Prepaidhandy. Polizeiseitig war allen Beteiligten stets bewusst, dass man die Flucht eines Serienmörders keinesfalls ermöglichen, sondern den Tod Surfins billigend in Kauf nehmen würde, um ihn zu fassen.

Frank Kaiser suchte stetig das Gespräch zum Verhandlungsführer, um Surfins Überleben zu gewährleisten. Der Verhandlungsführer blieb bei seiner Linie und gelobte vor den beteiligten Personen des Justizapparates: Unter seiner Führung werde es kein zweites Gladbeck geben.

Dies machte deutlich, dass keine der Forderungen des Geiselnehmers erfüllt werden würden. Lediglich die gewünschte Versorgung mit Speisen und Getränken wurde rasch erledigt. Frank Kaiser verdeutlichte seine Kenntnisse über MA mehrfach vehement und wurde daraufhin aus dem Raum gebeten.

MA wiederholte seine Forderungen und Drohungen immer wieder. Frank Kaiser war davon überzeugt, dass sich MA niemals gegen Margeaux Surfin richten würde.

Allen bekannten Abläufen bei Geiselnahmen ist zu entnehmen, dass die Möglichkeit, die Geiseln zu retten, immer komplizierter wird, je länger diese andauert. Die Täter erkennen, dass man sie hinhält, und manifestieren ihre Gewaltbereitschaft durch Taten. MA hatte sich im Vorfeld der Tat eine Stichwaffe gebastelt und sein Vorgehen von langer Hand geplant. Dies erfüllte klar den Tatbestand von Mord bzw. versuchtem Mord. Aus Frank Kaisers Sicht hatte MA geplant, mit seiner Geisel die Anstalt zu verlassen.

Surfin hatte ebenso wie Frank Kaiser jene Zeitfenster im Blick, die bei Geiselnahmen polizeiseitig wichtige Marker darstellen, und nachdem ihr somit klar war, dass eine Stürmung mit eingeplanten Kollateralschäden den nächsten Schritt darstellte, ergriff Surfin selbst die Initiative, um den Täter unschädlich zu machen. Sie brach Angerer dabei unbeabsichtigt das Genick.

Die Sanitäter, die nach den Kollegen des SEK den Raum betraten, stellten bei MA keine Lebenszeichen mehr fest, und der Anstaltsarzt erklärte ihn für tot.

Surfin verdeutlichte während der nachfolgenden Befragung mehrfach, dass sie die Situation, in MAs Gewalt zu geraten, nicht hatte kommen sehen. Die Zeichen einer Bedrohung durch MA seien ihr im Vorfeld entgangen, und sie habe dadurch die verheerende Fehlentscheidung getroffen, die es ihm ermöglicht hatte, den Wachmann zu verletzen und sie in seine Gewalt zu bringen. Surfin übernahm hierfür die vollumfängliche Verantwortung.

Von einem Disziplinarverfahren wurde abgesehen, da Surfin lediglich als Beraterin für die Kriminalpolizei Stuttgart tätig war. Seitens der Staatsanwaltschaft wurde über eine Aufhebung des Vertrags diskutiert. Der Nutzen der ehemaligen Beamtin für die Ermittlungen bei vergangenen Fällen war jedoch höher zu bewerten als der Tod MAs und die Verletzung des Wachmanns. Die beherzte Rettung des Wachmanns wurde positiv bewertet, und der Beratervertrag blieb daher bestehen.

Nach eigenen Aussagen wollte Surfin den manipulativen Serienmörder lediglich außer Gefecht setzen. Die Staatsanwaltschaft unterstellte ihr Tötungsabsicht im Bedrohungsmoment, was mehr in Richtung Totschlag im Affekt tendiert als zu Notwehr. Angerer hatte sie nicht angegriffen, zumindest nicht sichtbar. Es sind keine Tonaufzeichnungen vorhanden, verbale Angriffe somit nicht durch Videobeweise belegbar. Surfin ist durch den jahrelangen erfolgreichen Dienst bei der Kripo mit einem hervorragenden Leumund ausgestattet, und ihren Aussagen ist damit vollumfänglich Glauben zu schenken.

MA hatte mit Surfin an einen abgeschiedenen Ort fliehen wollen, um dort mit ihr wie Vater und Tochter zu leben.

Surfin hat die Situation auf eine Weise gelöst, dass keine weiteren Menschen zu Schaden kamen. Bei Angerers Persönlichkeitsprofil wäre ein ähnlich gelagertes Handeln wie im erwähnten Fall von Gladbeck durchaus denkbar gewesen.

Stuttgart, den 3. Juli 2024
Unterzeichnender Beamter:
Polizeihauptkommissar Frank Kaiser
Leiter der Mordkommission: *Werner Walter*

Rezepte aus der Provence für vier Personen

Courgette Chèvre-Gâteau mit Mousse de Chèvre

Zutaten

- 100 g Mehl
- 1 Pck. Trockenhefe
- 3 Eier
- 100 ml Milch
- 60 ml Olivenöl
- 1 ½ Courgettes (Zucchini)
- 1 EL Olivenöl
- 100 g Ziegenkäse
- 75 g geriebene Gruyère
- Salz (Fleur de Sel)
- Pfeffer, frisch gemahlen

Zubereitung

1. Mehl, Hefe, Eier, die lauwarme Milch und die 60 Milliliter Olivenöl zu einem homogenen Teig verrühren.
2. Die Courgettes waschen, in Würfelchen schneiden und anschließend in einem Esslöffel Olivenöl anbraten.
3. Nun den Ziegenkäse fein in den Händen zerbröseln und mit dem Gruyère, den angebratenen Courgettes, einer Prise Salz und einer Prise Pfeffer gleichmäßig unter den Teig rühren.
4. Eine Kastenform mit Butter ausstreichen, die Teigmischung hineingeben und die Masse bei 180 Grad 45 Minuten goldbraun backen.
5. Kurz abkühlen lassen, aus der Form stürzen und noch warm servieren. Dazu die Mousse de Chèvre reichen.

Mousse de Chèvre

Zutaten

- 200 ml kalte Schlagsahne
- 1 Prise Salz
- 100 g Ziegenfrischkäse
- Etwas Schnittlauch zum Garnieren

Zubereitung

1. Die Sahne mit einer Prise Salz würzen und mit einem Mixer aufschlagen, bis sie fest ist.
2. Den Ziegenfrischkäse glatt rühren, unter die Sahne heben und noch einmal kurz mixen.
3. Masse im Kühlschrank für die Backzeit des Gâteau kalt stellen.
4. Schnittlauch in feine Röllchen schneiden.
5. Zum Servieren mit zwei Teelöffeln Nocken aus der Mousse formen, zwei davon hübsch auf einem flachen Teller arrangieren, ein Stück »Kuchen« in die Mitte des Tellers legen und das Ganze mit dem Schnittlauch ausgarnieren.

Weiße Kabeljau-Rogencreme im knusprigen Carobtörtchen

Zutaten für das Carobtörtchen

- 300 g Mehl
- 40 g Carobpulver
- 200 g Butter, zimmertemperiert
- 70 g Puderzucker
- 1 mittelgroßes Ei
- 1 Prise feines Meersalz

Zubereitung

1. Mehl und Carobpulver in eine Schüssel sieben.
2. Butter in grobe Stücke zerteilen, Puderzucker und das Ei hinzugeben und gut miteinander vermischen. Nach und nach das gesiebte Mehl hinzufügen und zu einem glatten Teig verkneten. Den Teig in Folie einschlagen und im Kühlschrank 30 Minuten ruhen lassen.
3. Kleine Eierkuchenformen aus Metall (2,5 cm) leicht einfetten (vorher mit Backtrennspray besprühen oder mit Butter einreiben) und mit dem Teig auskleiden.
4. Bei 200 Grad Umluft 10 Minuten blind backen. Hierzu gibt es zwei Möglichkeiten: entweder mit Backpapier belegen und mit Blindbackperlen ausfüllen oder eine zweite Form in die mit Teig ausgekleidete stellen.
5. Gut auskühlen lassen und aus der Form entnehmen.

Zutaten für die Creme

- 150 g fluffiges Weißbrot
- 1 kleine weiße Zwiebel
- 1 EL Olivenöl zum Andünsten

- 100 g Kabeljaurogen (Rogen, gesalzen) oder alternativ Forellenrogen
- 1 Biozitrone
- 1 TL Backpulver
- 200 ml gutes Olivenöl
- 80%-ige Schokolade
- 4 Kapuzinerkresse-Blüten
- Erbsengrün (Microgreen)

Zubereitung

1. Brot entrinden, in Wasser legen, 7 Minuten stehen lassen, das Brot entnehmen und gut ausdrücken.
2. Zwiebel schälen, klein schneiden und im Öl glasig dünsten.
3. Den Rogen und das Brot im Mixer fein mixen, dann die Zwiebeln hinzugeben und wieder mixen, bis es eine feine, sämige Masse ergibt.
4. Die Zitronen waschen, die Schale abreiben, bis ein halber Teelöffel vorhanden ist, dann auspressen. Das Backpulver und den Saft (nach Geschmack) untermixen.
5. Das Olivenöl langsam hinzugeben und wie bei einer Mayonnaise aufschlagen. Die Kabeljau-Rogencreme soll fluffig sein und sich gut mit einem Löffel portionieren lassen.
6. Creme in einen Spritzbeutel füllen.
7. Nun das Carobtartelett mit der Kabeljau-Rogencreme füllen.
8. Die Schokolade fein auf die Creme reiben, je eine Blüte und einige Blättchen Erbsengrün obenauf geben.

Schwarze Nudeln mit Tomaten-Sahne-Soße und Crevetten

Zutaten

- Fleur de Sel
- 250 g Mehl (1050)
- 150 g Hartweizengries
- 4 g Sepiatinte
- Olivenöl
- 160 ml Wasser
- 4–8 große Crevetten (ungeschält)
- 250 g Kirschtomaten
- 100 ml Weißwein
- 200 ml Sahne
- Frisch gemahlener schwarzer Pfeffer

Zubereitung

1. Meersalz (1 TL pro Liter) in Nudelwasser geben und zum Kochen bringen.
2. Das Mehl und den Hartweizengries mit der Sepiatinte, 3 Esslöffeln Olivenöl, dem Wasser und dem Salz (Menge nach Geschmack) zu einem festen Teig verkneten. Am besten Handschuhe anziehen, da die Tinte färbt. In Folie eingeschlagen ca. 30 Min ruhen lassen.
3. In der Zwischenzeit die Crevetten aus den Schalen entnehmen und entdarmen (die Technik finden Sie im Internet). Mit einem Küchentuch trocknen und beiseitestellen.
4. Die Tomätchen waschen, vom Stielansatz befreien und halbieren oder vierteln – je nach Größe.

5. Die Schalen in einer tiefen Pfanne mit etwas Olivenöl anrösten, und wenn sie Farbe genommen haben, mit dem Weißwein ablöschen. Den Alkohol einige Minuten verkochen lassen, dann mit Wasser aufgießen, sodass die Schalen leicht bedeckt sind. Einkochen lassen, bis sich die Flüssigkeitsmenge halbiert hat. Noch einmal mit Wasser aufgießen und den Vorgang wiederholen.
6. Die Schalen abseihen und wegwerfen, den Fond auffangen. Er ist die Basis für die Soße. Nun etwas Olivenöl in die Pfanne geben und die Kirschtomaten darin anbraten. Vorsichtig umrühren. Mit dem Fond aufgießen (100–150 Milliliter), kurz aufkochen lassen und dann die Sahne hinzugeben.
7. Den Nudelteig mit einer Nudelmaschine dünn ausrollen und in breite Nudeln schneiden. Falls keine Nudelmaschine vorhanden ist, entweder mit dem Nudelholz ausrollen und dann schneiden oder schwarze Nudeln fertig kaufen.
8. Die Nudeln kochen. Wenn sich auf dem Nudelwasser ein leichter Schaum bildet, hiervon eine kleine Schöpfkelle mit etwas Kochwasser abnehmen und zur Soße gießen. Dann die Nudeln mit einer Zange direkt aus dem Wasser in die Soße geben, umrühren und etwas ziehen lassen.
9. Die Crevetten kurz in einer separaten Pfanne mit einem Esslöffel Olivenöl rundum anbraten und mit Salz und Pfeffer würzen. Dann zu den Nudeln in die Pfanne geben. Alles noch einmal mit Salz und Pfeffer abschmecken und anschließend in einem tiefen Teller anrichten.
10. Wer möchte, kann die Crevetten auch erst auf dem Teller auf die Nudeln legen.

Tipp: Hilde empfiehlt Parmesan dazu!

Das Familien-Festessen

Karamellhühnchen mit Gemüsejulienne und kalt gegarter Garnele (aus *Provenzalisches Blut)*

Hildes Socca (aus *Französische Sünden)*

Porc Noir de Bigorre mit Oliven-Stampfkartoffeln (aus *Provenzalische Rache)*

Hildes legendäre Tarte au Citron (aus *Französische Sünden)*

Schokoladeneis (aus *Französisches Verlangen)*

Danksagung

Mein Mann Marcus ist immer der Erste, der die Geschichte lesen darf. Zudem probiert er meine Rezepte stets aus, um sie auf Herz und Nieren zu prüfen. Danke, Marcus!

Mein besonderer Dank gilt Heino Wedig – er schaut beim Korrekturlesen ganz genau hin, und sein frischer Blick ist stets eine Bereicherung. Auch seiner Frau Christiane sei gedankt, dass sie ihn ganz in meine Geschichten eintauchen lässt.

Julia, meine Liebe – ich bin von Herzen dankbar, dass ich diese Arbeit mit dir bestreiten darf. Du verstehst mich und meine Charaktere, baust mich auf, hast hervorragende Tipps, und die Zusammenarbeit mit dir ist einfach nur eine Bereicherung für mich.